SARAH LOTZ

Angstrausch

GOLDMANN
Lesen erleben

Buch

Der junge Brite Simon Newman liebt die Gefahr. Für seine Website »Journey to the Dark Side« begibt er sich mit der Kamera an hochgefährliche Orte, an denen Menschen regelmäßig verunglücken. So steigt er mit einem Fremden, mit dem er sich online verabredet hat, hinab in eine dunkle, unwegsame Höhle auf dem walisischen Land. Doch die Höhlenbegehung wird zum Albtraum. Als kurz darauf das Video aus der Höhle, das zeigt, wie Simon fast zu Tode kommt, einen regelrechten Hype auslöst, ist sogar der wagemutige Adrenalinjunkie überrascht. Von nun an wollen seine Follower ihn in immer neuen Extremsituationen sehen. Obwohl ihm der Schreck noch tief in den Knochen steckt, nimmt Simon die Herausforderung an: eine Expedition auf den Mount Everest. Und die ganze Welt sieht zu. Auf dem höchsten und tödlichsten Berg der Welt ist Simon nicht nur vollkommen schutzlos den Naturgewalten ausgesetzt, sondern stößt auch auf eine menschliche Tragödie. Und plötzlich steht er einer Gefahr gegenüber, wie selbst er sie noch nicht erlebt hat …

Weitere Informationen zu Sarah Lotz
sowie zu lieferbaren Titeln der Autorin
finden Sie am Ende des Buches.

Sarah Lotz

Angstrausch

Thriller

Aus dem Englischen
von Thomas Bauer

GOLDMANN

Die englische Originalausgabe erschien 2017 unter dem Titel »The White Road« bei Hodder & Stoughton, an Hachette UK company, London.

Nachweis
T.S. Eliot, Das wüste Land. Aus dem Englischen von Ernst Robert Curtis.

2. Auflage
Deutsche Erstveröffentlichung Oktober 2018

Umschlaggestaltung: UNO Werbeagentur, München
Umschlagmotiv: Ilona Wellmann/Trevillion Images; Getty Images/Adisorn Fineday Chutikunakorn
Karte: © Rodney Paull
Redaktion: Lisa Caroline Wolf
KS · Herstellung: ik
Satz: KompetenzCenter, Mönchengladbach
Druck und Bindung: GGP Media GmbH, Pößneck
Printed in Germany
ISBN: 978-3-442-48737-0
www.goldmann-verlag.de

Für Charlie

An: TCAKES@journeytothedarkside.com
Von: simonpieman66@gmail.com

Hi T,

fällt mir nicht leicht, es dir zu sagen, aber ich gehe zurück nach Tibet. Ja. Zurück zu dem Berg, obwohl ich geschworen hatte, nie wieder, erinnerst du dich? In fünf Stunden mache ich mich auf den Weg nach Heathrow. Das nennt man mal, beiläufig eine Bombe platzen lassen, was? Ich habe alles andere probiert, T, und zurückzugehen ist die einzige Möglichkeit. Ich bin an einem Punkt angelangt, wo es für mich heißt: entweder das oder ab in die Gummizelle.

Für den Fall, dass ich nicht zurückkomme, gibt es eine Dropbox-Datei, die du dir ansehen solltest. Klingt ominös, ich weiß, als würde ich jetzt voll die B-Movie-Schiene fahren: *Wenn du das hier liest, bin ich bereits tot …* Das Passwort lautet »fingerindeinemherzen06«. Lies es einfach. Oder auch nicht. Deine Entscheidung. Mach damit, was du willst. Ich musste einfach die Wahrheit loswerden. Die Dinge richtigstellen, verstehst du?

Leb wohl und adieu, mein Freund.
Oder auch:
Mach's gut, und danke für den Fisch.
Si

Erster Teil

Simon

Dezember 2006

Ich traf den Mann, der mir zweimal das Leben retten sollte – und mein Leben letzten Endes zerstörte –, auf einer mit Schlaglöchern übersäten Straße in der hintersten Ecke von Wales. Er saß am Straßenrand auf einem Seesack, und zu seinen Füßen lagen drei zerdrückte Dosen Cider. Obwohl an den schneebestäubten Hügeln um uns noch morgendlicher Nebel hing, trug er am Oberkörper nur ein T-Shirt mit Harley-Davidson-Aufdruck.

Ich hielt neben ihm an und ließ das Fenster herunter. »Ed?«

Ein barsches Nicken.

»Hi. Ich bin Simon.«

»Du kommst zu spät, Junge. Ich hatte acht gesagt.«

»Tut mir leid, habe mich ein bisschen verfahren. Hier sieht es überall gleich aus, finden Sie nicht?« Ich schenkte ihm mein bestes selbsterniedrigendes Lächeln, das normalerweise auch die eher frostigen Gäste in dem Coffee-Shop auftaute, in dem ich Teilzeit arbeitete. Bei Ed zeigte es keine Wirkung.

Er deutete mit einem Finger auf den zerfurchten Feldweg, der sich auf der anderen Straßenseite durch ein Waldstück schlängelte. »Park da drüben zwischen den Bäumen. Ich will nicht, dass das Auto von der Straße aus zu sehen ist.«

»Wird gemacht.«

Ich lenkte Thierrys Ford Focus unter die Äste eines umgeknickten Baums. Das Kratzen der Zweige am Lack ließ mich zusammenzucken. Mein Atem dampfte, als ich ausstieg, mich streckte und wartete, bis Ed zu mir kam. Ich war völlig durchgefroren (die Heizung des Wagens hatte kurz vor Newport den Geist aufgegeben), und ich verfluchte mich bereits dafür, diese Sache überhaupt ins Rollen gebracht zu haben.

Ed ließ seine Tasche neben das Auto fallen und verabreichte mir einen schwieligen Handschlag. Aus der Nähe betrachtet erkannte ich die aufgedunsene Nase und die gerötete Gesichtshaut eines langjährigen Alkoholikers. Auf seiner Kopfhaut spross dünnes Haar wie das eines Babys. Ich schätzte ihn auf um die sechzig. *Willst du diesem mürrischen alten Knacker tatsächlich hinunter in ein Loch folgen, Simon?*

»Wo steht denn Ihr Auto, Ed?«

»Habe keins. Bin gestern Abend per Anhalter hergekommen.«

»Den ganzen Weg bis hierher?« Eine beachtliche Leistung: Abgesehen von einem stoischen Schaf war er das einzige Lebewesen, das ich in der letzten Stunde zu Gesicht bekommen hatte. Er roch, als hätte er im Freien übernachtet; seine Kleidung verströmte den Mief von geräuchertem Fleisch. »Ich hätte Sie mitnehmen können, hätte Sie irgendwo aufsammeln können.«

»Schon in Ordnung.«

»Also, ich weiß das echt zu schätzen.«

Ein Schniefen. »Du willst also in die Cwm Pot runter?«

»Ja.«

»Um die Höhlen zu filmen.«

»Genau. In meinen E-Mails habe ich ja schon geschrieben, dass mich interessiert, was in den Achtzigern da unten passiert ist. Dachte mir, das wäre guter Stoff für eine Dokumentation.« Das war natürlich Blödsinn, doch ich hatte nicht vor, ihm den wahren Grund zu verraten, warum ich die Höhlen erkunden wollte, bis ich besser einschätzen konnte, wie er darauf reagieren würde.

»Das Betreten der Höhlen ist verboten. Schon seit zwanzig Jahren.«

»Ich weiß. Deshalb habe ich Ihnen geschrieben.«

»Und gefährlich ist es auch.«

Verdammt noch mal. »Ja, Ed, ich weiß.«

Er grinste, als wüsste er etwas, von dem ich noch keine Ahnung hatte. Seine Iris waren dunkel, und das Weiß, das sie umgab, hatte einen Gelbstich – Augen wie eingelegte Zwiebeln. »Hast du mein Geld dabei?«

Sag diesem Arschloch, dass du es dir anders überlegt hast, und such verdammt noch mal das Weite. Guter Rat, vernünftiger Rat, doch ich ignorierte ihn. Es war ziemlich aufwendig gewesen, so weit zu kommen, und ich war nicht bereit, das Handtuch zu werfen. Nachdem ich von der Cwm Pot und ihrer grausigen Geschichte erfahren hatte, hatte ich auf der Suche nach einem Führer tagelang in Höhlenkletterforen herumgestöbert und war schließlich auf Ed gestoßen, der als Einziger offen zugab, dass er hin und wieder dort unterwegs war. Er war zweifellos ein alter Miesepeter, doch die anderen Höhlenkletterer im Forum zollten ihm Respekt, deshalb wusste er vermutlich, was er tat. Ich überreichte ihm die dreihundert Pfund, auf die wir uns geeinigt hatten. Er ließ sich Zeit, als er die Scheine zählte. »Und fünfzig extra für die Ausrüstung.«

Mistkerl. »Das war nicht vereinbart.«

»Ist es aber jetzt.«

»Zwanzig.«

»Fünfundzwanzig.«

Er grinste abermals, als ich ihm das Geld gab. Jetzt durfte nichts schiefgehen: In der Hosentasche seiner schmutzigen Jeans waren soeben eine halbe Monatsmiete sowie das Essens- und Bierbudget für die kommende Woche verschwunden. »Hast du Handschuhe und Stiefel mitgebracht, wie ich es dir gesagt habe?«

»Ja. Gummistiefel und Spülhandschuhe, richtig?« Nicht unbedingt das Outdoor-Equipment, das ich gewöhnt war.

Er kramte in seiner Tasche und reichte mir einen Helm, eine Stirnlampe, einen abgenutzten Gürtel, an dem ein altmodischer Karabinerhaken befestigt war, einen gelben Kälteschutzanzug, ein Paar Knieschoner und einen blauen Fleece-Unterzieher, der wie ein riesiger Strampelanzug aussah. »Nimm den als Erstes.«

Er zog sich sein T-Shirt über den Kopf, und ich gab mir alle Mühe, nicht die wurmartige Narbe anzustarren, die seine eingefallene Brust zweiteilte. Sie und seine graue Körperbehaarung ließen ihn älter wirken, verletzlicher, weniger hartgesotten. »Worauf wartest du, Junge?«

Da ich nicht zimperlich wirken und mich zum Umziehen ins Auto zurückziehen wollte, benutzte ich den Kälteschutzanzug als provisorische Fußmatte, zog mich aus und steckte die Beine vorsichtig in den Fleece-Anzug. Dieser roch genauso nach geräuchertem Fleisch wie Ed.

»Was ist denn mit dir passiert, Junge?« Er beäugte meine Ansammlung von Narbengewebe, das Netzwerk aus erhabenem weißem Fleisch, das meine linke Schulter überzog.

»Kletterunfall. Vor acht Jahren. Ich habe mir das Fußgelenk, den Oberschenkel und das Schlüsselbein zertrümmert. Einen Schädelbruch hatte ich auch.« Ein dummer, vermeidbarer Unfall. Ich hatte vor einer Gruppe Wanderer angegeben und war ungesichert eine einfache erste Seillänge am Cwm Silyn hinaufgeklettert – eine narrensichere Route, die für mich in jungen Jahren ein Spaziergang gewesen wäre. Ich war übermütig geworden und hatte mich bei einem Griff verschätzt, der eigentlich ein Kinderspiel hätte sein sollen, und dann war der Boden auf mich zugerast. »Zwei Monate Krankenhaus.« Ich krempelte das Hosenbein des Anzugs hoch und deutete auf die buckligen Narben an den Stellen, wo Schrauben mein Fußgelenk zusammengehalten hatten.

Wieder ein Grunzlaut. Ein Zeichen von Respekt? Unmöglich zu deuten.

Der gelbe Schutzanzug war eine Nummer zu klein und schnitt unter meinen Achseln und im Schritt ein, hielt die Kälte aber überraschend wirksam ab.

Es wurde Zeit, den Typen an Bord zu holen, schließlich war ich drauf und dran, mit ihm den Tag zu verbringen und äußerst gefährliche Dinge zu unternehmen. »Und, Ed, wie lange sind Sie schon …«

»Wie alt bist du eigentlich, Junge?«

Ich blinzelte. Er hatte mich auf dem falschen Fuß erwischt. »Ähm … achtundzwanzig.«

»Hältst dich für einen hübschen Burschen, oder?«

»Was? Warum fragen Sie das? Nein.«

»Verheiratet?«

»Nein.«

»Freundin?«

»Nein. Was hat das denn damit zu tun, dass …«

»Ein warmer Bruder bist du aber hoffentlich keiner, oder?«

»Nein!« *Toll, homophob war er auch noch.*

»Bist du sicher, dass du das Zeug dazu hast?«

»Für die Höhlen? Ich denke schon.«

»Du denkst schon?«

»Ich weiß es.«

»Das ist kein Ausflug für Touristen. Es wird anspruchsvoll. Gefährlich.«

»Ich komme schon klar.«

»Erfahrung mit Höhlenklettern?«

»Nein, aber wie ich in meinen E-Mails geschrieben habe, klettere ich schon mein ganzes Leben lang.«

»Was du nicht sagst. Ein paar verweichlichte Wochenendausflüge, habe ich recht? Ein Trip auf den Snowdon und ein bisschen um den Fuß des Ben Nevis spaziert?«

»Ich weiß, was ich tue. Unter anderem habe ich die Aiguilles bestiegen und bin schon mit sechzehn bei Routen der Schwierigkeitsstufe sechs vorgestiegen.« Wichtigtuerisch und eine Übertreibung, aber wenn schon? Er ging mir auf die Nerven.

»Die Aiguilles, hm?« Ein höhnisches Lachen. »Sagt mir gar nichts.«

Meine Verärgerung verwandelte sich in Wut. »Sehen

Sie, ich habe für das hier einen weiten Weg zurückgelegt. Wenn Sie mich nicht da runterführen wollen, dann sagen Sie es einfach und geben mir mein verdammtes Geld zurück.«

Ein gackerndes Lachen, ein kurzes Aufblitzen teefarbener Zähne. »Kein Grund, die Beherrschung zu verlieren.« Er rülpste. »Setz dich in Bewegung. Ich will da wieder raus sein, bevor es dunkel wird.«

»Sind Sie sicher, dass Sie mir nicht noch ein paar Minuten lang die Hölle heiß machen wollen?«

»Nein, du bist in Ordnung, Junge. Bevor ich dich mitnehme, musste ich rausfinden, ob du Rückgrat hast.«

»Im Ernst? Sie haben mich nur schikaniert?«

Er zwinkerte mir zu. »Komm von deinem hohen Ross runter. Du bist okay.« Er holte einen Flachmann aus der wasserdichten Tasche, die er über der Schulter trug, und genehmigte sich einen Schluck, dann hielt er ihn mir hin. Ich war kein Fan von harten Sachen, vor allem nicht so früh am Morgen, aber ich trank trotzdem, nachdem ich den Ausguss mehrmals abgewischt hatte, da ich mich dämlicherweise freute, den Ed-Test bestanden zu haben.

Früher hatte ich mir jedes Mal, wenn ich jemanden kennenlernte, überlegt, welche Figur aus Film und Fernsehen ihm entsprach – ein bescheuerter mentaler Spleen, der anfing, als ich nach meinem Kletterunfall im Krankenhaus lag. Ich hatte sofort gewusst, dass mein bester Kumpel Thierry Ray war, die Figur, die Dan Aykroyd in *Ghostbusters* spielt (amerikanisch, pummelig, freakig, liebenswert). Cosimo, mein Chef bei Mission:Coffee war Tony Soprano (launenhaft, kränklich, ein Mundatmer mit heftigem

Mutterkomplex). Bei Ed war es einfach: Er war Quint, der verstörte Hai-Jäger aus *Der weiße Hai*. Dasselbe fiese Grinsen und derselbe Narben-Fetisch.

Ed drehte sich eine Zigarette, während ich mit dem wasserdichten Gehäuse der Helmkamera hantierte und es mit unbeholfenen Fingern am Helm befestigte.

»Funktioniert das Ding da unten?«

»Klar.« Eine weitere Lüge. Thierry und ich hatten die Kamera von einem zwielichtigen, hoch verschuldeten Motocross-Enthusiasten gekauft, der früher regelmäßig in den Coffee-Shop gekommen war. Selbst unter idealen Bedingungen war ihre Bildqualität nicht besonders gut; bei schlechten Lichtverhältnissen hatte ich sie noch nicht getestet, und ich war mir nicht sicher, ob das Gehäuse, das ich billig gekauft und modifiziert hatte, überhaupt funktionieren würde. »Wie wahrscheinlich ist es denn, dass wir nass werden?«

»Sollte nicht passieren.« Ein verschlagenes Grinsen. »Es sei denn, du fällst rein.«

»Wo rein?«

»Halt einfach deine fünf Sinne zusammen und pass auf, dass du mich nicht auf deinen Film bekommst.«

»Sind Sie etwa kamerascheu, Ed?«

»Pass einfach auf, Junge.«

Ich probierte den Helm an. Das Gewicht der Kamera ließ ihn zur Seite kippen, doch damit würde ich mich abfinden müssen. Ich nahm den Snickers-Riegel, den ich mir als zweites Frühstück gekauft hatte, aus der Mittelkonsole, schloss den Wagen ab und versteckte den Schlüssel im Radkasten. Ich zog in Betracht, Thierry eine SMS mit »Bin mit Quint auf dem Weg in die Hölle, Lebwohl & adieu« oder so ähnlich zu schicken, aber wahrscheinlich hatte ich hier draußen keinen Empfang.

Ed ging auf einen von Dornenzweigen strangulierten Zaunübertritt zu, kletterte darüber und marschierte das ansteigende Feld dahinter hinauf. Ich folgte ihm, wobei meine Stiefel auf dem reifbedeckten Gras und auf Schafskötteln knirschten. Obwohl Ed krummbeinig und Jahrzehnte älter war als ich, legte er ein scharfes Tempo vor. Als ich ihn einholte, war ich außer Atem.

»Wie weit ist es denn?

»Bis zum Eingang ungefähr zwei Meilen.«

»So weit? Hätten wir nicht näher hinfahren können?«

Er warf mir von der Seite einen Blick zu. »Du bist hier nicht in London, Junge. Sobald wir den nächsten Abschnitt überquert haben, ist es unbefugtes Betreten, was wir hier machen. Halt Ausschau nach dem Farmer. Er ist schon mal mit der Schrotflinte auf mich losgegangen.«

»So schlimm?«

»Hat keine Lust auf den Ärger, wenn Leute da unten in Schwierigkeiten geraten. Ist im Lauf der Jahre mehr als nur ein paarmal passiert.«

»Wie oft waren Sie denn schon unten in der Cwm Pot? Seit die Höhlen gesperrt wurden, meine ich.«

»Schon einige Male.«

»Und Sie haben keine Angst, dass sie geflutet werden könnten?«

»Ich weiß schon, was ich tue. Ich kenne die Anzeichen.« Er blieb stehen und blickte in den Himmel, der einer tief hängenden Betonplatte glich. »Ich denke, das Wetter hält, aber wenn es später wärmer wird, kann es sein, dass der Schnee schmilzt.«

Dank Alkohol und Fleece-Strampelanzug war mir warm, doch die kalte Luft schmerzte in meiner Lunge, und ich stapfte schweigend weiter. Wir wateten durch eine seichte Furt, und ich folgte Ed über ein paar weitere Felder, durch einen Stacheldrahtzaun – an dem ein »Zutritt verboten«-Schild hing – und hinunter zu einer Felszunge. Neben ihr schäumte und gurgelte ein Bach, der von erstaunlich grünem Moos gesäumt war. Nach einem weiteren kurzen Fußmarsch, der einen rutschigen Pfad hinunterführte, gelangten wir zu einer Felswand mit einer Öffnung von der Größe einer Ofentür. Vor dieser befand sich ein Tor mit einem Vorhängeschloss und einem rissigen und ausgebleichten »Gefahr, kein Zutritt«-Schild. Ed hielt sich im Hintergrund, während ich eine Eröffnungsszene filmte, dann zückte er ein Schweizer Offiziersmesser und knackte das Vorhängeschloss binnen Sekunden.

»Wo haben Sie das denn gelernt?«

»Tut nichts zur Sache. Rein mit dir.«

Ich zwängte mich durch die Öffnung und krabbelte in einen abschüssigen Hohlraum. Ed ließ das Vorhängeschloss wieder einrasten (»Soll nicht jeder gleich sehen, dass wir da unten sind«), schaltete seine Stirnlampe ein, schob sich an mir vorbei und verschwand im Schlund eines grob gehauenen, vertikalen Tunnels am anderen Ende. Als ich in den Rachen des Tunnels spähte, drang der Lichtstrahl meiner Stirnlampe nicht weit in die Schwärze vor. Der an die Wand geschraubten Leiter war ihr Alter anzusehen, und um die oberste Sprosse zu erreichen, würde ich die

Beine in den Abgrund schwingen und mich mehr als einen Meter tief fallen lassen müssen. Ed huschte die bemoosten Sprossen wie ein Frettchen hinunter.

»Hör auf, an dir rumzuspielen, Junge!«, hallte seine Stimme nach oben, interpunktiert vom dumpfen Geräusch von Füßen auf Metallsprossen.

Ich rollte mich auf den Bauch und ließ mich ganz langsam hinunter, bis ich mit den Zehen die oberste Sprosse berührte, während ich mich mit den Fingerspitzen am Rand der Öffnung festkrallte. Dann blieb mir nichts anderes übrig, als die Sache durchzuziehen. Es folgte ein Moment, in dem ich mir vor Angst fast in die Hose machte, als ich das Gleichgewicht verlor und taumelte, doch dann stützten meine Beine mein Gewicht, und es gelang mir, mich nach unten zu schlängeln, bis ich die oberste Sprosse mit den Händen zu fassen bekam. *Früher konntest du so was im Schlaf. Was ist mit dir passiert?*

Der Sturz ist passiert. Meine Knochen waren wieder zusammengewachsen, doch mein Selbstvertrauen lag noch immer in Scherben. Rückblickend wollte ich vermutlich auch deshalb in die Cwm Pot hinunter, um herauszufinden, ob ich mich noch im Griff hatte.

Die Spülhandschuhe boten auf dem Metall erstaunlich guten Halt, genauso wie die Gummistiefel, die ich am Tag zuvor in einem Discountladen gekauft hatte. Je tiefer ich kletterte, desto wohler fühlte ich mich. Dann trat ich mit dem linken Fuß ins Leere. Ich senkte den Kopf und richtete den Lichtstrahl zwischen meine Beine, worauf ich ein paar Körperlängen unter mir den Steinboden sah. Keine Spur von Ed. Meine Muskeln dehnten sich, als ich mein ganzes Gewicht an meine Arme hängte und die Beine baumeln ließ. Ich zählte bis drei, dann ließ ich mich fallen, wobei ich darauf achtete, nicht ungünstig auf meinem Fußgelenk zu landen. Es musste noch ein anderer Weg nach draußen führen: Ich bezweifelte, dass ich in der Lage gewesen wäre, das gekappte Ende der Leiter zu erreichen, selbst wenn ich mich auf Eds Schultern gestellt hätte. »Ed? Und jetzt?«

»Ganz unten ist eine Spalte.« Seine Stimme klang nasal, als käme sie von sehr weit her. »Setz dich auf deinen Hosenboden und schlüpf mit den Füßen voraus durch.«

Zu meiner Rechten befand sich tatsächlich eine zerklüftete Spalte im Fels. Ich schlängelte mich durch einen kurzen unebenen Gang, der plötzlich abfiel, und bevor ich bremsen konnte, landete ich zu Eds Füßen mit dem Steißbein auf dem Boden.

»Au! Danke für die Vorwarnung.«

Ed lachte gackernd. Das Geräusch hallte nicht wider. Es hatte eher den Anschein, als würde die Luft es verschlucken.

Ich rappelte mich auf und sah mich um. Wir befanden uns in einer Kammer von der Größe einer Kirche, deren Decke sich über uns in eleganten Wellen wölbte. Die Wände waren stellenweise mit Tropfsteinkaskaden aus verkalktem Fels in gedämpften Rot-, Bronze- und Goldtönen geschmückt. Ich hatte mir vorgestellt, dass der feuchte, faulige Gestank von abgestandenem Wasser in der Luft hängen würde, vielleicht auch von Schimmel, roch jedoch überhaupt nichts. Ich atmete ein, schnüffelte wie ein Hund – immer noch nichts. Es war etwas wärmer als draußen. Im Hintergrund war das ferne Flüstern von Wasser zu hören, und von Zeit zu Zeit ertönte das musikalische Klirren von Kügelchen, die in seichte Felsbecken fielen. »Beeindruckend.«

»In den Achtzigern sollten die Höhlen für die Öffentlichkeit zugänglich gemacht werden, dann kamen die Jungs hier unten ums Leben. Damit hatte sich die Sache erledigt.« Er ging voraus zu einem Tunnel, der nach links abzweigte. »Wird Zeit, die Piste zu verlassen, Junge.«

»Wie lang werden wir brauchen, um ganz durchzukommen?«

»Etwa drei Stunden bis zum Rat Run, wenn du nicht rumbummelst. Anschließend noch mal eine Stunde, um wieder ins Freie zu gelangen. Wir kommen ungefähr eine Meile von unserem Startpunkt entfernt raus.« Bis das erste Mal der Name »Rat Run« fiel, war es mir gelungen, meine Klaustrophobie in Schach zu halten, doch jetzt begann sie an mir zu nagen. »Die Cwm Pot ist für ihren treffend benannten ›Rat Run‹ bekannt, der auf einer Länge von fünfhundert Metern einige der beklemmendsten Engstellen in ganz Großbritannien umfasst«, so die Formulierung in dem sadistischen Höhlenführer, den ich konsultiert hatte.

Die Decke des Tunnels wurde immer niedriger, sodass ich gezwungen war, wie ein Buckliger dahinzutaumeln, bis ich schließlich vor einer Ansammlung mittelgroßer Felsbrocken stand. Eine Kletterpartie über sie führte in einen beeindruckenderen Tunnel, in dem der Fels um uns nach oben in samtener Schwärze verschwand und der abschüssig und mit Geröll übersät war. Das Gurgeln und Plätschern von Wasser begleitete uns auf Schritt und Tritt. Ich vergewisserte mich, dass die Kamera gut befestigt war, wobei ich daran dachte, dass die Akkulaufzeit nur anderthalb Stunden betrug. Ich musste wählerisch sein; vor allem wenn ich die Gelegenheit bekommen sollte, das zu filmen, weswegen ich wirklich hier unten war.

Der Tunnel weitete sich wieder und bot uns genug Platz, um nebeneinander gehen zu können. »Woher kommen Sie eigentlich, Ed?« Manchmal rollte er das »R«, wie für Yorkshire typisch, dann war seine Aussprache wieder weniger markant.

»Ich habe schon überall gelebt.«

»Und Sie machen so was normalerweise allein?«

»Ja.«

»Wie sind Sie denn zum Höhlenklettern gekommen?«

»Das mache ich schon mein ganzes Leben hin und wieder, Junge.« Er drehte sich zu mir und tippte sich mit dem Finger an den Nasenflügel. »Höhlen gehören zu den Orten, an denen sie dich nicht erwischen.«

»Hä? Wer erwischt einen nicht?«

»Sie, Junge. *Sie.* Du weißt schon, wen ich meine. Blair und Bush und die anderen Scheißkerle. Hier unten können sie deine Spur nicht verfolgen, Junge, mit ihren Überwachungskameras und ihren Satelliten und ihren elektromagnetischen Signalen.«

Versuchte er wieder, mich mental fertigzumachen? Ich wartete auf das begleitende gackernde Lachen. Es blieb aus. *Scheiße.* Jetzt krampften sich meine Eingeweide nicht nur bei der Vorstellung zusammen, meinen Körper durch eine feuchte Felsspalte zwängen zu müssen. Ed war nicht nur ein griesgrämiger alter Kauz mit einem Alkoholproblem, sondern ein echter Irrer. Doch als wir weitergingen, ertappte ich ihn dabei, wie er mir verstohlene Blicke zuwarf. Ich konnte wirklich nicht beurteilen, ob er mich aus irgendeinem verqueren Grund, den nur er selbst kannte, zum Narren hielt, oder ob er tatsächlich nicht ganz richtig im Kopf war.

Kehr um, kehr um, lass dir irgendeine Ausrede einfallen.

Nicht nur praktische Aspekte ließen mich weitergehen – ich hätte die Leiter niemals erreicht –, sondern auch mein Ego. Verrückter Verschwörungstheoretiker oder nicht, ich konnte den Gedanken an Eds Spott nicht ertragen, wenn ich jetzt einen Rückzieher machte. Stattdessen wechselte ich das Thema. »Dann haben sie also auch diesen Weg genommen? Die Jungs, die in den Achtzigern hier unten umgekommen sind?« *Jungs*. Ich übernahm schon sein Sprachmuster.

»Müssen sie. Ein Weg rein, ein Weg raus. Ich habe damals dem Rettungsteam angehört.«

»Tatsächlich?«

»O ja. Nur Höhlenkletterer können Höhlenkletterer retten. Bringt nichts, andere runterzuschicken. Die haben keinen Plan, weißt du?«

»Das muss schrecklich gewesen sein.«

»Oh, es war in der Tat *schrecklich*«, zischte er und erinnerte mich dabei mehr denn je an Quint. »Ein paar von uns wären selber fast ertrunken. Wir mussten den Bach oben stauen, aber das hat einfach nicht gehalten.«

Wir kamen bei einem riesigen Haufen von Felsblöcken an, die sich bis zur Decke der Kammer stapelten und ein Indiz für einen lange zurückliegenden Einsturz waren. Sie wirkten unüberwindbar, unglaubwürdig, wie Filmkulissen.

»Felsverblockung«, stellte Ed nüchtern fest. »Bleib in der Nähe. Das wird eng.« Er warf einen Blick auf meinen Bauch. »Du wirst dir wünschen, du hättest auf die Pasteten verzichtet, Junge.«

Er erklomm die Felsen, die uns am nächsten waren, dann zwängte er sich durch eine winzige V-förmige Öffnung, indem er seinen Oberkörper während dieses Manövers verdrehte. Seine Lampe war wesentlich heller als meine, und in dem Augenblick, in dem er durch die Spalte schlüpfte, krochen die Schatten näher an mich heran. Ich zögerte, da ich mir nicht sicher war, ob ich tatsächlich durchpassen würde. Bei Ed hatte es funktioniert. Er war drahtig. Ich hatte breite Schultern und einen Bauch, in dem ein Guinness-Baby heranreifte. Ed nachahmend, schraubte ich meinen Rumpf mit einer Drehbewegung hindurch, wobei Fels an meinem Bauch und meinem Rücken kratzte. Dabei versuchte ich, nicht an die Tonnen von undurchdringlichem Material über mir und um mich herum zu denken. Ich nahm einen schwachen Schwefelgeruch wahr, als mein Anzug an dem Kalkstein scheuerte – überhaupt das Erste, was ich hier unten roch. Nachdem ich mich durch die Öffnung gezwängt hatte, musste ich mich durch einen zerklüfteten U-Bogen winden, meinen Körper einen kurzen vertikalen Schacht hinaufziehen und dann einen schmalen Gang entlangkrabbeln. Ed war in der Lage, das auf Händen und Knien zu tun; ich war gezwungen, wenig elegant auf dem Bauch zu robben und mich mit den Ellbogen und den Zehen vorwärtszuschieben, wobei ich die ganze Zeit darauf achten musste, nicht mit der Kamera gegen einen Felsvorsprung zu stoßen. Trotzdem war das Ganze nicht annähernd so schwierig, wie er mich hatte glauben machen wollen. *Du kannst mich mal, Ed.*

In der nächsten halben Stunde ging es auch nicht besonders anspruchsvoll weiter: eine weitere Kriechpartie auf Händen und Knien, ein paar enge Öffnungen, durch die man sich zwängen musste, und dann wurde ich in eine geräumige Kammer hineingeboren. Von meiner Verärgerung darüber, dass ich einen Verrückten als Führer engagiert hatte, einmal abgesehen, fand ich langsam Gefallen an der Sache. Ich beschloss, dass es das Beste war, ihn nicht nach den Leichen zu fragen – nicht jetzt, nachdem er sich als potenzieller Verschwörungstheoretiker entpuppt hatte. Stattdessen wollte ich mich darauf konzentrieren, den Rat Run zu filmen, damit Thierry unheimliche Musik und Untertitel hinzufügen konnte, die auf die tragische Geschichte der Höhlen anspielten: »Ein Trip in die Tiefen der Cwm Pot – die Höhlen des Todes« oder etwas in dieser Richtung.

Ed wartete am Fuß einer breiten, senkrechten Felswand auf mich, die von zahlreichen Furchen durchzogen war. Auf halber Höhe teilte eine schmale, längliche Öffnung den Fels, vor der eine rostige Kette herabhing.

»Du hast dir ganz schön Zeit gelassen, Junge. Bereit für die nächste Etappe?« Er deutete mit einem knorrigen Finger auf die Öffnung. »Du musst da hochklettern, dir die Kette schnappen und dich durch die Lücke schwingen.«

Ich spürte, dass er auf meine Reaktion wartete. Von unserer Warte wirkte der Durchbruch zu schmal, als dass irgendetwas Substanzielleres als eine Zeitung hindurchgepasst hätte. »Klar. Kein Problem.«

Er prustete, da er mein gespieltes Draufgängertum offenbar durchschaute. »Ich mache den Anfang, was meinst du?«

»Ja.« Mein Mund war trocken.

Er huschte an einer Felsspalte am äußeren Ende der Wand nach oben, lief wie ein Affe auf den Fußballen über einen Felsvorsprung und sprang dann in einer flüssigen Bewegung ab, packte die Kette und schwang sich mit den Füßen voraus in die Spalte. Er schlängelte sich hinein und verschwand in der dahinterliegenden Dunkelheit.

Bei ihm hatte es einfach ausgesehen, und zunächst war es das auch. Hochzuklettern war mühelos, als wären die Ritzen und Vorsprünge speziell angebracht worden und keine Zufallsprodukte der Natur, doch als ich nach der Kette griff und ihr mein gesamtes Gewicht anvertraute, gab es einen Ruck, als würde sich die Schraube, mit der sie befestigt war, jeden Moment lösen. Mir schlug das Herz bis zum Hals, als ich meine Beine nach oben schraubte, bis ich mit den Zehen den Rand der Öffnung erreichte, während mein Kopf und mein Oberkörper senkrecht nach unten hingen und ich im Geiste sah, wie mein Kopf unten auf den Felsen aufschlug und wie eine Wassermelone aufplatzte. Wenn sich die Kette aus ihrer Verankerung gelöst hätte, wäre es das gewesen. Ich hangelte mich an der Kette nach oben, um mich in eine bessere Position zu bringen, und schaffte es, zuerst die Füße in die Öffnung zu schieben, dann die Beine. *Gott sei Dank.* Es war gerade genug Platz, dass ich mich weiter in die Finsternis winden konnte, doch ich musste den Helm absetzen, um zu verhindern, dass die Kamera an der niedrigen Decke entlangschrammte.

Mithilfe meiner Po- und Schultermuskulatur schlängelte ich mich dahin, wobei mein Bauch nur um Haaresbreite nicht am Fels über mir streifte. Als sich der Tunnel nach oben weitete, setzte ich den Helm wieder auf. Ich war jetzt in der Lage, mich auf den Bauch zu drehen und mit dem Kopf voraus durch den Gang zu Ed zu kriechen, der mit einem fiesen Lächeln im Gesicht auf mich wartete. »Vorsicht, Junge.«

»Oh, *Scheiße*.« Das Ende des Tunnels fiel in einen tintenschwarzen Abgrund ab, der mindestens drei Stockwerke tief war. Die Route nach unten vermittelte den Eindruck, als sei sie spiegelglatt. Als der Strahl meiner Stirnlampe sie streifte, unterdrückte ich Schwindelgefühle, obwohl ich noch nie zuvor Höhenangst gehabt hatte.

Ed beäugte mich abermals verstohlen. »Sollte für einen Kletterer wie dich kein Problem sein. Nicht für jemanden, der die Aiguilles bestiegen hat.« Von einer Sicherung erwähnte er nichts. Wir hatten ohnehin kein Seil dabei.

Im nächsten Moment war er bereits auf dem Weg nach unten, nahm furchtlos die direkte Route und klammerte sich dabei am Fels fest wie eine Spinne. Ich beobachtete ihn aufmerksam und versuchte mir einzuprägen, wo er sich festhielt.

»Komm schon, Chris Bonington, jetzt lass mal sehen, was du draufhast.«

Mit trockenem Mund schaltete ich die Kamera ein, wobei meine innere Stimme wenig hilfreich improvisierte: *Die letzten tragischen Momente im Leben von Simon Newman vor laufender Kamera*, dann rollte ich mich auf den Bauch und tastete nach dem obersten Halt für meine Fußspitzen, wobei ich inständig hoffte, dass das eingeschränkte Licht für eine optische Täuschung sorgte und das Ganze anspruchsvoller erscheinen ließ, als es tatsächlich war. *Du schaffst das.* Ich durfte nicht zulassen, dass ich erstarrte und inmitten der Bewegung einfror. Quer zu gehen schien der beste Plan zu sein, und ich hielt inne, während ich nach dem ersten Griff Ausschau hielt. Binnen Sekunden setzte mein Muskelgedächtnis ein, und ich verlagerte mein Gewicht auf meine Füße und richtete den Lichtstrahl nach unten und auf die andere Seite, um nach dem nächsten Griff Ausschau zu halten. Wie zuvor bei der Felswand waren sie ziemlich gleichmäßig verteilt. *Steig runter, geh noch mal quer. Mach langsam, lös das Problem.* Runter und quer, runter und quer. Ich ließ mir Zeit, war voll konzentriert und dankbar, dass mein Fußgelenk mitzuspielen schien. Meine Oberschenkel zitterten, als ich schließlich unten ankam. Und ich wurde von etwas durchflutet: Euphorie. Es hatte sich um einen einfachen Abstieg gehandelt, aber ich hatte ihn bewältigt. Den ersten echten Abstieg seit meinem Unfall. Ich schaltete die Helmkamera aus und drehte mich zu Ed, um ihn anzugrinsen. »Das war eigentlich …«

Meine Wirbelsäule schien vor Schmerz zu explodieren, als ich gegen den Felsen hinter mir geschleudert wurde. Bevor mein Gehirn ganz verarbeiten konnte, was vor sich ging, packte mich Ed mit einer Hand am Hals. Seine Finger hatten meine Luftröhre in der Zange, und sein gesamtes Gewicht drückte gegen mich. »Warum bist du wirklich hier unten?«, fauchte er mich aus nächster Nähe an. »Wer hat dich geschickt, wer hat dich geschickt?«

Ich bin nicht völlig unbeholfen, wenn es zu Handgreiflichkeiten kommt, unterdrückte jedoch das Bedürfnis, ihn zu schlagen, auf seine Augen loszugehen, ihm vielleicht einen Kopfstoß zu verpassen. Das kam nicht infrage. Ich musste ihn beruhigen, da ich mich weiß Gott wie weit unter der Erde befand und darauf angewiesen war, dass er mich wieder nach draußen führte. Der Druck auf meine Luftröhre nahm zu – sie tat höllisch weh –, und ich hob die Hände, um mich zu ergeben. »Bitte, Ed!«, quiekte ich. »Beruhigen Sie sich, verdammt. Bitte!«

»Warum bist du wirklich hier?« Speichel besprenkelte meine Haut, und ich hatte das schreckliche Gefühl, dass er sich jeden Moment vorbeugen und mich beißen würde.

»Ich möchte die Leichen für eine Website filmen!«

Der grobe, qualvolle Druck auf meine Luftröhre ließ nach. Ed trat einen Schritt zurück und murmelte etwas. Ich würgte und rieb mir den Hals. »Ed, ich schwöre …«

»Sei still, Junge.« Er hustete und spuckte aus. »Welche Website?«

»Mein Kumpel Thierry und ich betreiben sie. Sie heißt *Journey to the Dark Side*. Wir sind auf die Idee gekommen, unheimliche Orte zu filmen, ein paar Scherze über sie zu machen und die Clips ins Netz zu stellen, und ich habe von den Höhlen und dem Unglück in den Achtzigern gehört und von dem Gerücht, dass die Leichen der Männer, die damals ums Leben gekommen sind, immer noch da sind.« Ich plapperte wie ein Idiot, doch das war mir egal. »Ich wollte sie filmen. Das ist es. Ich schwöre, das ist die Wahrheit. Nicht für eine Doku, und es tut mir leid, dass ich da gelogen habe, aber mir war nicht bewusst …« *Mir war nicht bewusst, dass Sie so ein verdammter Verrückter sind.* »Glauben Sie mir?«

Wir standen da, ich atmete schwer, und er starrte mich mit seinen gelblichen Augen mindestens eine Minute lang an. Ich wurde aus seinem Gesichtsausdruck nicht schlau. Er wirkte verworren, unkoordiniert.

Ich machte mich auf einen weiteren Angriff gefasst. Dieses Mal, beschloss ich, würde ich mich wehren, würde ihn mit aller Kraft schlagen. Würde ich, wenn ich ihn abwehren konnte, den Quergang wieder hinaufklettern können? Ja, wahrscheinlich. Aber was dann? In Gedanken versuchte ich, die Route nachzuzeichnen, die wir gekommen waren. Ich wusste beim besten Willen nicht, ob ich in der Lage wäre, denselben Weg zurückzugehen, geschweige denn, die Leiter wieder hinaufzukommen. Ich war ihm blind gefolgt.

Dann stieß er wieder sein gackerndes Lachen aus.

»Glauben Sie mir, Ed?«

»Ich glaube dir, Junge. Musste nur sichergehen, dass du keiner von *ihnen* bist.«

»Das verstehe ich schon, Ed.« *Meine Güte.*

Der Flachmann tauchte auf, und wir ließen ihn ein paarmal hin- und herwandern. Das Brennen des billigen Fusels spülte den metallenen Adrenalin-Nachgeschmack weg und verursachte mir leichte Übelkeit. Ed beobachtete mich abermals mit einem boshaften angedeuteten Lächeln auf den Lippen. Ich war mir immer noch nicht sicher, ob sein Verschwörungsschwachsinn und sein Wutausbruch nur gespielt waren, um mich aus der Fassung zu bringen. Dieser Gedanke war nicht gerade tröstlich: Entweder war

Ed ein Psychopath, der aus Sadismus mit mir spielte, oder er war ein paranoider Schizophrener. Der dumpfe Schmerz in meinem Hals ließ langsam nach, doch meine Wirbelsäule pochte noch immer, nachdem er mich gegen den Felsen gestoßen hatte.

»Du möchtest also die Leichen sehen, sagst du?«

Nein. Ich möchte nichts wie raus hier und so schnell wie möglich weg von Ihnen. Dafür war es allerdings zu spät. Ich hatte ihn am Hals und konnte ebenso gut das Beste aus einer schlechten Situation machen. »Ist es wahr? Sind sie immer noch hier unten?«

Er nickte, wobei die Lichtverhältnisse die Furchen in seinem Gesicht noch tiefer erscheinen ließen. »Klar sind sie das. Denk doch mal nach. Man kann eine Leiche nicht rausschaffen, wenn sie so weit unter der Erde liegt, Junge. Nicht aus einem Labyrinth wie diesem.«

Ich versuchte mir vorzustellen, wie es wäre, eine Leiche durch die engen Gänge zu zerren, durch die wir gekommen waren. Dabei wurde mir noch übler. »Und Sie wissen, wo sie sich befinden?«

»Die Eltern der Jungs haben ihre Überreste Ende der Achtziger in eine Kammer weiter oben schaffen lassen, die eigentlich mit Beton hätte versiegelt werden sollen. Doch dann hat der Grundeigentümer einen Antrag gestellt, das ganze Höhlensystem endgültig sperren zu lassen, deshalb haben sie keinen Sinn mehr drin gesehen. Du möchtest sie filmen, sagst du?«

»Ja.« Allerdings kam es mir jetzt dämlich vor. Obszön.

»Hast du schon mal einen Toten gesehen, Junge?«

»Ja.« *Fang nicht damit an.* Doch ich konnte nichts dagegen tun, dass mein Dad vor meinem inneren Auge auftauchte, wie er hinter dem schmuddeligen Krankenhausvorhang lag, seine Gesichtsmuskulatur erschlafft, mit einer Leere im Blick, die mir als Zehnjährigem fürchterliche Angst eingejagt hatte. Die mir noch immer Angst einjagte, um ehrlich zu sein.

»Ich habe schon jede Menge gesehen. Belfast, Bosnien. Ich war überall.«

»Sie waren bei der Army, Ed?«

»Siebzehn Jahre lang, Junge.«

Bosnien. Wann war das gewesen? Anfang der Neunziger? Ich hätte es wissen sollen. »Warum sind Sie ausgeschieden?« *Abgesehen davon, dass Sie unzurechnungsfähig oder ein Psychopath sind. Oder beides.*

»Die mussten mich loswerden, weil ich ihre Pläne durchschaut habe, weißt du? Weil ich durchschaut habe, was sie wirklich vorhatten.«

Verschwörungstheorie-Alarm, halt ihn auf Kurs. »Ist es möglich, die Leichen zu sehen? Gelangt man dort hin?«

Ein listiger Blick. »Ja. Kann ich dir zeigen, Junge. Sagen wir hundert Piepen zusätzlich?«

Ich hatte keine zusätzlichen hundert Pfund, doch dieses Problem würde ich lösen, wenn wir wieder draußen waren. »Einverstanden.«

Der nächste Abschnitt war einfach. Kurz auf dem Bauch robben, eine weitere Felsverblockung, und dann war überall das Sprudeln und Plätschern von Wasser zu hören. Wir kletterten am Rand eines Geröllhangs nach unten, wo ein schnell fließender Bach gurgelnd in einem Tunnel verschwand. Ed ging daneben in die Hocke. »Der

Wasserstand ist höher, als mir lieb ist.« Er schniefte. »Sollte aber okay sein, solange wir nicht rumtrödeln. Bekommst du kalte Füße, Junge?«

»Nein.«

»Wirst du aber bald.« Das gackernde Lachen verwandelte sich in einen flüssigen Hustenanfall, bei dem er sich krümmte. Nach einer weiteren Runde seiner höchst appetitlichen Kombination aus Räuspern und Ausspucken stieg er in den Bach und watete los. Ich folgte ihm, und die Strömung wand sich pulsierend um meine Waden. Der Boden senkte sich, ich stolperte, und Wasser schwappte über den Rand meiner Gummistiefel und durchnässte meine Socken. Der Kälteschock ließ mich keuchen.

»Pass auf, wohin du trittst, Junge. Hier gibt es Löcher im Boden, die direkt runter in die Hölle führen.«

Wir bogen um eine Ecke und schoben uns an einem tintenschwarzen sumpfigen Tümpel vorbei. »Pass auf, hier kann einem der Arsch ganz schön auf Grundeis gehen.« Er kletterte auf einen schmalen Felsvorsprung, der an dem Bach entlangführte, dann machte er einen Schritt über das Wasser, sodass er mit gespreizten Beinen dastand, einen Fuß auf jeder Seite. Ich tat dasselbe, wobei ich betete, dass mein geschwächtes Fußgelenk mein Gewicht tragen würde und die Gummistiefel auf den rutschigen Furchen nicht den Halt verlieren würden. Wir bewegten uns schlurfend vorwärts und kamen dabei nach und nach immer höher, bis wir uns knapp zwei Meter über dem schäumenden Bach befanden. Jetzt zu stürzen, wäre eine Katastrophe, und ich musste mich daran erinnern zu atmen. Ed blieb stehen und deutete nach oben. Von der Decke hingen

Stalaktiten herab: eine Ansammlung von schlanken Halmen, wuchtigeren Fangzähnen, seltsam befremdlichen, gerippten Fächern. Doch ich war nicht der geologischen Wunder wegen hier.

»Bereit für den Rat Run, Junge?«

»Hier beginnt er?«

»Ja.«

Er ging schwankend nach rechts zu einem Felsvorsprung hinüber, ließ den Bach hinter sich, dann huschte er über einen Haufen Felsbrocken und durch eine der sich verengenden Öffnungen.

Ich schaltete die Kamera ein – meine Hände zitterten, deshalb dauerte es eine Weile, bis es mir gelang –, holte tief Luft und imitierte dann Eds Bewegungen. Als ich bei dem Schritt auf die andere Seite mit dem linken Fuß wegrutschte und beinahe ins Wasser schlitterte, stieß ich einen bescheuerten jaulenden Laut aus.

Der Rat Run fing harmlos an, als versuchte er, mich in falscher Sicherheit zu wiegen, mit einer Krabbelpartie auf allen vieren, die nicht allzu anspruchsvoll war, aber dafür sorgte, dass ich meine Knieschoner zu schätzen wusste. Ed wartete am Ende des Tunnels auf mich.

»Der nächste Abschnitt wird ein bisschen eng, Junge.«

Dabei handelte es sich um die Untertreibung des Jahres: Durch eine beklemmend schmale Öffnung gelangte man in einen engen Hohlraum, der nicht höher als dreißig Zentimeter sein konnte, und ich war gezwungen, den Kopf zur Seite zu drehen, um überhaupt hineinzupassen. Meine Wange war nur Millimeter vom feuchten Fels entfernt, als ich mich daran entlangschob, wobei ich so eingeengt war, dass ich nur vorankam, wenn ich mich mit den Zehen vorwärtsdrückte, während ich mich mit den Fingern festkrallte. Nach fünf Minuten fing mein kaputtes Fußgelenk förmlich an zu schreien. Ab und zu spürte ich, wie der Fels über mir mit schweren Händen gegen meinen Rücken und mein Gesäß presste. Mein ganzer Körper begann, unangenehm zu prickeln, und ich war mir mehr denn je des Gewichts der Felsen über mir bewusst. Die Anstrengung, die damit verbunden war, sich schlängelnd vorwärtszubewegen, raubte mir den Atem, und nach kürzester Zeit keuchte ich. Schweißrinnsale stachen in meinen Augen.

Der Tunnel öffnete sich in einen herrlichen Abschnitt, in dem ich zur Fortbewegung anstelle meiner Finger und Zehen meine Ellbogen und Knie benutzen konnte, dann verengte er sich wieder, wobei sich die Decke gnadenlos tief herabsenkte und sich so endlos hinzuziehen schien. Sogar Ed hatte hier Schwierigkeiten voranzukommen. Seine Stiefel scharrten auf dem losen Untergrund, um Halt zu finden. Das Kribbeln in meinen Gliedmaßen nahm zu, als meine Energie schwand. Ich musste immer wieder pausieren, um wieder zu Atem und zu Kräften zu kommen. Als die Decke wieder etwas höher wurde, konnte ich den Kopf anheben, um die Schmerzen in meinem Nacken zu lindern, doch es sollte noch weitaus schlimmer kommen: eine unsagbar enge Passage, die sich nach oben und um die Kurve wand. Ed befand sich vor mir und hatte bereits die Hälfte der Strecke zurückgelegt. Er stöhnte und fluchte und strampelte dabei wie wild mit den Beinen, bis er schließlich durch war. Ich ließ den Kopf für ein paar

Sekunden auf die Arme sinken. Vor meinem inneren Auge tauchten immer wieder schreckliche Bilder auf: ein Einsturz vor uns, der mich für immer in diesem beengten Raum einsperren würde; Ed, der vor mir starb und den Weg blockierte; ein Demo-Film über das, was den jungen Männern hier unten widerfahren war …

Schluss jetzt.

Ich sammelte meine verbliebenen Kräfte und steckte Kopf und Schultern in die unwegsame Öffnung, die mir nicht genug Platz bot, um beide Arme hineinzuschieben. Dann tastete ich auf der anderen Seite nach etwas, an dem ich mich festkrallen konnte, da ich hoffte, mich auf diese Weise durchziehen zu können. Meine Finger fanden auf der rutschigen Oberfläche allerdings keinen Halt. Ich trat so fest ich konnte mit den Beinen aus und schaffte es, mich vorwärts zu schubsen. Dabei rang ich nach Atem, da mir der Fels den Brustkorb eindrückte. Ich versuchte, mich wieder rückwärts zu bewegen, steckte jedoch fest, einen Arm nach vorne ausgestreckt, den anderen an meiner Seite eingekeilt – wie ein Schwimmer, der mitten im Kraulen erstarrt ist. Ich schob mit den Zehen an. Vergeblich.

»Ah, ah, ah.« Es bestand kein Zweifel. Gefangen. Ich war gefangen. Dann überkam mich Panik, heiß und schnell. »Ed! Ed! Ed! Ich stecke fest!«

»Entspann dich, Junge.« Seine Stimme schwebte zu mir. »Du kommst schon durch. Panik ist dein Feind.« Er klang ruhig, beinahe fürsorglich. Etwas Ed-Untypischeres hätte ich mir gar nicht vorstellen können. Es half.

Atme, atme, atme.

Bei jedem anspruchsvollen Aufstieg kommt der Moment, in dem man an einen Kipppunkt gelangt – der Moment, wenn es kein Zurück mehr gibt. Mein früherer Kletterlehrer vom Jugendamt, Kenton, ein ehemaliger Special-Forces-Soldat ohne den geringsten Sinn für Humor, der die Fähigkeit besaß, uns das Fürchten zu lehren, ohne die Stimme zu erheben, hatte uns immer gesagt, dass man seinen Kopf freimachen und sich konzentrieren muss, um mit solchen Momenten fertig zu werden. Niemand konnte mich aus dieser Situation befreien, außer ich selbst. Ich konnte mich meiner Angst geschlagen geben, oder ich kämpfte.

Ich ließ mich erschlaffen. Atmete wieder ein. Zwang mich, meinen Kopf frei zu machen, den Gedanken an das erdrückende Gewicht über mir und um mich herum zu verdrängen.

Obwohl mein linkes Fußgelenk und meine Zehen protestierten, schob ich an. Nichts. *Keine Panik. Du schaffst das. Mach langsam.* Ich schob noch einmal. Und dieses Mal bewegte ich mich ein paar Zentimeter vorwärts. *Mach weiter.* Noch einmal angeschoben, noch einmal ein paar Zentimeter. Dann war ich in der Lage, mich ganz langsam nach und nach umzudrehen und mich von der Felsfessel zu befreien, die meinen Brustkorb gefangen hielt. Nachdem ich meinen linken Arm durchgeschlängelt hatte, konnte ich beide Hände verwenden, um meinen armen Zehen bei der Arbeit zu helfen. Als mein Körper halb befreit war, stieß ich mich mit den Ellbogen ab und wand mich wie eine Schlange, bis mein Bauch und meine Beine folgten. *Gott sei Dank.* Ich legte fünf Minuten Pause ein und schnaufte wie eine Dampflok, während ich darauf wartete, dass sich mein galoppierender Puls verlangsamte. Vor mir lag jedoch eine weitere beklemmende Engstelle, die dafür sorgte, dass sich meine Erleichterung über mein knappes Entkommen in Grenzen hielt.

Ich bewegte mich abermals mithilfe meiner Zehen und Finger voran. Der Boden erwies sich als wesentlich feuchter, als er es bis dahin gewesen war, und ich spuckte einen Mundvoll sandigen Schlamm aus, der an meinen Zähnen kratzte. Ich wurde das Gefühl nicht los, dass ich mir den Weg durch die glitschigen Gedärme eines riesigen Tieres bahnte. Unter uns pulsierte das hohle Geräusch von Wasser. Vor mir drehte sich Ed auf die Seite, um sich durch eine weitere enge Spalte zu zwängen. Zum Glück konnte ich ziemlich mühelos durch sie hindurchschlüpfen. Dahinter begann ein Gang, der es mir erlaubte, mich mithilfe meiner Ellbogen vorwärtszubewegen.

»Hier sind die Jungs ums Leben gekommen«, rief Ed über das Tosen des Wassers hinweg. »Zwei wurden hier gefunden, einer hat versucht, noch weiter zu kommen.«

Vielen Dank, Arschloch. Mich überkam erneut Panik, während ich mich langsam vorankämpfte und mir abermals vorstellte, dass ich steckenblieb, dass ich keine Luft mehr bekam, dass die Höhlen geflutet wurden, dass mein Entkommen zu einem Wettlauf gegen die Zeit wurde. *Sie werden dich hier niemals rausholen können, Simon. Gefangen. Du wirst für immer gefangen sein.*

Schließlich kamen wir zu einer Knickstelle in dem Schlauch, die uns genug Platz bot, um uns aufzusetzen.

»Dreh dich um, Junge.« Das Tosen des Wassers war

noch lauter geworden, und er musste schreien, damit ich ihn hörte. »Hier sollte man nicht mit dem Kopf zuerst runter.«

Ich befolgte seine Anweisung und robbte ihm mit den Füßen voraus auf dem Po bis zum Ende des Tunnels hinterher, der zu dem Bach hinabfiel. Dann ließ ich mich mit den Beinen zuerst hineinfallen, die vom Adrenalin und vor Erschöpfung zitterten. Das Wasser reichte mir bis über die Knie und lief mir sofort in die Stiefel. Der heftige Kälteschock ließ mich abermals nach Luft schnappen, linderte jedoch den Schmerz in meinen Wadenmuskeln.

»Das war's, oder, Ed? Wir haben den Rat Run hinter uns?«

»Was?«

Ich wiederholte die Frage lauter.

»Ja. War halb so wild, oder?«

Dann blieb Ed wie angewurzelt stehen und deutete auf einen Felsvorsprung zu unserer Linken. »Hier müssen wir hoch, Junge. Da oben sind sie.«

»Die Leichen?«

»Ja.«

Genau dafür war ich hergekommen, doch die Bewältigung des Rat Run war kräftezehrend gewesen, und meine Arm- und Beinmuskulatur pochte wie ein schmerzender Zahn. Ich sehnte mich zurück in die verhältnismäßige Wärme des Autos und nach einem Bier und einem Bacon-Sandwich auf dem Nachhauseweg. *Du bist jetzt hier. Zieh's einfach durch. Das Schlimmste hast du hinter dir.* Glücklicherweise gab es nach zwei Dritteln des Weges nach oben eine Felsnase, die mir genug Halt bot, um mich zu der

Spalte ganz oben zu hieven. Auch diese Öffnung erforderte, dass man den ganzen Körper einsetzte, um sich hindurchzuzwängen, erwies sich jedoch als Kinderspiel im Vergleich zu dem, was ich gerade hinter mir hatte. Eine Krabbelei auf allen vieren durch einen unebenen Tunnel führte in eine längliche Höhle von der Größe einer Abstellkammer, deren gewölbte Decke nur an einer Stelle hoch genug war, dass man sich aufsetzen konnte. In meinen Stiefeln schwappte körperwarmes Wasser umher. Ich zog in Erwägung, sie auszuleeren, beschloss aber, mir nicht die Mühe zu machen. Dann hielt ich inne, um Atem zu schöpfen, und ließ den Lichtstrahl durch die Kammer schweifen.

»Hier ist nichts …« Und dann sah ich sie: ein Durcheinander von Formen am anderen Ende der Kammer, die ich irrtümlich für Felsbrocken gehalten hatte. Sie waren ganz anders als erwartet – ich hatte ein Bild von perfekt erhaltenen Leichnamen im Kopf gehabt, wie sie aus Torfmooren ausgegraben werden. Zwei Schädel lagen mit dem Gesicht zueinander da, als würden sie sich küssen. Einer davon wirkte zottelig, als wäre auf dem Fleisch ein Fell gewachsen, auf dem anderen befanden sich feine Streifen getrockneter Haut, als wäre ihm eine zerrissene Strumpfhose übergezogen worden. Auch hier war kein Geruch wahrzunehmen. Ich näherte mich zaghaft und ließ den Lichtkegel der Stirnlampe über den Rest tanzen. Die Körper waren nicht mit besonderer Sorgfalt hier abgelegt worden: Eine Elle schmiegte sich an die bräunliche Rundung eines Beckens, und etwas, bei dem es sich vermutlich um einen zum Teil zusammengefallenen Brustkorb handelte, war in verrottenden Stoff gehüllt. Andere Gliedmaßen steckten noch in den zerfetzten Überresten von etwas, bei dem es sich dem Anschein nach um Neoprenanzüge handelte, und vertrocknete Fingerknochen waren wie Kieselsteine verstreut. Ein einsamer Helm lag wie ein leerer Schildkrötenpanzer hinter dem Knochenhaufen in der felsigen Ecke. Das Tosen des Wassers machte keine Pause: das Geräusch, das sie gehört haben mussten, bevor sie starben; das Geräusch, das sie bis in alle Ewigkeit hören würden. Und ich dachte: *Das ist nicht schrecklich oder abstoßend, sondern traurig.* Außerdem dachte ich: *Thierry wird total begeistert sein.* Ich schaltete die Kamera aus und hoffte insgeheim, dass sich das Bildmaterial als unbrauchbar erweisen würde. Über die Opfer wusste ich nur, dass es sich bei ihnen um Studenten handelte, die einem Höhlenkletterclub der University of Warwick angehört hatten. Sie waren per Anhalter hierher gefahren, um Spaß zu haben, für einen Hauch von Abenteuer, und hätten sich niemals träumen lassen, dass das Wetter, das Schicksal oder was auch immer sie so enden lassen würde, für immer gefangen in einer Höhle, und dass irgendein Arschloch in ihre letzte Ruhestätte kriechen würde, um sie zu filmen und ins Internet zu stellen. Ich schüttelte mich im Geiste. Ich war morbid. Über die Willkür des Todes und die Ethik meines Handels zu philosophieren, nützte diesen Typen auch nichts.

Ich zuckte zusammen, als ein hellerer Lichtklecks Eds Ankunft am Eingang der Kammer verkündete. Er schüttelte den Kopf, wobei der Lichtstrahl weite Bogen beschrieb. Sein Gesicht wirkte verhärmt, da das Licht abermals neben seinem Mund breite schwarze Linien einkerbte. Ich machte mich auf eine seiner Schimpftiraden gefasst – oder auf Schlimmeres. Er sagte etwas, das jedoch von den Hintergrundgeräuschen des Wassers verschluckt wurde.

»Was?«

»... Schwierigkeiten!«

Ich schüttelte den Kopf und signalisierte ihm pantomimisch, dass ich ihn nicht verstand.

»Wir sind in Schwierigkeiten.« Und dann kam es mir: Er war nicht drauf und dran zu explodieren; er hatte Angst.

»Warum denn?«

»Das Wasser steigt an. Das Wetter muss umgeschlagen haben.«

»Wie schlimm ist es denn?«

Er schüttelte abermals den Kopf. An seinem Anzug liefen Rinnsale hinab.

»Wie schlimm, Ed?«

»Schau es dir selber an.« Er wich zurück und ließ mir gerade genug Platz, dass ich mich an ihm vorbeizwängen konnte. Ich krabbelte den Tunnel entlang, wobei ich mir die Hüfte an einem Felsvorsprung anschlug, und stecke den Kopf zu der Öffnung hinaus. Das Tosen des Wassers war ohrenbetäubend, und abtrünnige Spritzer landeten in meinem Gesicht. *Um Gottes willen.* Es sah so aus, als hätte der Mahlstrom bereits fast den Ausgang des Rat Run erreicht. Wie war es möglich, dass das Wasser so schnell angestiegen war? Aber ich wusste, dass es möglich war. Natürlich wusste ich es. Ich hatte soeben mit eigenen Augen den Beweis dafür gesehen.

Was ich als Nächstes tat, war unverzeihlich. Ich schob

meine Beine mit den Füßen voran durch die Spalte und tastete nach dem Felsvorsprung mit der Absicht hinunterzuklettern, um mir das Ganze genauer anzusehen und das tosende Wasser zu filmen. Nachdem ich die anderen schwierigen Abschnitte gemeistert hatte, wurde ich übermütig – typisch für mich –, doch ich trat ins Leere, und dann verlor ich die Kontrolle und geriet ins Rutschen. Als ich mit den Füßen zuerst ins Wasser eintauchte, blieb mir beinahe das Herz stehen. Der Kälteschock sorgte dafür, dass mein Gehirn es zuerst als kochend heiß wahrnahm. Ich spürte einen explosionsartigen Schmerz, als mein Knöchel auf Fels traf, verlor das Gleichgewicht, und die Wucht des Wassers – das mir jetzt bis zur Brust reichte – drückte gegen mich und riss mir die Beine weg. Finger eiskalten Wassers fanden den Weg unter den Kragen meines Kälteschutzanzugs, und ich schnappte unfreiwillig nach Luft und glaubte zu ersticken, als Wasser meine Lunge spülte. Ich ruderte mit den Armen, um den nächsten Felsen fassen zu können, tastete nach Halt, doch die aufgewühlten Fluten tauchten mich abermals unter. Dann zerrte irgendetwas heftig an meiner Taille und riss mich nach hinten. Da Panik mein Denken trübte, kämpfte ich dagegen an, bis mir bewusst wurde, dass Ed an meinem Gürtel zog. Ich hustete einen Schwall Wasser heraus. Mein Rachen, der noch von Eds Attacke schmerzte, brannte jetzt wie Feuer, und ich konnte ihn beim Kampf gegen die Strömung, die gegen uns anrannte, kaum unterstützen.

Ed zog mit aller Kraft an meinem Gürtel und presste mich gegen die Felswand, die zu der Kammer der jungen Männer hinaufführte. »Geh wieder da hoch!«

Ich hatte das Gefühl, nicht genug Luft in meine Lunge zu bekommen, und der Weg nach oben war spiegelglatt. Zweimal versuchte ich, Halt zu finden, rutschte aber jedes Mal wieder ab. Dann spürte ich, wie Ed mich nach oben schob, indem er meinen linken Fuß mit den Händen stützte. Ich zog mich in die Öffnung, hastete durch den Tunnel und brach zusammen, als ich in der Grabkammer ankam. Noch immer hustend und nach Atem ringend krabbelte ich zu der Stelle hinüber, wo die Decke mehr Platz bot. In diesem Moment widmete ich Ed keinen Gedanken – ich nahm kaum zur Kenntnis, dass er hinter mir ankam.

Schließlich fand ich meine Stimme wieder.

»Wie lang wird es dauern, bis es wieder zurückgeht?« Ich musste abermals schreien, um das Donnern des Wassers zu übertönen, was eine Herausforderung war, da mir der Hals wehtat und meine Zähne klapperten.

»*Was?*«

»Wie lang wird es dauern, bis wir wieder rauskommen?«

»Vielleicht einen Tag. Vielleicht eine Woche.«

»Eine Woche?« Mein erster Gedanke war lächerlich: *Ich habe mir bei der Arbeit nur einen Tag freigenommen.*

Ich vermied es, einen Blick auf die Gebeine zu werfen, doch irgendetwas veranlasste mich, meine Handschuhe auszuziehen, die Hand auszustrecken und sie zu berühren. Jetzt fühlten sie sich lebendig an, feucht und warm. Ich zitterte heftig und konnte förmlich spüren, wie sich die Kälte den Weg in mein tiefstes Inneres bahnte.

»Zieh deine Klamotten aus, Junge.« Ed war bereits dabei, seinen Anzug abzustreifen.

Er hatte recht. Ich war bis auf die Haut durchnässt, und wenn ich meine nassen Sachen anbehielt, würde ich einer Unterkühlung kaum entkommen können. Ich kickte meine Stiefel weg – ein Fehler, da sich das Wasser darin auf den ohnehin schon feuchten Boden ergoss – und schälte mich aus dem PVC-Anzug und dem tropfnassen Fleece-Unterzieher. Meine Socken und meine Boxershorts klebten mir feuchtkalt auf der Haut, und ich zog sie ebenfalls aus. Der bröckelige Boden der Höhle bohrte sich in meine Gesäßbacken, als ich die Knie an die Brust zog.

Das Licht wurde schwächer, und ich brauchte einen Moment, bis mir bewusst wurde, dass Ed seine Stirnlampe ausgeschaltet hatte. Er streckte die Hand aus und tippte meine an.

»Schalt sie aus. Du musst Batterie sparen.«

»Nein!« Meine Antwort kam reflexartig, da sich alles in mir gegen die Vorstellung sperrte, im Dunkeln zu sitzen.

»Mach schon.« Das war nicht unbedingt eine Drohung, doch ich bezweifelte, dass er ein Nein als Antwort akzeptiert hätte. Und er hatte recht: Natürlich mussten wir uns die Batterien aufsparen. Ich setzte meinen Helm ab, betätigte den Schalter, und reine, flüssige Schwärze umhüllte uns. Es gab nichts, worauf ich meinen Blick hätte richten können, und ein paar Minuten lang spielten mir meine Augen Streiche, formten aus dem Nichts Silhouetten, erschufen helle Lichtkreise, die gar nicht existieren konnten. Der Mangel an visueller Stimulation war verwirrend und leicht Übelkeit erregend und schien das Tosen des Wassers zu verstärken.

Ich zuckte zusammen, als ich Eds kalten Körper von

hinten an mich heranrutschen spürte, bis sich seine Oberschenkel von außen an meine pressten und seine Arme meinen Brustkorb umschlangen. *O Gott.* Ich hielt mich völlig still, als sein Atem meinen Nacken kitzelte und sich etwas Feuchtkaltes, bei dem es sich um seine Genitalien handeln musste, unten an meine Wirbelsäule quetschte. »Ich bin mir nicht sicher, ob Sie das tun sollten, Ed.« Er antwortete nicht – vielleicht hörte er mich nicht wegen der lärmenden Wassermassen unter uns. Es war Jahre her, dass ich an einem Erste-Hilfe-Kurs teilgenommen hatte, und ich war mir ziemlich sicher, dass es alles nur noch schlimmer machte, wenn sich zwei unterkühlte Personen so nahe kamen. Doch das Kältegefühl in mir tat weh, ein starker, beharrlicher Schmerz, und ich konnte mir nicht vorstellen, dass es überhaupt noch schlimmer werden konnte. Er fing an, meine Arme und Beine zu reiben, als wäre er ein ungeduldiger Vater, der sein Kind nach einem Bad abtrocknet. Die Reibung half, und das Unbehagen, ihm so nahe zu sein, ließ nach, als die Kälte erträglich wurde: noch immer höchst unangenehm, aber nicht mehr schmerzhaft. Als das heftige Zittern abklang, richteten sich meine Gedanken auf den riesengroßen Schlamassel, in dem ich steckte.

Okay. Keine Panik. Thierry weiß, wo du bist. Die Wegbeschreibung, die Ed geschickt hat, befindet sich auf dem Laptop. Er ist nicht blöd, er weiß, wie gefährlich die Höhlen sind. Einer der Gründe, warum er dich nicht begleitet hat. Wenn du nicht bis Mitternacht oder spätestens morgen früh zurück bist, wird er Alarm schlagen.

Ein Gewicht auf meiner Schulter, als Ed sein kratziges Kinn auf sie stützte, als wären wir Liebende. Die Situation hätte urkomisch sein können, wenn sie nicht so tödlich gewesen wäre. Ich hatte inzwischen keine Angst mehr vor ihm; er hatte mir das Leben gerettet, und die Schrecken unserer Lage ließen seine psychotischen Anwandlungen zur Bedeutungslosigkeit verblassen.

»Weiß irgendjemand, dass Sie hier unten sind, Ed?« Mein Hals protestierte, als ich meine Stimme über das Tosen des Wassers erhob.

»Nein, Junge.«

»Mein Kumpel erwartet mich heute Abend gegen neun zurück. Ich nehme an, er wird die Rettungskräfte rufen.« Ich gab mir Mühe, optimistisch zu klingen, doch in meiner Stimme lag eine Spur von Panik. »Kommen die Retter überhaupt bis hier runter zu uns?« Ich musste die Frage zweimal wiederholen.

»Nein. Nicht mal Taucher würden es durch den Rat Run schaffen. Zu eng, weißt du.«

»Könnten sie denn nicht von der anderen Seite rein? Sie haben doch gesagt, von hier aus bräuchte man eine Stunde bis nach draußen.«

»Die Strömung ist zu stark. Du hast sie doch selber gespürt, Junge.« Sein Griff lockerte sich, als er ein quälendes, lungenversengendes Husten vom Stapel ließ.

»Alles in Ordnung, Ed?«

»Ja.« Er räusperte sich und hustete abermals, wobei sein Brustkorb hinter mir polterte.

»Sie haben mir das Leben gerettet.«

Keine Reaktion.

»Ich habe gesagt, Sie haben mir das Leben gerettet.«

Einer seiner Grunzlaute. Noch ein Husten. Ich betete,

dass ich mir die feinen Spritzer auf meiner Schulter nur einbildete.

Und dann kam es mir: *Fuck.* Die Leichname. »Das Wasser kommt nicht bis hier rauf, oder?«

»Oh, doch. Kann sein, dass das ganze Höhlensystem vollläuft.«

»Scheiße.«

Das war der Grund, weshalb es sich bei den Überresten um ein so willkürliches Durcheinander handelte und die reine Luft hier unten sie nicht konserviert hatte; im Lauf der Jahre musste Wasser an ihnen geleckt und sie geschubst haben. Ertrinken tat weh. Alle behaupteten das Gegenteil, sagten, es sei friedlich, doch das war Blödsinn. Die CIA benutzte simuliertes Ertrinken als Foltermethode, nicht wahr? Und ich spürte noch immer das rasiermesserscharfe Brennen von Wasser, das den falschen Weg genommen hatte.

Wir saßen weiß Gott wie lange so da, schweigend ineinander verschlungen. Meine Gedanken waren durcheinander und drehten sich immer und immer wieder um Rettungsszenarien und verzweifeltes Nicht-wahrhaben-Wollen, was mit mir geschah. Die Finsternis war so vollkommen, dass ich nicht beurteilen konnte, ob ich die Augen geöffnet oder geschlossen hatte. Als meine Panik abebbte, trat nicht Resignation, sondern Lethargie an ihre Stelle.

Und dann Stimmen – ich hörte Stimmen! Und mehr als nur eine: Ein ganzer Chor von Leuten rief nach uns. Sie kamen, Ed hatte sich getäuscht, sie kamen! »Hey!«, schrie ich, wobei ich meinen empfindlichen Hals ignorierte. »Hey! Wir sind hier oben!« Ich wand mich aus Eds Umarmung und hechtete in die Richtung, in der ich den Eingang der Höhle vermutete. Dabei stieß ich meinen Ellbogen in irgendeinen Teil seines Körpers. »Wir sind hier!«

Raue Hände packten mich, Finger bohrten sich in mein Fleisch.

»Lassen Sie mich los, Ed! Stimmen! Ich höre Stimmen!«

Ich wurde zurückgezerrt, in den Schwitzkasten genommen, und seine Stimme krächzte mir ins Ohr: »Junge! Junge! Das ist nur das Wasser. Hör doch.«

Ich wehrte mich gegen seinen Griff, dann registrierte mein Gehirn, was er gesagt hatte. Ich lauschte. Er hatte recht. Natürlich hatte er recht. Rettungskräfte konnten nicht so schnell hier heruntergelangt sein – wenn sie es überhaupt schafften. *Wer hat hier nicht alle Tassen im Schrank, Simon?* Was ich für einen Stimmenchor gehalten hatte, für das Plaudern und Lachen von fünf oder sechs Personen, war in Wirklichkeit das Tosen des Wassers, das unter uns vorbeiströmte. Und trotzdem war ich mir anschließend noch einige Minuten lang sicher, in dem wässrigen Lärmen Worte ausmachen zu können; es war qualvoll, als würde man durch eine Wand einer Unterhaltung lauschen. Die Geräuschkulisse hatte einen isochronen Rhythmus, der eindringlich, grausam und hypnotisierend war: *Wir kommen, um dich zu holen, Si. Wir kommen, um dich zu holen, Si.*

Ed ließ mich los und bezog wieder hinter mir Position. Seine behaarten Extremitäten schlossen sich erneut um mich, und ich wurde die Vorstellung nicht mehr los, mich in den Fängen einer riesigen haarigen Spinne zu befinden. Er begann aufs Neue, meine Gliedmaßen zu reiben, doch dieses Mal (obwohl ich rückblickend einfach mit dem am Rand meiner Gedanken lauernden Wahnsinn in Konflikt geraten sein mochte) war irgendetwas verkehrt an der Art und Weise, wie er mich berührte. Seine Finger schienen auf meinen Oberschenkeln und auf meinem Bizeps zu verweilen, was nicht unbedingt etwas Sexuelles hatte, aber dennoch intim war, als massierte er mich eher zum Vergnügen, als um mir Wärme zu spenden. Und er führte Selbstgespräche, murmelte irgendetwas vor sich hin. Mir war egal, wenn ich ihn wütend machte.

»Würden Sie bitte damit aufhören, Ed?«

Ich rechnete beinahe damit, dass er mich ignorieren oder wieder ausrasten würde, doch seine Finger hörten sofort auf, sich zu bewegen. Ich zog die Knie an die Brust und vergrub das Gesicht zwischen ihnen, wobei ich meine salzige Haut schmeckte.

So wirst du sterben, Si: Du wirst im eiskalten Wasser mit den Toten ertrinken oder in den Armen eines durchgeknallten Exsoldaten verhungern.

Nein. So darf ich nicht sterben. Nicht bevor … Nicht bevor was? Ich meinem Potential gerecht geworden bin? Welchem Potential? Selbstmitleid machte sich langsam breit, als ich an meine Mum dachte und mir vorstellte, wie sie von meinem Tod erfuhr. Sie lebte in Australien, in der Nähe meiner Schwester Alison, und war glücklich in zweiter Ehe mit einem Versicherungsstatistiker verheiratet. Ich hatte sie und Alison seit vier Jahren nicht mehr gesehen. Mit ihr gesprochen hatte ich seit einem halben Jahr nicht mehr. Würde sie mich vermissen? Vielleicht wäre sie sogar erleichtert. Keine Bitten mehr um Geld-Leihgaben, keine

Sorgen mehr um das schwarze Schaf der Familie. Dann driftete ich in Spekulationen über meine Bestattung ab, nur dass gar keine Bestattung stattfinden konnte, da es keinen Leichnam geben würde. *Man kann eine Leiche nicht rausschaffen, wenn sie so weit unter der Erde liegt, Junge.* Vielleicht würde Thierry einen Leichenschmaus oder einen Gedenkgottesdienst bei Mission:Coffee organisieren, wo wir uns kennengelernt und die letzten beiden Jahre gearbeitet hatten. Thierry. Ich konnte einen Anflug von Wut auf ihn nicht unterdrücken – ich wäre überhaupt nicht hier unten gelandet, wenn es die Website nicht gegeben hätte, die seine Idee gewesen war. Sie war entstanden, nachdem er beschlossen hatte, das bescheuerte Geplänkel zu posten, mit dem wir uns bei der Arbeit gegenseitig bei Laune hielten, überwiegend alberne Top-Five-Listen und Pop-Junkie-Zeugs: »die Top Fünf der Spielfilm-Monster, mit denen man am wenigsten gerne vögeln würde«, »die fünf am meisten enttäuschenden Horrorfilm-Enden«. Das war ein paar Jahre bevor Buzzfeed Listicles allgegenwärtig machte, und in kurzer Zeit hatten wir eine bescheidene Anzahl Follower. Da sich unsere schmuddelige Wohnung im Herzen von Whitechapel befand, schlug Thierry dann vor, dass wir eine »alternative Jack-the-Ripper-Tour« filmen und uns darin über die Ripper-Industrie in der Gegend lustig machen sollten. Der Film wurde ein Hit – vor allem bei unseren Abonnenten in den Vereinigten Staaten –, und *Journey to the Dark Side* war geboren. Das Top-Five-Material bildete die Basis der Website und brachte einen steten Strom von Klicks ein, und um die Verbreitung anzukurbeln, unternahmen wir hin und wieder Tagesausflüge, um auf Friedhöfen und an den Lieblingsplätzen berüchtigter Serienmörder zu filmen und die Aufnahmen anschließend mit satirischem Geplänkel zu unterlegen. Bei der Recherche für unseren nächsten Trip stieß ich dann auf die Cwm Pot; Thierry war begeistert von der Idee, sie auf der Website zu präsentieren, weigerte sich jedoch kategorisch, mich zu begleiten, wobei er seinen Status als »Übergewichtiger Nerd« als Ausrede anführte.

Ed stieß erneut sein polterndes Husten aus.

»Alles in Ordnung, Ed?«

Keine Antwort.

»Ed?«

»Beruhige dich, Junge.«

Wurde das Grollen des Wassers lauter? Würde es angerauscht kommen und uns in der Kammer umherschleudern, als wären wir Socken in einer Waschmaschine, oder würde es langsam hereinkriechen?

Denk an etwas Schönes.

Ich scrollte durch meine mentale Festplatte und stieß dabei auf die Trips, die ich vor Jahren mit dem Jugendamt-Kletterprogramm für »schwierige Teenager« gemacht hatte. Nachdem man mich zum dritten Mal beim Ladendiebstahl erwischt hatte, war meine Mum mit ihrem Latein am Ende gewesen und hatte mich dort angemeldet, ohne es mir zu sagen. Beim ersten Mal hatte sie mir drohen müssen, damit ich hinging. Obwohl ich eigentlich keine Lust gehabt hatte, war ich begeistert gewesen. Es gab wöchentliches Training in einer Kletterhalle, monatliche Ausflüge zum Snowdon (Ed hatte in dieser Hinsicht recht gehabt) und einmal das überwältigende Erlebnis eines

Trips nach Chamonix mit Gletscher-Erkundung, wo wir den Umgang mit Steigeisen und Eispickel lernten. Wenn wir nach dem Training Zeit hatten, ging Kenton mit uns in den Pub, und wir setzten uns mit Walkers Käse-Zwiebel-Chips und Cola in Halblitergläsern draußen in den Biergarten. Um einen verkratzten Holztisch geschart, von Sonnenlicht gesprenkelt und mit schmerzenden Muskeln gingen wir jede Bewegung, die wir gemacht hatten, immer und immer wieder durch, während aus den Fenstern des Pubs Gelächter und die Geräuschkulisse einer Fußballübertragung ins Freie drangen. Ich war nie in meinem Leben so glücklich gewesen. Doch selbst diese Erinnerungen schafften es nicht, meine Gedanken daran zu hindern, zu anderen, düstereren Dingen zurückzukehren.

Wenn ich hier wieder rauskomme, fange ich etwas an mit meinem Leben. Ich werde in die Kirche gehen, ja, ich werde in die verdammte Kirche gehen, okay, Gott? Wenn ich hier wieder rauskomme, werde ich mich bei allen entschuldigen, denen ich jemals wehgetan habe. Ich werde Obdachlosen helfen, ich werde ehrenamtlich in einer Suppenküche arbeiten. Lass mich bloß nicht ertrinken. Lass mich nicht hier sterben. Lass sie zu uns gelangen, bevor das passiert. Ich hatte in meinem Leben so vieles in den Sand gesetzt, hatte mich jahrelang treiben lassen, hatte jede Richtung eingeschlagen, in die die Strömung mich mitgenommen hatte: Ich war Pförtner in einem Krankenhaus gewesen, Kellner und Barkeeper und Bauarbeiter. Ich war ein völlig anderer Mensch als der Junge, der der nächste Andy Kirkpatrick hatte werden wollen. Dazu fehlte mir die Hingabe. Ich besaß nicht die nötige Zielstrebigkeit für einen solchen

Werdegang. Der Sturz am Cwm Silyn war beinahe eine Erleichterung gewesen – er hatte jegliche Chance zunichtegemacht, dass ich bei etwas scheitern könnte, was ich wirklich liebte. Selbstsabotage. Selbstzerstörung. Während ich dasaß, nur wenige Zentimeter von Eds haariger Umarmung entfernt, tauchte ich viel tiefer in mich ein, als ich es jemals zuvor getan hatte, und mir gefiel nicht, was ich dort fand. Als ich Ed gesehen hatte, war mir sofort klar gewesen, was für ein Typ er war. Irgendein Teil meines Gehirns musste gewusst haben, dass etwas Schlimmes passieren würde. Irgendein Teil meines Gehirns hatte sich *gewünscht*, dass etwas Schlimmes passieren würde.

Die Stimmen im Wasser kehrten zurück. Jetzt sagten sie: *Finger in deinem Herzen, Junge, Finger in deinem Herzen, Junge, Finger in deinem Herzen, Junge.* Unsinnige Worte. *Ich werde langsam verrückt.*

Und mit den Stimmen kehrte auch die Kälte zurück. Jetzt stellte ich mir Eiskristalle tief in meinem Innersten vor – wie eine Krankheit, wie Krebs. Ich konnte mir nicht vorstellen, dass mir jemals wieder warm werden würde oder wie sich das anfühlte. In meinen verwirrten Gedanken tauchte plötzlich etwas auf, was ich in einem alten Handbuch des Special Air Service gelesen hatte: Beim Überleben dreht sich alles um die Zahl drei. Drei Minuten ohne Sauerstoff. Drei Tage ohne Wasser. Drei Wochen ohne Essen. *Essen.* Nachdem sich das Adrenalin verflüchtigt hatte, bekam ich Heißhunger; ich konnte mich nicht erinnern, jemals solchen Hunger gehabt zu haben. Ich fing an, vom Lammnackeneintopf meiner Mutter zu fantasieren. Von einem Big Mac, Pommes Frites, einer Cola. Von

KFC-Nuggets. Ich konnte sie beinahe schmecken. Merkwürdigerweise sehnte ich mich plötzlich nach einem getoasteten Thunfisch-Käse-Sandwich, obwohl ich mich nicht erinnern konnte, jemals eines gegessen zu haben. Am Rand meines Bewusstseins nagte etwas, und dann verstand ich: der Snickers-Riegel! Ich tastete fieberhaft den felsigen Boden um mich herum nach meinem Anzug ab. Er hatte sich an einem der Skelette verfangen, und meine Finger streiften es. Die drei Männer, die nur ein kleines Stück von mir entfernt lagen, mit bräunlichen, durcheinandergeworfenen Gebeinen, hatten das nicht durchmachen müssen. Bei ihnen war es schneller gegangen, da sie in den Engen des Rat Run gefangen gewesen waren, als das Wasser hereinströmte. Mein Gott, ich kannte nicht einmal ihre Namen. Ich hatte vorgehabt, sie zu filmen und ins Internet zu stellen, hatte mir aber nicht einmal die Mühe gemacht, in Erfahrung zu bringen, wer sie waren. Sie hatten uns gerettet. Wenn ich nicht haltgemacht hätte, um die Leichname zu filmen, wären wir ebenfalls vom Wasser überrascht worden. Die Toten hatten uns das Leben gerettet.

Mir kam ein weiterer unsinniger Gedanke: *Ein Skelett betritt einen Pub und bestellt beim Barkeeper ein Bier und einen Mopp.* Ich lachte halb und schluchzte halb, und Ed packte mich wieder fester. Dieses Mal wehrte ich mich nicht. Ich fror zu sehr. Ich ließ mich rückwärts in ihn sinken und schauderte nur leicht, als ich graue Stoppeln und Haut an meiner Schulter spürte. Dann zog ich den glitschig feuchten Anzug auf meinen Schoß, holte den Snickers-Riegel aus der Innentasche und wickelte ihn aus. Er war zerdrückt und eiskalt, doch die erste Explosion von Süße auf meiner Zunge war großartig und beruhigend. Ich brach für Ed ein Stück ab, drehte mich um, tätschelte ihm die Wange und schob es ihm in den Mund, als wären wir ein Liebespaar, als wären wir für einen Moment auf derselben Wellenlänge. Er grummelte ein Dankeschön. Mir war bewusst, dass ich hätte haushalten sollen, doch wir aßen alles auf einmal. Ich leckte sogar die Innenseite der Verpackung ab.

Ed entfernte sich von mir – die Kälte, wo sich seine Körperwärme befunden hatte, fühlte sich an wie ein Schlag ins Gesicht –, und dann wurde mir der Flachmann in die Hand gedrückt. Der Brandy brannte, gaukelte mir ein paar Sekunden lang Wärme vor. Ich gab ihn zurück.

Dann döste ich ein. Wachte auf. Döste wieder ein. Jetzt hatte ich Durst, da der billige Fusel meinen Mund austrocknete. Ich döste erneut ein. Erleichterung. Meine Blase pulsierte, doch ich ignorierte sie, da ich Angst hatte, mich zu bewegen und die zermürbende Kälte wieder hereinzulassen.

Finger in deinem Herzen, Junge.

Sekunden, Minuten, Stunden später (wer weiß? Ich hatte jegliches Zeitgefühl verloren – die Trostlosigkeit und die Finsternis hatten es verschluckt) löste sich Ed von mir, und plötzlich herrschte grelles Licht, das in meinen Augen stach und sie sofort tränen ließ, als er seine Stirnlampe einschaltete. Ich drehte mich um und sah ihn an; seine Augen glichen schwarzen Höhlen, seine Haut war viel zu weiß. Er schrie mir zu, dass er nach dem Wasserpegel sehen wolle – und dann war er weg. Als das Licht verschwunden war, verschärfte sich die Kälte in meinem Innersten. Ich war in der Dunkelheit allein und mir der Toten neben mir deutlich bewusst.

Wie lange wartete ich auf seine Rückkehr? Ich weiß es nicht. Er hätte nur ein paar Minuten brauchen sollen, um bis zum Ende des Tunnels zu krabbeln. Ich zählte bis hundert und dachte: *Er holt Hilfe. Er holt Hilfe. Das ist es. Aber warum hat er mir das nicht gesagt? Weil er nicht alle Tassen im Schrank hat. Du kannst ihm nicht trauen. Du bist auf dich allein gestellt. Er hat dich im Stich gelassen und kommt nicht zurück.*

»Ed!«

Das Licht tauchte wieder auf, bohrte sich abermals in meine Augen. Doch meine Erleichterung über seine Rückkehr war nur kurzlebig.

»Und? Steigt das Wasser noch an?«

»Es ist immer noch schlimm.«

»Fuck.«

»Wird es bis hier hochkommen, Ed?«

Er schien mich nicht gehört zu haben.

»Ed? Werden wir das überstehen?«

Er murmelte etwas vor sich hin, doch ich verstand nicht, was er sagte. Er ließ den Lichtstrahl durch die Höhle wandern und durchwühlte seine abgelegte Kleidung. Dann drehte er sich zu mir um und sagte noch etwas, das ich nicht verstand.

»Was?«

»Wo ist er?«

»Wo ist was?«

»Der Flachmann.« Er spuckte die Worte förmlich aus.

»Keine Ahnung. Ich habe ihn Ihnen zurückgegeben.«

»Du lügst.«

Oh, Scheiße. Er geriet jetzt richtig in Rage. »Kommen Sie schon, Ed. Rasten Sie nicht wieder aus. Nicht jetzt, bitte.«

Dann machte er einen Satz, und sein Helm und seine Stirnlampe rammten meine Schulter. Ich kippte nach hinten auf die Gebeine, und meine Hand berührte einen der Schädel.

»Ed! Ich kann's echt nicht gebrauchen, dass Sie wieder total durchdrehen!«

Er hielt inne, setzte den Helm ab und schaltete mit seinem typischen fiesen Grinsen das Licht aus.

Die Dunkelheit war unheilschwanger. »Ed? Ich …«

Sternchen tanzten vor meinen Augen, als etwas gegen meinen Kopf krachte; in meinen Ohren rauschten Blut und Wasser, als ich mich zu einer Kugel zusammenrollte und die Gebeine sich in mein Fleisch bohrten. Ein Schlag nach dem anderen landete auf meinem Rücken, während er irgendetwas Unverständliches brüllte. Er machte keine Anstalten aufzuhören; ich musste mich wehren. Ich drehte mich auf den Rücken und trat mit beiden Beinen gleichzeitig aus, sodass meine Füße vorschossen und in etwas Weichem landeten – seinem Bauch? Ein paar Sekunden lang hielt ich mich völlig still und verwendete meine gesamte Energie darauf einzuschätzen, ob Ed noch einmal auf mich losgehen würde. Ich hörte oder vielmehr spürte, dass er sich von mir entfernte. Meine unmittelbare Umgebung fühlte sich leer an.

Ich drehte mich vorsichtig aus dem Knochenbett, bis

sich wieder feuchter Fels in meine lädierte Haut bohrte, und rollte mich zu einer Kugel zusammen. Ich zitterte. In meiner Brust hatten sich Furcht und Kummer eingenistet. Ich wagte es nicht, mich zu bewegen, lauschte angestrengt, ob es irgendein Anzeichen dafür gab, dass er drauf und dran war, erneut auf mich loszugehen. Mir tat alles weh, und ich besaß nicht die Energie für ständige Überwachsamkeit. Schließlich gab ich der Erschöpfung nach und schloss die Augen.

Ich schlief. Wachte auf. Und wusste sofort, dass irgendetwas anders war. Das Tosen des Wassers hatte sich gelegt. *Finger in deinem Herzen, Junge.* Ich entrollte meine Gliedmaßen.

»Ed?«

Hatte er mich wieder im Stich gelassen? Ich wusste nicht, was schlimmer war: die stetige Bedrohung, wieder von ihm geschlagen zu werden, oder in der Dunkelheit alleine zu sein.

Ich bewegte mich ganz langsam dorthin, wo ich ihn vermutete, und streckte die Hand aus. Als ich etwas Kaltes und Unnachgiebiges berührte, zuckte ich zurück. »Ed?«

Es bedurfte meiner ganzen Entschlossenheit, die Hand noch einmal auszustrecken, wobei meine Finger über behaartes kaltes Fleisch strichen. »Ed?« Und dann wusste ich Bescheid.

Nein, mein Gott, nein, mein Gott, nein. Licht, mach Licht. Hektisches Tasten nach meinem Helm und der daran befestigten Lampe. Fummel, fummel. Klick, und dann gleißende Helligkeit. Mit tränenden Augen zwang ich mich, ihn anzusehen.

Er lag auf dem Rücken und starrte an die Decke. Seine Lippen waren blau, seine Haut grau, seine Muskeln schlaff. Er war leer. Weit weg. *Wie Dad, er ist wie Dad.*

Ich würgte, schmeckte Galle mit Brandy-Geschmack.

Dann ballte ich die Hände zu Fäusten und schlug immer und immer wieder auf seine Brust ein, wobei ich das obere Ende seiner Narbe als Anhaltspunkt verwendete. Ich kippte seinen Kopf nach hinten, öffnete seinen Mund – o Gott, seine Kiefermuskulatur versteifte sich bereits – und beatmete ihn, wobei sich seine Lippen gummiartig auf meinen anfühlten. Würgte. Versuchte es erneut.

Ich ging wieder in die Hocke und rieb mir über den Mund, um fortzuwischen, wie er sich anfühlte. Die Schädel grinsten mich aus ihrer Ecke an.

Meine Blase machte sich erneut bemerkbar, schmerzhaft und eindringlich. Da ich mir nicht sicher war, ob ich die Kraft besaß, auf den Felsvorsprung hinunterzuklettern und ins Wasser zu pinkeln, rutschte ich auf den Knien zum anderen Ende der Kammer und ließ es laufen. Der Geruch ließ mich würgen, und ich warf Steine und Dreck auf die schmierige Pfütze.

Dann kehrte ich wieder zu Ed zurück. Es gab nichts mehr, was ich tun konnte. Ich deckte sein Gesicht mit seinem Fleece-Anzug zu und benutzte den gelben Kälteschutzanzug als Leichentuch.

Anschließend wandte ich ihm den Rücken zu und vergrub abermals den Kopf zwischen den Knien.

Schalt das Licht aus.

Nein.

Du musst.

Ich griff nach dem Helm und schaltete mit größter Überwindung die Lampe aus. Dunkelheit verschluckte mich. Ich zählte bis fünfhundert, gestattete mir zehn Sekunden Licht, dann schaltete ich es wieder aus. Das tat ich immer und immer wieder, doch der Übergang von Licht zu Schwärze wurde nicht einfacher.

Bei meinem vierten Licht-zu-Dunkel-Wechsel spürte ich etwas über meinen Oberschenkel tanzen – einen flüsternden Hauch. Ich jaulte auf, schaltete das Licht ein und ließ es mit hämmerndem Puls umherwandern.

Nichts.

Nur deine Einbildung.

Doch als ich mich zwang, das Licht wieder auszuschalten, spürte ich es abermals. Dieses Mal stärker. Das Wasser flüsterte, mein Herz donnerte, und meine Finger zitterten, als ich nach dem Schalter tastete. Wie soll man es beschreiben? Vermutlich war es, als würde man »Ochs am Berg« in seiner unheimlichsten Version spielen. Jedes Mal, wenn ich das Licht ausschaltete, schien sich in der Luft um mich herum etwas zu bewegen – als ob die jungen Männer oder Ed *(Ed ist tot)* sich mir langsam genähert hätten. Zweifellos spielte mir meine Fantasie einen Streich, doch mein traumatisierter Verstand war nicht in der Lage, rational zu denken: Es fühlte sich so *echt* an. Zu echt. Irgendwann zog ich sogar den Fleece-Anzug von Eds Gesicht, um mich zu vergewissern, dass er mich nicht zum Narren hielt und sich nur totstellte. Ich konnte es jetzt nicht riskieren, dass mir meine Batterien ausgingen und ich in der Dunkelheit saß, ohne Hoffnung auf eine Pause. Mir blieb nichts anderes übrig, als die Lampe auszuschalten.

Doch die Finsternis war nicht das Schlimmste. Als mich das nächste Mal Schwärze umhüllte, zischte eine schlüpfrige Stimme: »Finger in deinem Herzen, Junge.«

Ich schrie auf, tastete nach der Lampe, und eine Panik durchflutete mich, die genauso tief ging wie die Kälte, die sich in meinen Knochen festgesetzt hatte. Was auch immer es war, was ich gerade spürte, es fühlte sich schmutzig, giftig, erbarmungslos an.

Fuck, Fuck, Fuck. Sieh zu, dass du hier rauskommst. Los.

Geht nicht. Ich werde sterben.

Du wirst sowieso sterben, Junge. Finger in deinem Herzen, Junge.

Bleiben oder gehen, bleiben oder gehen, flüsterten die Stimmen im Wasser jetzt. Doch das war alles. Warum war mir das nicht früher aufgefallen? Sie schrien nicht, sie flüsterten. Nach wie vor von Furcht vergiftet krabbelte ich aus der Kammer und durch den Tunnel und warf einen Blick auf das Wasser unter mir. Der Ausgang des Rat Run war nach wie vor überflutet, doch ich war mir sicher, dass der Wasserpegel gesunken war: Am Fels gegenüber sah ich ungefähr dreißig Zentimeter über dem Bach eine glitschige Flutlinie.

Ed hatte gesagt, man würde etwa eine Stunde brauchen, um nach draußen zu gelangen. Eine Stunde. Nur eine Stunde. *Es sei denn, du verirrst dich. Du hast keinen blassen Schimmer, wie du rauskommst, oder?* Ich hatte zwei Möglichkeiten: Ich konnte versuchen, den Weg nach draußen zu finden, und dabei riskieren zu ertrinken oder so lange unter der Erde umherzuirren, bis die Stirnlampe den Geist aufgab, oder ich konnte mit Ed und den anderen Toten und der unheimlichen, unerträglichen Präsenz in der Höhle bleiben und gegen jede Wahrscheinlichkeit auf Rettung hoffen. Es lässt sich nicht beschreiben, wie tief meine Einsamkeit in jenem Moment war. In den folgenden Monaten sollte ich etwas Ähnliches erleben, doch in jenem Augenblick war sie allumfassend. Ich spürte etwas in dieser Höhle, etwas Böswilliges, das mir das Gefühl vermittelte, sofort das Weite suchen zu müssen. Das mich beinahe *anschob*.

Ich traf eine Entscheidung. Ich kehrte in die Grabkammer zurück, wobei ich mir Mühe gab, Eds klobige Umrisse keines Blickes zu würdigen, und zog den schmerzhaft kalten Fleece-Anzug und dann den Kälteschutzanzug und die Stiefel über. Meine Socken und meine Unterwäsche waren immer noch durchnässt, deshalb verzichtete ich darauf. Wieder angezogen zu sein beruhigte mich ein wenig, sorgte dafür, dass ich mich weniger verletzlich fühlte. Die wässrigen Stimmen (die Menge) plauderten wieder, jetzt konnte ich allerdings nicht beurteilen, ob das Geräusch vom Wasser verursacht wurde oder sich in meinem Kopf befand.

Die Kamera hatte einen noch ziemlich vollen Akku, aber ich hatte noch nicht kontrolliert, ob sie nach ihrem Tauchbad noch funktionierte oder nicht. Es gab noch eine letzte Sache, die ich erledigen musste, bevor ich ging. Ich schaltete die Kamera mit eiskalten Fingern ein – das rote Lämpchen blinkte, also war sie vermutlich in Ordnung – und drehte sie um, sodass sie auf mich gerichtet war. »Hey. Ähm … ich bin Simon Newman, und ich stecke in Schwierigkeiten. Der Typ, mit dem ich unterwegs war, ist gestorben, und ich kann hier nicht bleiben. Ich muss hier raus. Scheiße, ich weiß nicht, was ich sagen soll. Mum, tut mir leid, dass ich so eine Enttäuschung bin. Tut mir leid, dass ich nicht …« *Dass ich nicht was?* »Tut mir leid. Du bist der letzte Mensch, an den ich denken werde, wenn ich es nicht hier rausschaffe.« *Herrgott.* Niemand bringt einem bei, was man in einer solchen Situation sagt. Ich versuchte, die Kamera abzumontieren, um die Wahrscheinlichkeit zu erhöhen, dass meine letzten Worte gefunden wurden, wenn ich es nicht schaffte, doch meine Finger zitterten so sehr, dass ich sie nicht aus ihrem Gehäuse nehmen konnte. Ich nahm stattdessen Eds Helm – seine Lampe war ohnehin heller – und ließ meinen liegen.

Dann machte sich abermals das Gefühl breit, dass sich etwas Giftiges näherte. Ich ließ den Lichtstrahl der Lampe umherwandern, über Ed, über die Gebeine. Irgendetwas Urtümliches erwachte tief in mir und forderte mich kreischend auf, mich in Bewegung zu setzen. Und ich wusste, ich würde lieber ertrinken, als auch nur einen Moment länger in dieser Höhle zu bleiben.

Ich kroch den Tunnel entlang und stieg dann vorsichtig auf den Felsvorsprung über dem Bach. Durch den Rat Run zurückzugehen schied aus, da ich nicht in der Lage wäre, gegen die Strömung anzukämpfen, bevor mich meine Kräfte verließen, deshalb war mein Plan einfach, wenn auch potenziell tödlich: Ich wollte mich vom Wasser hinausführen lassen.

Ich starrte auf das schäumende Chaos unter mir. Mich einem weiteren eisigen Tauchbad auszusetzen war die erste Hürde. Sobald ich mich im Wasser befand, würde ich mich zwischen den Wänden verkeilen müssen, um nicht fortgespült zu werden.

Mach einfach. Denk nicht drüber nach. Mach schon.

Ich machte es. Keine mentale Vorbereitung hätte mich vor dem Schock der eisigen Umarmung des Wassers schützen können, ein brusthohes Eisbad, das mir den Atem aus der Lunge riss. Die Strömung war weniger stark als zuvor, schob mich aber trotzdem von hinten an, wobei mir mein Schutzanzug half, nicht abzutauchen. Mit einer Hand an der Felswand neben mir bewegte ich mich hüpfend vorwärts, während das Wasser um mich herumströmte.

Gar nicht so schlimm.

Die Erleichterung darüber, dass ich mich nicht mehr im Einflussbereich dessen befand, was ich in der Höhle gespürt hatte, genügte mir zunächst, um mich zu beruhigen. Dann wurde mir bewusst, dass sich die Decke des Tunnels, die sich zuvor noch eine geräumige Körperlänge über mir befunden hatte, nach und nach immer weiter senkte. Ich schwenkte den Lichtstrahl nach oben. *Oh, Scheiße, oh, Fuck.* In weniger als fünfzehn Metern würde ich nicht mehr als dreißig Zentimeter Raum zum Atmen haben. Die Felswände auf beiden Seiten des Bachs waren vollkommen blank – es gab keine Felsvorsprünge wie denjenigen, der zu der Totenkammer hinaufführte.

Kehr um!

Ich konnte nicht – mir fehlte die Kraft, um gegen die Strömung anzukämpfen, und jedes Mal, wenn ich versuchte, eine Pause einzulegen, drohte ihre Wucht, mich aus dem Gleichgewicht zu bringen. Meine einzige Hoffnung war die, dass die Decke wieder höher werden würde, bevor überhaupt kein Platz mehr war. Ich drehte mich auf den Rücken, ließ mich mit dem Kopf voraus dahintreiben und presste die Handflächen gegen das Dach des Kanals, um mein Tempo zu bremsen. Während der Anzug seinen Teil dazu beitrug, mich über Wasser zu halten, starrte ich die gewellten Felsen über mir an und betete, dass sie sich nicht weiter senken würden.

Meine Gebete wurden nicht erhört.

Nach wenigen Minuten hatte ich gerade noch fünf Zentimeter zwischen meiner Nasenspitze und der Decke und lief Gefahr, das Wasser zu inhalieren, das gegen meine Wangen schwappte. Die Handflächen flach auf dem Fels über mir, streckte ich die Arme nach hinten aus, benutzte meine Finger als Augen und suchte verzweifelt nach einer Lufttasche. Ich ertastete nur Stein. Einen Augenblick später stieß mein Helm mit einem dumpfen Geräusch gegen Fels. *Oh, Gott, oh, nein.* Keine Luft mehr. Ich musste unter der Auswölbung hindurchtauchen und hoffen, dass die Decke dahinter wieder anstieg.

Ich brachte es einfach nicht über mich. Ich konnte nicht. Die Strömung stieß mich an, doch ich war in der Lage, meine Position zu halten. Ich versuchte, mich durch den Tunnel zurückzuschieben, indem ich mich mit meinen durchweichten Fingern in die raue Decke krallte – ich hatte meine Handschuhe in der Kammer zurückgelassen, und meine aufgeweichten Nägel rissen tief ein –, doch die Kraft des Wassers war unnachgiebig und spülte mich zurück gegen die Felsauswölbung.

Schluss. Aus. Vorbei. Ein Tsunami des Schreckens, und dann, ganz plötzlich und wie aus dem Nichts, überkam mich eine Ruhe. Es war, als hätte ich meine Angst und meine Erschöpfung hinter mir gelassen und wäre in Gefilde vorgedrungen, wo mir alles völlig egal war. Nein, es ging sogar noch weiter – es war beinahe ein Zustand der Gnade. Ein besinnliches, glückseliges Gefühl.

Ich zählte bis drei, holte tief Luft und tauchte ab, wobei mir meine Fingerspitzen-Augen den Weg wiesen. Die Auswölbung endete, und ich tauchte wieder auf, in eine Lufttasche, völlig gelassen. Ich setzte meinen Weg fort, und als ich bei einer weiteren Atemluft raubenden Auswölbung angelangte, tauchte ich auch unter dieser hindurch. Mir gefiel mein neues Ich, dieser panikfreie, gleichgültige Simon Newman, der sich durch einen Tunnel voller Wasser bewegte und dabei seine Finger als Augen benutzte. Mein Verstand klammerte sich daran fest und verwandelte es in ein beruhigendes Mantra: *Finger als Augen, Finger in deinem Herzen, Finger als Augen, Finger in deinem Herzen.*

Wie lange ging das so weiter? Keine Ahnung. Nach einem meiner Tauchgänge blickte ich auf und stellte fest, dass sich die Decke jetzt mehr als einen Meter über mir befand und die Strömung nur noch ein sanftes Schieben war. Eigentlich hätte mich das euphorisch stimmen sollen, doch ich befand mich noch immer im Griff jener seltsamen Ruhe. Ich ruderte mit den Armen, bis ich mich wieder mit dem Gesicht nach vorne gedreht hatte. Der Strahl meiner Stirnlampe tanzte über die schräge Felswand zu meiner Rechten, und ich entdeckte auf halber Höhe eine Öffnung von der Größe eines Reisekoffers, um die der Fels abgenutzt und glatt war.

Ein Weg nach draußen?

Mein Bauchgefühl sagte mir, dass es einen Versuch wert war.

Beim ersten Anlauf, die Felswand zu erklimmen, wäre ich beinahe abgerutscht – das Wasser, das in meinen Stiefeln umherschwappte, brachte mich aus dem Gleichgewicht –, doch der »neue und verbesserte« Simon mahnte mich, mir Zeit zu lassen. Ich machte die Reißverschlüsse des Anzugs auf und sah leidenschaftslos zu, wie sich Sturzbäche daraus ergossen. Dann setzte ich mich in Bewegung. Der Kanal, in dem ich mich befand, würde entweder irgendwohin führen oder eben nicht, oder er würde mich ins Erdinnere saugen. Kümmerte mich das? Einen *Dreck* kümmerte es mich.

Der Tunnel schien im Kreis zu verlaufen, dann verjüngte er sich zu einem Kriechstollen. Selbst eine weitere Krabbelstrecke auf Fingerspitzen und Zehen stellte kein großes Problem dar. Auf eine rutschige Kletterpartie über eine Verblockung hinauf folgte eine weniger anspruchsvolle durch eine Felsformation, die genauso kompliziert geriffelt war wie eine Skizze von HR Giger. Am Ende dieser Sektion standen zwei Tunnel zur Auswahl, von denen einer steiler war als der andere.

Wohin, Ed, du Scheißkerl? Ohne lange zu überlegen, entschied ich mich für den linken, den steileren der beiden.

Es folgte eine lange, mühsame Krabbelei auf Händen und Knien, doch ich war zuversichtlich – warum auch immer –, dass ich die richtige Richtung eingeschlagen hatte. Ich nahm vage ein Klappern in meinem Kopf wahr, das wohl von meinen Zähnen stammte.

In diesem Moment wurde das Licht der Stirnlampe

schwächer. Ich erstarrte, wurde vorübergehend aus meiner Laissez-faire-Laune gerissen. Dann flammte es wieder auf. Ich setzte meinen Weg mit mehr Dringlichkeit fort. Seit ich das Wasser hinter mir gelassen hatte, brachte mich jeder Gang, für den ich mich entschied, weiter nach oben. Ich schob mich blindlings durch Spalten und robbte auf dem Bauch durch niedrige Schächte. Ich bewegte mich rein instinktiv voran.

Schließlich gelangte ich in eine geneigte, u-förmige Kammer, deren Boden mit Steinen übersät war. Doch dieses Mal gab es keinen offensichtlichen Ausgang. Ich taumelte die Geröllhänge auf und ab wie eine Kugel in einer Salatschüssel und hielt nach einem Weg nach draußen Ausschau, wobei ich überzeugt war, dass das Licht jeden Moment ausgehen würde.

Indem ich von den Überresten der seltsamen Ruhe zehrte, unterdrückte ich meine wachsende Panik und schwenkte den Lichtstrahl langsam über die Höcker und Mulden in den Felswänden, was sich nicht einfach gestaltete, da die Kälte mich jetzt in ihren Fängen hatte und heftig zittern ließ. Dann sah ich sie: eine Spalte, gerade breit genug, dass sich ein Mensch hindurchzwängen konnte. Ich musste durch die Eingeweide einer weiteren Felsverblockung klettern, dann blickte ich nach oben in einen Schacht, und mein benommenes Gehirn registrierte, dass er aus Beton bestand und von Menschenhand gemacht war. Jemand hatte ihn in den Fels gebaut – es musste sich um den Ausgang handeln. Der Schacht war glatt, doch ich konnte ihn wie einen Schornstein hinaufklettern – oder hätte ihn wie einen Schornstein hinaufklettern können, wenn ich noch einen Funken Energie besessen hätte. *Komm schon, komm schon, komm schon.* Ich wand mich hinein, lehnte mich zurück und stemmte mich mit den Füßen gegen die andere Seite. Dieses Rücken-und-Füße-Manöver hatte ich schon unzählige Male angewendet; es hatte zu den ersten Dingen gehört, die Kenton uns beigebracht hatte. Ich ließ mir Zeit, doch mein Körper protestierte, und ich kam nur langsam voran. Dann erspähte ich ein kleines Stück über mir das zerschlissene Ende eines Seils. Ich streckte die Arme danach aus, doch meine Hände waren blutige Holzblöcke, und ich bekam es nicht zu fassen. Meine Oberschenkelmuskeln tanzten inzwischen Jitterbug von der Anstrengung zu verhindern, dass ich in dem Schacht wieder nach unten rutschte. Ich würde in meiner Position nicht mehr lange ausharren können. Es war beinahe komisch: Ich wäre für immer gefangen, eingeklemmt in einen Kamin wie ein unterkühlter Weihnachtsmann.

Und dann ging das Licht aus. Das brachte das Fass zum Überlaufen. Ich musste lachen – ich musste tatsächlich lachen. Was hätte ich sonst tun können? Letzten Endes würden meine Beine nachgeben, und ich würde unten auf die Felsen aufschlagen. Vielleicht würde ich den Sturz überleben. Vielleicht auch nicht. Das war mir gleichgültig. Ausgezeichnet.

Ich hatte erneut keine Ahnung, wie lange ich dort eingekeilt verharrte. Anscheinend schlief ich irgendwann ein, denn das Nächste, woran ich mich erinnerte, war das Geräusch gedämpfter Stimmen.

Das ist nur das Wasser.

Ein kleiner, vernünftiger Teil meines mitgenommenen

Verstands wachte auf. *Hier ist kein Wasser. Du hast das Wasser hinter dir gelassen, weißt du noch?*

Sag was.

Ich bin hier. »Ich bin hier!« Die Kälte hatte meine malträtierten Stimmbänder fest im Griff, und ich brachte kaum einen Ton heraus. Ich versuchte es noch einmal. »Ich bin hier!«

Grelles Licht schien auf mich herab, und ich verlor vor Schreck beinahe die Balance. Mir fiel eine Zeile aus einem alten Spielfilm ein: *Geh zum Licht, Simon.* Hoffnung verlieh mir die Kraft, um mich wieder in Bewegung zu setzen, und ich drückte mich mit den Beinen ab, griff nach dem Seil, bekam es zu fassen, wobei seine raue Oberfläche meine aufgeweichten Hände abschürfte, die von getrocknetem Blut geschwärzt waren, und zog mich in dem Schacht nach oben. Als die Stimmen abermals ertönten, war ich mir sicher, dass es sich nicht um die glitschig wahnsinnigen Stimmen aus dem Wasser handelte, sondern um echte, menschliche Stimmen.

Und dann wurde ich zum Licht gezerrt.

Ich werde nie vergessen, wie es sich anfühlte, als mir die Außenluft entgegenschlug. Sie roch faulig, als würde ich Abwasser inhalieren – ein krasser Kontrast zur Reinheit der Luft, die ich unten in den Höhlen geatmet hatte –, doch meine Erinnerung daran, was geschah, unmittelbar nachdem ich aus dem Schacht gezogen wurde, ist verschwommen. Ich nahm vage zur Kenntnis, dass es draußen dunkel war, wenngleich mir die Halogenlampen, die um das Loch aufgestellt waren, zunächst die Illusion von

Tageslicht vermittelten. Laute Stimmen übertönten das entfernte Brummen eines Generators, und Gestalten eilten auf mich zu, umringten mich, ihre Gesichter schemenhaft verschwommen. Ich weiß noch, dass ich auf die Knie fiel und einen Wärmeschwall spürte, als mir jemand einen Blechbecher mit heißem Tee in die Hand drückte. Ich blickte zu dem Becher hinunter: Da ich nicht in der Lage war, ihn still zu halten, schwappte das meiste von dem Tee ins Gras. Jemand anderer wickelte mich in eine raschelnde silberfarbene Decke ein.

Stimmen bombardierten mich mit Fragen: »Befindet sich noch jemand da unten? Wie viele? Alles in Ordnung, Sie sind jetzt in Sicherheit. Wie viele sind noch da unten?«

»Lassen Sie ihm Freiraum.« Ein Mann mit hagerem Gesicht ging vor mir in die Hocke. Seine Stirn und seine Wangen waren schlammverschmiert. »Kommen Sie schon«, forderte er mich in starkem Black-Country-Dialekt auf. »Ist da unten noch jemand?«

Ich nippte an dem Tee – oh, Gott, er war warm und süß und wunderbar –, dann trank ich ihn hastig aus. Ich zwang mich zu sprechen. »Ja. Einer. Ed. Aber er ist tot. Er ist tot und liegt in der Höhle mit den toten jungen Männern. Er ist tot.«

»Das ist wichtig, mein Junge. Lassen Sie sich Zeit. Sind Sie sicher, dass er nicht überlebt hat?«

Ich nickte. Und dann hatte ich das Gefühl, nicht mehr aufhören zu können, mit dem Kopf zu nicken. »Sicher.«

»Wie ist er denn gestorben?«

Ich habe ihn getötet, als ich ihn geschlagen habe.

Nein, hast du nicht. Er hat sich von dir entfernt, erinnerst du dich? »Herzinfarkt, glaube ich.« Ich gab halbwegs zusammenhängend Auskunft über meine dilettantischen Wiederbelebungsversuche.

Der Typ klopfte mir auf die Schulter. »Okay, mein Freund.« Es herrschte Nieselregen, der sich nach der Eiseskälte des Wassers dort unten beinahe warm anfühlte. Der Mann mit dem Black-Country-Dialekt – bei dem es sich um einen Höhlenkletterer namens Keith handelte, wie ich später erfuhr, und der einer der Männer war, die mich dort herausgeholt hatten – starrte in den Himmel. »Sie sind gerade noch rechtzeitig rausgekommen. Der Bach wurde oben auf der anderen Seite gestaut. Wenn der Regen zunimmt …« Mehr brauchte er nicht zu sagen. »Kommen Sie mit. Wir bringen Sie von hier weg.«

Keith und sein stämmiger Helfer brauchten zwei Versuche, bis es ihnen gelang, mich auf die Beine zu stellen. Dann folgte ein langsames Stolpern über ein Feld und hinunter zu mehreren geparkten Geländewagen. Mir wurde wie einem Invaliden beim Einsteigen hinten in einen Land Rover geholfen, in dem es nach Gummi stank. »Bring ihn runter zur Straße, Mike«, sagte Keith. Dann verschwand er in die regnerische Nacht.

Der Land Rover bahnte sich holpernd den Weg über ein paar weitere Felder und durch einen schlammigen, von Reifen aufgewühlten Sumpf zu einem wartenden Krankenwagen. Ich hatte wieder heftig zu zittern begonnen, während der Tee in meinem Magen hin und her schwappte, und musste halb aus dem Fahrzeug getragen werden.

Scheinwerfer blendeten mich, weitere dunkle Gestalten eilten auf mich zu, weitere Fragen wurden auf mich abgefeuert. »Sind Sie Simon Newman?« »Wie sind Sie nach draußen gelangt?« »Wie fühlen Sie sich?« Lichter blitzten – die Blitzlichter von Fotoapparaten, wie ich später erfuhr –, und jemand schrie: »Lassen Sie ihn in Ruhe!«, und dann: »Si!« Die Menge teilte sich, und Thierry kam auf mich zugewatschelt, den Reißverschluss seines Anoraks bis oben zugezogen, Wassertropfen auf seiner Brille.

»Thierry?« Ich wollte mir nicht ganz zugestehen zu glauben, dass es sich tatsächlich um ihn handelte.

»Alter! Meine Güte, Si. Du siehst ja furchtbar aus.«

Ich machte den Mund auf, um etwas zu sagen, dann sackte ich zusammen und brach schluchzend in Tränen aus. Ich konnte nichts dagegen tun. Ich hatte seit meinem zehnten Lebensjahr nicht mehr geweint, als mein Dad seinen Schlaganfall gehabt hatte und meine Mum zur Schule gekommen war, um meine Schwester Alison und mich abzuholen. Meine Erinnerung daran, wie wir drei mit dem Bus zum Krankenhaus fuhren, ist kristallklar: der Winterregen, die beschlagenen Scheiben, Mum und Alison händchenhaltend auf dem Sitz hinter mir, mein Schluchzen auf dem ganzen Weg dorthin, das Gefühl, als hätte sich dort, wo sich mein Herz befinden sollte, ein Abgrund aufgetan.

Thierry saß im Krankenwagen neben mir, während ich heulte, klopfte mir unaufhörlich auf die Schulter und sagte immer und immer wieder: »Mann, Mann, Mann«, während ein Rettungssanitäter – ein korpulenter Typ, der sich von der Tatsache, dass ich weinte wie ein Zweijähriger, nicht aus der Ruhe bringen ließ – mir eine Blutdruckmanschette am Arm anlegte und meine zerfetzten Hände betupfte. Der Heulanfall hatte mich völlig entleert, als hätte sich ein Stein in meinem Hals gelöst.

Thierry erzählte mir später, dass es ihn bis ins Mark erschüttert hätte, mich so mitgenommen zu sehen. Er hatte mich immer für zäh gehalten, hatte geglaubt, ich würde alles einstecken können – genauso sah ich mich auch selbst –, und er hatte nicht gewusst, wie er damit umgehen sollte. Ich erfuhr erst später, dass er sich für mich eingesetzt hatte, dass er Alarm geschlagen und auf die Entsendung eines Suchtrupps bestanden hatte, als ich ihn nicht zurückrief und um zwei Uhr nachts immer noch nicht zu Hause war. Er war aufgeblieben, begierig nach Neuigkeiten, und hatte sich schließlich Cosimos Auto ausgeliehen, um nach Wales zu fahren. Ich war insgesamt fast sechsunddreißig Stunden unten in der Cwm Pot gewesen und ihr gegen sieben Uhr abends entkommen. Das meiste von dem, was ich mir später zusammenstückelte, stammte aus den Zeitungsartikeln, die Thierry für mich aufhob. Dazu gehörten ein Foto aus der *Daily Mail*, auf dem ich zusammengekauert im Krankenwagen sitze, mein Gesicht ein verschwommener Fleck, Leitartikel über gefährliche Sportarten und damit verbundene Gesundheits- und Sicherheitsrisiken, Zitate der Retter. Ich hatte zu diesem Zeitpunkt keine Ahnung gehabt, doch der Einsatz war enorm aufwendig gewesen und hatte sich auf den Eingang konzentriert. Außerdem war der verzweifelte Versuch unternommen worden, den angeschwollenen Bach zu stauen. Nachdem ich den Weg zum Ausgang gefunden hatte, war eine Erkundung von dieser Seite gerade erst organisiert worden. Höhlenkletterer und Bergretter waren mitten in der Nacht in Scharen aus dem gesamten Vereinigten Königreich herbeigeeilt und hatten rund um die Uhr in Schichten gearbeitet.

Drei Tage lang regnete es ohne Unterbrechung weiter. Es sollte eine Woche dauern, bis es möglich war, gefahrlos zu der Grabkammer vorzudringen. Wenn ich nicht jenen unheilvollen Druck gespürt hätte, das überwältigende Gefühl, von dort verschwinden zu müssen, hätte ich vermutlich nicht überlebt. Entweder hätte die Kälte mich getötet, oder ich wäre gezwungen gewesen, unaussprechliche Dinge zu tun, um am Leben zu bleiben.

Ich erinnere mich nicht daran, ins Krankenhaus gebracht worden zu sein, aber ich verlor offensichtlich für gut vierundzwanzig Stunden das Bewusstsein. Ich wurde gegen Unterkühlung und Dehydrierung behandelt, und meine Haut sah aus wie das gepunktete Fell einer Hyäne, als auf meinem ganzen Körper mehrfarbige Hämatome erblühten.

Nach meiner Entlassung fuhr Thierry mich nach Hause wie ein frisch vermählter Ehemann seine hochschwangere Frau. Trotz allem, was seitdem zwischen uns vorgefallen ist, werde ich nie vergessen, wie gut er damals zu mir war. Auf dem Papier hätte unsere Freundschaft eigentlich nicht funktionieren sollen. Ich war ein Rabauke, der in den West Midlands in einer winzigen Wohnung aufgewachsen und dazu bestimmt war, sein Leben mit Mindestlohnjobs zu fristen; er stammte aus einer Familie von Erfolgsmenschen, in der Scheitern nicht infrage kam – sein Dad, ein typischer weißer angelsächsischer Protestant, war Anwalt in der Unterhaltungsbranche, seine französisch-mauretanische Mum Gynäkologin –, und nach einer finanziell abgesicherten Kindheit in Los Angeles hatte er einen Studienplatz am Massachusetts Institute of Technology ergattert. Bis zu seinem zweiten Studienjahr fügte er sich ein, dann verliebte er sich in eine junge Britin, die er im Internet kennengelernt hatte. Er ignorierte die Drohung seiner Eltern, ihm den Geldhahn abzudrehen, und reiste nach London. Seine Eltern machten daraufhin ernst, und nachdem seine Beziehung in die Brüche gegangen war, war er zu stolz, um wieder nach Hause zu fliegen und sich einzugestehen, dass seine Eltern recht gehabt hatten. Ich nehme an, uns verband die Tatsache, dass wir beide ungebunden, abgebrannt und geknickt waren. Ich half ihm dabei, flachgelegt zu werden, er half mir dabei, meinen Intellekt zu tunen, indem er mich für Alan Moore und Terry Pratchett begeisterte. Dass er die ganze Zeit »Alter« zu mir sagte, hatte als Scherz begonnen, nachdem ich mich über seinen aufgesetzten Surfer-Slang lustig gemacht hatte, der so gar nicht zu seinem streberhaften Aussehen passte. Inzwischen weiß ich, dass sein unbedingter Wille, die Website zu einem Erfolg zu machen, von dem brennenden Verlangen geschürt wurde, sich seinen Eltern gegenüber zu beweisen. Dieses Verlangen war stärker als alles andere.

Eine Zeit lang achtete ich auf mich, da mir bewusst war, dass mein mentaler Schutzpanzer fortgerissen und ein empfindliches Endoskelett freigelegt worden war, das sich als äußerst verletzlich erweisen würde. Bei mehr als einer Gelegenheit hätte ich Thierry beinahe erzählt, was ich dort unten empfunden hatte – von dem Gefühl, dass mich etwas aus der Höhle drängte –, doch ich hatte keine

Ahnung, wie ich es formulieren sollte, ohne dabei zu klingen, als hätte ich den Verstand verloren. Außerdem wollte ich nicht darauf herumreiten, um nicht eine Wunde zu öffnen, die womöglich nicht mehr zuheilen würde. Stattdessen schlief ich viel, sehnte mich ständig nach Zigaretten, obwohl ich eigentlich nie ein starker Raucher gewesen war, und stopfte mich mit Fastfood voll – McDonald's, Burger King, Chicken-Curry –, von dem ich nie genug bekam. Von Alkohol und Drogen hielt ich mich fern, da ich befürchtete, dass im Rausch womöglich die Mauer der Leugnung fallen würde, die ich um die Ereignisse errichtet hatte. Ich hatte in jenen ersten Tagen zwar keine Albträume, doch jedes Mal, wenn ich mich hinlegte und die Augen schloss, flüsterte mir das strömende Wasser ins Ohr.

Thierry war unterwegs, als zwei Polizisten zu uns nach Hause kamen, um noch einmal eine Aussage von mir zu Protokoll zu nehmen. Die beiden waren aus Wales angereist, zwei rundliche Typen mit identischem Seitenscheitel und Eiersandwich-Mundgeruch. Ich machte ihnen Kaffee, den sie nicht tranken, und gab mir Mühe, nicht zu zittern, als sie mir mitteilten, der Wasserpegel sei weit genug gesunken, dass ein Team von Höhlenkletterern gefahrlos zu Eds Leichnam gelangen könne. Mein Bauch produzierte literweise Säure, während ich zuhörte, als sie mir berichteten, der Polizeiarzt, der das Team begleitet hatte, habe bestätigt, dass Ed »höchstwahrscheinlich« eines natürlichen Todes gestorben sei. Innerlich sackte ich vor Erleichterung zusammen.

»Wo haben Sie diesen Mann denn aufgetrieben?«, fragte der ältere der beiden.

»In einem Höhlenkletterforum. Er hatte ein paar kurze Beiträge geschrieben, in denen er erwähnte, dass er die Cwm-Pot-Höhlen heimlich erkundet hätte und dass er es nicht richtig fände, dass sie für Höhlenkletterer gesperrt sind. Ich bin dem Forum beigetreten, habe ihm eine Nachricht geschickt, ihn gefragt, ob er bereit wäre, mich durch die Höhlen zu führen, und habe ihm meine E-Mail-Adresse gegeben. Das war alles.«

»Vor dem Vorfall sind Sie ihm nie begegnet?«

»Nein. Und wir haben nur ein paarmal hin- und hergemailt. Eigentlich hat er nur gesagt, dass er mich für dreihundert Pfund runterführen und die Ausrüstung stellen würde. Er hat mir eine Wegbeschreibung geschickt und einen Treffpunkt und eine Zeit genannt, und das war alles.«

»Sonst wussten Sie nichts über ihn?«

»Nichts bis auf das, was er in den Foren geschrieben hatte. Ich hätte nicht mit ihm da runtergehen sollen. Das ist mir inzwischen klar.«

An ihrem Gesichtsausdruck erkannte ich, für wie dumm sie hielten, was ich getan hatte. Denn welcher Idiot steigt schon mit einem völlig Fremden in ein berüchtigt gefährliches Höhlensystem hinunter? Ich erinnerte mich an die plötzliche Selbsterkenntnis, die ich dort unten gehabt hatte, und beschloss, dass es das Beste war, sie mit all dem anderen Mist in meinem mentalen Tresor einzuschließen.

»Wie wirkte er denn auf Sie, als Sie mit ihm dort unten waren?«

»Wie er auf mich wirkte?«

»Seine Gemütsverfassung.«

»Ein bisschen durcheinander. Er wirkte paranoid oder so.«

»Hatten Sie eine Auseinandersetzung?«

»Ja.«

»Die handgreiflich wurde?«

Ich konnte nicht schlucken. »Handgreiflich kann man nicht sagen.«

Simon Newman, wir verhaften Sie wegen Mordes an …

»Tja, Mr Newman, Sie sollten sich auf einen gewissen Schock gefasst machen.«

Ich war plötzlich davon überzeugt, dass sie mir sagen würden: Wir haben Sie angelogen, was Ed betrifft, Mr Newman, *er leeeeebt.*

Aber nein. Sie wollten mir erzählen, dass Ed ein Monster war.

Edward James Ferry. Neunundfünfzig. Er war bei der Army gewesen; was das betraf, hatte er nicht gelogen, allerdings nicht im aktiven Dienst, sondern nur als Lakai beim Catering-Korps. Keine Familie, keine Angehörigen. Eine Vorgeschichte geprägt von Gewalt, Alkoholmissbrauch und einer Herzerkrankung – der wahrscheinlichsten Todesursache. Im Lauf der Jahre war er Mitglied verschiedener Höhlenkletterclubs gewesen, die ihn alle wegen »unberechenbaren Verhaltens« wieder hinausgeworfen hatten. Und dann das: Er war aus der Army entlassen worden, nachdem ihm vorgeworfen worden war, er habe während seiner Stationierung in Deutschland versucht, ein zehnjähriges Mädchen zu entführen.

Mein Herz fing beim Zuhören an, ungesund zu schlagen.

Er hatte mir das Leben gerettet. Er war ein Monster.

Eds Leichnam würde vorerst in den wässrigen Tiefen der Cwm Pot bleiben, begraben mit den drei Studenten der Warwick University. Sie taten mir leid: Sie hatten nicht um einen Mitbewohner gebeten.

Ich musste nicht mit einer Anklage wegen unbefugten Betretens oder den Kosten des Einsatzes rechnen, wenngleich die beiden Polizisten klarmachten, ich solle mich darauf gefasst machen, dass für mich die Zeiten der Höhlenerkundung zu Ende waren. Sie sagten, sie würden mich wissen lassen, ob der Gerichtsmediziner auf meine Anwesenheit bei der Leichenbeschau Wert lege, dann diktierte ich meine Aussage, und damit war die Sache erledigt. Ich dachte, ich wäre mit Ed fertig.

Er war allerdings noch nicht mit mir fertig.

Letzten Endes blieb mir nichts anderes übrig, als wieder zur Arbeit zu gehen. Mir graute davor, doch der warme Schwall Kaffeeduft, der mich begrüßte, als ich den Coffee-Shop betrat, hatte etwas beruhigend Normales an sich. Selbst das penetrante Dekor – die Wände übersät mit Fotos von gemischt ethnischen Pärchen, die vor Milchkaffees Grimassen schnitten, und manisch glücklichen Kolumbianern, die mit den Fingern durch Kaffeebohnen rechten – war tröstlich in seiner Vertrautheit. Das Motto des Coffee-Shops: *Kaffee ist unsere Mission – Ethik ist unser Versprechen*, ergab eigentlich keinen Sinn, doch den Gästen schien es zu gefallen – wahrscheinlich, weil sie ein weniger schlechtes Gewissen als bei Starbucks hatten, und so riss der Andrang nur selten ab. Mein Job bei Mission:Coffee war nur als Übergangslösung gedacht, bis sich etwas Besseres ergab oder die Website durchstartete, doch er war praktisch, da ich von der verwahrlosten Wohnung in Whitechapel, die ich mir mit Thierry teilte, zu Fuß nur zwanzig Minuten brauchte.

Thierry hatte die Belegschaft in all die schmutzigen Details eingeweiht, und am ersten Tag nach meiner Rückkehr wurde ich behandelt wie ein B-Promi. Sogar Cosimo, der launenhafte Geschäftsführer mit den nervösen Tony-Soprano-Zuckungen, zügelte seinen normalerweise mafiamäßigen Führungsstil und war einigermaßen freundlich. Doch letzten Endes kehrten die Dinge langsam aber sicher wieder zur Normalität zurück.

Das sollte allerdings nicht lange anhalten.

Ich hatte gerade Schicht, als Thierry in den Coffee-Shop gestürmt kam und sich den Weg zum vorderen Ende der Schlange bahnte. »Alter! Sie haben die Kamera zurückgeschickt! Ich habe das Filmmaterial!«

Ich starrte ihn dümmlich an. »Häh?«

»Ich habe die Kamera wieder. Die Helmkamera.«

»Aber die habe ich doch unten in der Höhle gelassen.« *Bei Ed und den anderen.*

Der Anzugträger, den ich gerade bediente, räusperte sich lautstark. Die anderen Leute in der Schlange lauschten bereitwillig.

»Hör mal, Si, du hast doch nichts dagegen, dass ich nachsehe, was drauf ist?«

Der Fußboden senkte sich, ein nadelspitzer Schmerz bohrte sich in meinen Hinterkopf, und dann war ich für einen Moment zurück in dem wässrigen Tunnel, hatte den

Blick nach oben auf Stein gerichtet und spürte abermals jenen unheilvollen *Druck*. Übelkeit machte sich breit, meine Brust wurde zugeschnürt. Dann schwebte Thierrys Stimme blechern in mein Bewusstsein. »Alles in Ordnung, Alter?«

Ich wollte nichts mehr hören. Konnte nicht. »Bis später, Thierry, okay?«

»Tut mir leid, Si. Ich hätte nichts sagen sollen, während du bei der Arbeit bist. Es ist nur ... Hast du was dagegen, wenn ich nachsehe, ob sich irgendwas davon verwenden lässt?« Seine Augen leuchteten beinahe fiebrig. Ich hatte ihn noch nie so gesehen.

Der süßliche Gestank von Zuckersirup und Kaffee trug nicht dazu bei, meine Übelkeit zu lindern. Ich schluckte. »Mach, was du willst.« Ich holte tief Luft, und mein Magen beruhigte sich.

»Danke, Si.« Und dann war er weg.

Mit einer gewaltigen Anstrengung widmete ich meine Aufmerksamkeit wieder dem verärgerten Bankertypen, den ich bedient hatte, als Thierry hereingeschneit kam.

Für den Rest des Tages schaltete ich auf Autopilot um: *dampf, zisch, doppelter Espresso Macchiato. Möchten Sie Sahne dazu? Einen schönen Tag noch. Gern geschehen, Kaffee ist unsere Mission. Dampf, zisch, schöpf, peng, peng.* Die Gesichter von Touristen, abwesenden Angestellten, Businesstypen, einsamen älteren Männern und Frauen tauchten auf und verschwanden wieder. Ich weiß nicht, wie ich all das überstand.

Ich blieb bis weit über das Ende meiner Schicht hinaus und half Cosimo dabei, die Kasse abzurechnen und zuzuschließen, da ich keine Lust hatte, nach Hause zu gehen. Warum hatte ich Thierry gesagt, er könne sich die Filmaufnahmen ansehen? Ein großer Teil von mir betete, dass die Kamera kaputtgegangen war. Allein die Vorstellung, mir irgendetwas von dem, was ich dort unten eingefangen hatte, ansehen zu müssen, brachte meinen Magen ins Schlingern.

In der Stadt ging es auf Weihnachten zu, normalerweise eine meiner liebsten Jahreszeiten – ich habe eine Schwäche für die Beleuchtung und den Kitsch, für die kaum unterdrückte Hysterie und Aufgeregtheit des weihnachtlichen Andrangs –, doch heute kam ich mir vor, als würde ich zum Galgen geführt werden. Mich volllaufen zu lassen war mit einem Mal wieder verlockend, doch dank Ed hatte ich nicht einmal genug Geld für ein Bier.

Als ich nach Hause kam, saß Thierry an dem Tisch in unserer winzigen Wohnküche, trug Ohrhörer, und seine Finger huschten über die Tastatur. Ich wagte es nicht, einen Blick auf den Bildschirm zu werfen; ich wollte es gar nicht wissen. Der Raum stank nach Cannabis und dem üblichen Verschwitzte-Socken-Mief.

Thierry war so vertieft, dass ich schreien musste, um seine Aufmerksamkeit zu erregen.

Er zuckte zusammen und wirbelte auf seinem Stuhl herum. »Oh, hey, Si. Du musst dir das ansehen. Das ist total abgefahren, Alter.«

In meinem Bauch bildete sich ein Stein. »Sie ist also nicht im Eimer?«

Er schüttelte den Kopf.

»Wie hast du sie überhaupt bekommen? Wer hat sie denn geschickt?« Das hätte meine erste Frage sein sollen, als er in den Coffee-Shop gerannt war, nur war ich zu sehr damit beschäftigt gewesen, eine Panikattacke zu bekommen, um sie zu stellen.

»Werde jetzt bitte nicht sauer, aber weißt du noch, dass ich den Typen geschrieben habe, die dich aus den Höhlen geholt haben, um mich bei ihnen zu bedanken? Na ja, ich habe es ihnen gegenüber erwähnt. Habe gesagt, dass wir die Kamera gern zurückhätten, falls sie sie zufällig finden, und einer von ihnen gehörte dem Team an, das mit der Polizei dort hinunter ist, also …«

Und da war sie, die Kamera, neben dem Aschenbecher auf dem Tisch. Ich empfand nicht viel dabei, als ich sie betrachtete. Sie sah gut aus. Sie sah aus, als wäre sie unversehrter davongekommen als ich.

»Will die Polizei sie denn nicht sehen?«

Ein Schulterzucken. »Vielleicht. Hör mal, Si. Ein Teil von dem Zeug da drauf … Das ist echt düster, Mann. Soll ich es dir mal zeigen? Die Qualität ist beschissen, aber es ist brauchbar.«

»Nein.«

»Bist du sicher? Da ist nämlich … Du hast am Schluss eine Botschaft hinterlassen.«

»Ja. Das habe ich dir doch erzählt. Ich dachte, ich würde *sterben*, Thierry.«

»Alter, ich glaube, du solltest es dir wirklich ansehen. Der Typ, mit dem du unterwegs warst …«

»Ed. Er hieß Ed.« *Ed. Ed ist tot.*

»Genau, der. Na ja …«

»Ich will es nicht sehen, Thierry. Ich will nichts davon hören. Das meine ich ernst.«

»Alter. Ich glaube, das könnte was Großes werden. Ich habe mich zu Tode erschreckt.«

»Ich weiß. Ich war schließlich da.«

Eine Pause. »Ach ja, hätte ich fast vergessen: Sie haben noch was geschickt.« Er wühlte in einem gepolsterten Umschlag bei seinen Füßen. »Der gehört nicht dir, oder, Si?«

Er hielt den Flachmann in der Hand. Ein Rauschen in meinen Ohren; mein Magen drehte sich. »Nein.«

»Hat er dem Typen gehört, der gestorben ist?«

»Ja.« Ich musste den Blick abwenden. »Würdest du ihn bitte verschwinden lassen?«

»Klar.« Er legte ihn in eine Schublade, und ich war wieder in der Lage zu atmen.

»Hör mal, Alter. Das Filmmaterial … Ich würde es echt gern verwenden.«

»Auf keinen Fall, Thierry.«

»Komm schon, Alter. Warum denn nicht?« Er schwitzte. War verzweifelt.

»Ist das dein Ernst, Thierry? *Warum nicht?* Und ich dachte, ich wäre unsensibel.«

»Tut mir leid, Alter. Mir ist schon bewusst, dass das harter Tobak ist. Und ich weiß, du bist da unten durch die Hölle gegangen, aber meinst du nicht, du solltest daraus Kapital schlagen? Komm schon, wann habe ich dich mal um was gebeten? Im Ernst, mein Bauchgefühl sagt mir, das könnte was Großes werden. Du weißt doch, wie hart ich gearbeitet habe, um die Website auf den Weg zu bringen.«

Emotionale Erpressung war normalerweise nicht seine Art. Doch er hatte nicht ganz unrecht. Um den Großteil des Unterbaus der Website hatte er sich gekümmert, genauso wie um das Posten der täglichen Listicles, die Beantwortung von Kommentaren und die Duelle mit Trolls und Doxern. Außerdem verlinkte er uns unermüdlich mit anderen Websites und Online-Blogs. Ihn das Filmmaterial verwenden zu lassen war wirklich das Mindeste, was ich tun konnte. Und wenn ich es mir selbst nicht ansah, welchen Schaden konnte es dann schon anrichten? Mein Blick wanderte immer wieder zu der Schublade, in der sich der abscheuliche Flachmann befand. Ich hätte ihn am liebsten genommen und aus dem Fenster geworfen.

»Okay. Aber du darfst nichts verwenden, worauf Ed zu sehen ist. Ich habe ihm versprochen, ihn nicht zu filmen.«

»In Ordnung, aber ich darf das restliche Material verwenden?«

»Einverstanden.«

Er sprang auf, wobei er sich beinahe mit dem Kabel seiner Ohrhörer erwürgte, und umarmte mich stürmisch. Er stank nach Gras und nervösem Schweiß. »Alter, du bist eine Legende.«

»Meinetwegen, Thierry. Hör mal, ich muss mich hinlegen.«

»Fühlst du dich wieder beschissen?«

»Nur erledigt.«

»Cool.« Sein Blick schweifte bereits wieder zum Bildschirm ab. »Ich sage dir Bescheid, wenn ich fertig bin.«

»Nicht nötig. Mach damit, was du willst.«

»Bist du dir sicher, dass du es dir nicht zuerst anschauen willst?«

»Ich bin mir sicher, Thierry.«

»Es ist so, als hätte das Licht da unten richtig abgefahrene Effekte erzeugt. An einer Stelle …«

»Ich will es nicht sehen, okay?« Ich war drauf und dran, die Kontrolle zu verlieren, und hätte ihn beinahe geschlagen. »Entschuldige. Behalt es einfach für dich, ja?«

Hin und wieder frage ich mich, was passiert wäre, wenn ich mir das unbearbeitete Filmmaterial damals doch angesehen hätte. Wäre dann alles anders gelaufen? Vielleicht, vielleicht auch nicht. Aber Verzweiflung beiseite, irgendetwas an der Art und Weise, wie Thierry mich ansah, war seltsam, und ich hätte dem mehr Beachtung schenken sollen.

Als ich mich am Abend ins Bett legte und die Augen schloss, klangen mir sofort wieder die geisterhaften Stimmen und das Rauschen des Wassers in den Ohren. Dann schwebte meine Stimme in den Raum: »Du bist der letzte Mensch, an den ich denken werde, wenn ich es nicht hier raus schaffe.« Sie hätte nicht so deutlich sein dürfen; das Tosen des Wassers im Hintergrund hätte sie dämpfen müssen. Mein Verstand spielte mir einen Streich – eine andere Erklärung gab es nicht. Thierry war ein kompetenter Bearbeiter, aber so gut war er nicht.

Ich schnappte mir Thierrys iPod, verkroch mich unter der Bettdecke und lag wie betäubt da, während ich immer wieder »Ace of Spades« von Motörhead hörte.

Dann öffnete ich die Augen und blinzelte, sah jedoch nichts als Finsternis. Ich lag auf der Seite, zu einer Kugel zusammengerollt wie ein Fötus, und irgendetwas grub sich in meinen Oberschenkel. Ich schauderte. Mir war kalt, und ich war nackt und nahm zunächst an, ich hätte die

Bettdecke weggestrampelt und das Licht ausgeschaltet, ohne mich daran zu erinnern. Ich wechselte die Position und tastete meine Umgebung ab, doch statt der Glätte des Lakens spürten meine Finger eine raue Oberfläche, dann glitten sie über etwas, von dem ich annahm, dass es sich um glitschige, schimmlige Gebeine handelte, *nein, nein, nein.* Mit Bestürzung und entsetzlicher Gewissheit wurde mir bewusst, dass ich mir mein Entkommen nur eingebildet hatte. Ich befand mich noch immer dort unten in der Höhle bei Ed. Dann kam es: kaltes, behaartes Fleisch, das sich um meine Brust schlang, mich drückte und rieb. Als Nächstes ein Trommeln in meinen Ohren: *Finger in deinem Herzen, Junge. Finger in deinem Herzen. Du kommst mit mir mit.*

Während mein Körper gelähmt war, ließ meine Blase los, und der Strom warmer Flüssigkeit spülte mich aus der Höhle hinaus und zurück in mein Zimmer. Schwaches Licht ersetzte die Schwärze; das Plätschern von Wasser wurde zum Tippen von Thierrys Fingern auf seiner Tastatur. Mein Herzschlag wollte sich nicht verlangsamen, mein Atem quietschte in meinem zugeschnürten Hals. Ich wagte es nicht, mich zu bewegen, um nicht wieder dort hinunter gezerrt zu werden. Und ich bewegte mich auch nicht, bis das urindurchnässte Laken kalt wurde.

Zögerlich berührte ich mich seitlich am Oberkörper und rechnete beinahe damit, Eds Fleisch noch dort zu spüren. *Setz dich auf. Dreh dich um.*

Nichts. Natürlich war da nichts.

Ich riss das Laken vom Bett und knüllte es zusammen, wobei ich aufpasste, dass Thierry mich nicht hörte. Dann warf ich es in die Zimmerecke und überhäufte es mit Schmutzwäsche. Meine Panik ebbte ab wie ein langsam wirkendes Gift.

Ich kroch zurück ins Bett und steckte die Ohrhörer wieder ein. Thierrys iPod spielte jetzt immer und immer wieder »Lux Aeterna«, das er vom Soundtrack zu *Requiem for a Dream* geklaut hatte. Er nutzte es bei jeder Gelegenheit, die sich ergab, als Backing Track, doch es half nicht gegen die Furcht, die in meinem Bauch Wurzeln geschlagen hatte. Ich wagte es nicht, noch einmal einzuschlafen. Stattdessen saß ich die ganze Nacht aufrecht im Bett und wartete darauf, wieder in die Höhle gezerrt zu werden.

Da ich Thierry die ganze Nacht hörte, wusste ich, dass er durchgearbeitet hatte, trotzdem platzte er um halb acht in mein Zimmer, als hätte er gute acht Stunden geschlafen.

»Ich bin fertig, Si. Hab's hochgeladen.«

Ich brachte ein Grunzen zustande. Man konnte sich unmöglich schlechter fühlen, als ich es tat.

Wir mussten an diesem Vormittag beide arbeiten. Der Schlafmangel sorgte dafür, dass ich angeschlagen und mürrisch war, und der allzu reale Höhlen-Flashback machte mir nach wie vor zu schaffen. Von Koffein angetrieben und berauscht von seiner nächtlichen Arbeit, war Thierry putzmunter wie immer. Als Cosimo kurz hinausging und eine Zigarettenpause machte, stahl sich Thierry in sein Büro, um nachzusehen, wie der Clip ankam. Als er zur Theke zurückkehrte, wirkte er benommen: »Alter. *Alter.* ALTER. Du wirst es nicht glauben. Dreißigtausend Aufrufe. Unfassbare *dreißigtausend*. Und die Kommentare solltest du mal sehen. Die Leute sind total aus dem Häuschen.«

»Im Ernst?«

»Ja.«

Er packte mich an den Armen und wirbelte mich herum. »Ich hab's dir gesagt, Si. Ich hab's dir doch gesagt, verdammt!«

Möglicherweise würde das von enormer Tragweite für uns sein, und Thierrys Begeisterung war ansteckend. Ich schob den verbliebenen Abscheu und die Scham nach meinem nächtlichen Bettnässer-Zwischenfall beiseite und überredete mich selbst mitzuspielen. Das war eine große Sache. Sie konnte unseren Durchbruch bedeuten, und in den Tagen, bevor YouTube und Twitter allgegenwärtig wurden, kam die Tatsache, dass sie sich wie ein Lauffeuer verbreitet hatte, einem Riesencoup gleich.

Die Zahl der Aufrufe stieg weiter an. Wir rechneten damit, dass sie irgendwann versiegen würden, doch der Clip wurde in unzähligen Blogs erwähnt und geteilt und schaffte es auf 4Chan, wo öffentliche Diskussionen aufkamen, ob er gefakt war oder nicht. Die nächsten Tage waren aufregend und spannend, und die Nachbeben meiner Erlebnisse klangen ab. Ich hatte mir das geschnittene Filmmaterial immer noch nicht angesehen, das (erwartungsgemäß) den Titel »Die lebensechten Todeshöhlen« trug, doch Thierry und ich wechselten uns beim Lesen der Kommentare ab. Die Zahl unserer Abonnenten war in die Höhe geschossen, und wir hatten jede Woche Tausende Unique Visitors. Der Druck, auf der Website mit einem neuen sensationellen Knüller aufzuwarten, wurde immer größer. Thierry schrieb noch immer Listicles, doch wir mussten aus unserem Erfolg Kapital schlagen.

Dann, an Heiligabend, tauchte Folgendes im Kommentarbereich der Website auf:

> Mein Mann und ich fordern Sie auf, dieses Video zu entfernen. Es ist respektlos den Toten gegenüber. Unser Sohn Nigel war einer der jungen Männer, die an jenem Tag in der Cwm Pot ums Leben kamen. Wir finden es widerlich, dass Sie seine Überreste und die seiner Freunde zur Schau stellen, ohne sich Gedanken darüber zu machen, welchen Schmerz Sie damit womöglich verursachen. Bitte entfernen Sie dieses Video umgehend.

»Scheiße.« Scham durchflutete mich. Ich hatte sechsunddreißig Stunden mit dem Sohn dieser Frau und mit den Überresten seiner Freunde verbracht, aber mir immer noch nicht die Mühe gemacht, ihre Namen in Erfahrung zu bringen. »Wir sollten es besser entfernen, T.«

Ich rechnete damit, dass Thierry mit mir einer Meinung sein würde, da ich ihn immer für jemanden gehalten hatte, der sich der Gefühle anderer bewusst war, uneigennützig, ein Softie. Im Gegensatz zu mir, nehme ich an. Sicher, ich war erstaunt gewesen, wie viel ihm daran gelegen hatte, die Aufnahmen ins Netz zu stellen, doch mit seinem Bauchgefühl hatte er damals absolut richtiggelegen. Anstatt mir zuzustimmen, schnaubte er und sah mich an, als hätte ich den Verstand verloren. »Auf keinen Fall, Alter. Es bringt uns immer noch Traffic ein. Wir wären verrückt, wenn wir es jetzt rausnehmen würden. Wir sind kurz davor, dass Leute Werbung bei uns schalten.«

»Aber es ist nicht richtig. Stell dir vor, es wäre dein Kind.«

»Willst du mich verarschen, Si? Wann hast du dich denn in Mutter Teresa verwandelt?«

Wann hast du dich in ein herzloses Arschloch verwandelt? »Das da unten hätte auch ich sein können, T.« Und noch ein Gedanke: *Vielleicht bin ich es tatsächlich da unten.* Die Schlüpfrigkeit, die ich an dem Abend gespürt hatte, als Thierry das Filmmaterial bearbeitete, war in meinen Gedanken immer noch frisch. *Ich bin ein Toter, der träumt, dass er am Leben ist.* Doch das war einfach nur eine Folge davon, dass ich zu viele Spielfilme gesehen hatte. Ich lebte nicht in *Jacob's Ladder.* In diesem Zusammenhang sollte ich anmerken: *In Wirklichkeit sollte sich meine Situation noch als viel schlimmer erweisen, als es sich irgendein Drehbuchautor einfallen lassen könnte …*

»Du warst es aber nicht, oder, Si? Wir haben uns das verdient, Alter. *Du* hast es dir verdient. Siehst du denn nicht, wie nah wir dran sind, das zu bekommen, was wir uns wünschen?« In seinem Blick lag ein fanatisches Leuchten: Thierry war seinen ehrgeizigen Eltern ähnlicher, als er glaubte, war von dem brennenden Verlangen getrieben, Erfolg zu haben.

Ich ließ die Sache auf sich beruhen, obwohl ich mich dafür hasste, und wir scrollten in angespanntes Schweigen gehüllt durch die Kommentare:

Mein aufrichtiges Beileid, Lady.

Sie hatten da unten nichts zu suchen.

Das kommt davon, wenn man so einem gefährlichen Hobby nachgeht.

Nein, aber das ist respektlos.

Ihr seid alle Idioten, weil das eindeutig gefakt ist.

So ekelhaft. Hat jemand Fotos von Leuten gesehen, die in den Bergen gestorben sind? Es gibt da eins von einem Typen, in Südamerika oder so, glaube ich, der schaut aus dem Eis raus und hat einen Anzug an. Angeblich war er Drogendealer oder so und ist aus dem Flieger gefallen.

Was hast du denn geschluckt, Mann?

Das stimmt, schau doch mal nach.

Und dann das: *Wenn der Typ, der diesen Film gedreht hat, Tote so gern mag, sollte er mal auf den Everest steigen. Das ist der höchste Friedhof der Welt. Da oben liegen überall Leichen rum.*

Thierry beobachtete mich.

»Was ist?«

»*Alter.* Du solltest echt auf den Everest steigen.«

»Rede doch keinen Blödsinn, Thierry.«

»Ich meine es ernst, Si. Überleg doch mal. Das ergibt einen Sinn. Du warst ganz tief unter der Erde und hast total cooles Zeug gefilmt. Deshalb solltest du jetzt zum höchsten Punkt der Erde hinaufgehen und dasselbe tun. Das wäre super für die Website. Ich weiß, es klingt verrückt, aber denk doch mal drüber nach.«

»Ich habe drüber nachgedacht. Du hast den Verstand verloren.«

»Nenn mir einen Grund, warum nicht.«

»Herrgott. Okay, ich werde dir einen ganzen Haufen Gründe nennen, warum nicht, T. Erstens kostet es mehrere tausend Pfund, dort hinzugelangen – mehrere Tausend Pfund, die wir nicht haben. Zweitens ist es verdammt gefährlich. Drittens fehlt mir das Rüstzeug – ich war noch nie in wirklich großer Höhe.«

Thierry winkte all das abschätzig ab. »Aber ist das nicht ein Traum von dir, Si? Welcher Kletterer möchte denn nicht den höchsten Berg der Welt bezwingen?«

»Ich bin kein Kletterer mehr, Thierry, falls es dir noch nicht aufgefallen ist.« Ich erinnerte mich an meine schmerzhafte Selbstüberschätzung in der Cwm Pot zurück. »Ich habe wirklich nicht das Rüstzeug.«

Die Verzweiflung, die ich in ihm gesehen hatte, als er sich zum ersten Mal die Höhlen-Filmaufnahmen ansah, war zurück. »Du musst ja nicht ganz auf den Gipfel. Bring einfach irgendwas Gutes wie aus den Höhlen für uns mit.«

»Im Prinzip willst du, dass ich beinahe draufgehe, während ich Leichen auf einem Berg filme.«

»Du hast es erfasst.«

»Du bist echt krank, Thierry.«

»Ja, ja. Machst du es, wenn ich die Kohle zusammenkriege?«

Everest. Gefrorene Kacke und gebrochene Egos – das stellte ich mir darunter vor. Ich erinnerte mich vage, vor Jahren einen Artikel darüber gelesen zu haben, dass die Leichname von Kletterern, die im Hochgebirge ums Leben kommen, nicht rückgeführt werden können. *Man kann eine Leiche nicht rausschaffen, wenn sie so weit unter der Erde liegt, Junge.* Thierry hatte recht, was die schiefe Symmetrie betraf. »Klar. Warum nicht?« Er würde niemals genug Geld zusammenbekommen; wir konnten kaum die Miete bezahlen. Und wenn ich seinem verrückten Plan zustimmte, würde er den Mund halten.

Großer Fehler.

Zweiter Teil

Juliet

Ich weiß jetzt, es besteht keine Aussicht darauf, dass ich in eine Art Trance verfalle, wie sie normalerweise nach mehreren Stunden großer Anstrengung kommt. Stattdessen konzentriere ich mich auf das Knirschen und Knarren meiner Steigeisen, die sich in den Schnee beißen, auf das musikalische Klimpern meines Klettergurts, auf meine keuchende Atmung. Wir haben den Südsattel überquert, und ich schätze, wir nähern uns dem flachen Bereich vor dem Balkon, wo der Aufstieg abwechslungsreicher werden wird. Von dort aus werde ich vorsteigen. Die Nacht ist ungewöhnlich klar; so klar, dass die Sterne den Schnee erhellen, was ich wunderschön fände, wenn ich meine Sorgen um Walter verdrängen könnte. Er bewegt sich mit größerer Vorsicht und Konzentration als sonst. Dann stolpert er, fällt auf die Knie. Er dreht sich um, tippt auf seine Sauerstoffmaske. Ich nicke, signalisiere ihm, dass ich seinen Regler kontrollieren werde. Er ist mit Reif verstopft, und mit den klobigen Überhandschuhen ist es schwierig, ihn wieder durchgängig zu machen. Trotzdem ziehe ich sie nicht aus, auf keinen Fall, nicht einmal für eine Sekunde. Ich fürchte nichts mehr als Erfrierungen. Ich lasse mir Zeit, arbeite in dem unterwasserartigen Licht meiner Stirnlampe, und mein Puls pocht in meinen Ohren, als ich den Kopf senke, um besser sehen zu können. Walter nickt erschöpft, um mir zu signalisieren, dass der Sauerstoff wieder strömt. Ich vergewissere mich, dass die Flasche in seinem Rucksack sicher verpackt ist, und wir setzen uns wieder in Bewegung. Hin und wieder fängt meine Lampe das Seil ein, das die kommerziellen Expeditionen dieser Saison entlang der Route fixiert haben. Wir werden es nicht anfassen.

Schritt, Schritt. Knirsch, knarr. Meine Atmung ist gleichmäßig; meine Lunge schmerzt, doch damit kann ich umgehen.

~~Und dann spüre ich es: das Gefühl, als würde mir jemand folgen. Als Erstes vergewissere ich mich, dass ich Walter nicht versehentlich überholt habe. Das habe ich nicht. Natürlich nicht. Seine dunkle, wuchtige Silhouette ragt vor mir auf. Ich bleibe stehen, stelle sicher, dass ich einen festen Stand habe, und drehe mich um, wobei meine Kapuze und meine Sturmhaube peripheres Sehen einschränken. Weit, weit unter mir bewegen sich Lichtpunkte wie schwerfällige Glühwürmchen nach oben. Ein anderes Team, wahrscheinlich die Enviro Group, bahnt sich den Weg über den Sattel, doch die Bergsteiger befinden sich zu weit unter mir, als dass sie die Ursache des beunruhigenden Gefühls sein könnten, dass mich jemand beobachtet. Worum auch immer es sich handelt, es fühlt sich an, als würde es unmittelbar hinter meiner Schulter lauern. Ich drehe mich noch einmal um. Da ich keinen Sauerstoff benutze, ist die Angst vor Hypoxie mein ständiger Begleiter, doch ich kann keine anderen beunruhigenden Symptome dafür feststellen, dass ich unter akuter Höhenkrankheit leide oder ein Ödem bekomme: Meine Koordination ist nicht beeinträchtigt; meine Denkprozesse sind nicht verworren.~~

Was mich anbelangt, brauche ich mir keine Sorgen zu machen.

Irgendetwas stimmt nicht. Ich sehe Walter nicht mehr vor mir. Ich lasse einen Atemzug aus und spüre das Brennen in meiner Lunge, als ich kämpfe, um genug Luft zu inhalieren. Er liegt auf der Seite, die Knie angezogen, seine Sauerstoffmaske ist verrutscht. Ich stapfe zu ihm hin, falle neben ihm auf die Knie und zucke zurück, als ich das Gluckern in seiner Atmung höre. Flüssigkeit in der Lunge. Ein Lungenödem. Seit wir das Basislager verlassen haben, versucht er, sein Husten vor mir zu verbergen. Deshalb hat er sich auch dazu entschieden, Sauerstoff zu verwenden – ungewöhnlich für ihn. Ich hätte in Camp III hartnäckiger versuchen sollen, ihn dazu zu bewegen, in eine geringere Höhe abzusteigen, doch er bestand darauf, dass wir das Wetterfenster für einen Gipfelversuch nutzen. Und ich <u>wollte</u> glauben, dass mit ihm alles in Ordnung ist. Ich <u>gestattete</u> mir, es zu glauben. Wir wussten beide, wie wichtig diese Besteigung für meine Karriere ist. In den Augen der Öffentlichkeit und der Sponsoren ist man Luft, wenn man nicht den Everest und den K2 »bezwungen« hat. Es ist, als würden unsere anderen, weitaus anspruchsvolleren Errungenschaften niemandem etwas bedeuten außer einer winzig kleinen Elite.

Ich versuche, die Sauerstoffmaske wieder auf seinem Mund zu platzieren. Er schlägt wie wild nach meiner Hand.

»Nein, Walter.«

Ich versuche es noch einmal, doch er schubst mich weg.

Ich gerate nicht in Panik. Noch nicht. Ich gebe nicht auf, bis ich ihn dazu bringe, ein paar Atemzüge Sauerstoff zu inhalieren.

Der Tag bricht an, und sein lavendelfarbenes Licht offenbart langsam das ausgesetzte Gelände, das unter uns abfällt. Ich muss ihn den Berg hinunterschaffen, und zwar schnell. Das ist seine einzige Chance. Trotzdem gerate ich immer noch nicht in Panik. Walter ist unbesiegbar. Wir sind dem Tod schon unzählige Male von der Schippe gesprungen. »Los, Walter. Hoch, hoch, hoch.«

Er reißt sich die Maske aus dem Gesicht. »Nein«, keucht er. »Nein, Juliet.« Er zerrt sich die Schutzbrille von den Augen. Ich habe ihn noch nie wirklich verängstigt gesehen, nicht einmal damals, als wir das erste knirschende Grollen der Lawine hörten, die uns auf dem Broad Peak eigentlich hätte töten sollen, doch jetzt hat er die Augen weit aufgerissen, und sein Mund ist schlaff. Er blickt an mir vorbei auf irgendetwas über meiner Schulter. Dann stöhnt er und rollt sich zusammen. Ich schlage auf ihn ein, und die Anstrengung verwandelt meine Brust in einen Feuerball.

Dann sacke ich zusammen. Ich habe das Gefühl zu fallen, zu fallen. Da ich tief in meinem Innersten weiß, dass er nicht wieder aufstehen wird und …

1. TAG: Everest-Basislager, Tibet

Habe vergessen, wie fantastisch plump der Sonnenuntergang im Himalaya sein kann. Saß heute Abend vor meinem Zelt und beobachtete, wie das Licht auf dem Nordostgrat von Goldfarben zu Blau und dann zu Schwarz wechselte, als stünde es unter der Kontrolle eines nüchternen himmlischen Lichtdesigners. Für einen Moment ließ der Wind nach, und ich konnte mich endlich denken hören.

Finde es immer noch seltsam, dass wir bis ins Basislager fahren konnten. Eigentlich sollte ich erleichtert sein, dass wir den Weg nicht zu Fuß zurücklegen mussten, aber ich kann nicht vergessen, dass die Rongbuk Base Camp Road ein weiteres Beispiel für die systematischen Pläne der chinesischen Regierung ist, jeden Quadratzentimeter Tibets zu kolonialisieren, zu kontrollieren und zu erschließen – nicht einmal die Flanken des Everest sind vor ihrem Würgegriff sicher. Und die Atmosphäre auf dieser Seite des Bergs wirkt düsterer als letztes Jahr im Süden, wobei sich darin womöglich meine Stimmung widerspiegelt. Nachdem ich mit den anderen Bergsteigern, mit denen ich mir die Lizenz teile, zwei Tage in Kathmandu und vier Tage in Lhasa verbracht habe, befinde ich mich immer noch draußen und blicke nach drinnen. Ich kann den anderen aber keinen Vorwurf machen. Schließlich bin ich diejenige, die launisch ist. *Kopf hoch, Juliet, du machst ein Gesicht wie ein versohlter Hintern.* Meine Nackenhaare sind zurzeit immer aufgestellt, und nach den heftigen zwischenmenschlichen Konflikten, die Walter und ich vor zwei Jahren im Karakorum miterlebt haben, hüte ich mich davor, unachtsam zu werden und mich von der Gruppendynamik mitreißen zu lassen. Der Temperatursturz hat alle nach einem hastigen Abendessen in ihre Zelte gescheucht, und seitdem hat sich keiner mehr blicken lassen.

Die anderen sind:

Andrej und Sem Danielsen, Norweger, Brüder, beide groß und Brillenträger. Sehen aus wie Zwillinge, und ich ertappe sie oft dabei, wie sie mich neugierig anstarren, als würde ich einer fremdartigen Spezies angehören. Sie haben das Vinson-Massiv und den Aconcagua bestiegen.

Lewis Day, amerikanischer Extrembergsteiger/-skifahrer. Entspannt, langes Haar, jung, sympathisch. Hat zweimal den Mount McKinley bestiegen. Zum ersten Mal im Himalaya.

Tom Baskin-Heath, britischer Landsmann. Stinkt nach altem Geld. Sagt, er hätte den Kilimandscharo bestiegen, und hat vor, die Seven Summits zu machen, was er bei jeder Gelegenheit erwähnt. Das Erste, was er zu mir sagte, war: »Großer Gott, bist du *die* Juliet Michaels?« Ich war perplex und kurz angebunden, und seitdem ist er übertrieben höflich zu mir. Er hat bestimmt die ganze schlechte Presse über mich gelesen (aber glaubt er sie auch?). Erinnert mich ein bisschen an Graham. Hat eine ähnliche gedehnte Eton-Sprechweise und beiläufige Eleganz, aber ich darf nichts auf ihn projizieren. Graham sagt, ich bin ein umgekehrter Snob, und er hat recht, das bin ich tatsächlich.

Wade Thrope, Amerikaner, umgänglich. Anlageberater

oder so was. Verbringt den Sommer immer damit, auf dem Mount Rainer herumzukriechen, hat aber wenig Erfahrung in großen Höhen. Sagt, den Everest zu besteigen, wäre sein »Lebensziel«.

Eri Aka, Japanerin. Hervorragende Reputation – gehörte dem Annapurna-I-Frauenteam von '92 an. Sie ist genauso zurückhaltend wie ich, und bislang sind wir umeinander herumgeschlichen wie extrem höfliche Katzen. Sie versteht Englisch, spricht es selbst aber kaum. Habe langsam den Eindruck, es handelt sich dabei nicht um kulturelle Befangenheit, sondern sie bevorzugt es, Beobachterin zu sein.

Egal, es hat keinen Sinn, dass ich mir Gedanken darüber mache, was andere von mir denken. Schließlich klettere ich nicht mit ihnen, sondern wir teilen uns nur das Basislager. Sollte mich glücklich schätzen, dass ich überhaupt hier bin. Zu verdanken habe ich das allein Joe Davis, dem Leiter der australischen Expedition, der mir in letzter Minute einen ermäßigten Platz auf der Genehmigung angeboten hat (er hat trotzdem jeden Cent vom Vorschuss für das Buch verschlungen, aber ich muss darauf vertrauen, dass es sich gelohnt hat). Walter hat die Kommerzialisierung des Everest nicht gutgeheißen, hat die Vorstellung gehasst, dass »jeder Penner mit einem Scheckheft den Gipfel einsacken kann, ohne Zeit zu investieren«, doch mit Joe, der etwas gegen Idioten hat, weiß, wie man ein Camp führt, und gerne ein Glas trinkt, wäre er einverstanden. Joe hat Zeit investiert. Er war dreimal auf dem Gipfel des Everest und hat beim Versuch, den Nanga Parbat zu besteigen, zwei Teammitglieder und eine Handvoll Zehen verloren. Joe sprach nicht Walters umstrittenen Tod an, sondern nannte sofort mögliche Daten zur Gipfelbesteigung sowie die Vor- und Nachteile, es von dieser Seite und nicht von Süden anzugehen. Camp III auf dieser Seite liegt dreihundert Meter höher als Camp V auf der nepalesischen Seite, sodass ich mehr Zeit in der Todeszone über achttausend Meter verbringen werde. Ohne Flaschensauerstoff, was bedeutet, damit steigt das Risiko von Hypoxie und von Erfrierungen, die ich am meisten fürchte. Das ist das Mindeste, womit ich rechnen muss.

~~Hätte es nicht noch einmal von Nepal aus versuchen können, nachdem Walters Leichnam noch dort~~

Tadeusz, Joes Guide, ein junger Pole mit zerfurchtem Gesicht und einer ähnlich beeindruckenden Vorgeschichte, hat die Ausstrahlung von jemandem, der sich in den Bergen mehr zu Hause fühlt als in der »Zivilisation«. Jangbu Sherpa, Joes Sirdar, ist zurückhaltend und kompetent, findet es aber fragwürdig, dass ich meine gesamte Ausrüstung selbst und ohne Sauerstoff, Sherpa-Unterstützung und Fixseile zu den höheren Camps schleppe. Vielleicht hat er recht.

Meine Liste:

- Den Gipfel erreichen und meinen Ruf wiederherstellen. ~~BEWEISEN, dass ich es schaffe~~. Das verdammte

Buch schreiben und nach dem Vorschuss auch den Rest einkassieren.
- Meine Scheidung abschließen.
- Marcus von dieser beschissenen Schule nehmen.
- Ein neues Zuhause für Marcus und mich finden.

Ich schaffe das.

ICH SCHAFFE DAS.

2. TAG

Eri hat mich heute Vormittag bei einem Akklimatisierungsspaziergang um das Camp begleitet. Umweltschützer räumen seit 1990 auf dem Berg auf, doch der Gletscherbach, der die Moräne durchschneidet, ist noch immer voll mit giftigem Schaum und von Dosen verstopft. Menschen sind wirklich das Letzte. Beschloss, zur George-Mallory-Gedenktafel hinaufzugehen. Überraschte mich selbst damit, dass ich weinte, als ich die Inschrift las. Das sieht mir gar nicht ähnlich. Die Überreste von Mallory und Irvine befinden sich noch immer irgendwo auf dem Berg, und ihr Geheimnis ist mit ihnen begraben. Ich habe mich dafür entschieden zu glauben, dass sie den Gipfel 1924 tatsächlich erreicht haben – mit mehreren Schichten Tweed und Seide bekleidet und mit ihrer eigensinnigen Sauerstoffausrüstung kämpfend. Der Everest gehörte nicht zu Walters Zielen, denn er war kein Freund davon, in den Fußspuren anderer zu klettern, doch er wusste alles über die

Geschichte des Bergs. Ich habe nie vergessen, dass er mir erzählt hat, Mallory hätte nichts lieber getan, als sich seine Ausrüstung vom Leib zu reißen und nackt herumzuhüpfen – selbst im eiskalten Himalaya.

Zum Glück schien Eri mein Gefühlsausbruch nicht unangenehm gewesen zu sein.

Fühlte mich völlig erledigt, als ich wieder bei meinem Zelt ankam. Das liegt nicht nur an der Höhe. Habe versucht, noch einmal zu lesen, was ich über Walters Tod geschrieben habe. Bin nicht über den ersten Satz hinausgekommen. Das Schreiben war seltsam schmerzlos gewesen, wahrscheinlich, weil ich es herausgekotzt und nicht lange darüber nachgedacht habe, was ich schreibe. Der Verlag besteht beharrlich darauf, dass dieser Aufstieg und die Ereignisse des vergangenen Jahres den Hauptinhalt des Buchs bilden. Wenigstens habe ich einen Anfang gemacht.

Muss zugeben, dass ich mich noch immer in der mentalen Gletscherspalte befinde, in die ich nach Walters Tod gefallen bin. Ihn zu verlieren, hat mich aus dem Gleichgewicht gebracht wie ein Auto, dem ein Rad fehlt. Ich würde alles dafür geben, seine Stimme zu hören. Ich weiß genau, was er sagen würde, wenn er wüsste, wie mein Leben seit seinem Tod aus den Fugen geraten ist: »Lass dich von den Mistkerlen nicht unterkriegen, Kleines.« ~~Ich ertrage die Vorstellung nicht, dass sein Leichnam immer noch hier ist, auf der anderen Seite dieses verdammten, VERDAMMTEN Bergs. Und ich bin immer noch sauer auf ihn, weil er~~

~~gestorben ist. Wütend. Schmerz und Wut, keine gesunde Mischung. Und nicht nur, weil ich unfairerweise für seinen Tod verantwortlich gemacht wurde. Er hat mich in eine fürchterliche Lage gebracht. Nein, nein, das darf ich nicht schreiben, nicht einmal, wenn es nur für meine Augen bestimmt ist. Es lässt mich egoistisch und kleinkariert klingen.~~ Es kann Jahre dauern, bis man sich von einem Verlust erholt. Mam ist nie über Dads Tod hinweggekommen; letzten Endes hat sie das umgebracht. Und wie jeder weiß, ist die Verbindung zwischen Kletterpartnern intimer als die zwischen Liebenden. Man entwickelt ein tieferes Vertrauen zueinander, wenn man in größter Not am Seil hängt, wenn man in Gegenwart des anderen hungert und friert und defäkiert. Kurz nachdem ich Graham kennenlernte, warf er mir vor, ich würde mit Walter schlafen (oh, welch Ironie), da er zu begriffsstutzig war, um zu erkennen, dass an unserer Beziehung nichts Sexuelles war. Und ja, Walter und ich standen uns so nahe, wie es zwei Menschen möglich ist, deshalb verstehe ich, dass Graham das als Bedrohung empfand, doch Walter stand nicht auf Frauen. Auf Männer stand er auch nicht wirklich. Es macht mich traurig, dass er zu viel Zeit mit Macho-Arschlöchern verbracht hat, um diese Seite von sich zu akzeptieren, und wir haben natürlich nie darüber gesprochen. Ich möchte behaupten, die Berge waren seine einzig wahre Liebe, doch das klingt banal, und er hätte mir gesagt, ich soll nicht so verdammt albern sein.

~~Ich wünschte, ich wüsste, was er kurz vor seinem Tod gesehen hat.~~

Muss das hinter mir lassen. Wenn ich keinen klaren Kopf bewahre, werde ich scheitern. Walter ist tot. Und ich muss die andauernden Schuldgefühle wegen Marcus endlich ablegen. Habe versucht, ihn von Kathmandu aus anzurufen, doch die alte Kuh im Schulsekretariat weigerte sich, ihn aus dem Unterricht zu holen, damit ich mit ihm sprechen kann. Mit nur einer Stunde bis zu unserer geplanten Abreise nach Lhasa bin ich durch Thamel gerast und habe Geschenke gekauft, um ihm ein Paket schicken zu können, um ihm zu beweisen, dass ich an ihn denke. Ich konnte mich nicht entscheiden und habe mich letzten Endes für ein billiges T-Shirt mit einem aufgedruckten Yak und einen winzigen Teddybären entschieden, der mich an Chewie erinnerte, das Spielzeug, das sein ständiger Begleiter war, als er drei war. Inzwischen ist er zehn und alles andere als ein Baby. Ich hasse mich dafür, dass ich mir nicht mehr Mühe gegeben habe, ihn vor meinem Abflug noch einmal zu sehen. Es ging alles so schnell.

Morgen lasse ich das Selbstmitleid hinter mir. GENUG.

3. TAG

Klatsch, klatsch, klatsch – der Wind schlägt gegen die Zelte, lässt die Gebetsfahnen rotieren und die Abspannseile surren. Heute keine Wolke am Chomolungma, ein Zeichen dafür, dass der zerstörerische Jetstream des Bergs abflaut und der Grat sich auf unseren Angriff vorbereitet. Auf der nepalesischen Seite versteckt sich der Berg hinter den freundlicheren Gipfeln des Lhotse und Nuptse, doch hier ragt seine unschöne Pyramide aggressiv hinter dem Camp empor und verhöhnt uns.

Habe Stunden damit verbracht, in meinem Zelt aufzuräumen und sicherzustellen, dass sich alles, was ich brauche – Stirnlampe, Ersatzhandschuhe, Wasserflasche, Kendal Mint Cake, Walkman, Bücher und dieses verdammte Notizbuch –, genau dort befindet, wo es hingehört. Ich weigere mich, mein Bedürfnis nach Ordnung als zwanghaft zu betrachten. Gut organisiert zu sein ist förderlich für meine Gemütsverfassung, verschafft mir die Illusion von Kontrolle.

Ansonsten fühle ich mich gut. Kräftig. Positiv. Kann es kaum erwarten, den Aufstieg zum vorgeschobenen Basislager zu beginnen und damit anzufangen, die höheren Camps auszustatten, werde aber aus Respekt gegenüber den Sherpas bis nach der Puja-Zeremonie warten.

Hatte gestern Abend überraschend viel Spaß im Esszelt. Joe hat Bier gebracht, und ich habe gespürt, wie ich aufgetaut bin, als wir dasaßen und Abenteuergeschichten austauschten. Alkohol steigt mir in großen Höhen in den Kopf, und nach ein paar Runden wurden wir alle laut. Nur der piekfeine Tom und Industriekapitän Wade waren nicht mit von der Partie. Joes Geschichten sind wirklich legendär, aber die Brüder Danielsen (wir haben uns angewöhnt, sie »die Skandis« zu nennen) und Lewis (der anfängt zu flirten, wenn er getrunken hat) haben selbst auch schon in der Patsche gesessen. Lewis war zwei Tage unter einer Schneewechte begraben, als er mit Skiern abseits der Piste unterwegs war, und hielt sich am Leben, indem er Bob-Dylan-Songs sang. Erst als jemand beschloss nachzusehen, wer eine so schreckliche Interpretation von »Just Like a Woman« zum Besten gab, wurde er gerettet. Selbst Eri öffnete sich und erzählte uns nüchtern in ihrem stockenden Englisch von dem berüchtigten dreitägigen Biwak, das sie nach ihrem Gipfelerfolg auf dem Dhaulagiri (über die Südpfeiler-Route) ertragen musste. Als beim Abstieg vom Gipfel das Wetter umschlug, waren sie und drei Teammitglieder gezwungen, sich unter einen schmalen Felsvorsprung zu kauern. Alle überlebten, und nur einer trug ernste Erfrierungen davon – ein Wunder. Eri ist eine echte Pionierin. Sie und ihr Team mussten das Geld für diese Expedition zusammenkratzen und waren so knapp bei Kasse, dass sie sich ihre Biwak- und Schlafsäcke letzten Endes selbst nähten.

Dann sagte Tom: »Was ist mit dir, Juliet? Du hast doch bestimmt auch ein paar Geschichten auf Lager.« Er zeigte sein arrogantes Lächeln, das mich an Graham erinnert. Ich wollte auf keinen Fall auf die schrecklichen Ereignisse des Vorjahrs oder auf den Beinahe-Fehlversuch am Broad Peak eingehen, deshalb erzählte ich ihnen, wie mein Daunenanzug zusammen mit unserem Zelt fortgeweht wurde, nachdem Walter und ich uns auf dem Cho Oyu, meinem ersten bedeutenden Gipfel, in Sicherheit gebracht hatten.

Tom meldete sich erneut zu Wort und fragte mich, ob ich mich dafür entschieden hätte, keinen zusätzlichen Sauerstoff zu benutzen, weil ich »als die erste Frau, die den Everest ohne Flaschensauerstoff bestiegen hat, in die Geschichte eingehen« wollte. Der Alkohol hatte mich angriffslustig gemacht, und ich erwiderte in Messners Worten, dass meiner Meinung nach alle Berge »mit fairen Mitteln« bestiegen werden sollten – und zwar ohne Sauerstoff und ohne sich auf die Rücken von Sherpas zu verlassen. Großspurig von mir, aber manchmal muss man anderen Paroli bieten.

Man muss Tom zugestehen, dass es in dieser Branche tatsächlich wichtig ist, »Erster« zu sein, vor allem wenn es um Sponsorenverträge geht. Wenn ich Erfolg habe, könnte das mehr Türen für mich öffnen, was Vortragsreisen anbelangt, und mir mehr Unabhängigkeit verschaffen, ohne dass ich wegen Geld vor Graham kriechen muss. Es könnte all die fürchterliche Presse auslöschen, die ich bekommen habe, könnte beweisen, dass ich in der Lage bin, ohne Unterstützung einen bedeutenden Gipfel zu besteigen. Vermutlich habe ich mir jemanden zum Feind gemacht, doch das ist nicht das erste Mal, und es gibt wichtigere Dinge, über die ich mir Sorgen machen muss.

4. TAG

Das Camp gleicht einem Bienenstock. Yak-Hirten zanken sich mit Trägerführern der Expedition, und Sherpas versammeln sich, um Ausrüstungsgegenstände zum vorgeschobenen Basislager zu transportieren.

Nach dem Frühstück haben Joe, Tadeusz und ich meine Akklimatisierungsstrategie geplant:

- Aufstieg zum vorgeschobenen Basislager auf 6500 Metern
- ein paar Tage akklimatisieren
- Aufstieg über den Nordsattel zu Camp I (7000 Meter)
- eine Nacht in Camp I
- zurück zum vorgeschobenen Basislager
- wieder hinauf zu Camp I
- eine Nacht in Camp II (Vorratslager, 7500 Meter)
- wieder hinunter zum Basislager, um Kraft zu sammeln
- Obiges wiederholen
- wieder hinauf zum vorgeschobenen Basislager
- eine Nacht in Camp II
- eine Nacht in Camp III (8350 Meter)
- Gipfel
- zurück zum Basislager
- NACH HAUSE

Es hilft, alles schwarz auf weiß vor sich zu haben.

Frostige Atmosphäre im Esszelt am heutigen Abend. Alle sind nervös wegen des bevorstehenden Aufstiegs/Wetters. Tom und Wade halten sich abseits, und die Skandis haben Probleme: Sem macht sich Sorgen um Andrej, der sich eine Mandelentzündung zugezogen hat. Das könnte sich als herber Rückschlag erweisen.

Morgen findet die Puja-Zeremonie statt, danach mache ich meinen ersten Trip zum vorgeschobenen Basislager. Brauche dafür alle meine Kräfte. Muss schlafen.

UPDATE: Weitere schlechte Nachrichten. Weiterer Druck, den ich nicht gebrauchen kann. Joe hat über seine Verbindungen auf die nepalesische Seite erfahren, dass die deutsche Bergsteigerin Stefanie Weber auch den Versuch unternehmen wird, als erste Frau ohne zusätzlichen Sauerstoff und ohne Sherpa-Unterstützung den Gipfel zu erreichen. Nicht gerade das, was ich hören wollte. Joe zufolge herrscht auf der anderen Seite schlechtes Wetter, also sollte ich mir keine allzu großen Sorgen machen. Ich bewundere Stef, wünsche mir aber sehnlichst, dass sie scheitert. Wenn das Ganze zu einem Wettlauf wird, würde das nur mein Urteilsvermögen trüben, aber womöglich wird es sich nicht vermeiden lassen.

5. TAG

Ein schlechter Tag, der mit einem SCHLECHTEN Omen begonnen hat.

Habe vergeblich nach Walters Eispickel gesucht, dem einzigen seiner Gegenstände, den ich auf den Berg mitgenommen habe, sodass ich ihn nicht auf den Chörten legen konnte, um ihn bei der Puja-Zeremonie weihen zu lassen. (Als ich wieder in mein Zelt zurückkehrte, lag er einfach neben meiner Isomatte.)

Nach dem Segen des Lama, der die Berggeister beschwichtigen soll, bevor wir die Flanken des Everest in Angriff nehmen, nahm mich Jangbu beiseite, um mir mitzuteilen, dass jemand mit mir sprechen wolle. Ich folgte ihm verwirrt ins Küchenzelt, das wie immer mit Zigarettenrauch verhangen war. (Ein weiterer Anflug von Verlustgefühlen: Rauch erinnert mich immer an Walter.)

Dawa Sherpa, ein Guide, der dem koreanischen Team angehört, wartete dort auf mich. Freundliches Gesicht, gutes Englisch, strahlte eine Ruhe aus, die ich mit tibetischen Buddhisten assoziiere. Er kam sofort zum Punkt und sagte mir, dass er erfahren habe, ich sei hier, und dass ein Cousin von ihm, Ang Tsering, letztes Jahr, als Walter starb, auf der nepalesischen Seite des Bergs als Guide gearbeitet habe. Nicht nur das, Ang Tsering gehörte der Enviro Group an, dem ersten Team, das auf uns stieß, als Walter in Schwierigkeiten geriet. Wie soll ich beschreiben, was ich dabei empfand? *Ein kalter Finger fuhr an meiner Wirbelsäule nach oben, eine Faust packte mein Herz, mir stockte der Atem.* Alles Klischees, und keines davon kommt auch nur annähernd an das heran, was ich fühlte. Ich erinnere mich an Ang Tsering. Natürlich erinnere ich mich an ihn. Ich kann sogar noch seine Stimme hören: »Bewegung, *didi*, Bewegung, Lady. Sie können ihm nicht helfen. Gehen Sie sofort hinunter.«

Der Rest von Ang Tserings Team setzte den Aufstieg fort, während er bei mir blieb, bis mich der Gedanke an Marcus aus meiner Trauer riss und ich mich in Bewegung setzte. Er hat mir das Leben gerettet. Ich habe mich nie bei ihm bedankt.

Und dann ein weiterer Schock: Dawa sagte mir, sein Cousin sei letzten September in einer Lawine ums Leben gekommen, während er auf dem Manaslu als Guide arbeitete. Ang Tsering habe seine Frau und zwei Kinder hinterlassen, und die Versicherung würde nur einen lächerlichen Betrag zahlen. Hier bin ich und jammere über mein schweres Los, während Ang Tserings Familie alles verloren hat. Ich versprach zu tun, was in meiner Macht steht, sobald ich wieder zu Hause bin. Das ist das Mindeste.

Ein weiterer Grund für mich, Erfolg zu haben und finanzielle Unabhängigkeit zu erlangen. Ich schaffe das.

Tadeusz sah, wie schlecht es mir ging, und war auf seine unsentimentale Art nett zu mir, als ich ihm beim Verlassen des Küchenzelts in die Arme lief. Später kam Eri, um sich zu erkundigen, warum ich nicht zum Abendessen im Esszelt aufgetaucht sei. Die Besorgnis der beiden half mir, doch wenn ich Schwäche zeige, habe ich das Gefühl, nicht mehr ich selbst zu sein.

Außerdem liegen langsam meine Nerven blank. Ich werde morgen knapp zwanzig Kilo Ausrüstung zum vorgeschobenen Basislager hinaufschleppen. Zwölf Meilen. Muss mir in Erinnerung rufen, dass das nichts ist im Vergleich zu den Lasten, die die Sherpas und die Träger hochschleppen werden. Bin nicht so fit, wie ich es gerne wäre, aber dieses Spiel ist ein mentales, kein physisches.

Darf mich nicht hineinsteigern, wie es Stef auf der Südseite ergehen mag. Den neuesten Nachrichten zufolge haben noch nicht einmal die Eisdoktoren den Khumbu-Eisbruch durchquert, deshalb bezweifle ich, dass sie überhaupt schon mit ihren Akklimatisierungszyklen begonnen hat. Stef wird auf keinen Fall die Fixseile benutzen, aber sie wird doch bestimmt nicht versuchen, den Eisbruch vor den Sherpas zu durchqueren? Als ich sie vor vielen Jahren in Cham kurz kennenlernte, wirkte sie auf mich nicht wie jemand, der unnötige Risiken eingeht. Sie ist ruhig und pragmatisch und hat im Gegensatz zu mir kein zusätzliches emotionales Gepäck zu tragen.

7. TAG: vorgeschobenes Basislager

Bin gestern rechtzeitig im vorgeschobenen Basislager angekommen, war aber so erschöpft, dass ich fast zwei Stunden brauchte, um mein Zelt aufzubauen und Schnee zum Schmelzen für Tee zu sammeln. Habe es heute Morgen geschafft, etwas zu essen, obwohl ich keinen Appetit habe. Füße sind geschwollen. Manchmal schwillt beim Bergsteigen in großer Höhe sogar mein Gesicht an, als wäre ich aufgepumpt worden. Mondgesicht nannte Walter mich immer.

Für das Buch??: *Auf der nepalesischen Seite des Bergs war der berüchtigte Khumbu-Eisbruch die erste Hürde für Walter und mich, eine tückische Kletterpartie über Gletscherspalten und durch den schattigen Gefahrenbereich der instabilen, turmhohen Séracs. Doch hier, auf der Nordseite, geht es in der ersten Sektion allein um Kondition und nicht um Können. Die Route hinauf zum vorgeschobenen Basislager ist technisch anspruchslos, aber genauso zermürbend, wie mir gesagt worden war. Der Pfad verläuft in Serpentinen, schlängelt sich bergauf und bergab dahin und verschwindet manchmal ganz – oft fand ich mich nur zurecht, indem ich der Spur von Yak-Kötteln folgte. Als ich mich immer höher kämpfte, verursachte mir die rapide dünner werdende Luft Übelkeit, und mein Rücken begann, unter dem Gewicht meines Rucksacks zu schluchzen. Meine Lippen waren aufgesprungen vom Wind und der trockenen Luft, und ich hatte den grauen Staub zwischen den Zähnen, den die rutschenden Hufe der Yaks aufwirbelten. Ich dachte an den bevorstehenden Aufstieg, an die immense Herausforderung, die vor mir lag. Die Camps mit Vorräten auszustatten wird eine wahre Sisyphusarbeit, und trotzdem hüpfte mein Herz: Ich war auf dem Weg.*

Zu viel des Guten? Zu übellaunig? Schließlich kann ich schlecht schreiben, dass mir nichts anderes durch den Kopf ging als: »Das ist scheiße, das ist scheiße, das ist scheiße«, während ich einen Fuß vor den anderen setzte. Leser möchten nicht die Wahrheit vorgesetzt bekommen, sie wünschen sich einen Triumph allen Widrigkeiten zum Trotz, nicht eine alte Kuh, die sich fluchend den Weg bergauf bahnt.

Legte auf halbem Weg im Interim-Camp im Zelt des indo-tibetischen Teams eine Verschnaufpause ein. Alle waren sehr freundlich, vor allem die beiden Frauen im Team. Sie boten mir Tee an, den ich jedoch nicht annehmen konnte. Von jetzt an muss ich dabei gesehen werden, dass ich völlig auf fremde Hilfe verzichte.

~~Da war noch etwas. Ich habe es hinausgeschoben, darüber zu schreiben. Etwas, das ich im Buch auf keinen Fall erwähnen, aber auch nicht ignorieren kann. Unmittelbar nach dem Interim-Camp begannen meine Nackenhaare zu kribbeln, als würde mich jemand direkt anstarren. Mehr als einmal blickte ich mich über die Schulter um, ob mir jemand folgte oder ob mich die Träger und die Yaks einholten, die ich beim Überqueren des Gletscherbachs überholt hatte. Fehlanzeige. Ich wurde das Gefühl nicht los, bis ich das Camp erreichte.~~

~~Es handelte sich um dasselbe Gefühl, das mich kurz vor Walters Zusammenbruch überkam.~~

8. TAG

Habe erstaunlich tief geschlafen – gewöhne mich gut an die Höhe und bin nachts nur einmal mit ganz leichten Kopfschmerzen aufgewacht. Und heute ist ein guter Tag. Gesellig!

Bei der Erkundung des Camps lief mir Pauline Zierzinger

über den Weg, eine amerikanische Bergsteigerin, die ich letztes Jahr bei der katastrophalen Konferenz in Banff kennengelernt habe. Sie ist ein bisschen »von sich eingenommen«, wie Mam sagen würde, doch wer auf den Bergen ist das nicht? Schön, ein bekanntes Gesicht zu sehen und über die Details des bevorstehenden Aufstiegs zu sprechen, und ich weiß es zu schätzen, dass sie die Ereignisse des vergangenen Jahres übergangen hat. Hatte den Eindruck, dass es auch in ihrem Camp Spannungen gibt, weil sich starke Persönlichkeiten um die besten Plätze rangeln. Wir sprachen über ihre Sorgen wegen ihrer neuen Überstiefel und über meine Bedenken wegen der Flüssigbrennstoffbeleuchtung in den oberen Camps. Sie war auch Überbringerin guter Nachrichten: Sagte, sie hätte gehört, dass auf der Südseite kein Ende des schlechten Wetters in Sicht sei. Pauline kennt Stef gut und ist überrascht, dass Letztere die Besteigung überhaupt versucht, da sie sich erst kürzlich das Handgelenk gebrochen hat. Sie wiederholte meine eigenen Befürchtungen und warnte mich vor den Gefahren eines möglichen Wettlaufs zum Gipfel. Sie hat recht, aber Tatsache ist, wenn ich nicht vor Stef dort oben ankomme, dann war diese ganze Expedition umsonst.

Habe ihr ein paar von meinen Baby-Feuchttüchern gegeben, die ich immer benutze, um mich zu »waschen«. Sie hat bislang parfümierte verwendet und davon einen Ausschlag im Intimbereich bekommen!

~~Es fällt mir schwer, darüber nachzudenken, aber ich werde das Gefühl nicht los, dass~~

11. TAG

Eri ist die Erste aus Joes Team, die im vorgeschobenen Basislager ankommt. Ha!

~~Habe langsam das Gefühl, dass NEIN~~

12. TAG

Kann es nicht mehr leugnen. Werde das Gefühl nicht los, dass sich die ganze Zeit etwas (jemand??) am Rand meines Blickfelds befindet, ein dunkler Schatten zu meiner Linken. Versetzt mir immer wieder einen Schock. Könnte einfach an meiner Müdigkeit liegen – hatte letzte Nacht Probleme zu schlafen, was mir nach den ersten guten Nächten ziemlich zugesetzt hat. Mir ist leicht übel, und ich habe einen hartnäckigen Husten.

Mir ist nach Gesellschaft, aber ich werde hier nicht von Joes Esszelt Gebrauch machen Es ist wichtig, wichtig, wichtig, dass ich ganz auf fremde Hilfe verzichte. Hier entstehen schnell Gerüchte, und ich traue Tom nicht.

Andrej hat es zum vorgeschobenen Basislager geschafft, aber Joe und Tadeusz machen sich große Sorgen um ihn. Sieht so aus, als hätte er womöglich Bronchitis, was seinen Gipfelversuch zunichtemachen würde. Sem ist völlig verzweifelt, möchte ohne seinen Bruder nicht weitermachen. Ich weiß, wie er sich fühlt. Konnte Walters Abwesenheit heute förmlich spüren. Ein dumpfer Schmerz in meinem Bauch.

13. TAG

Habe heute den passend benannten »Steigeisenpunkt« am Fuß des steilen Nordsattels ausgekundschaftet. Er ist nur eine Meile vom Camp entfernt, aber die Höhe setzt mir inzwischen richtig zu. In meiner Lunge spüre ich ein verräterisches Ziehen, und ich habe ununterbrochen Kopfschmerzen. Mein Husten hat sich verschlimmert. Die Route hinauf zu Camp I ist steil, aber ein einfacher Aufstieg auf Eis (zum Teil spröde) und Schnee. Allerdings wird das Gefühl, dass mich jemand beobachtet, stärker. Es ist nicht nur unangenehm, sondern fühlt sich – wie soll ich sagen? – beinahe schmutzig an. Nein, nicht schmutzig, zudringlich. Als würde mir jemand nachspionieren.

Ein ganz ähnliches Gefühl hatte ich kurz vor Walters Tod.

Bräuchte Walter, damit er mich wieder ins Gleichgewicht bringt. *Sei doch nicht albern, Kleines.*

~~Es stehen Schwierigkeiten bevor. Das spüre ich~~

14. TAG

Habe den Tag damit verbracht, mich auf den morgigen

Gewaltmarsch vorzubereiten: den Nordsattel hinauf, um Camp I auszustatten.

Tadeusz hat mir geraten, früh aufzubrechen, bevor die Sonne auf den Schnee auf dem Sattel scheint und ihn schwer macht. Er behauptet, er wüsste nicht, wie Stef vorankommt. Er lügt. Sein und Joes Sherpa-Team hat gute Verbindungen und saugt Klettergerüchte auf wie ein Schwamm. Ein Teil von mir ist wütend auf ihn, weil er nichts durchblicken lässt, ein anderer Teil von mir ist dankbar. Er und Joe versuchen, mich zu schützen. Wir wissen alle, dass diese Art von Druck unweigerlich zu schlechten Entscheidungen führt. Auf dem Berg sind schon Leute wegen weniger gestorben.

Ich habe noch immer das Gefühl, dass ich beobachtet werde. Ist es stärker geworden? Ich glaube schon.

16. TAG

Zurück im vorgeschobenen Basislager nach erster Übernachtung im Camp I.

Zum Glück habe ich Tadeusz' Rat befolgt und bin früh aufgebrochen – nach einer Stunde kochte ich förmlich. Einfacher, aber äußerst monotoner Aufstieg, und stellenweise ist der Sattel so steil, dass er sich beinahe senkrecht anfühlt. Habe Walters Eispickel benutzt, mit dem ich gut durchgekommen bin. Dieser Abschnitt ist lawinengefährdet, doch darüber habe ich mir kaum Gedanken gemacht. Ich hatte andere Sorgen.

Für das Buch: *Um zu dem Camp zu gelangen, musste ich unter einem überhängenden Sérac von der Größe einer Häuserzeile entlangklettern (und ja, ich steigerte mein Tempo, als ich mich durch seinen Schatten bewegte). Von dort sahen die wenigen versprengten Zelte des vorgeschobenen Basislagers so klein wie Monopoly-Häuser aus. Ich musste abermals meine gesamte Kraft aufbringen, um mein Zelt aufzubauen und genug Schnee zum Schmelzen für Tee zu sammeln. Hatte keine Probleme damit, den Kocher anzuzünden – meine größte Sorge. Um mich herum waren Spuren früherer Expeditionen zu erkennen: Der Wind hat die Eisoberfläche sandgestrahlt und halb vergrabene Stücke Zelttuch und Nylon, Fetzen von Gebetsfahnen, Sauerstoffflaschen und Plastik freigelegt. Das Wetter blieb freundlich, was so hoch oben auf dem Berg selten vorkommt, das Licht klar und kräftig. In meiner Nähe schlugen drei Sherpas für ihre Teams das Lager auf, aber ich war die einzige Abendländerin. Mir fiel auf, dass sie mich im Auge behielten, was beruhigend war. Habe versucht, etwas zu essen, brachte aber nur ein paar Bissen hinunter. Essen schmeckt hier oben anders. Ich habe das Bedürfnis, alles nachzusalzen, und sehne mich nach Curry und Zucker. Zu Hause esse ich nie Schokolade; für mich ist sie Bergnahrung.*

Habe kaum geschlafen, aber mir bleibt noch Zeit, um mich vor dem morgigen Aufstieg zu Camp II auszuruhen.

Wenn es nicht allgegenwärtig gewesen wäre, hätte ich triumphiert.

Es wird nämlich schlimmer.

Auf dem Weg nach oben kam ich an zwei Sherpas vorbei, die auf dem Sattel Fixseile anbrachten. Als ich kurz darauf stehenblieb, um einen Blick den Hang hinunterzuwerfen, zählte ich, dass wir zu viert waren. Als ich nochmals zählte, waren wir nur drei.

Irgendetwas machte mir zu schaffen, und ich war meiner ehemaligen Englischlehrerin Mrs Ryan dankbar, die uns T. S. Eliots *Das wüste Land* auswendig lernen ließ (damals hasste ich das Gedicht wie die Pest). Ich wühlte in meinem Gedächtnis und förderte folgende Zeilen zutage:

Wer ist der Dritte der dir zur Seite geht?
Wenn ich zähle sind nur du und ich beieinander
Aber wenn ich vorschaue auf die weiße Straße
Ist immer ein andrer der neben dir geht.

Genau so habe ich gestern empfunden. Ich erinnere mich ganz deutlich daran, dass Mrs Ryan uns sagte, Eliot sei von Shackletons Geschichte inspiriert worden, der sich in der Antarktis von einer gespenstischen Gestalt beschattet fühlte. Er und seine Gefährten waren an die äußersten Grenzen ihres Durchhaltevermögens gestoßen und befanden sich in Lebensgefahr, als er zu der Überzeugung kam, dass der Gruppe ein mysteriöses Wesen folgte. Ein zusätzlicher Mann. Ein weiterer Mann. Ein <u>vierter</u> Mann, obwohl sie eigentlich nur zu dritt waren, allerdings bediente sich Eliot in dem Gedicht seiner dichterischen Freiheit und machte daraus »der Dritte der dir zur Seite geht«. Ist das, was ich empfinde, eine Variante von Shackletons »Drittem Mann«?

Darf nicht vergessen, dass das Gefühl, von jemand oder etwas <u>anderem</u> begleitet zu werden, in den Bergen und in extremen und lebensbedrohlichen Bedingungen nichts Außergewöhnliches ist (allerdings ist mein Leben hier nicht bedroht, oder? ~~Oder?~~).

<u>ABER</u> Shackleton betrachtete seinen unsichtbaren Begleiter als ein wohlwollendes Wesen, das ihn nur beruhigen und ihm dabei helfen wollte, am Leben zu bleiben. Meiner vermittelt nicht diesen Eindruck. Er hat etwas Boshaftes an sich. Eine Schärfe. Ist unangenehm. Wie ein schlechter Geruch.

~~Und ist in dem Gedicht mit dem Dritten Mann nicht der Tod gemeint?~~

Ist es der Stress des bevorstehenden Solo-Aufstiegs, der mir zusetzt? <u>Versuche</u> ich womöglich, mir einen Begleiter herbeizuzaubern? ~~Walter???? Nein, nein~~.

Oder schlimmer: Könnte es sich um Hypoxie oder um ein Hirnödem im Anfangsstadium handeln, das mein Gehirn anschwellen lässt und mir Wahnvorstellungen beschert?

Nein, ich habe keine anderen Symptome: keine Gleichgewichtsstörungen, keine Schwindelgefühle, und der Horizont bleibt dort, wo er hingehört.

Abgesehen von dem Husten, den ich nicht loswerde, fühle ich mich körperlich besser, als ich mich eigentlich fühlen dürfte.

Mache mir Sorgen, dass es womöglich immer stärker wird, je höher ich komme. ~~Vielleicht ist es eine Warnung, dass ich nicht mehr weitergehen sollte~~.

Morgen hinauf zu Camp II.

~~Darf nicht aufgeben, obwohl ich das am liebsten tun würde. Inzwischen sind zu viele Leute auf mich angewiesen.~~

18. TAG

Zurück von Camp II.

~~SCHLIMM~~

Wurde diesmal auf dem Weg den Sattel hinauf von Wind und Spindrift gebeutelt.

Und was noch schlimmer war als der Wind: Es war da, mein Dritter Mann, der mir bei jedem Schritt an den Fersen klebte. Wie ein schlechter Geruch, der nicht verfliegt, am Rand meines Blickfelds schwebend, das vom Rahmen der Schutzbrille ohnehin teilweise verdunkelt war. Es bedurfte einer gewaltigen Willensanstrengung, nicht ständig stehen zu bleiben, mich umzudrehen und zu versuchen, es zu ertappen.

Eine gute Sache: Unterwegs überholte ich mühelos Wade, Tom und Lewis, die sich mithilfe der Fixseile ganz langsam den Weg nach oben bahnten. Lewis feuerte mich an, aber ich spürte die Missgunst der anderen beiden, als ihre Egos einen Dämpfer bekamen, und das trieb mich zusätzlich an. Die Sherpas, die auf dem Hang führten, lachten und riefen: »Hey, *didi*, Sie tragen wie ein Mann!«

Das Wetter verschlechterte sich, als ich Camp II erreichte. Hatte wieder schwer damit zu kämpfen, eine Plattform für das Zelt zu graben, das ich mit zusätzlichen Seilen abspannte, die ich mir im Camp holte. Es ist ungeschützt, dieses Camp, und der heulende Wind legt noch mehr ausgebleichte Stofffetzen und Müll und ~~Knochen, nein, keine Knochen, warum habe ich Knochen geschrieben???~~ Sauerstoffflaschen von früheren Gipfelversuchen frei. Ich war dort oben allein. Bislang sind keine anderen Bergsteiger so weit nach oben vorgedrungen. Fühlte mich sehr klein, wie eine Fliege auf dem Rücken des Bergs. Seit der Lawine auf dem Broad Peak ist mir mehr denn je bewusst, dass er mich jederzeit nach Belieben abschütteln könnte.

Selbst bei diesem schlechten Wetter ist der Blick von hier auf den Nordostgrat sowohl faszinierend als auch einschüchternd. Eine perspektivische Täuschung lässt ihn so aussehen, als wäre er für mich zum Greifen nah, ich weiß jedoch, dass zum Erreichen des Gipfels ein mühevoller zweitägiger Aufstieg erforderlich ist. Ich konnte jedes Hindernis auf dem Grat erkennen, einschließlich des tückischen Second Step.

Wusste, dass mir eine Nacht unruhigen Schlafs bevorsteht, als der Wind kreischend gegen das Zelt schlug und meine Lunge mit der dünnen Luft kämpfte.

Im Lauf der Nacht flaute der Sturm ab, und ich dämmerte ein. Wurde von einem klatschenden Geräusch geweckt. Es handelte sich nicht um den Wind – es war unregelmäßig, aber nicht willkürlich, als würde eine Hand gegen die Zeltwände schlagen. Erschöpft suchte ich meine Stirnlampe, öffnete den Reißverschluss des Zelts und warf einen Blick nach draußen. Die Wolke hatte sich gesenkt, und mein Lichtstrahl drang nicht weiter als einen Meter in ihre nebligen Tiefen ein. Frierend, von innen und von außen, wurde ich das Gefühl nicht los, dass ich nicht allein war, dass etwas da war, mich beobachtete, auf den richtigen Moment wartete.

Ließ die Lampe bis zur Morgendämmerung an. Konnte nicht mehr schlafen.

Mache mir ernsthaft Sorgen, dass ich womöglich akute Höhenkrankheit habe.

Muss absteigen. Sollte eigentlich noch zweimal zu den oberen Camps aufsteigen, werde mich aber stattdessen drauf verlassen, dass ich mich ausreichend akklimatisiert habe.

Das ist ein Risiko.

Joe und Tadeusz rücken immer noch nicht mit der Sprache heraus, wie Stef vorankommt. Das Wetter auf der nepalesischen Seite hat sich inzwischen sicher verbessert. Habe nicht nachgebohrt. Mir geht auch so schon genug durch den Kopf.

20. TAG

Letzte Nacht im vorgeschobenen Basislager.

Habe miserabel geschlafen, habe darauf gewartet, dass es kommt, habe geträumt (?), ich hätte das Knirschen von Füßen mit Steigeisen gehört, die immer wieder ums Zelt stapfen. Würde so gern mit den anderen über diese Sache sprechen, mich Eri oder vielleicht Tadeusz anvertrauen, aber ich DARF NICHT.

22. TAG

Zurück im Basislager. Bin gestern abgestiegen.

Er – es – ist mir nach unten gefolgt. Ich konnte beinahe das Schaben seiner Schritte auf dem Geröll hören. Habe den kalten Biss der Luft kaum gespürt, der meine Haut aufraut und meine Lippen springen lässt. Ich war so abgelenkt, dass ich fast vergaß, hydriert zu bleiben.

Aber als die turmhohen Eiszinnen ins Blickfeld kamen, die über dem Interim-Camp emporragen, verschwand das Gefühl. Er war weg. Weil ich mir sicher bin, dass es ein Er ist. Warum? Ich weiß nicht, es fühlt sich einfach männlich an. Bin erleichtert, dass ich es los bin, doch das bedeutet, dass ich Zeichen von Hypoxie zeige. Wird es zurückkommen, wenn ich wieder nach oben gehe?

Es half mir, dass mein Körper aufzuatmen schien, je tiefer ich kam und je dicker die Luft wurde. Physisch bin ich in guter Verfassung. Ich kann allerdings nicht abstreiten, dass ich mental ein Problem habe.

23. TAG

Normalerweise vergesse ich Träume sofort, wenn ich aufwache. An den von vergangener Nacht kann ich mich noch in allen Einzelheiten erinnern:

Walter und ich sind zurück auf dem Broad Peak und liegen in unserem Zelt. Um uns kreischt der Wind, und es fühlt sich an, als könnten wir jeden Moment abheben. Walter schläft ein, aber mir gelingt es nicht, da ich meinen

Körper auf den unebenen Boden presse, als ob mein Gewicht uns gegen die Gewalt des Sturms verankern könnte. Dann ist ein dumpfes Poltern und ein lautes Knirschen zu hören – zunächst weiß ich nicht, worum es sich handelt, doch dann fängt Walter an zu schreien: »Nein, Juliet, nicht! Eine Lawine!« Es ertönt ein lautes Krachen, als uns die Wucht des Aufpralls trifft, und ich falle, überschlage mich, bin außer Kontrolle, wobei mein verwirrter Verstand davon überzeugt ist, dass ich mich unter Wasser befinde und von einer riesigen Welle herumgeschleudert werde. Dann halte ich inne. Es passiert augenblicklich, ein Ruck, der mir den Atem raubt. Ich setze mich auf, alles ist weiß, und ich habe keine Ahnung, wo ich mich befinde, weiß jedoch, dass ich meine Handschuhe nicht finde. Voller Panik grabe und grabe und grabe ich mich mit bloßen Händen durch Schnee, der sich anfühlt und riecht wie heißes, buttriges Kartoffelpüree, und fördere Chewie zutage, Marcus' Teddybär. Ich hebe die Hände und sehe zu, wie sie langsam schwarz anlaufen wie eine verrottende Blume in einem Zeitraffervideo. Ich kann nicht atmen: meine Luftröhre ist mit Schnee verstopft, und als ich versuche, ihn herauszukratzen, zerbröckeln meine geschwärzten Finger. Ich flehe Walter an, dass er mir helfen soll, aber er ist nicht mehr da.

Als ich aufwachte, rang ich nach Atem. Als Erstes vergewisserte ich mich, dass ich meine Ersatzhandschuhe und meine Stiefelwärmer griffbereit hatte.

Der Traum spiegelt nur annähernd wider, was tatsächlich

in jenen beängstigenden Sekunden auf dem Broad Peak passiert war, doch selbst jetzt, wo ich hellwach bin, spüre ich noch immer einen Schmerz im Hals, als wäre er tatsächlich mit Schnee verstopft gewesen, und meine Finger wollen nicht aufhören zu kribbeln.

24. TAG

Paulines Team unterbricht sein Akklimatisierungsprogramm, und sie kam mit einem Stück Kuchen zu mir herüber (er schmeckte wie Sägespäne, aber ich aß ihn trotzdem – mein Appetit ist zurück, seit ich mich wieder in geringerer Höhe befinde). Pauline sagt, sie hätte gehört, dass Stef ihren ersten Akklimatisierungsdurchgang abgeschlossen hat, sie weiß aber nicht, in welcher Verfassung sie sich befindet.

Wird Stef an Walters Leichnam vorbeikommen, wenn sie sich letzten Endes den einsamen Weg zum Gipfel bahnt? Es lässt sich nicht mit dem Glauben der Sherpas vereinbaren, die kürzlich auf dem Berg Verstorbenen zu berühren, deshalb ist es unwahrscheinlich, dass jemand Walter in eine Gletscherspalte gerollt hat. ~~Womöglich ist er also noch da, auf der Seite liegend, die offenen Augenlider eingefroren.~~

Ich versuche, mich mit dem Buch abzulenken:

Rückblickend finde ich es seltsam, dass ich von Walter ein-

geschüchtert war, als ich ihm das erste Mal begegnete. Er gehörte einer elitären Gruppe älterer, furchtloser Bergsteiger an, die früher oft an den Brigham Rocks anzutreffen waren. Er war knorrig und zäh, sprach mit starkem Sunderland-Dialekt, und wir hatten alle Ehrfurcht vor ihm und der Tatsache, dass er sich unabhängig von der Schwierigkeit der Route weigerte, beim Klettern irgendwelche Hilfsmittel zu verwenden. Ich konnte mein Glück kaum fassen, als er mich unter seine Fittiche nahm. Er war der Erste, der mein Potenzial erkannte. Er stand mir bei, als Mam und Dad starben, unterstützte mich, als ich den Wunsch äußerte, die bedeutenden Gipfel in Angriff zu nehmen. Obwohl er es nie zur Sprache brachte, weiß ich, dass er enttäuscht war, als ich Graham heiratete und das Bergsteigen aufgab, um mich um Marcus zu kümmern. Aber er wusste, ich würde wiederkommen. Er wartete geduldig darauf, dass ich zu den Bergen zurückkehrte. Er wusste, ich konnte ihnen nicht fernbleiben. Er hatte recht.

~~Letztes Jahr war er nur meinetwegen hier. Aber er hätte auf dem Berg sterben wollen. Er hätte es nicht ausgehalten, im Altersheim zu sitzen und zusehen zu müssen, wie seine Gliedmaßen langsam verkümmern.~~

~~Was hat er kurz vor seinem Tod gesehen?~~

25. TAG

Heute Morgen zogen tiefe Wolken heran. Habe den Tag in meinem Zelt verbracht.

Am Anfang meiner Laufbahn war ich als »Engel der Alpen« bekannt, ein Boulevardblatt-Spitzname, der mir blieb, nachdem ich in einer Saison fünf Solo-Aufstiege hintereinander gemacht hatte. Doch die Anerkennung schlug um, nachdem Marcus auf die Welt gekommen war und ich mit dem Bergsteigen weitermachte, vor allem als Walter und ich unsere ersten Vorstöße auf die hohen Gipfel unternahmen. Gerüchte verbreiteten sich, dass er die Hauptarbeit erledige, und trotz meiner Solo-Aufstiege in der Vergangenheit und der Tatsache, dass ich die meiste Zeit vorstieg, hieß es, ich würde ohne ihn nicht einmal eine Treppe hinaufkommen, geschweige denn auf einen Achttausender. Schlimmer noch, von einem spanischen Team wurde uns vorgeworfen, wir hätten unseren Gipfelerfolg auf dem Broad Peak vorgetäuscht. Wir konnten ihn später beweisen, doch der Schaden war angerichtet. Ich habe irgendetwas an mir, was andere gegen mich aufbringt. Es schien zum guten Ton zu gehören, meine Entscheidung anzugreifen, ohne Sauerstoff zu klettern, weil ich damit ein Risiko einging, »obwohl ich Mutter war«, und die grausameren Stimmen deuteten sogar an, mein Ehrgeiz sei direkt für Walters Tod verantwortlich gewesen. Es hieß, er sei zu alt zum Bergsteigen gewesen – er war erst Mitte fünfzig –, und ich hätte ihn dazu gedrängt. So unfair. So grausam. So verletzend. Nachdem ich früher als »Engel der Alpen« bekannt gewesen war, wurde ich zum »Engel des Todes«.

Zu viel? Zu defensiv? Aber ich muss dieses Thema im Buch ansprechen.

Mich plagen nach wie vor dunkle Gedanken. Warum hat

Walter nach unserer Rückkehr vom Broad Peak nie öffentlich die Behauptungen zurückgewiesen, ich sei die Schwächere von uns beiden? Das ließ Graham keine Ruhe, und vielleicht war er deshalb zu Recht wütend. Ich nahm Walter in Schutz und sagte, dass ihm die öffentliche Meinung egal wäre und dass ohnehin niemand, der einen gesunden Menschenverstand besitzt, den Schwachsinn glauben würde, der in den Zeitungen steht. Vielleicht hätte Walter etwas gesagt, wenn ich ihn darum gebeten hätte. Warum habe ich ihn nicht gebeten? ~~Vielleicht hatte ich Angst davor, was er erwidern würde. Wie komme ich denn darauf? Er war mein Fels.~~

Die anderen sind soeben ins Basislager zurückgekehrt. Alle haben die Erkundungstour hinauf zu Camp II erfolgreich hinter sich gebracht, sogar Andrej, der sagt, er würde sich kräftiger fühlen. Schön, sie zu sehen. Selbst der piekfeine Tom war nett zu mir.

26. TAG

Habe heute mehr Zeit mit Eri verbracht. Das Wetter oben bei den hohen Camps war bei den anderen viel schlechter als bei mir, aber sie ist optimistisch, dass alle im Team es auf den Gipfel schaffen werden. War drauf und dran, ihr von meinem Dritten Mann zu erzählen. Bin noch immer besorgt, dass ich womöglich erste Symptome eines Hirnödems hatte, was erklären würde, warum <u>es</u> verschwunden ist, seit ich mich wieder in geringerer Höhe befinde.

Wir zeigten uns gegenseitig Fotos. Sie hatte Unmengen dabei, was mich überraschte. Ich hatte sie eigentlich für eine Einzelgängerin gehalten, doch da war sie, mit einer Gruppe lächelnder Bergsteiger vor dem Yak and Yeti in Kathmandu, mit ihren Eltern und ihren Geschwistern posierend und inmitten eines Pulks lachender Frauen, kaum zu erkennen in einem Kleid und mit Make-up. Wir lachten über Letzteres. Ich streife in den Bergen meine Weiblichkeit ab. Sich nach einem Bad und nach sauberer Kleidung zu sehnen, hilft einem nicht auf dem Weg zum Gipfel.

Ich hatte nur ein einziges Foto dabei, das bei einer Veranstaltung an Marcus' Schule im vergangenen Jahr entstanden ist. Wir wirken darauf beide verloren und leicht traumatisiert, als wären wir geknipst worden, unmittelbar nachdem wir einer Kriegsgräueltat entkommen sind. Was habe ich mir bloß dabei gedacht, ausgerechnet dieses Foto mitzunehmen?

27. TAG

Bin abermals mit Husten aufgewacht. Es ist ungewöhnlich, dass ich so weit unten am Berg krank werde. Hoffentlich habe ich mich nicht bei den Skandis angesteckt.

Habe mit Tadeusz unter vier Augen über meine Entscheidung gesprochen, bis zu meinem Gipfelversuch hier unten zu bleiben. Ideal ist es nicht. Eigentlich sollte ich unbedingt noch einen Akklimatisierungstrip zum vorgeschobenen Basislager und zu den oberen Camps machen, bevor ich mich auf den Gipfel vorbereite. Das werde ich aber nicht tun. Ich kann nicht. Mir ist durch die Sherpas zu Ohren gekommen, dass sich das Wetter auf der Südseite wieder verschlechtert, doch ich habe der Versuchung widerstanden, mich nach Stefs Vorankommen zu erkundigen, wenngleich die Verlockung groß ist. Ich muss mit meinem eigenen Tempo klettern.

Positiv ist, dass das Gefühl, belauert zu werden, verschwunden ist, aber ich muss die Sache nüchtern betrachten, bevor ich mich wieder auf den Weg zu den oberen Camps mache. Dieses Gefühl hat mir zugesetzt. Es hat mir stark zugesetzt, da es mich so sehr an das erinnert hat, was ich kurz vor Walters Zusammenbruch empfunden habe. Gibt es eine Verbindung? Ist es nur Sauerstoffmangel? Eine Wahnvorstellung? Meine Fantasie, die außer Kontrolle gerät und Ausreden dafür erfindet, den Gipfelversuch aufzugeben? Ich weiß es einfach nicht.

Später, auf dem Rückweg von der Toilette, hörte ich zufällig eine Unterhaltung zwischen Tom und Wade mit. Ich wollte die beiden nicht belauschen, schnappte aber meinen Namen auf. Tom beklagte sich, dass Tadeusz und Joe mir eine Vorzugsbehandlung zukommen lassen würden, weil sie mir erlauben, vor allen anderen den Gipfel zu besteigen.

Tom wand sich, als er mich sah. Bevor er losplappern konnte, erklärte ich ihm mit unmissverständlichen Worten, dass mir niemand irgendetwas »erlauben« würde.

Die Botschaft kam bei ihm an.

Die Angelegenheit hinterließ einen üblen Nachgeschmack. Ich hatte geglaubt, wir hätten all das hinter uns.

28. TAG

Dunkle Wolken ziehen auf, aber nicht über dem Gipfel.

Habe letzte Nacht ununterbrochen gehustet und deshalb beschlossen, mich in meinem Zelt auszuruhen und zu lesen und meinen Husten zu beobachten. Unmittelbar vor dem Mittagessen rief Joe mich in den Bereich des Esszelts, den er als Büro nutzt, und sagte, Graham wäre am Satellitentelefon. Krank vor Sorge eilte ich aus meinem Zelt und konnte an nichts anderes denken als: Hoffentlich ist Marcus nichts zugestoßen.

Es ging nicht um Marcus, aber es waren trotzdem keine guten Neuigkeiten. Graham wird ständig von irgendeinem »Proleten« (seine Formulierung) von *News of the World* angerufen, der sich nach meiner »Rückkehr zum Everest« erkundigt und wissen möchte, ob es stimmt, dass ich »plane, unnötige Risiken einzugehen, nur um etwas zu beweisen«.

Außerdem sagte er, es werde über Stefs Gipfelversuch berichtet, und anscheinend inszenieren die Zeitungen einen Wettkampf zwischen uns beiden. Eigentlich hassen mich Journalisten, aber vielleicht wird sich das für mich als Vorteil erweisen und die Vorstellung, dass ich den Gipfel vor Stef erreiche, wird einen gewissen Nationalstolz auslösen. Mein Gott, ich hasse es, so zu denken.

Ich sagte ihm, dass außer ihm und dem Verlag (in dessen Interesse es war, die Exklusivrechte an meiner Schilderung dieser Besteigung zu haben) niemand von meinem Entschluss wüsste, zum Everest zurückzukehren, und erkundigte mich, ob der Schmierfink erwähnt hätte, wer seine Quelle sei.

Graham sagte: »Ich denke, es ist jemand auf deiner Seite. Der Betreffende weiß, welche Basislagereinrichtungen du benutzt, und hat gesagt, du würdest dich ›benehmen, als würde dir der Berg gehören‹.«

Tom. Es muss Tom gewesen sein.

Zum Glück haben sie Marcus nicht belästigt, und Graham sagte, er hätte sicherheitshalber die Schule in Kenntnis gesetzt.

Und dann wurde seine Stimme weicher: »Was auch immer wir hinter uns haben, du weißt, ich möchte, dass du Erfolg hast, ja?«

Darauf war ich nicht gefasst, und ich spürte, wie sich ein Kloß in meinem Hals bildete – er klang so sehr wie der alte Graham. Wie derjenige in früheren Zeiten, bevor er verbittert und feindselig wurde.

Ich sagte ihm, dass ich meinen »Glück bringenden« Daunenanzug tragen würde, den er für mich hatte sonderanfertigen lassen, bevor Walter und ich in den Karakorum aufgebrochen waren. Leuchtend pinkfarben, nicht mein Stil, aber er erfüllte seinen Zweck. Ich bereue es, dass ich ihn letztes Jahr nicht getragen habe.

Als wir auflegten, kam die Wut.

Die angespannte Stille, die mich begrüßte, als ich in den Essbereich stürmte, verriet mir, dass alle bei meinem Gespräch mitgehört hatten.

Wade und Tom saßen gemeinsam am Ende des Tischs. Ich erinnere mich nicht mehr genau, was ich zu Tom sagte, da sich zu diesem Zeitpunkt bereits der rote Schleier gesenkt hatte, aber ich weiß noch, dass ich ihm gedroht habe und ihn ein »piekfeines, privilegiertes Stück Scheiße« genannt habe.

Eri senkte den Kopf und betrachtete ihre Hände. Die anderen, darunter auch Lewis, den ich für einen Verbündeten gehalten hatte, sahen mit unverhohlenem Vergnügen zu: ein Streit, der die Monotonie unterbricht.

Ich darf mich nicht von solchen zwischenmenschlichen Konflikten zum Entgleisen bringen lassen. Inzwischen sollte ich mich daran gewöhnt haben. Ich habe hart gekämpft, um so weit zu kommen. Bin im Lauf der Jahre mit kleinen und mit großen Egos zusammengestoßen.

29. TAG

Die Atmosphäre im Esszelt ist jetzt genauso bitterkalt wie der Wind in den oberen Camps.

Habe ein schlechtes Gewissen, dass ich angefangen habe, muss mir aber in Erinnerung rufen, dass das Leben im Basislager intensiver ist: Gemüter kochen wegen der albernsten Dinge über. Liegt es an der gestiegenen Gefahrenstufe? Oder daran, dass so viel auf dem Spiel steht? An dem Mangel an Luxus? Der Langeweile, die mit dem Warten auf ein Wetterfenster einhergeht? Als Walter und ich unseren ersten und einzigen Vorstoß in den Karakorum unternahmen, waren die anderen Teams, die uns beim Anmarsch begleiteten, bereits aneinandergeraten, bevor wir Askole überhaupt verlassen hatten. Wir sonderten uns von ihnen ab und wurden nicht mit hineingezogen. Vielleicht war das der Grund, warum sie sich nach unserer Besteigung des Broad Peak gegen uns wandten und uns unterstellten, wir hätten den »echten« Gipfel nicht erreicht. Sie nahmen an, wir würden uns ihnen überlegen fühlen. Sie hatten etwas gegen uns, so wie Tom etwas gegen mich hat.

30. TAG

Sollte inzwischen wieder im vorgeschobenen Basislager sein. Der Husten piesackt mich immer noch, aber ich werde langsam den Nachgeschmack los, den es hinterlassen hat, was genügt, um mich auf Spur zu halten.

Habe mit Joe über mögliche Daten für die Gipfelbesteigung gesprochen. Am 10. sieht es gut aus. Er sagt, ihm sei zu Ohren gekommen, dass Stef vorgeworfen wird, sie habe im Eisbruch die Fixseile und Leitern benutzt. Empfand dabei riesige Erleichterung, dann hasste ich mich dafür. Gerade ich sollte wissen, wie sich so etwas anfühlt. Die Presse hat mir in der Vergangenheit ungerechtfertigterweise vorgeworfen, von Walter auf Berge hinaufgezerrt worden zu sein, und ich sollte mich nicht darüber freuen, dass einer anderen Bergsteigerin die gleiche unfaire Behandlung widerfährt. Außerdem erzählte mir Joe, dass Reporter inzwischen direkt auf seinem Satellitentelefon anrufen. Bislang hat er sechs Anrufe abgewehrt. Verdammter, verdammter Tom.

Wenigstens hält mich meine Wut davon ab, mich in es hineinzusteigern.

Werde in dem Buch etwas über meine Ehe schreiben müssen, da Leser Klatsch und Tratsch lieben. Aber was? Sie war nicht immer holprig. Am Anfang war ich von Grahams makellos gutem Aussehen fasziniert, war von der Tatsache beeindruckt, dass er der Geschäftsführer von Tally High Mountain Gear war. Mam warnte mich davor, ihn zu heiraten, war der Ansicht, wir wären zu verschieden, sagte, er würde sprechen, »als hätte er einen Besenstiel im Arsch«. Sie hatte recht. Seine Familie hätte sich gar nicht stärker von unserer unterscheiden können: Tory, Barbour-bejackt, belastet mit einem verfallenden Landhaus, mit über Generationen angehäuften Schulden und mit dem angeborenen

Gefühl, privilegiert zu sein. Andere Leute starrten uns immer an und versuchten zu verstehen, was dieser gertenschlanke, gut aussehende Typ in meiner klein gewachsenen und gedrungenen Wenigkeit sah. Bis zu Marcus' Geburt unterstützte er mich bei meiner Karriere, dann setzte die Verbitterung ein. Ich flüchtete in die Berge – meine Version von Untreue; er betrog mich auf traditionellere Art und Weise. Und Walter war immer mein Fels, mein Verbündeter. Der arme Marcus steckte mittendrin. Warum habe ich auf Graham gehört und zugelassen, dass er auf diese entsetzliche Schule geschickt wird? Ich weiß, warum. Ich kann zumindest versuchen, ehrlich zu mir selbst zu sein. Sechs Jahre habe ich zu Hause mit ihm verbracht, in denen mein Leben stillstand. Habe tatenlos zugesehen, wie andere Bergsteiger Sponsorenverträge abstaubten und Erstbesteigungen machten. Und ich wurde nicht jünger. Ich gab zu schnell nach, als Graham vorschlug, Marcus in seine ehemalige Internatsschule zu stecken – trotz der Bilder von Schikane und sexuellem Missbrauch, die sie heraufbeschwor, trotz der horrenden Schulgebühren, die uns in noch höhere Verschuldung trieben. Ich redete mir ein, dass ich nur ein Antisnob war wie Mam. Redete mir ein, dass ihm das einen guten Start ins Leben ermöglichte. Mam und Dad kannten den Wert einer guten Ausbildung, hatten sichergestellt, dass ich eine gute Schule besuchte und nicht vom System ausgespuckt wurde, und genau dasselbe taten Graham und ich für unseren Sohn. Doch irgendetwas erlosch in Marcus' Blick, als wir ihn an seinem ersten Tag dort absetzten.

Halte durch, Marcus.

31. TAG

~~Mache mir große Sorgen, dass~~

~~Denke, es ist an der Zeit, dass ich abbreche~~

~~Von vorne beginnen~~

Eri und Sem haben mich gefragt, ob ich sie zu dem Zeltlager außerhalb des Basislagers begleite. Ich rechnete beinahe damit, dass sie die schlechte Stimmung im Camp ansprechen würden, doch sie blieben stumm. Gut. Mir ist bewusst, dass ich die Beherrschung verloren habe, aber ich weigere mich zu glauben, dass meine Reaktion unangemessen war.

Als wir die Straße erreichten, überkam mich plötzlich das vertraute scheußliche Gefühl, dass jemand am Rand meines Blickfelds schwebte. Ich drehte mich zur Seite, und dieses Mal war ich mir sicher, einen Blick von einer Gestalt in einem senffarbenen Daunenanzug erhascht zu haben, bei deren Gesicht es sich um einen unförmigen Klecks handelte. Ich platzte heraus: »Wer ist das neben Eri?«

Sem sagte: »Hä? Da ist niemand.«

Er hatte natürlich recht. Da war niemand. Überhaupt niemand.

Ich unterdrückte einen Anflug von Übelkeit, entschuldigte mich und kehrte zu meinem Zelt zurück.

~~Ich verliere den Verstand, ich verliere den Verstand~~

~~Entweder das, oder ich werde heimgesucht, werde verfolgt~~

32. TAG

Keine Träume, aber ich bin mit einem starken Unbehagen aufgewacht. Habe gewusst, dass heute irgendetwas Schlimmes passieren würde, und so war es: Es ist zurück.

Habe es diesmal draußen vor dem Esszelt gesehen. Nur für einen kurzen Moment, doch das hat mir genügt, um zu erkennen, warum sein Kopf so klobig und unförmig ist: Es trägt eine altmodische Sauerstoffmaske, und an seinem Mund schlängeln sich Schläuche. Doch der Rest seiner Ausrüstung, seine Stiefel und sein senffarbener Daunenanzug, scheint modern zu sein. ~~Dieser Mischmasch von alter und neuer Ausrüstung bedeutet doch bestimmt, dass es sich nicht um den wütenden Geist eines Bergsteigers handeln kann, der auf dem Berg ums Leben gekommen ist, oder?~~

Eventuell handelt es sich nur um eine höhenbedingte Halluzination. In dieser verhältnismäßig geringen Höhe ist es zwar unwahrscheinlich, aber möglicherweise steckt nicht mehr dahinter.

~~Entweder werde ich heimgesucht, oder ich habe Hypoxie, oder ich bin verrückt. Was ist am schlimmsten?~~

Suche händeringend nach Ablenkung. Meine Wut auf Tom hilft.

Update: Habe zufällig mitgehört, als Tadeusz und Joe über Stef sprachen. Sie wurde in Camp III gesichtet. Befindet sie sich bei ihrem zweiten Turnus? Hat sie die Anschuldigungen abgeschüttelt? Gut für sie, schlecht für mich. Ich muss eine Schippe drauflegen, wenn ich Erfolg haben möchte. Mir bleibt nichts anderes übrig.

33. TAG

Nachteile, wenn ich auf den Gipfel verzichte:

- Werde den Vorschuss auf das Buch verlieren und mich hoch verschulden.
- Werde Marcus finanziell nicht unterstützen können, Graham wird das zu seinem Vorteil nutzen und möglicherweise das Sorgerecht erstreiten.
- Habe Zweifel, dass ich einen Sponsor für einen weiteren Versuch finden werde, wenn ich jetzt scheitere, also könnte das meine letzte Chance sein, und falls Stef es zuerst schafft, kann ich es sowieso vergessen.
- Die Presse wird ihren großen Tag haben.
- Es könnte der letzte Nagel im Sarg meiner Karriere sein.

- Werde nicht in der Lage sein, Ang Tserings Familie zu helfen.

Nein, ich kann mich da durchkämpfen.
Lass dich von den Mistkerlen nicht unterkriegen, Kleines.

Heute kein Es.

34. TAG

Als ich heute Morgen von einer Solo-Wanderung zurückkam, stellte ich fest, dass Walters Eispickel wieder verschwunden war. Fand ihn schließlich unter meiner Isomatte. Habe ihn ganz bestimmt nicht dorthin gelegt. Jemand (es? Tom?) war in meinem Zelt. Paranoid, dass wichtige Ausrüstungsgegenstände entwendet wurden, packte ich meinen Rucksack aus und wieder ein, wobei meine Angst ständig wuchs.

Hoffentlich ist es Tom. Zog in Erwägung, ihn zu konfrontieren, mein Bauchgefühl sagt mir jedoch, dass er es nicht ist.

Es war heute Abend hinter dem Toilettenzelt. Ich blinzelte, dann war es wieder verschwunden.

~~Ich wünsche mir so sehr, dass es Walter ist. Aber warum wirkt diese Erscheinung so *düster*, wenn er es ist?~~

35. TAG

Bin mir nicht sicher, wie ich darüber denken soll. War gerade dabei, mich zu vergewissern, dass ich alles habe, was ich für den morgigen Aufstieg zum vorgeschobenen Basislager brauche, als Tom zu meinem Zelt kam. Er ist ein großer Mann, doch heute wirkte er klein. Sein dunkles wallendes Haar, das er normalerweise unter einer Mütze versteckt, war fettig und strähnig.

Er fragte: »Können wir uns unterhalten, Juliet?«

Hätte ihm am liebsten gesagt, dass er sich verdünnisieren soll, war aber neugierig. Wir gingen in den hinteren Bereich des Küchenzelts, wo niemand mithören würde. Und er sagte: »Ich muss mich bei dir entschuldigen, Juliet. Ich habe nicht gelogen, als ich dir gesagt habe, ich hätte nichts an die Presse weitergegeben, aber es scheint, einer meiner Bekannten zu Hause war nicht ganz so diskret.«

Wie sich herausstellte, hat er einem seiner Freunde von mir erzählt, der die Neuigkeiten von meiner Besteigung an die Presse ausgeplaudert hat.

Eigentlich hätte ich es genießen sollen, ihn sich winden zu sehen, doch das tat ich nicht. Er sagte, er habe nur deshalb »Dampf abgelassen«, weil es ihn verletzt habe, dass ich ihn von Beginn der Expedition »verächtlich« behandelt hätte. Ich konnte ihm schlecht sagen, das läge daran, dass er mich an meinen Fremdgänger-Ehemann erinnert, oder?

Wir ließen die Sache auf sich beruhen.

Doch das bedeutet, dass er auf keinen Fall derjenige war, der sich in mein Zelt geschlichen und Walters Eispickel woanders hingelegt hat. Könnte es sein, dass ich ihn selbst versteckt habe und mich nicht mehr daran erinnern kann?

Und ich muss zugeben, dass meine Wut auf Tom mir dabei geholfen hat, fokussiert zu bleiben. Ich vermisse sie beinahe.

Tadeusz sagt, dass zwei Italiener planen, zur selben Zeit wie ich den Gipfel zu besteigen. Ich bin froh darüber. Dann bin ich dort oben wenigstens nicht alleine. ~~*Du wirst dort oben nicht alleine sein, Kleines. ES wird dich begleiten.*~~ Was Stefs Aufstieg anbelangt, war er vage wie immer, doch ich sah, dass er sich deshalb Sorgen macht. Anscheinend kommt sie gut voran. Wenn ich die Sache durchziehen möchte, muss ich es bald tun.

Habe Tadeusz und Joe gesagt, dass sie mir niemanden hinterherschicken sollen, falls ich in Schwierigkeiten gerate. Es kommt nicht infrage, dass Sherpas ihr Leben riskieren, um meins zu retten.

~~Ich frage mich, ob es stimmt, dass man im Leben nur ein begrenztes Maß an Glück hat. Die Buddhisten glauben, die meisten Menschen würden mit dem vorbestimmten Zeitpunkt ihres Todes auf die Welt kommen. Aber was passiert, wenn man mit dem Tod spielt, wenn man ihn verspottet? Erwidert er den Spott?~~

Ich darf nicht zulassen, dass mir weiterhin solche Gedanken durch den Kopf geistern. Ich muss mich ausruhen. Ich muss etwas essen. Ich muss stark sein.

~~Ich tue das für Marcus. Tue das für Ang Tsering. Tue das für mich.~~

Wer ist der Dritte der dir zur Seite geht?

Simon

An: TCAKES@journeytothedarkside.com
Von: sibaby@journeytothedarkside.com
Betreff: Der Adler ist gelandet

Hey T,

ich hab's geschafft. Kathmandu ist klasse, und die Leute sind cool & total freundlich.

Die anderen Expeditionsmitglieder lerne ich heute Abend beim »Welcome Dinner« kennen, aber Tadeusz und seine Braut haben mich vom Flughafen abgeholt. Tadeusz ist echt ein krasser Typ. Du kannst ihn dir so vorstellen wie Rutger Hauer in Blade Runner. Seine Freundin Ireni ist die Teamärztin und leitet das Basislager & sie ist Schwedin und hübsch. Sie sieht ein bisschen so aus wie ein sexy Hamster. Ach ja, was hast du den beiden eigentlich über meine Klettererfahrung gesagt, um mich auf die Lizenz zu bekommen? Ireni scheint mich für eine Art Wunderkind zu halten.

Schicke dir morgen ein Update, aber dann werde ich vielleicht eine Zeit lang nicht mehr mailen können, da wir am Mittwoch den »Friendship Highway« (der heißt tatsächlich so) nach Tibet nehmen und dann für ein paar Tage nach Nyalam und Tingri fahren, um uns zu akklimatisieren, be-

vor es weiter zum Basislager geht. Zwei Neuseeländer, die ich in der Visum-Schlange kennengelernt habe, meinten, ich soll mich darauf gefasst machen, dass die beiden Orte ziemlich beschissen sind.

Kannst du es fassen, dass wir das tatsächlich machen?

Idee für einen Listicle: Fünf der widerlichsten Fleischesser-Krankheiten.

Adios, und du hörst von mir, wenn ich auf dem Berg bin,
Si

Die Blätter der Bougainvillea, die an den Hofmauern hinaufkrochen, kitzelten mich im Nacken; von der Straße schwebte Geschrei, Gelächter und das Brummen vorbeifahrender Motorräder heran. Ich nahm mir eine Flasche San Miguel aus dem Eiskübel auf dem Tisch und wünschte mir, ich hätte daran gedacht, mir einen kräftigenden Schluck Whisky zu genehmigen, bevor ich mein Zimmer verlassen hatte.

Ich war als Letzter beim Welcome Dinner angekommen, und als ich mir den Weg zum Tisch bahnte, nahm ich die steife Atmosphäre wahr – die Unbehaglichkeit von Fremden, die sich gegenseitig verstohlen beäugten. Neben Tadeusz und Ireni waren drei Männer zwischen vierzig und Anfang fünfzig anwesend, ein spindeldürrer Typ mit Brille in den Zwanzigern, den ich sofort »Depri-Harry Potter« taufte, und eine schlanke Frau um die dreißig mit markantem ernstem Gesicht und kurzgeschnittenem Haar wie das von Mia Farrow in *Rosemaries Baby*. Nicht mein Typ. Alle Blicke waren auf mich gerichtet, als ich mich zwischen Depri-Harry Potter und einen grauhaarigen Typen zwängte, der mich mit einem Gelbe-Zähne-Grinsen bedachte. Wir würden fast zwei Monate miteinander verbringen, und der erste Eindruck war entscheidend. Ich hatte mir bereits eine Strategie zurechtgelegt und wollte eine übertriebene Variante des Charmanten Si sein, der Rolle, die ich im Coffee-Shop spielte (und die bei Ed überhaupt keine Wirkung gezeigt hatte): witzig, bescheiden und ein toller Zuhörer.

Tadeusz erhob sich und überbrachte uns die Nachricht, dass wir wegen der maoistischen Demonstrationen, die in der ganzen Stadt im Gange waren, einen Tag früher als geplant zum Basislager aufbrechen würden, um Probleme zu vermeiden. Einer der älteren Typen, ein Amerikaner mit länglichem Gesicht und teurem Haarschnitt, der mir gegenübersaß, hob die Hand. »Wir sind hier doch nicht in Gefahr, oder, Tadeusz?« er sprach Tadeusz' Namen falsch aus: »Ta-desch« anstatt »Tad-ey-esch«.

»Nein, Robbie. Aber es ist das Beste, wenn ihr Thamel nicht verlasst.«

Robbie nickte und machte eine Handbewegung, als wollte er Tadeusz sagen: »Du darfst weitersprechen.«

Niemand wirkte gelangweilt, als Tadeusz auf Englisch mit starkem Akzent unseren Reiseverlauf skizzierte und festsetzte, wann und wo wir die Sachen deponieren sollten, die wir auf der Viertagestour nicht brauchen würden und die in personalisierte Aufbewahrungsfässer gestopft und vor uns zum Basislager transportiert werden würden. Er sprach selbstbewusst und sah dabei jedem irgendwann in die Augen. Er machte den Eindruck, als würde er nichts dem Zufall überlassen, als müsste man sich sein Vertrauen verdienen. *Bei ihm musst du aufpassen, Si.*

Robbie redete erneut dazwischen, um sich zu erkundigen, wie es mit Sherpa-Unterstützung aussähe.

Falls sich Tadeusz über diese Unterbrechung ärgerte, ließ er es sich nicht anmerken. »Wenn wir im Basislager ankommen, treffen wir Mingma und Dorje, die Sherpas, die uns beim Aufstieg begleiten. Dorje hat den Everest sechs Mal bestiegen, Mingma war neun Mal auf dem Gipfel.« Der ältere Typ neben mir pfiff durch die Zähne. »Die beiden sind sehr erfahren und sehr feine Kerle. Also, ich weiß, ihr habt die Teilnehmerliste, die ich verschickt habe« – ich verfluchte mich dafür, sie nicht genau studiert zu haben –, »also kennt ihr die Namen der anderen, aber lasst uns trotzdem am Tisch einmal reihum gehen, und jeder erzählt den anderen ein bisschen mehr über sich.«

Wie nicht anders zu erwarten machte Robbie den Anfang. Er war ein minderwertiger Tom-Cruise-Verschnitt mit zierlichen manikürten Händen und einem Ego von der Größe Kanadas. Von Beruf war er irgendeine Art von Wissenschaftler oder Arzt, er hatte zweimal den Denali bestiegen, und er versuchte sich zum zweiten Mal am Everest. Im Jahr zuvor hatte er es mit einem anderen Anbieter von Nepal aus versucht und machte für seinen gescheiterten Gipfelversuch allein und ausführlich die Unzulänglichkeiten des Reiseveranstalters verantwortlich. *Ladys und Gentlemen, ich glaube, wir haben das Arschloch der Gruppe gefunden.*

Als Nächster war mein freundlicher gelbzahniger Sitznachbar an der Reihe, ein Schotte namens Malcolm Fey, der ebenfalls gerne redete und ein ähnliches Selbstbewusstsein verströmte wie Robbie, wenngleich er nicht so großspurig war wie dieser. Er hatte den Mount Cook in Neuseeland und den Cho Oyu bestiegen und ebenfalls im Jahr zuvor erfolglos versucht, den Gipfel des Everest von Norden zu erreichen. Er sagte nicht, warum er umgekehrt war.

Dann war Howard Perrin an der Reihe, der Letzte aus dem Trio von Männern mittleren Alters am Tisch. Mit seiner aufrechten Haltung, seiner gewölbten Brust und seinen hervortretenden Augen erinnerte er mich an jemanden – und dann fiel es mir ein. *Heilige Scheiße, er sieht aus wie Hannibal Lecter.* Doch wie so oft trügte der Schein: Howard war Buchhalter aus Boston und erzählte uns mit bebender heller Stimme, dass das sein dritter – und letzter – Versuch war, den Everest zu besteigen. Die nepalesische Seite hatte ihn zweimal besiegt und finanziell beinahe vernichtet.

Bislang verfügten drei meiner Teamkollegen über umfangreiche Erfahrung in großen Höhen, und doch waren sie alle beim Gipfelversuch gescheitert. *Keine Panik. Du bist nicht hier, um den verdammten Gipfel zu erreichen.*

Die ernst wirkende Frau hatte ich fast vergessen, bis sie sich zu Wort meldete. Wie Tadeusz sprach auch sie mit leichtem polnischen Akzent: »Ich bin Wanda Florczak. Ursprünglich komme ich aus Polen, aber ich lebe jetzt in Saint-Gervais-les-Bains in Frankreich, wo ich als Ski- und Bergführerin arbeite. Ich habe den Cho Oyu, den Pumori, den Aconcagua und den Manaslu ohne zusätzlichen Sauerstoff bestiegen und habe auf dem Dhaulagiri achttausend Meter erreicht. Das ist das erste Mal, dass ich mich am Everest versuche.«

Irgendwie gelang es ihr, das alles zu sagen, ohne dabei egoistisch zu klingen. Ein erstauntes Schweigen folgte, und Ireni grinste. Malcolm beugte sich zu mir herüber, spendierte mir einen Hauch seiner Bier-Fahne und sagte: »Fünf Achttausender-Gipfel ohne Sauerstoff.« Er verzichtete auf das »nicht schlecht für eine Tussi«, doch es stand ihm im Gesicht geschrieben. Selbst Robbie wirkte beeindruckt. Dann – und das mag bizarr klingen – kam es mir vor, als würde sich Wanda vor mir verwandeln, und ich dachte: *Sie ist eigentlich ziemlich heiß.* Als ich ihren breiten Mund und ihre grauen Augen betrachtete, verstand ich nicht, weshalb ich sie zunächst unattraktiv gefunden hatte. Ich zermarterte mir das Hirn auf der Suche nach ihrer prominenten Doppelgängerin. Sie hatte keine. Sie war einzigartig, wenngleich ich Jahre später Tilda Swinton in irgendeinem Film sah und mit einem stechenden Schmerz dachte: *Das ist sie. Das ist Wanda.* Nicht unbedingt äußerlich, sondern eher von ihrer Präsenz. Sie hatte dieses gewisse *Etwas*.

Dann war ich an der Reihe: *Hi, ich bin Simon Newman. Ich bin hier, weil ich hoffe, ein paar tote Bergsteiger filmen zu können, damit mein Kumpel ihren Tod auf einer Website ausschlachten kann. Ich verbringe meine Tage damit, reichen Arschlöchern wie euch Kaffee zu servieren, und ich habe keinen blassen Schimmer, wie ich mit dieser ganzen Sache zurechtkommen soll.* Ich konnte es aus bergsteigerischer Sicht nicht mit den Errungenschaften der anderen aufnehmen, aber ich konnte ihnen die volle Charmanter-Si-Packung verabreichen: »Das lässt sich wohl kaum überbieten! Hi, ich bin Simon Newman. Ich lebe in London, und ich bin Filmemacher und Website-Entwickler – na ja, ich versuche zumindest, einer zu sein« – ein leises, bescheidenes Lachen –, »und ich freue mich sehr darauf, euch alle kennenzulernen. Ich möchte einfach nur sagen, dass alle eure Leistungen echt beeindruckend sind.«

Außer Wanda, die ich nicht durchschaute, und Depri-Harry Potter, der im Geiste irgendwohin verreist war, schienen mir alle meine Show abzukaufen.

Ireni schnalzte mit der Zunge. »Simon, du hast mehr zu bieten als das.« Sie blickte in die Runde. »Er war nicht nur auf dem Cerro Torre« – (stimmte nicht, aber ich wusste genug über ihn, um es vortäuschen zu können) –, »sondern er hat im Winter im Alleingang die Eigernordwand bestiegen« – (stimmte ganz und gar nicht). *Thierry, du verdammter, verdammter Mistkerl.* Er hätte zumindest einen weniger bekannten Aufstieg recherchieren können, der sich nicht so leicht verifizieren ließ, oder sagen können, dass ich Teil eines Teams war oder so. Ich konnte nicht fassen, dass er mich nicht vor dem Ausmaß seines Bockmists gewarnt hatte, mit dem er mich auf die Genehmigung gebracht hatte. Nein, genau genommen konnte ich es schon fassen. Es war meine eigene Schuld, dass ich ihm die gesamte Organisation überlassen hatte. Wanda wurde hellhörig, und Malcolm bedachte mich mit einem respektvollen Nicken.

Es entstand eine bedeutungsschwangere Pause. Ich trank mein Bier aus, um meine Panik zu verbergen, und nahm mir ein neues.

»Warst du jemals auf über achttausend Meter?«, fragte mich Robbie gedehnt.

»Nur im Flugzeug.«

Er drehte sich zu Tadeusz. »Ist Erfahrung in großen Höhen nicht eine Voraussetzung, um dem Team anzugehören?«

Ich lächelte innerlich, als Tadeusz ihn mit einem vernichtenden Rutger-Hauer-Starren bedachte. »Mach du dir mal keine Sorgen um Simons Erfahrung, Robbie. Jeder wird genau überwacht und muss sein Kletterkönnen an den Fixseilen auf dem Sattel unter Beweis stellen. Ich muss sehr deutlich machen, dass diejenigen von euch, und damit meine ich wirklich *alle*, die meiner Ansicht nach nicht die nötigen Voraussetzungen mitbringen, keine Gelegenheit zur Gipfelbesteigung bekommen werden.«

Letzten Endes war Depri-Harry Potter an der Reihe, Mark Pratchett mit richtigem Namen, der in einem britischen Home-Counties-Dialekt irgendetwas von der Besteigung des Mont-Blanc-Massivs murmelte, dann zu stottern begann und mit rotem Gesicht verstummte. Gut – es war beruhigend zu wissen, dass es im Team noch einen Everest-Neuling gab. Bevor Robbie wieder einen höhnischen Kommentar abgeben konnte, stand Ireni auf, um die Symptome akuter Höhenkrankheit zu erläutern, die zu den potentiell tödlichen Gräueln eines Lungen- oder Hirnödems führen konnten. Sie ähnelte tatsächlich einem hübschen skandinavischen Hamster, wobei ihre Pausbacken und ihre leicht vorstehenden Zähne einen starken Kontrast zu den scharfkantigen Gesichtszügen ihres Lebensgefährten Tadeusz bildeten. Während wir uns vorstellten, hatten die beiden unter dem Tisch Händchen gehalten, also galt für sie eindeutig, dass sich Gegensätze anziehen. Als Ireni näher auf die grausigeren Details einging – Lungen und Gehirne, die in Flüssigkeit ertrinken, Blut, das sich in Sirup verwandelt –, wanderte mein Blick immer wieder zu Wanda. Sie ertappte mich mehrmals dabei, wie ich sie anstarrte, was sie jedoch nicht in Verlegenheit zu bringen schien. Ich war nicht der Einzige, der sie einer Musterung unterzog: Robbie warf ihr ebenfalls von der Seite Blicke zu, und jedes Mal, wenn Mark in ihre Richtung sah, wurden seine Wangen dunkelrot.

Als Ireni mit ihrem Geschwafel fertig war, gingen wir zu einer allgemeinen Unterhaltung über. Hätte nicht das Damoklesschwert der lächerlichen Eiger-Lüge über meinem Kopf gehangen, hätte ich mich womöglich amüsiert; Smalltalk und Geplänkel waren Komfortzonen des Charmanten Si.

Ich hatte bemerkt, dass Mark der Einzige war, der sich nicht bei dem gekühlten San Miguel auf dem Tisch bediente. »Kein großer Trinker, Mark?«

»Nein, nicht wirklich.«

»Woher kommst du denn?«

»Ursprünglich aus Hertfordshire.« Bei seinem Akzent hätte es sich durchaus um einen schnieken Internatsakzent handeln können, doch er schien nichts von dem Selbstvertrauen zu besitzen, das oft mit einem privilegierten Hintergrund einherging.

»Was machst du so, wenn du nicht auf Berge steigst?«

»Ich arbeite als Instruktor in einer Einrichtung im Peak District. Bringe schwer erziehbaren Jugendlichen Klettern und Kajakfahren bei.« Er sprach mit monotoner Stimme, hielt den Kopf gesenkt, vermied Blickkontakt. Und dann seine altmodische Formulierung: »schwer erziehbare Jugendliche«. Die Halbwüchsigen in meinem Sozialprojekt hätten ihn in der Luft zerrissen. Kenton hielt uns auf Linie, indem er uns ein paar hinter die Löffel gab; bei Mark konnte ich mir nicht vorstellen, dass er auch nur die Stimme erhob.

»Genau so bin ich auch zum Klettern gekommen. Ich habe mit dreizehn bei einem Sozialprojekt mitgemacht.«

»Tatsächlich?«

»Ja. Ich war ein schwer erziehbarer Jugendlicher.«

»Aha.«

Es entstand eine peinliche Pause, während ich darauf wartete, dass er noch etwas sagte. Er sagte nichts.

Malcolm stupste mich an. »Kenne ich dich irgendwoher, mein Sohn?« Bei »mein Sohn« schauderte ich innerlich. Nach meinem Geschmack war es zu nahe an einem Ed-Ismus.

»Das glaube ich nicht.«

»Du kommst mir bekannt vor.«

»Allerweltsgesicht, nehme ich an.«

»Wie kommt's, dass dein Name nicht auf der Teilnehmerliste stand?«

»Habe mich im letzten Moment angemeldet. Anscheinend ist jemand abgesprungen, und Tadeusz hat mir seinen Platz gegeben.«

»Ach ja? Dann war es also eine Entscheidung in letzter Minute, oder?« Malcolm war davon nicht angetan. Ich machte ihm dafür keinen Vorwurf. Vernünftige Leute bereiten sich auf den Everest monate- oder sogar jahrelang vor. Wie ich den Berg anging war verrückt, ganz egal, welche Maßstäbe man anlegte. »War schon immer ein Traum von dir, den Großen zu besteigen, habe ich recht?«

Tja, genau genommen hat irgendein Typ einen Kommentar auf unserer Website hinterlassen und behauptet, der Everest wäre der höchste Friedhof der Welt, und mein Kumpel dachte sich, ein paar tiefgefrorene Leichen zu filmen wäre eine coole Methode, um Zugriffe an Land zu ziehen. Ich spiele mit, weil ich ein Idiot bin. »Ja. Seit ich ein kleiner Junge war.« Ich bedachte ihn mit einem Charmanter-Si-Grinsen. Es wurde Zeit, meinem wachsenden Lügenpotpourri etwas Wahrheit zu injizieren. »War nicht einfach, die Kohle zusammenzubekommen. Musste das Auto verkaufen.« Das stimmte; mit dem Erlös aus dem Verkauf von Thierrys Ford Focus hatten wir die Anzahlung geleistet. Ich hoffte, dieses Opfer würde ihn beeindrucken.

»Hast du deshalb beschlossen, von Tibet aus zu klettern, anstatt von Nepal? Weil es billiger ist?«

»Zum Teil. Und, weil es ganz besondere Herausforderungen birgt.« *Bullshit.* Thierry hatte die Nordseite allein aus dem Grund gewählt, da es deutlich weniger kostete als ein Aufstieg von Süden. »Und du, Malcolm? Warst du letztes Jahr bei Tadeusz' Expedition dabei?«

»Nein, ich war mit einer anderen Gruppe unterwegs. Habe mich diesmal für Tadeusz entschieden, weil er einen guten Ruf genießt. Wenn uns jemand da hochbringen kann, dann er.«

»Hat dich letztes Jahr das Wetter davon abgehalten, den Gipfel zu besteigen?«

Argwohn huschte über sein Gesicht. »Bin am Fuß des Third Step umgedreht. Den Gipfel zu erreichen ist nur die halbe Miete, mein Sohn. Man muss auch wieder runterkommen.« Er räusperte sich mit einem verschleimten Rasseln. Ein weiterer Ed-Ismus. *Er ist nicht Ed.* »Also der Eiger, hm? Welche Route hast du denn genommen? Die von 1938?«

Oh, Mist. »Ja.«

»Dann sag mal, wie fandst du denn den Brüchigen Riss?«

»Ich hatte echt Glück, Malcolm. Es war ein gutes Jahr, deshalb bin nicht auf viel morsches Eis gestoßen.« Genügte das? Nein. Er sah mich erwartungsvoll an. *Wechsle das Thema.* Ich versuchte verzweifelt, mich an eine andere Klettergeschichte zu erinnern, auf die ich überleiten konnte. Mein Kumpel Chris und ich waren einmal nach Calais getrampt, hatten zwei Tage gebraucht, um nach Chamonix zu gelangen, und hatten die Aiguille Verte erklommen. Befeuert von diesem Erfolg, zogen wir naiverweise in Erwägung, die Bonatti-Zappelli-Route an der Walkerpfeiler-Steilwand zu klettern, doch am zweiten Tag ging uns der Proviant aus, und wir humpelten erledigt nach Bionaz zurück. Diese Anekdote würde ihren Zweck nicht erfüllen. *Denk nach. Wechsle das Thema.* Und dann hatte ich eine Idee. »Um ehrlich zu sein, Malcolm, macht mich das, was vor uns liegt, ein bisschen nervös. Bin vor einer Weile ziemlich übel abgestürzt.«

Ich zog den Kragen meines T-Shirts beiseite, um ihm meine Cwm-Silyn-Narben zu zeigen, da ich hoffte, sie würden die Unterhaltung von meiner beeindruckenden

Durchsteigung einer der berüchtigtsten Felswände der Welt lenken. Sie taten es. Ich war Ed beinahe dankbar.

Malcolm schüttelte den Kopf. »Du glaubst, das wäre schlimm? Tja, mein Sohn, ich werde dir mal zeigen, was auf den hohen Gipfeln passieren kann.«

Er bückte sich und fing an, seinen Stiefel aufzuschnüren. Ich versuchte, mit Mark einen Blick zu tauschen, doch der starrte gebannt auf seine Gabel. Und dann schwang Malcolm seinen Fuß auf den Tisch, wenngleich es sich weniger um einen Fuß als um einen unförmigen Klotz handelte, an dem sich keine Zehen befanden. Die Unterhaltung am Tisch verstummte. Wir dachten alle dasselbe: *Bitte lass deinen Socken an.* »Habe sie auf dem Mount Cook verloren.«

»Wow.«

»O ja.«

»Das ist echt krass, Malcolm.«

»Erfrierungen. Und alles nur wegen einem schlecht sitzenden Stiefel.« Er strahlte. »Ich habe sie noch.«

»Was hast du noch? Deine Stiefel?«

»Meine Zehen, mein Sohn. Habe sie mir vom Chirurgen geben lassen und konserviert. Bewahre sie in einem Glas in der Garage auf. Meine Frau möchte sie nicht im Haus haben.«

»Warum, zum Teu … Warum tust du das?« Mein einziger Gedanke war: *Warte, bis Thierry davon erfährt.*

»Es sind meine Zehen, mein Sohn. Warum sollte ich sie nicht aufheben?«

Adesh, der Hotelbesitzer, nutzte diese Gelegenheit, um ein Tablett mit Dal Bhat, Chicken Curry und Reis in den

Raum zu tragen. Er stellte das Essen behutsam auf dem Tisch ab.

»Schlagt euch den Bauch voll«, sagte Ireni. »Ihr werdet auf dem Berg stark abnehmen.«

Der Fuß verschwand und mit ihm mein Appetit. Ich versuchte, Wandas Blick auf mich zu ziehen, doch sie war am coolen Ende des Tischs in ein Gespräch mit Ireni und Tadeusz vertieft. Ich verstand immer noch nicht, warum ich sie für unscheinbar gehalten hatte, und konnte nicht genau sagen, was mich zu ihr hinzog. Sie wirkte zurückhaltend, verschlossen, distanziert und hätte sich nicht mehr von den glamourösen Partygirls unterscheiden können, auf die ich normalerweise stand.

Während wir aßen, dominierten Robbie und Malcolm die Unterhaltung und versuchten, sich mit Geschichten über ihre Heldentaten gegenseitig zu übertreffen, doch um fair zu sein, konnte Robbie es nicht mit Malcolms fehlenden Zehen aufnehmen. Howard warf gelegentlich etwas ein, Mark sagte kein Wort, und Wanda gab sich mit essen zufrieden – sie aß doppelt so viel wie alle anderen. Ich hatte außerdem den Eindruck, dass Tadeusz uns im Stillen taxierte, und ermahnte mich erneut, auf der Hut zu sein.

Wanda aß ihren Teller leer und erhob sich, umarmte Ireni, verabschiedete sich mit einem knappen »Gute Nacht« vom Rest von uns – wobei sie Robbie unterbrach, der gerade vom Ersteigen eines gefrorenen Wasserfalls schwafelte – und verließ den Raum. Die Männer am Tisch schienen Luft abzulassen, zum Teil vor Erleichterung, dass ihre Egos (und ihre besten Stücke) eine Verschnaufpause bekamen. Denn niemandem war entgangen, was mir aufgefallen war: Wanda hatte etwas. Tadeusz und Ireni entschuldigten sich kurze Zeit später.

Adesh brachte uns einen weiteren Eiskübel voller Bierflaschen, und da ich unbedingt einer weiteren Befragung durch Malcolm entgehen wollte, wandte ich mich wieder an Mark.

»Ist das dein erster hoher Gipfel, Mark?«

»Ja.«

»Für mich auch. Sieht so aus, als wären wir die Jungfrauen der Gruppe.«

Robbie zog eine Augenbraue hoch. »Was war das über Jungfrauen?«

»Ich habe nur gesagt, nachdem Mark und ich das erste Mal auf dem Berg sind, seid ihr die Veteranen, und wir sind die Jungfrauen.«

Howard lachte darüber leise vor sich hin.

»Ja? Tja, ihr vermiest mir besser nicht meine Chancen, den Gipfel zu erreichen.« Robbie grinste und zeigte dabei seine Zähne. »War nur ein Scherz, Freunde.« Aber er scherzte nicht. Das sah ich.

»Warum denkst du, wir könnten deinen Gipfelversuch gefährden?«, sagte Mark und überraschte uns alle mit einem Aufblitzen von Härte. »Du bist doch derjenige, der schon einmal dabei gescheitert ist.«

Robbie reagierte gereizt. »Ich will damit nur sagen, dass ich nicht hier bin, um für irgendjemanden den Babysitter zu spielen.«

»Und ich habe dich nicht darum *gebeten*, meinen Babysitter zu spielen.«

»Kommt schon, Leute, bleibt freundlich«, sagte Howard mit einem nervösen Lachen. Malcolm war verstummt.

Robbie hob die Hand. »Ich will damit nur sagen, dass ich mit dieser Sache schon Erfahrung habe. Letztes Jahr waren ein paar Typen im Team, die nicht das Zeug dazu hatten. Haben uns alle ausgebremst.«

»Tadeusz entscheidet, wer zum Gipfel aufsteigt und wer nicht«, sagte Mark. »Und ich werde dich nicht ausbremsen.«

»Gut. Ich werde dich dran erinnern, *Kumpel*«, erwiderte Robbie mit miserabel imitiertem britischem Akzent. »Wird so schon schlimm genug, wenn all die Drecksäcke die oberen Camps verstopfen.«

»Was?«, sagte Mark. Inzwischen war ihm sämtliches Blut aus dem Gesicht gewichen, als hätte ihn die Anstrengung, Robbie die Stirn zu bieten, völlig ausgelaugt.

»Drecksäcke. Die Bergsteiger, die ohne Backup und Vorbereitung zum Everest kommen. Die die Fixseile benutzen, ohne dafür zu bezahlen. Die bei anderen Teams schmarotzen, keine Kletterunterstützung haben und erwarten, gerettet zu werden, wenn sie in Schwierigkeiten geraten. Sie bringen den Berg in Verruf.«

Wenn Thierry seinen Willen durchgesetzt hätte, wäre *ich* einer dieser Bergsteiger gewesen. Eingedenk des Ed-Gates hatte ich jedoch mit der Faust auf den Tisch geschlagen und darauf bestanden, dass er Geld lockermacht, damit ich mich einer seriös geführten Expedition anschließen konnte.

»Auf dem Berg passiert alle mögliche Scheiße«, fuhr Robbie fort. Er war nicht gewillt, von seinem Drecksack-Schreckgespenst abzulassen. »Der einzig richtige Weg ist der, sich bei einem guten kommerziellen Veranstalter anzumelden.«

»Dann findest du also, nur Reiche sollten den Everest besteigen dürfen?«

»Das habe ich nicht gesagt, Mark. Ich habe gesagt, der Berg sollte reguliert werden, und nur erfahrene Bergsteiger sollten versuchen dürfen, ihn zu besteigen – mit angemessener Unterstützung natürlich.«

Mark murmelte etwas, das klang wie »meinetwegen« und verließ den Hof, ohne gute Nacht zu sagen. Ich war froh zu sehen, dass er Rückgrat besaß, aber ich erinnere mich, dass ich mir dachte, ich möchte ihn nicht am Hals haben. Für meinen Geschmack war er zu pessimistisch. Ich war mir allerdings nicht sicher, ob ich irgendeinen der anderen am Hals haben wollte, außer vielleicht Ireni oder Wanda.

Während Malcolm und Robbie ihren Kampf der Egos fortsetzten und jetzt debattierten, welche Seite des Bergs anspruchsvoller war, setzte sich Howard auf Marks freien Platz. »Die Situation eben war ziemlich angespannt, was, Simon?«

»Ja.«

»Passiert manchmal auf solchen Trips.« Er lallte, und seine Hängebacken waren vom Alkohol gerötet. Trotz seiner Ähnlichkeit mit dem berühmtesten Kannibalen der Filmgeschichte war Howard derjenige von uns, bei dem es am unwahrscheinlichsten war, dass er einen anderen Menschen töten oder essen würde. »Gibt es einen Grund, warum du das tust, Simon? Den Everest besteigen, meine ich?«

»Ja. Weil es ihn gibt.«

Er hörte mir nicht zu. »Ich, ich muss es diesmal unbedingt schaffen. Aller guten Dinge sind drei. War schon als Kind mein Ziel.« Howard war jemand, der gerne zu viel von sich erzählte, und es gab einiges, was er sich von der Seele reden wollte. Er hatte sich in Schulden gestürzt, um die Expedition zu bezahlen, und damit eine Ehekrise heraufbeschworen. »Aber«, vertraute er mir in einem lauten Flüstern an, das vermutlich noch am Durbar-Platz am anderen Ende der Stadt zu hören war, »ich bin mir sicher, sie vögelt mit einem anderen. Weißt du, Simon« – er war einer von den Typen, die den Namen ihres Gegenübers im Gespräch so oft wie möglich verwendeten –, »ich tue das für mich. Ich weiß, dass ich das Zeug dazu habe, es diesmal zu schaffen.« Er redete und redete. Meine Gedanken schweiften zu Wanda ab. Wie standen meine Chancen, bei ihr zu landen? Ich dachte darüber nach, was mir bevorstand. Wie würde ich mit der Höhe zurechtkommen? War ich fit genug? Fraglich, denn ich hatte nur zwei Monate Zeit gehabt, um in Form zu kommen, wobei ich unsere Wohnung als Fitnessstudio genutzt hatte, die Treppe hinauf- und hinuntergerannt war, mit einem Rucksack voller Secondhand-Kletterbücher von Thierry auf dem Rücken. *Was ist, wenn alles schiefgeht wie in der Cwm Pot?* Nein. So durfte ich nicht denken. Ich hatte die Generalprobe mit Ed in den Höhlen überstanden, und ich war jetzt ein anderer Mensch als der Simon Newman, der dort unten ein Häufchen Elend gewesen war. Seit ich mit dem Training für den Everest begonnen hatte, hatte ich keine Panikattacke mehr gehabt und war von keinem Ed-Albtraum mehr heimgesucht worden.

Und diese Aktion würde sich als unser Ticket erweisen, um ganz groß rauszukommen. Thierry war sich dessen sicher. Um das Ganze zu finanzieren, hatten seine Eltern ihm dreißigtausend Dollar geliehen, unter der Bedingung, dass er in die Staaten zurückkehren und ihre Träume für ihn umsetzen würde, wenn ihm die Website nicht binnen sechs Monaten Einnahmen bescherte. Für ihn stand alles auf dem Spiel. Er zählte auf mich.

Das moralisch zweifelhafte Fundament unserer Pläne machte mir nicht zu schaffen, zumindest nicht im Vorfeld der Expedition. Sicher, die Nachricht von Nigels Eltern geisterte gelegentlich noch als leises Echo durch meinen Hinterkopf, aber mehr nicht.

Nach Malcolms Präsentation am Vorabend, die uns gezeigt hatte, wie einfach es war, auf dem Berg seine Zehen zu verlieren, beschloss ich, einen Teil meines spärlichen Budgets für ein Ersatzpaar Überhandschuhe zu verprassen. In dieser Hinsicht hatte Thierry sich eine Chance entgehen lassen: Thamel ist gespickt mit Bergsport-Secondhandläden, und wir hätten uns ein Vermögen sparen können, wenn ich gewartet und mich erst in Kathmandu ausgerüstet hätte. Nach dem Frühstück erklärte mir Adesh den Weg zu einem Laden, in dem ich ihm zufolge einen Preisnachlass bekommen würde.

Ich bekam nichts von den politischen Spannungen mit, die Tadeusz erwähnt hatte, als ich durch das touristische Straßengewirr von Thamel wanderte. Bislang war ich ausschließlich nach Frankreich und Ibiza gereist, doch in Kathmandu fühlte ich mich seltsam heimisch, hatte

Freude an seiner staubigen, manchmal beißenden Luft, dem ständigen Hupen von Autos, den farbenfrohen, zerbrechlich wirkenden Mietshäusern und dem Todeswunschtanz der Roller und Motorräder, die durch die engen Straßen zischten. Ladenbesitzer riefen mir zu, als ich an ihnen vorbeiging, freundlich und ohne aufdringlich zu sein. Hin und wieder bahnte sich eine Gruppe Westler den Weg durch die Menge, selbstzufrieden, dass sie es bis so weit abseits ausgetretener Pfade geschafft hatten, oder verwundert über das Fehlen von Bankomaten und Gehsteigen. Nachdem ich mehrmals wieder zurückgegangen war, entdeckte ich den in die Wand integrierten Laden, den Adesh mir empfohlen hatte. Indri, bei dem es sich, wie sich herausstellte, um Adeshs Cousin handelte, ein gutaussehender Mann mit ungeheuerlichen Augenbrauen, war ein begnadeter Feilscher, und ich kaufte letzten Endes zu den Handschuhen noch eine Latzhose, die ich gar nicht brauchte.

Auf dem Rückweg zum Hotel lief mir Ireni über den Weg, die mich begrüßte wie einen alten Freund. »Schön, dich nach all unseren E-Mails endlich kennengelernt zu haben, Simon.«

Thierrys E-Mails – hoffentlich wird es jetzt nicht peinlich.

»Gleichfalls. Und ich weiß es zu schätzen, dass ihr mich auch ohne Erfahrung mit großen Höhen ins Team aufgenommen habt.«

»Tadeusz hätte dich nicht mit auf die Lizenz genommen, wenn er nicht der Meinung wäre, dass du gute Chancen hast, Simon. Er hat sein Unternehmen aus dem Nichts aufgebaut, und sein Ruf bedeutet ihm alles. Er hat hart gearbeitet, um so weit zu kommen. Er geht bei Leuten kein Risiko ein.«

Wir pressten uns an eine Wand, um nicht von einem Vater, einer Mutter und zwei Kindern, die sich alle auf ein Moped quetschten, über den Haufen gefahren zu werden.

»Wie habt ihr euch eigentlich kennengelernt, Tadeusz und du?«

Sie lächelte. »Das war vor zwei Jahren, im Basislager auf der nepalesischen Seite. Nachdem ich mit meiner Ausbildung im Krankenhaus fertig war, schloss ich mich einer schwedischen Expedition als Aufstiegsbegleiterin und Ärztin an. Eigentlich war ich nur da, um den Bergsteigern eine Freundin zu sein, aber schon nach einem Tag wurde ich für Tadeusz mehr als das.«

»Liebe auf den ersten Blick?«

Sie lachte. »Ja.«

Mich durchfuhr Eifersucht. Meine längste Beziehung hatte drei Monate gehalten, und obwohl ich mehrmals geglaubt hatte, ich hätte mich verliebt, hatte es sich letzten Endes immer nur um Begierde gehandelt, die nach ein paar Wochen wieder verebbt war.

»Ich glaube, wir haben dieses Jahr eine gute Gruppe«, sagte Ireni.

»Was ist eigentlich mit Mark los?«

Ihr Gesichtsausdruck verriet, dass sie vorsichtig wurde. »Wie meinst du das?«

»Ich habe gestern versucht, mich mit ihm zu unterhalten, bin aber nicht sehr weit gekommen.«

»Er ist schüchtern, glaube ich. Außerdem hätte er eigentlich mit jemandem klettern sollen, der ausgefallen ist. Du hast seinen Platz bekommen.« Sie wechselte das Thema. »Wanda ist sehr fokussiert. Sehr entschlossen. Magst du sie?«

»Ich kenne sie kaum.«

»Mir ist aufgefallen, wie du sie gestern Abend angeschaut hast.«

»O Gott. So offensichtlich?«

»So offensichtlich. Es ist sehr gut, dass Tadeusz sie für diese Expedition gewinnen konnte. Wenn sie den Gipfel erreicht, wird sie wahrscheinlich voll gesponsert werden. Von The North Face vielleicht.«

Für Bergsteiger-Begriffe war das mehr oder weniger vergleichbar damit, einen Millionen-Dollar-Plattenvertrag zu ergattern oder im Lotto zu gewinnen. »Sie ist ein vielversprechendes Talent.«

Ein vielversprechendes Talent, das zweifellos einen Freund hatte (oder eine Freundin). Ich stellte mir einen routinierten, furchtlosen Bergsteiger von der Sorte vor, wie ihn die Zeitschrift *Outside* porträtieren würde.

Ich fragte Ireni, was sie von Robbie hielt.

»Er hat vielleicht ein etwas übersteigertes Selbstbewusstsein. Aber Howard ist ein *sehr* netter Mensch.«

Howard, alias knuddeliger Hannibal Lecter.

»Und Malcolm?«

»Ah, Malcolm … igitt! Was er da immer mit seinen Zehen macht. Ich hoffe, er schafft es dieses Jahr. Jeder hat einen Grund, warum er auf diesen Berg steigt. Welchen hast du, Simon?« Dieselbe Frage, die mir Howard am Abend zuvor gestellt hatte.

Ich tischte ihr irgendeinen »Kindheitstraum«-Nonsens

auf sowie eine übertriebene Version meines Absturzes am Cwm Silyn und spann ein Garn, dass ich darum kämpfte, mein Selbstvertrauen wiederzuerlangen. »Ich nehme an, ich möchte mir selber etwas beweisen.«

Ireni war nicht dumm, aber ich bin ein guter Lügner. Das war ich schon immer.

»Keine Angst, Simon. Wir passen auf dich auf.«

»Ich habe keine Angst.«

Und ich hatte tatsächlich keine. Noch nicht.

An: TCAKES@journeytothedarkside.com
Von: sibaby@journeytothedarkside.com
Betreff: Ich gebe mir die Kugel

Ich hasse dich, Alter. Bin vorgestern nach einer Höllenfahrt im Basislager angekommen. Nachdem wir in Kathmandu aufgebrochen sind, wurde mir sofort übel. Anschließend habe ich vier Tage lang Der Exorzist-*mäßig gereihert, was auf einer langen Fahrt auf einer beschissenen kurvigen Straße, die am Abgrund entlangführt, wirklich kein Spaß ist. Ireni meint, dass ich wahrscheinlich eine schwere Lebensmittelvergiftung hatte.*

Hier ein paar Infos:

Es ist wirklich sehr, sehr kalt. Es tut weh zu ATMEN. Muss meine Wasserflasche nachts in meinem Schlafsack aufbewahren, sonst friert sie ein.

Das Basislager sieht im Grunde genommen aus wie ein gigan-

tischer steiniger Parkplatz, auf dem Hunderte Irre beschlossen haben, riesige Iglu-Zelte aufzustellen. Ireni sagt, dass noch nie so viel los war wie in dieser Saison. Das chinesische Camp ist riesengroß, und es gibt sogar einen Trupp gelangweilter Soldaten, die es bewachen.

Meine Teamkollegen sind nach wie vor zum größten Teil Idioten. Habe mit einem coolen französischen Pärchen aus einem der internationalen Teams abgehangen. Die beiden haben richtig guten Kaffee, also bekomme ich wenigstens eine anständige Dosis Koffein.

Ja, wir haben die Sherpas kennengelernt, die mit uns klettern werden, aber die sind gerade oben auf dem Berg und helfen dabei, Seile anzubringen, damit sich alle anderen daran hochziehen können. Gyaluk, der Typ, der für die Küche zuständig ist, ist schwer in Ordnung, kann aber ums Verrecken nicht kochen. Werde jeden Morgen von Ngima geweckt, Gyaluks coolem Gehilfen, der mir eine Thermoskanne mit »Sherpa-Tee« bringt. Fühle mich in Kolonialzeiten zurückversetzt.

Internet ist beschissen, obwohl das chinesische Team einen Funkmast aufgestellt hat.

Breche in ein paar Tagen zum vorgeschobenen Basislager auf (nach der Puja-Zeremonie, für die ein Priester angekarrt wird, um einen Segen zu spenden und die Berggötter zu bitten, dass sie uns nicht auslöschen). Ein Zwölf-Meilen-Höllenmarsch. Tadeusz sagt, wir müssen jeden Tag ein paar Meilen gehen, um uns zu akklimatisieren. Was für eine Scheiße, aber ich kann nicht nein sagen, weil ich eine Heidenangst vor ihm habe.

Habe unterwegs & hier die Toiletten gefilmt, denn ich sage dir, ALTER, heilige Scheiße, sind die übel. In unserem Toilettenzelt steht ein blaues Fass mit einer Steinplatte oben drauf. Vielleicht können wir für die Website so was wie »Die fünf schlimmsten Toiletten des Universums« machen.

Habe ich schon gesagt, dass ich dich dafür hasse, dass du mich hierhergeschickt hast?

Habe deine E-Mails und Links bekommen, kann aber nichts runterladen, weil das Internet zu langsam ist & ich mich, wie ich schon gesagt habe, hundeelend gefühlt habe. Und NEIN, ich nehme deine Entschuldigung für diesen Eiger-Bullshit nicht an. Du hättest uns damit echt reinreiten können.

Habe null Plan, was zum Teufel ich hier filmen soll, aber ich werde VORSICHTIG herumschnüffeln & schauen, ob sich was auftut.

Bis bald!

»Muss Pause machen«, keuchte Howard, bevor er sich auf einem schneebedeckten Stück Talus auf seinen Allerwertesten fallen ließ.

Oh, Gott sei Dank. Ich benutzte meinen Rucksack als

Kissen und sackte neben ihm zusammen, wobei mein Fußgelenk vor Erleichterung wimmerte. Obwohl Malcolm und Robbie schnauften wie zwei fettleibige Kettenraucher, taten sie so, als wären sie nicht erschöpft. Mark stapfte einige Meter entfernt dahin und ging auf unsicheren Beinen in die Hocke. Er hatte uns alle überrascht, als er meine Einladung annahm, uns bei unserer Akklimatisierungswanderung zu begleiten. Seit seinem Schlagabtausch mit Robbie in Kathmandu war er diesem offenkundig aus dem Weg gegangen.

Wir waren erst seit einer Stunde unterwegs, doch aufgrund der Höhe – wir befanden uns auf deutlich über fünftausend Meter, viel höher, als ich jemals gewesen war – beharrte mein Körper darauf, dass er soeben einen Marathon gelaufen war. Positiv war, dass die Kopfschmerzen, die mich seit unserem Zwischenstopp in Nyalam geplagt hatten, nach drei Tagen im Basislager nachließen und dass sich mein Bauch nicht mehr anfühlte, als würden darin ein paar Ratten miteinander kämpfen. Ich zwang mich, einen halben Liter von Gyaluks zuckersüßem Spezialtee zu trinken, und reichte dann Howard die Thermosflasche. Wir waren nach dem Frühstück aufgebrochen und wollten den Weg erkunden, den wir in ein paar Tagen zum vorgeschobenen Basislager nehmen würden. Weit waren wir nicht gekommen. Das Gletschertal, in dem sich das Basislager befand, war mit Steinen übersät, die allesamt fröhlich darauf lauerten, Unachtsamen die Fußgelenke zu verdrehen, doch die größte Herausforderung war etwas, über das ich noch nie wirklich nachgedacht hatte: atmen. Noch nie zuvor war ich mir meiner Lunge so bewusst gewesen und was sie zu leisten hatte, um mich am Leben zu halten. Es half nicht, dass die bitterkalte Luft schärfer und trockener war als alles, was ich bislang erlebt hatte – sie scheuerte meinen Hals bei jedem Atemzug auf.

»Ein Jammer, dass wir sie heute nicht sehen können.« Howard seufzte wie jemand, der unter unerwiderter Liebe litt. Der Himmel hatte sich gesenkt und hüllte das Tal in Wolken. Nur die trostlos grauen Füße der Ausläufer des Bergs waren zu erkennen.

»Warum sind Berge eigentlich weiblich?«, fragte ich niemand Bestimmten.

»Weil sie manchmal rumzicken, wenn man sie besteigen will«, erwiderte Robbie.

Howards kriecherisches Lachen verwandelte sich in einen Hustenanfall.

Meiner Ansicht nach sollte der Everest männlich sein, ein riesiger, einschüchternder Kerl, der sagt: »Was glotzt du denn so blöd?«, bevor er einem einen Kopfstoß verpasst. Er dominierte den Horizont, als hätte er die benachbarten Gipfel mit den Ellbogen aus dem Weg geräumt.

»Die Sherpas nennen sie die ›Mutter Göttin der Erde‹«, erklärte Malcolm wichtigtuerisch wie üblich.

»Gyaluk sagt, der Everest ist auch als ›Unerschütterliche gute Elefantenfrau‹ bekannt.« *Da hat du's, Malcolm, du selbstgefälliger Mistkerl.*

»Du knüpfst enge Bande mit den Sherps, was, Simon?« »Sherps« – typisch Robbie. Er, Malcolm und Howard hatten einen Hang dazu, Ngima und Gyaluk herablassend zu behandeln, sprachen zu laut mit ihnen und ließen Pronomen weg. *Tee, mach Tee jetzt, okay?*

»Sie sind cool.«

»Ja. Ich glaube allerdings, Gyaluk gibt sich alle Mühe, dass wir uns eine Lebensmittelvergiftung einfangen.«

»*So* schlecht ist das Essen auch wieder nicht.« Doch, das war es. Gyaluk war vermutlich der einzige Koch auf der Welt, der es schaffte, dass Linsen und Huhn wie Aftershave schmeckten. »Wie kommt es eigentlich, dass du dich nicht bei einem der Highend-Teams eingebucht hast, Robbie? Die mit Gourmet-Essen und beheiztem Esszelt?« Das Geld dazu hätte er auf jeden Fall gehabt. Seine Ausrüstung entsprach dem neuesten Stand der Technik.

»Tadeusz hat einen guten Ruf. Letztes Jahr hat er alle aus seinem Team da hochgebracht.«

Zeit, ein bisschen nachzubohren. »Ireni sagt, das letzte Jahr wäre ein richtig schlechtes Jahr für den Berg gewesen. Auf dem Weg zum Gipfel sind die Leute mehr oder weniger über Leichen gestiegen.«

Robbie schnaubte. »Versuch du mal, jemandem zu helfen, wenn du dich in der Todeszone befindest. Das ist unmöglich. Man hat kaum genug Energie, sich um sich selber zu kümmern.«

»Stimmt es, dass einige Tote schon so lange daliegen, dass Bergsteiger sie als Orientierungshilfe benutzen?«

Zu offensichtlich? War ich zu weit gegangen? Mark sah mich an, als hätte ich soeben im Vatikan gefurzt.

»Oh, ja«, sagte Malcolm. »Das stimmt sehr wohl.«

»Warum räumt sie denn niemand weg?«

»So einfach ist das nicht, Simon«, meinte Robbie. »Sie sind am Boden festgefroren. Man müsste sie wegmeißeln. Und dann ist da noch der Gefahrenfaktor. Habe gehört, dass manche Teams für das Bergen eines Toten dreißigtausend Dollar verlangen. Die Sherpas weigern sich, sie anzufassen. Widerspricht ihrem Glauben. Einer liegt schon seit Jahren da oben, ist als ›Green Boots‹ bekannt. Du hast bestimmt schon von ihm gehört.« Das hatte ich. Thierry hatte diese Geschichte bei seinen »Höchster Friedhof der Welt«-Recherchen ausgegraben. Der Mann war 1996 hoch oben auf dem Berg gestorben. Sein Leichnam lag zusammengerollt vor einer Höhle, und seine lindgrünen Bergstiefel hoben sich leuchtend von dem Schnee ab, der ihn einhüllte. Auf ihn hatten wir es nicht abgesehen. Im Internet gab es unzählige Fotos von ihm, und wir brauchten etwas, das niemand anderer hatte.

»Tsewang Paljor«, sagte Mark.

»Was sagst du, Mark?«

»Das ist sein Name. Tsewang Paljor. Nicht ›Green Boots‹. Hab ein bisschen Respekt, Robbie, verdammt.«

»Immer mit der Ruhe, Mark. Ich habe ihm diesen Namen nicht gegeben.«

Mark stand abrupt auf und entfernte sich, wobei er in seiner Eile wegzukommen auf einer Schneefläche ausrutschte.

»Mark!«, rief ich ihm hinterher. »Wo gehst du hin?«

»Zurück«, erwiderte er, ohne sich umzudrehen.

Robbie schüttelte den Kopf. »Was, zum Teufel, hat der Bursche für ein Problem?«

»Der Junge hat nicht ganz unrecht«, sagte Malcolm. »Man muss den Berg respektieren. Muss diejenigen respektieren, die auf ihm gestorben sind. Habe es mit eigenen Augen gesehen. Zwei Ukrainer sind letztes Jahr oben im

Camp III gestorben. Haben sich bei ihrem Gipfelversuch verausgabt, dann ist ihnen der Sauerstoff ausgegangen, und sie hatten nicht mehr die Kraft abzusteigen. Sind an Ort und Stelle in ihrem Zelt gestorben.«

»Sind sie noch da?«, fragte ich und versuchte, beiläufig zu klingen. Thierry hatte etwas von zwei Osteuropäern oder Russen erzählt, die im Jahr zuvor hopsgegangen waren.

»Schon möglich, wenn sie nicht ein Sturm mitgenommen hat. Bereite dich schon mal drauf vor, mein Sohn. Sie werden nicht die Einzigen sein, auf die du stößt.«

Diese Auskunft war genau das, wonach ich gebohrt hatte, doch anstatt mich zu freuen, sah ich vor meinem inneren Auge die Jungs aus der Cwm Pot und spürte einen Anflug von Übelkeit.

Malcolm klopfte mir auf die Schulter. »Mobilisiere alle deine Kräfte, mein Sohn. Du schaffst das schon.«

Danke, Dad.

Robbie seufzte. »Letztes Jahr war der Gipfel für mich zum Greifen nah. Dieses Jahr ziehe ich es durch, und wenn ich dabei draufgehe. Wenn ich mir noch eine zusätzliche Flasche Sauerstoff gekauft hätte, dann hätte ich es schaffen können.«

Wir hatten all das schon einmal gehört. Selbst Howard, Robbies loyaler Kumpan, schien bei der Aussicht auf einen weiteren »Könnte, sollte, hätte«-Monolog in Panik zu geraten. Er erhob sich. »Gehen wir.«

Wir nahmen denselben Weg zurück und folgten vorsichtig dem Pfad, der zum Rand des Gletschertals führte. Der Wind trug die Geräuschkulisse des Camp-Lebens heran: das Brummen von Lastwagen, die Ausrüstung brachten, und eine Mischung aus Bollywood- und Rockmusik. Unterwegs kamen wir an einer Gruppe Yaks vorbei, die darauf warteten, mit Vorräten beladen zu werden und sie hinauf zum vorgeschobenen Basislager zu transportieren. Mit ihrem wolligen Fell und ihren zierlichen Beinen fand ich sie zunächst niedlich und exotisch, doch sie verloren ihren Charme an den Tagen, an denen die Sonne ihre gefrorenen Haufen schmolz. Der Geruch war penetrant genug, um zu meinen abgestumpften Sinnen vorzudringen.

Die Wanderung hatte mich fast umgebracht, aber ich hatte trotzdem keine Lust, zu meinem Zelt zurückzukehren: Ich musste die Cwm-Pot-Bilderwelt aus meinen Gedanken spülen. »Wir sehen uns später, Leute.«

»Wo willst du hin?«, fragte Howard schnaufend.

»Koffeinbeschaffung. Werde mal nachsehen, ob Claude und Elodie Kaffee aufgesetzt haben.«

Ich löste mich, bevor Malcolm anbieten konnte, mich zu begleiten. Nach meiner ersten Nacht hier, in der ich in meinem Schlafsack gelegen und versucht hatte, mich nicht zu übergeben, Thierry verflucht und mich nach meinem Bett gesehnt hatte, hatte sich der Charmante Si wieder gefangen, und ich war zum inoffiziellen Botschafter unseres Camps geworden, der täglich auf Erkundung ging und die anderen Teams besuchte. Das einzige Camp, das ich bewusst mied, war das einer amerikanischen Highend-Expedition, und zwar hauptsächlich deshalb, weil sie eine Filmcrew dabeihatte. Nachdem Thierry und ich für Höhenbergstiefel, Sauerstoffflaschen, Daunenanzüge und

Flugtickets tief in die Tasche gegriffen und die fünfzehntausend Dollar bezahlt hatten, die es kostete, in Tadeusz' Team aufgenommen zu werden, war uns das Geld ausgegangen, und wir waren gezwungen gewesen, auf Pump einen Camcorder zu kaufen (auf gar keinen Fall wollte ich noch einmal die Cwm-Pot-Helmkamera benutzen). Für unsere Zwecke war er ausreichend, da ich aber angeblich ein »Filmemacher« war, wollte ich mich mit meiner vergleichsweise miesen Ausrüstung nicht verraten.

Claude, der genauso schlank und schick war wie seine Frau, rief mir zur Begrüßung zu: »Ah, Simon, du kommst für Café?«

Er machte mir in seiner ramponierten Kanne einen Espresso, und wir quatschten eine Weile. Er und Elodie kletterten im »Drecksack«-Stil, mit minimaler Ausstattung und ohne Sherpa-Unterstützung, doch sie verstanden es zu leben. Wie Wanda arbeiteten sie beide als Skiführer und sparten sich jedes Jahr ein »Abenteuer fürs Leben«, wie sie es nannten, vom Mund ab. Sie waren bereits auf dem Vinson-Massiv gewesen und hatten vor, sich im kommenden Jahr einer Yachtcrew für eine Weltumsegelung anzuschließen. Weiß Gott, weshalb so coole Leute mit einem Schnorrer wie mir abhängen wollten; womöglich lag es daran, dass ihr Camp mit Robbies und Malcolms bevölkert war.

Meine gute Laune und mein Koffein-High bekamen einen Dämpfer, als ich in unser Camp zurückkehrte und Wanda vor ihrem Zelt sitzen und mit zwei Typen, die, wie ich später erfuhr, mit dem Gleitschirm vom Gipfel fliegen wollten, lachen und auf Polnisch plaudern sah. Wie konnte ich da mithalten? Ich hatte jegliche Chance, bei ihr zu landen, auf der Herfahrt vergeigt. Sie hatte mich auf meinem absoluten Tiefpunkt erlebt, als ich mir die Seele aus dem Leib gekotzt und gefleht hatte, dass mich jemand erlösen möge. Ich schlich mich ins Esszelt und benutzte Tadeusz' Laptop, um Thierry eine einzeilige E-Mail zu schicken: »Habe einen Hinweis auf zwei tote Russen bekommen.«

Malcolm hatte mich gewarnt, dass das Basislagerleben langweilig werden konnte, und ich hatte ihm nicht geglaubt. Doch während wir auf das nächste Kapitel warteten – den Aufstieg zum vorgeschobenen Basislager –, fing die Zeit an, schleppend zu vergehen.

Ich verbrachte ziemlich viel Zeit im Esszelt der Sherpas nebenan. Es war dort wärmer als in unserem, was für den Mief von Zigarettenrauch und den Gestank kochender Linsen im angeschlossenen Küchenzelt entschädigte. Ngima sprach überhaupt kein Englisch, doch er war immer gut gelaunt, auch wenn Gyaluk ihn anschrie, was dieser stündlich tat. Wanda war eindeutig Ngimas und Gyaluks Favoritin. Die beiden nannten sie *didi*, »Schwester«, doch ansonsten hielt sie alle mit Ausnahme von Tadeusz und Ireni auf Distanz. Das einzige Mal, dass sie direkt mit mir sprach, war am Tag nach der Puja-Zeremonie. Tadeusz hatte uns dazu ermuntert, unsere Ausrüstungsgegenstände neben den Chörten zu legen – einen steinernen Sockel, den Gyaluk und Ngima errichtet hatten –, damit der Lama sie segnen konnte, und ich ertappte sie dabei, wie sie meinen Haufen beäugte. Verglichen mit ihrem heruntergekommenen Edelrid-Klettergurt sahen meine Sachen beschämend neu aus. »Du benutzt Kipphebel-Steigeisen, Simon?« Mir gefiel, wie sie meinen Namen aussprach: *Siemohn.*

»Klar. Die benutze ich immer.« *Bullshit.* Chris und ich hatten sie bei unserem abgebrochenen Aiguilles-Trip verwendet, und ich war der Empfehlung des Verkäufers in dem Bergsportgeschäft gefolgt.

»Hast du mit ihnen in dem weichen Schnee keine Probleme?«

»Nein. Ich mag ihre Vielseitigkeit.«

Ich fand später heraus, dass meine Steigeisen dazu neigten, Schneeklumpen anzuziehen, die an den Sohlen meiner Stiefel gefährliche Eiskrusten bildeten. Ich war übertrieben erfreut darüber, dass sie mit mir gesprochen hatte – es sorgte dafür, dass ich für den Rest des Tages gute Laune hatte.

Thierry hatte mir zum Spaß ein Exemplar von *The Mammoth Book of Mountain Disasters* geschenkt, aber ich hatte es noch nicht aufgeschlagen. Ich entdeckte, dass Mark einen Stapel von Terry Pratchetts Scheibenwelt-Romanen dabeihatte, deshalb nahm ich mir stattdessen diese noch einmal vor und benutzte ihn als meine nicht besonders mobile Bibliothek.

»Cool, dass ihr denselben Nachnamen habt, Mark.«

»Hm?«

»Du und Terry Pratchett.«

»Ach so.« Ein Wort aus ihm herauszubekommen war ungefähr genauso schwierig, wie Cosimo ein Lächeln zu entlocken: Man musste hart arbeiten. Ich war nicht der Einzige, der versuchte, ihn aus seinem Schneckenhaus zu holen; Malcolm und Ireni bemühten sich ebenfalls. Er hatte uns bei unseren Wanderungen nicht mehr begleitet und tauchte nur dann aus seinem Zelt auf, wenn Gyaluk uns zum Abendessen rief. Der Einzige, mit dem ich ihn länger hatte reden sehen, war Tadeusz. Depri-Harry Potter war ein passenderer Spitzname, als mir zunächst bewusst gewesen war, und Marks pessimistische Einstellung ging vor allem Robbie auf die Nerven.

»Hast du schon rausgefunden, was mit Mark los ist, Simon?«

»Woher soll ich das denn wissen?«

»Er ist doch dein Freund, oder?«

»Ich kenne ihn kaum.«

»Sag ihm, er soll den Kopf nicht so hängen lassen. Wenn er das Esszelt betritt, geht jedes Mal die Temperatur runter.«

Ich weiß nicht, warum, aber ich fühlte mich genötigt, Mark zu verteidigen, was ich ihm irgendwie übel nahm. »Er ist in Ordnung.«

»Ja? Meiner Meinung nach hat er hier nichts zu suchen. Ich glaube, er hat nicht das Zeug dazu. War vermutlich ein Fehler von Tadeusz, ihn ins Team aufzunehmen.«

Und dann folgte einer von Robbies Monologen über »Fokussierung und Überwindung der Hürden im Leben«. Seine Ausführungen drehten sich fast ausschließlich um seine Errungenschaften als Bergsteiger und Eiskletterer; über sein Privatleben und seinen Job sprach er kaum. Ich vermutete, dass er in der Pharmaindustrie tätig war, doch Howard zufolge arbeitete er mit Schlaganfallpatienten. Ich konnte mir nichts Schlimmeres vorstellen, als Robbie mit seiner Aufschneiderei an meinem Bett auftauchen zu sehen, nachdem ich einen Gehirnschlag erlitten hatte: *Du hast also kein Gefühl im linken Arm, was? Falls du denkst, das wäre schlimm, dann werde ich dir mal erzählen, wie es war, als ich den Denali bestiegen habe und das Wetter umgeschlagen ist …*

Howard schien immer weiter zusammenzuschrumpfen, als die Tage verstrichen, und wurde zum Gespenst des umgänglichen Menschen, den ich in Kathmandu kennengelernt hatte. Wie ein Kamel speicherte er seine gesamte Energie für den bevorstehenden Aufstieg.

Ich gab mir alle Mühe, Malcolm zu meiden. Nicht weil ich befürchtete, er könnte versuchen, mir noch weitere belastende Details zu meiner fiktiven Eiger-Besteigung zu entlocken – ich wusste, wie ich ihn von diesem heiklen Pfad abbringen konnte –, sondern weil er es sich zur Angewohnheit gemacht hatte, mich in die Ecke zu drängen und mir unaufgefordert Ratschläge zu erteilen: »So, Simon, jetzt zeige ich dir mal, wie du die Steigklemme mit Überhandschuhen und Handwärmern am besten benutzt. Also, Simon, vergiss nicht, dir die Nasenlöcher auch von innen mit Sunblocker einzuschmieren, da die Sonne vom Schnee nach oben reflektiert wird. Also, Simon, du solltest dir schon mal überlegen, wie du auf dem Gipfel posieren willst, wenn du fotografiert wirst, du bekommst nämlich nur eine Chance …« Bla, bla, bla. Er hätte stundenlang weitergemacht, wenn ich ihn gelassen hätte.

Ich verfiel in eine Routine: Wecken mit einer Thermoskanne Tee. Katzenwäsche. Einen von Tadeusz' Mördermärschen zurücklegen. Nickerchen. Mittagessen. Noch ein

Nickerchen. Ein Besuch in Elodies und Claudes Zelt auf einen Espresso, im spanischen Camp auf eine Scheibe Serrano-Schinken oder im Esszelt des indischen Teams auf einen Chai. Wieder zurück, um Musik zu hören oder zu lesen. Abendessen. Einstimmen ins unvermeidliche Gejammer über das Abendessen. Eine Partie Poker mit Robbie und Howard. Und wieder von vorne. Außerdem machte ich es mir zur Gewohnheit, jeden Abend, wenn es klar war, mehrere Schichten anzuziehen und zum Rand des Camps zu spazieren, um zuzuschauen, wie die Sonne hinter dem Berg versank und Schattenfinger über den Nordostgrat krochen. Das Basislager wurde zur neuen Normalität. Nur wenn ich Thierrys E-Mails las, erinnerte ich mich, weshalb ich eigentlich hier war. Nicht um Kontakte zu knüpfen. Nicht um bergzusteigen. Ich nahm mir vor, nach weiteren Informationen über die toten Bergsteiger zu stöbern, die ich im Geiste »Thierrys Ukrainer« nannte, verschob es jedoch immer wieder.

Ich träumte nicht.

Wir versammelten uns vor Tagesanbruch im Esszelt, eine mürrische Zusammenkunft zitternder, schweigender Wracks. Als ich meine Thermosflaschen für den Gewaltmarsch hinauf zum vorgeschobenen Basislager mit in Wasser aufgelöstem Getränkepulver und zuckersüßem Tee füllte, fiel mir auf, dass Malcolm einen verschleimten Husten hatte und Mark noch blasser war als sonst, wobei ihm die Sonnencreme auf seinen Lippen das Aussehen eines schmächtigen, unmodischen Vampirs verlieh. Nur Wanda verströmte eine gewisse Energie.

Draußen versammelten sich Träger am Gletscher, beluden ihre Yaks mit Sauerstoffflaschen, Kisten und Eimern mit Ausrüstungsgegenständen, und als wir aufbrachen, war der Berg in ein goldfarbenes Licht getaucht, das die Illusion entstehen ließ, es wäre warm und einladend. Ich schmierte mir das Gesicht dick mit Sunblocker ein, wobei ich mich daran erinnerte, ihn auch in meinen Nasenlöchern aufzutragen (*danke, Malcolm*). Mein Rucksack, der eine Daunenjacke, ein Extrapaar Handschuhe und mehrere Liter Flüssigkeit enthielt, die ich benötigen würde, um während des langen Aufstiegs zum vorgeschobenen Basislager hydriert zu bleiben, fühlte sich auf meinem Rücken bereits jetzt wie ein wütendes kleines Kind an. Die Luft hatte ihre übliche boshafte Bissigkeit.

Wir klumpten zunächst zusammen, bis jeder sein eigenes Tempo fand. Wanda war immer vor mir und bewegte sich elegant, wobei ihre leuchtend rote Jacke auftauchte und verschwand wie ein Leuchtfeuer. Mark, in Gelb und Schwarz gekleidet, lag ein Stück zurück, während Howard, Malcolm und Robbie die Nachhut bildeten. Die Route war klar, da entlang des Pfads, der sich über den Talus schlängelte, Steinmännchen standen und die zerfetzten Reste von Gebetsfahnen aus früheren Jahren noch immer zu sehen waren. Hin und wieder hörte ich hinter mir ein Pfeifen und das Knirschen rutschender Hufe und musste aus dem Weg klettern, um eine Gruppe von Yaks und Trägern vorbeizulassen. Die Yak-Hirten stellten uns mit ihrer Ausdauer alle in den Schatten; einige von ihnen hatten kaum mehr als Turnschuhe, Jeans und eine leichte Jacke an. Wirklich Mitleid hatte ich jedoch mit den Yaks.

Hin und wieder stieß ich auf einen hellen Blutspritzer, wo sich der unebene Boden in ihre Hufe gebohrt hatte. Ich blieb stehen und filmte etwas davon für Thierry; er würde es wahrscheinlich mit »Blut auf dem Todesberg« untertiteln.

Der Wind nahm zu und blies mir feinen Staub in den Mund, der an meinen Zähnen haften blieb. Ich bahnte mir den Weg durch eine Schlucht, die nie zu enden schien, und über eine hügelige Felswüste, die mein Fußgelenk bei jedem Schritt bestrafte. Ab und zu hörte man das Magenknurren einer Miniatursteinlawine. Der Pfad nahm keine direkte Route, sondern machte immer wieder gemeine Kehrtwendungen, wobei er bergauf und bergab ging. Als ich einen Gletscherbach durchquerte, der die Farbe von Milch hatte, wuchs das unartige Kind auf meinem Rücken zu einem schwer erziehbaren Jugendlichen heran, biss mir in meine Schultermuskulatur und trat mir in die Nieren.

Du wirst es nicht schaffen, Si. Du hast einfach nicht das Zeug dazu. Als Thierry mich manipulierte, damit ich mich auf diese Sache einließ, hatte er immer und immer wieder gesagt, dass es ein Kinderspiel wäre, den Everest zu besteigen: *Blinde haben es schon getan, Leute ohne Beine und so weiter.* Doch man brauchte Mumm, um es zu tun. Man brauchte einen triftigen Grund. Und ich hatte keinen. Ich war nicht hier, um mir selbst etwas zu beweisen, so wie Malcolm; um mir einen Traum zu erfüllen, den ich von Kindheit an hatte, so wie Wanda und Howard. Selbst Trophäenjäger Robbie, der aus rein egoistischen Gründen kletterte, hatte mehr Motivation als ich. Ich war hier, um anzügliche Filmaufnahmen für eine Website zu machen, und das genügte nicht. Meine einzige Hoffnung bestand darin, dass mich der Gipfel in sein Radar ziehen würde wie eine Art Granit-Todesstern.

Ich stapfte dahin, verfluchte Thierry, verfluchte Tadeusz, verfluchte die ganze Welt. Meine Füße verselbstständigten sich, waren von meinem Körper getrennt. Meine Lunge fühlte sich inzwischen an, als wäre sie von Stricknadeln durchlöchert worden. Ich brach beinahe in Tränen der Erleichterung aus, als ich die gelben Zelte des Interimcamps erspähte – das sich genau auf halber Strecke befand. Dahinter ragte ein Gebiss aus riesigen Eisscherben empor. Ich blieb nicht stehen, um die spektakuläre Aussicht auf mich wirken zu lassen; ich wollte nur das Gewicht ablegen, das auf meinen Füßen und auf meinem Rücken lastete.

Ich entdeckte Wanda inmitten einer Gruppe von Hirten, die Tee kochten, während ihre Yaks ungeduldig mit den Hufen scharrten, und ging zu ihr hin, wobei ich mir Mühe gab, meine Erschöpfung zu verbergen.

»Darf ich mich zu dir setzen?« Meine Stimme quietschte wie Luft, die aus einem Ballon entweicht.

»Sicher.« Ihre Augen waren hinter einer riesigen altmodischen Pilotenbrille verborgen.

Endlich allein. Nur konnte ich keinen Atem entbehren, um mich mit ihr zu unterhalten. Ich ließ mich auf meinen Rucksack plumpsen und bewegte kreisend mein Fußgelenk. Meine Oberschenkel zitterten, und in meinen Schläfen pochte ein katermäßiger Kopfschmerz. Ich kippte einen halben Liter Saft hinunter und stopfte mir Erdnussbutter-Cracker in den Mund.

Wanda aß in schnellen effizienten Bissen zwei Energieriegel, dann rollte sie die Verpackungen ordentlich zusammen und steckte sie in die Tasche. Alles, was sie tat, tat sie anmutig und ökonomisch. Ich hatte überall Krümel im Gesicht. Und wieder: zu müde, um mich darum zu scheren.

»Hey!« Ein deutlich fitterer Bergsteiger als ich kam im Laufschritt geradewegs auf uns zu. Mit seinen blauschwarzen Bartstoppeln, seinem schicken roten Schal und seiner Polaroid-Sonnenbrille hätte er einer Werbung für Bergsport-Couture entstiegen sein können. *Mistkerl.* Er nickte in meine Richtung und warf Wanda mit einem »Hey, wie geht's«-Grinsen einen anzüglichen Blick zu. Ich bedachte ihn mit einem Ed-esken Grunzlaut.

»Da unten ist ein Mann in Schwierigkeiten«, sagte er. »Ich glaube, er gehört zu euch. Er hat eine gelbe Jacke an.«

Wanda sah mich an. »Das könnte Mark sein, oder?«

»Er sitzt zusammengekrümmt da. Hat nicht geantwortet, als ich ihn nach seinem Namen gefragt habe.«

»Woher weißt du, dass er zu uns gehört?«, fragte ich.

»Ich glaube, ich habe ihn schon mal mit euch zusammen gesehen.« Ein weiterer glutvoller Blick auf Wanda, den sie nicht erwiderte. *Gut.*

»Ist er verletzt?«

Ein gallisches Schulterzucken. »Ich weiß nicht.«

»Okay, danke«, sagte Wanda.

»Gern geschehen.«

Leicht verärgert darüber, dass Wanda unempfänglich für seinen Charme war, zog er von dannen.

Wanda erhob sich. »Wir müssen nach ihm sehen.«

Tatsächlich? Ich war mir wirklich nicht sicher, ob ich in der Lage war aufzustehen, geschweige denn, eine Rettungsmission durchzuführen. Und Mark war auch nicht unbedingt ein Freund von mir. Doch wie konnte ich Nein sagen, ohne wie ein Arschloch dazustehen?

Wanda marschierte bereits los, ohne sich zu vergewissern, ob ich hinterherkam. Ich schulterte meinen Rucksack und nahm die Verfolgung auf – bescheuert, da mich alles, was anstrengender war als langsames Gehen, um Atem ringen ließ.

Als wir fünf Minuten später auf Howard und Robbie stießen, keuchte ich immer noch asthmatisch. Noch bevor wir die beiden nach Mark fragen konnten, platzte Robbie heraus: »Das ist Blödsinn. Wir sollen im Interim-Camp eine Pause einlegen. Sollten über Nacht bleiben, damit wir uns richtig akklimatisieren können.« Insgeheim stimmte ich ihm zu. Im Gegensatz zu vielen anderen Teams mussten wir den ganzen Weg in einem Stück zurücklegen. Es war unsere erste Feuerprobe. Tadeusz behielt sich das Recht vor, diejenigen, die es nicht schafften, aus dem Gipfel-Team zu werfen.

»Tadeusz weiß schon, was er tut«, sagte Wanda in unterkühltem Tonfall.

»Ach ja? Bist du dir da sicher?«

»Ja. Ich bin mir sicher.«

Howard stellte nervös einen Gurt seines Rucksacks ein.

»Habt ihr Mark gesehen?«, fragte ich, bevor die Situation zwischen Wanda und Robbie eskalieren konnte.

»Ja«, erwiderte Robbie. »Sah ein bisschen mitgenommen aus.«

Wanda schüttelte den Kopf. »Ihr habt nicht haltgemacht, um ihm zu helfen?«

»Wir sind stehengeblieben, aber er wollte nichts davon wissen. Habe ihm gesagt, er soll wieder runtergehen.«

»Wie weit weg ist er?«

»Nicht weit.«

Und dann war sie wieder weg.

»Bis später«, sagte ich. Howard gab mir ein müdes Daumen-hoch-Zeichen.

Nachdem wir den Weg weitere fünf Minuten über knöchelmordenden Talus zurückgegangen waren, erspähten wir Marks gelb-schwarze Gestalt. Er saß neben der Route, den Kopf in den Armen vergraben. Froh über einen Grund, mich wieder auszuruhen, ließ ich mich neben ihm fallen. »Hey, Mark.«

Keine Reaktion.

»Mark?«

Er hob den Kopf und murmelte etwas.

»Komm schon, Kumpel. Fühlst du dich nicht gut?«

»Schaffe das nicht. Müde.«

Wanda packte ihn an der Schulter und schüttelte ihn. »Los, Mark. Die Hälfte haben wir schon. Wir müssen uns beeilen, damit wir dort sind, bevor es dunkel wird. Du musst mit uns kommen, Mark. Oder du gehst wieder runter zum Basislager.«

Mein Gehirn stürzte sich sofort darauf: *Hey, Si, du könntest anbieten, dass du Mark nach unten begleitest. Eigentlich könntest du gleich ganz die Segel streichen und zurückfahren nach Kathmandu mit seinen tollen, tollen Bars und Betten und Bieren und seiner Wärme.* Doch Thierrys dreißigtausend Dollar hingen über meinem Kopf. Er zählte auf mich. Und was würde Wanda von mir denken, wenn ich das Handtuch warf?

Die Höhlen hast du auch gemeistert. Du hast etwas in dir gefunden, und du hast es geschafft. Du kannst das hier auch schaffen. Die Höhlen und Ed hatten hier keinen Platz; ich verstaute sie wieder in der mentalen Schatulle, in die sie gehörten. »Komm schon, Mark. Du kannst jetzt nicht aufgeben. Ich kann nicht die einzige Jungfrau auf dem Berg sein.«

»Hm?« Wanda warf mir einen Blick zu.

»Nicht so eine Jungfrau. Das ist nur ein dummer Scherz.« Ich zog in Erwägung, es ihr zu erklären, entschied mich aber dagegen. Reden raubte mir wieder den Atem. *Beeil dich, Mark, du verdammter Loser.* Auf gar keinen Fall wollte ich auf dem Berg herumwandern, wenn sich die Schatten senkten. »Komm schon. Das ist die leichteste Übung.«

»Was Simon sagt, stimmt. Komm, wir gehen mit dir. Ich nehme deinen Rucksack, bis du wieder zu Kräften kommst.«

»Nein, ich nehme ihn«, sagte ich vorschnell und dachte: *Im Ernst, Alter?* Aber ich konnte nicht sie den Rucksack tragen lassen, ohne wie ein Schwächling zu wirken. Sie war zwar groß, aber ich wog mindestens dreißig Kilo mehr als sie.

Mark setzte seine Sonnenbrille ab. Seine Augen waren rot umrandet. »Ich komme schon zurecht. Geht ihr weiter.«

»Nein. Wir lassen dich nicht allein.«

Ich beschloss, mich aus Thierrys Repertoire der emotionalen Erpressung zu bedienen: »Ja, Kumpel. Willst du uns etwa die Chance verbauen, es zum vorgeschobenen Basislager zu schaffen? Willst du das auf dem Gewissen haben?«

Das schien seinen Zweck zu erfüllen. Ein markerschütterndes Seufzen und dann: »Okay.«

Wanda half ihm auf die Beine. »Dann gehst du also weiter?«

»Ich gehe weiter.«

»Hast du genug getrunken, Mark? Bist du hydriert?«

»Ja.«

»Dann gehen wir.«

Weg waren die Bedenken. Das war ein Befehl, *entweder so wie ich es sage oder gar nicht.* Mark warf mir einen schiefen Blick zu und schulterte seinen Rucksack zum Glück selbst. Ich war mir nicht sicher, ob ich es mit zwei wütenden Kindern auf dem Rücken dort hinaufgeschafft hätte.

Ich blieb stehen, um noch einen halben Liter süßen, lauwarmen Tee hinunterzukippen. Der Zuckerschub machte mich wieder munter, und meine Kopfschmerzen ließen nach. Wir marschierten zurück und durch das Interimcamp, vorbei an Robbie und Howard, ohne ein Wort und ohne stehenzubleiben. Howard rief uns ein lahmes »Alles okay, Mark?« hinterher.

Das Einzige was mich von da an antrieb, war die Angst, mir vor Wanda die Blöße zu geben. Selbst Mark, der mit gesenktem Kopf dahinschlurfte wie ein Häftling, der zum elektrischen Stuhl gezerrt wird, hatte mehr Schwung in seinem Schritt als ich.

Wir kamen zu einem breiten Pfad, der sich durch ein

Meer von Eiszacken schlängelte, doch ich war zu erschöpft, um auch nur flüchtiges Interesse daran zu zeigen, wie das Licht in prächtigen blauen Wellen davon abprallte. »Dieser Abschnitt wird ›Miracle Highway‹ genannt«, sagte Wanda.

»Ja, weil es ein verdammtes Wunder ist, wenn man es hier durch schafft, ohne sich umbringen zu wollen.« Ich brauchte eine halbe Minute, um diesen lahmen Witz keuchend zum Besten zu geben, doch Mark stieß trotzdem einen Lacher aus.

Wanda sah mich über den Rand ihrer Sonnenbrille an, und wir tauschten ein Lächeln, da wir erleichtert waren, dass er seine Begräbnisstimmung abgeschüttelt hatte.

Einen weiteren Lichtblick gab es, als wir eine Pinkelpause einlegten, Wanda auf der einen Seite des Wegs, hinter einem Steinhaufen, Mark und ich auf der anderen. Während wir uns gleichzeitig erleichterten, sagte er in seinem üblichen monotonen Tonfall: »Nie die Ströme kreuzen«, eine Anspielung auf *Ghostbusters*, von der Thierry begeistert gewesen wäre. Ich hatte nicht die Energie zu lachen, doch es war gut zu wissen, dass er Sinn für Humor hatte.

Wanda steckte ihre Ohrhörer ein, und ich folgte ihrem Beispiel. *Geh einfach weiter, bis der Song zu Ende ist.* Dann der nächste. Und noch einer. Das funktionierte, bis ich bei einer Playlist mit dem Titel »Sis Kletter-Soundtrack« angelangte, die Thierry für mich überspielt hatte. Sie enthielt ein paar gute Songs wie »River Deep Mountain High«, »Country Roads« und »The Misty Mountain Hop«, doch dann glitt sie in zweifelhafte Gefilde ab: »Rocky Mountain High« und »Green Green Grass of Home«, die nicht ganz so viel Pep hatten wie, sagen wir einmal, The Prodigy. So kam es, dass ich im vorgeschobenen Basislager ankam und mir die Ohren von Julie Andrews' »Climb Ev'ry Mountain« dröhnten, was seltsam passend war.

Als alter Sadist hatte Tadeusz unser Camp deutlich oberhalb von allen anderen platziert. Das Licht nahm bereits eine violette Färbung an, als wir an den Kochzelten anderer Teams vorbeistolperten und uns langsam den Weg zum oberen Ende der flachen, muldenförmigen Ausdehnung des vorgeschobenen Basislagers bahnten. Wanda führte uns zu unserem Esszelt – eine schmuddeligere Version unserer Basislagereinrichtung –, wo wir gezuckerten Tee, heiße Schokolade und Gemüsesuppe hinunterschütteten. Weiß Gott, was ich getan hätte, wenn mein Zelt nicht für mich aufgebaut worden wäre – ich hatte kaum genug Kraft, um meine Stiefel auszuziehen. Vielleicht wäre ich einfach im Freien zusammengesackt wie ein gefallener Gore-Tex-Schneeengel. Genauso wenig besaß ich die Energie, um mir etwas darauf einzubilden, dass wir Robbie und Howard geschlagen hatten (Malcolm trudelte schließlich zwei Stunden nach allen anderen ein und kam nur knapp darum herum, die Nacht unter freiem Himmel auf dem Berg verbringen zu müssen). Ich entschuldigte mich bei meinem Fußgelenk, das geschwollen war, und beim Rest meines Körpers – der sich jetzt sowohl leichter anfühlte, nachdem der übergewichtige Jugendliche auf meinem Rücken verschwunden war, als auch schwerer, weil er schmerzte wie ein verfaulter Zahn –, zwang mich, noch einen Liter süßen Tee und Wasser zu trinken, und verfiel in einen Tiefschlaf.

Ein paar Stunden später wachte ich ruckartig auf und schnappte nach Luft. Mein Herz pochte, und ein enges Band schnürte mir die Lunge zu. Voller Panik tastete ich nach meiner Stirnlampe. *Entspann dich. Komm zur Ruhe. Alles in Ordnung. Das ist nur die Höhe.* Ich saugte Luft ein, klopfte mir auf die Brust und durchwühlte meinen Rucksack nach meinen Ibuprofen-Tabletten. Der Inhalt meiner Wasserflasche war gefroren (ich hatte vergessen, sie neben mich in den Schlafsack zu legen), deshalb blieb mir nichts anderes übrig, als die Tabletten ohne Wasser zu schlucken, wobei sie in meinem wunden Hals kratzten. Zitternd legte ich mich wieder hin und zog mir meinen Schlafsack über den Kopf. Die Kondensation meines Atems hatte die Innenauskleidung des Zelts in ein vereistes Ökosystem verwandelt. Um mich herum fauchte der Wind und flüsterte den Zeltwänden zu.

Du hast es geschafft. Entspann dich, Mann. Dir geht's gut. Alles in Ordnung.

Ich schlief. Auch diesmal träumte ich nicht.

Ich tauchte aus meinem Zelt auf wie eine Made, die sich aus einem Apfel windet. Kristallenes Licht bohrte sich in meine Netzhäute, und ich huschte wieder hinein, um nach meiner Sonnenbrille und meiner Daunenjacke zu wühlen. Schon diese verhältnismäßig leichte Tätigkeit sorgte dafür, dass ich außer Atem war.

Noch war niemand aus meinem Team auf den Beinen. Ich schlurfte ins Küchenzelt, um Gyaluk Guten Morgen zu sagen, der gut gelaunt mit Ngima diskutierte und rauchte, und nachdem ich einen Liter Saft hinuntergestürzt hatte, schleppte ich einen Klappstuhl in die verschneite Felsnische vor meinem Zelt und ließ mich auf ihm nieder, um nachzuholen, was ich am Abend zuvor versäumt hatte. Mir wurde zum ersten Mal das wahre Ausmaß des Himalaya wirklich bewusst. Hinter dem Camp türmte sich der Changtse auf, der kleinere Cousin des Everest, und ich starrte sein grimmiges, schneegesprenkeltes Gesicht an, wobei ich mir so unbedeutend vorkam, wie eine Ameise auf einem Esszimmertisch. Schließlich öffnete sich der Reißverschluss im Zelt nebenan, und Marks Kopf tauchte auf. Seine Lippen waren gesprungen, und der Flaum an seinem Kinn sah irgendwie deplatziert aus, als hätte er ihn sich ins Gesicht geklebt, um älter zu wirken.

Ich reichte ihm meine Thermoskanne, und wir saßen schweigend da, bis Gyaluk uns zum Frühstück rief. Tadeusz vertilgte gerade den Rest einer Schüssel Haferbrei und nickte uns zu, dann verließ er das Esszelt, um an seinem Funkgerät herumzufummeln. Sonst ließ sich niemand blicken. Ngima brachte jedem von uns einen tiefen Teller mit Bratkartoffeln und Spiegeleiern, die in einer Pfütze Fett schwammen. Mein Magen protestierte.

Mark schob seinen Teller weg.

»Keinen Hunger?«

»Nein.«

»Ich auch nicht. Liegt an der Höhe.« Malcolm und Ireni hatten mich gewarnt, dass mir hier oben der Appetit vergehen würde. Ich hatte ihnen nicht geglaubt – ich war schon immer ein Gierschlund. Aber selbst wenn mir jemand ein Bacon-Sandwich vor die Nase gehalten hätte, wäre ich in diesem Moment nicht in Versuchung gekommen.

Mark räusperte sich. »Hör mal … danke wegen gestern, Simon. Dass du zu mir zurückgekommen bist. Tut mir leid, dass ich so eine Last war.«

»Du bist keine Last. Wir stehen das hier gemeinsam durch.«

»Trotzdem danke. Ich weiß, ich war nicht …« Er verstummte allmählich.

»Krass, wenn man sich überlegt, dass wir noch nicht mal den halben Weg zum Gipfel hinter uns haben, oder? Der Marsch hierher hat mich fast umgebracht.«

»Ja.«

Ich steckte mir ein kaltes Stück Kartoffel in den Mund und zwang mich, es zu zerkauen und hinunterzuschlucken. Es kam mir vor, als würde ich Tapetenkleister essen; meine Geschmacksknospen waren verdorrt.

Mark ließ die Hände zwischen den Knien baumeln. »Kann ich dir was sagen?«

»Klar.«

»Also … ich werde nicht auf den Gipfel steigen.«

»Sag so was nicht. Sobald du dich akklimatisiert hast, geht's dir bestimmt besser. Lass dir von Ireni irgendwelche Tabletten oder so geben, wenn du dich mies fühlst. Robbie nimmt Diamox – das hilft angeblich.«

»Nein. Du hast mich nicht verstanden. Deshalb bin ich nicht hier. Wegen des Gipfels, meine ich.«

»Warum bist du dann hier? Wegen der Umgebung?«

Eine Pause. »Kann ich dir was anvertrauen, Simon?«

Ich hätte sagen sollen: *Nein. Überhaupt nicht. Von all den Menschen auf der ganzen Welt, denen du nichts anvertrauen solltest, stehe ich ganz oben auf der Liste.* Aber das tat ich natürlich nicht. Ich war neugierig. »Natürlich kannst du das, Mark.«

Ein tiefes Seufzen. »Ich werde nicht auf den Gipfel steigen, weil ich meine Mutter sehen muss.«

Zunächst glaubte ich, mich verhört zu haben. »Wie bitte?«

»Meine Mutter. Sie ist da oben. Auf dem Berg.«

Mein Gehirn arbeitete nur halb so schnell wie sonst. »Was? Du meinst, sie ist in einem anderen Team?«

»Nein.«

Dann begann ich, mir Sorgen zu machen, dass er – oder ich – womöglich durch die Höhe bedingte Wahnvorstellungen hatte. »Alles in Ordnung mit dir, Mark?«

»Mir geht's gut.« Vehement. Eine Spur von der Härte, die ich an jenem ersten Abend beobachtet hatte.

»Okay. Ich verstehe immer noch …«

»Sie ist tot, Simon. Meine Mutter. Sie ist da oben gestorben, auf dem Berg, vor Jahren. Ihr Leichnam liegt da oben. Deshalb bin ich hier. Ich will sie besuchen.«

Der Groschen fiel. »Verdammte Scheiße.«

»Ja.«

»Wann ist sie denn gestorben?«

»Vor zwölf Jahren. 1995.«

Meine Kenntnisse der Geschichte des Everest waren dürftiger, als sie hätten sein sollen, aber ich konnte mich nicht an eine britische Bergsteigerin erinnern, die Pratchett hieß – ein Name, der mir im Gedächtnis haften geblieben wäre. Thierry würde es wissen; er hatte ein Vermögen für gebrauchte Everest-Katastrophenbücher ausgegeben. Und mir fiel kein Grund ein, warum Mark die Sache hätte erfinden sollen. Das Ganze war viel zu spontan gekommen.

Malcolm kam ins Esszelt getaumelt wie ein Komparse aus *Zombie*, und ehe ich weiter nachbohren konnte, verschwand Mark.

Juliet

38. Tag, Vorgeschobenes Basislager

Ich bin nicht zum ersten Mal körperlich am Ende. Berge können dein Innerstes bloßlegen. Das ist es, was Walter war: ein Mensch, dessen Innerstes ständig bloßgelegt war. Aber ich war mental noch nie so gefordert.

Letzte Nacht kam er – es – wieder zurück. Schlich mit knirschenden Schritten um mein Zelt, klopfte an die Nylonwände. Zitternd ließ ich den Lichtstrahl meiner Lampe durch das Innere wandern, sah über meinem Kopf eine Einbuchtung in der Zeltwand, als würde es sich dagegen lehnen. Die anderen waren in Rufweite, Joe in Funkweite. Aber ich darf nicht durchblicken lassen, dass ich verfolgt werde. Gejagt werde.

Habe mich noch nie so einsam gefühlt.

Nein.

Ich darf mich dieser Angst nicht ergeben, obwohl sie völlig anders ist als alles, was ich bislang empfunden habe. Walter beharrte darauf, dass es kein Zeichen von Schwäche ist, sich zu fürchten. Angst hält einen wachsam, verleiht einem Schärfe. Doch das hier geht tiefer, als wären die üblichen

Bedenken wegen Gletscherspalten und Lawinen und sogar die Schrecken drohender Erfrierungen nur oberflächlich. Das hier geht mir bis ins Mark. Wäre es einfacher, wenn ich wüsste, was es – er – will?

~~Was hat Walter kurz vor seinem Tod gesehen? Hat er den Dritten Mann gesehen? Was ist, wenn Walter mir die Schuld an seinem Tod gibt? Schließlich wäre er nicht da gewesen, wenn ich nicht~~

Es hilft, wenn ich mir Marcus und mich in einem Cottage vorstelle, einem kleinen Häuschen mit zwei Zimmern, eingebettet in ein Tal im Peak District. Wir haben einen Hund, einen Terrier mit bärtigem Kinn. Stare nisten im Dach. Im Winter ist es kalt, aber wir kommen zurecht.

Ich baue dieses Haus und hoffe, das genügt.

Morgen hinauf zu Camp II.

40. TAG

Habe es gestern nicht zu Camp II geschafft. Meine Füße sind stark angeschwollen. Auch mein Hals ist wund. In meiner Lunge hat sich erneut ein Husten eingenistet, und ich huste so heftig, dass ich Gefahr laufe, mir eine Rippe zu brechen. Wenn er/es der Tod ist, dann ist es kein faires Spiel, auf mich einzuhacken, mich zu zermürben, seine eigenen Chancen zu erhöhen.

Aber letzte Nacht ist es nicht gekommen. Dank Marcus' Cottage war ich in Sicherheit.

Habe über Funk gehört, dass Stef keinen Gipfelversuch unternehmen wird. Sollte mich freuen. Kann nicht. Bin zu geknickt. Spüre kaum, dass dieser zusätzliche Druck weggefallen ist. Jetzt heißt es, ich gegen mich selbst.

42. TAG

Habe es dieses Mal zu Camp II geschafft. Harte, harte Arbeit. Der Wind, der wie ein Zug vom Nordsattel hinaufgerast ist, hat mich angeschoben.

Ich habe angefangen, das Cottage einzurichten. In der Ecke meines Schlafzimmers steht ein weißer Korb-Schaukelstuhl. Das Bettgestell ist aus Messing und hat hier und da ein paar kleine Dellen. Keines der Möbelstücke ist neu. Eine weiche Patchworkdecke dient als Tagesdecke. Letzte Nacht habe ich mich unter der Decke verkrochen und geschlafen.

Er kam nicht.

43. TAG

Der Countdown läuft. Joe ist zuversichtlich, dass ich in zwei Tagen ein gutes Wetterfenster haben werde.

Die anderen sind inzwischen im vorgeschobenen Basislager, werden aber frühestens in einer Woche oder so an eine Gipfelbesteigung denken. Andrej, Sem, Wade und Lewis sind alle fit. Tom hat sich Andrejs Brustinfektion eingefangen. Verspüre dabei kein Triumphgefühl. All das habe ich hinter mir. Es kommt mir jetzt so unbedeutend vor. Meine Welt ist geschrumpft und enthält nur noch den Berg und es.

Eri ist ebenfalls körperlich angeschlagen. Sagt, ihr Rücken macht ihr zu schaffen. Stoisch wie Eri ist, muss sie Höllenqualen leiden, wenn sie sich beklagt. Ich hoffe, sie findet die Kraft, um die Sache durchzuziehen, das hoffe ich wirklich. Als sie ankam, machte sie mich ausfindig, klopfte sich auf die Brust und sagte: »Lass es nicht hier hinein, Julie.« Sie wollte nicht sagen, was sie meinte, oder fand die Worte nicht, um es mir zu erklären. Den Aufstieg? Den Streit mit Tom? Die schlechte Presse? Den Dritten Mann? (Doch wie konnte sie davon wissen?) Was sie auch bedeuten mochten, es waren weise Worte, nur kamen sie zu spät.

Tadeusz macht sich ebenfalls Sorgen um mich. Er sagt immer wieder: »Wenn du Sauerstoff verwendest, ist es auch in Ordnung, Julie.« Ich erwidere immer, dass ich mich gut fühle. Fit. Mit jedem Mal klingt es mehr nach einer Lüge. Ich habe Schmerzen.

Ich weiß, Joe vertraut darauf, dass ich die richtige Entscheidung treffe.

45. TAG

er ist zurück sollte das Knirschen seiner Schritte nicht hören können kann aber und er geht immer und immer wieder herum und das Verkehrte daran ist so unglaublich echt und seine Hand schlägt gegen das Zelt o bitte komm nicht herein

Letzte Nacht ist das Schlimmste überhaupt passiert. Letzte Nacht ist er – es – zu mir ins Zelt gekommen. Das habe ich nicht geträumt, ich habe darüber geschrieben. Ich habe ihn deutlich gesehen, ich habe ihn berührt.

Eigentlich hätte er nicht ins Zelt passen dürfen. Doch er tat es. Ich hörte das Zischeln seines synthetischen Anzugmaterials, als er die Position wechselte, obwohl der Wind es hätte ersticken sollen. Ich tastete nach meiner Stirnlampe, betete, dass ihr Licht ihn vertreiben würde. Betete, dass es sich um Tom handelte oder um einen der anderen, doch der Reißverschluss des Zelts war nach wie vor geschlossen, also wie ist er hereingekommen? Ich leuchtete ihm ins Gesicht. Die Haut um seine altmodische Sauerstoffmaske war schwarz vor Erfrierungen: ein reines Schwarz. Keine Farbe ist erschreckender als diejenige, die Kälte der Haut verleiht. Seine Hände waren nackt, pechschwarz und zu gefrorenen Klauen gekrümmt.

Er, es, kam langsam näher. Ich ließ die Lampe fallen. Habe ich geschrien? Ich weiß es nicht.

Er kam zu mir her und hockte sich auf meine Brust. Ließ

langsam sein Gewicht auf mich nieder. Ich konnte nicht mehr atmen. Kalte gekrümmte Finger zwängten sich zwischen meine Lippen.

Dann war er verschwunden.

Die Mauern des Traumhauses waren nicht stark genug, um ihn fernzuhalten.

Wünsche mir sehnlichst, dass es nur die Höhe und die Einsamkeit sind, die meiner Wahrnehmung einen Streich spielen. Aber seine Finger in meinem Mund … Ich kann sie immer noch schmecken. Salzig, kalt, bitter, wie Asche. Nein. Echt. Er ist echt.

Walter hatte immer ein Gespür dafür, wenn jemand aus dem falschen Grund kletterte. Sind meine Gründe die richtigen oder die falschen? Will mir der Dritte Mann etwas mitteilen? Handelt es sich um eine Warnung? Will er mir sagen, ich soll nicht klettern? Nicht weitermachen? Ist mein Unterbewusstsein dafür verantwortlich? Sucht es nach einer Möglichkeit, mich wissen zu lassen, dass ich nicht stark genug bin?

~~Einem Teil von mir ist alles egal. Ein Teil möchte die Sache durchziehen, was auch immer dabei herauskommt. Ein anderer Teil wünscht sich, dass alles endet nein nein nein~~

Mache ich weiter?

Vielleicht sind es gar nicht die Toten, die uns heimsuchen, sondern wir suchen sie heim. In seinem Blick lag am Ende nicht nur Furcht, sondern auch Vorwurf

Wenn er heute Abend kommt, werde ich hinter die Maske schauen. Ich werde das Haus im Kopf behalten und mich dazu zwingen nachzusehen. Ich muss es wissen. *Wer ist der Dritte der dir zur Seite geht?*

Wenn es Walter ist

Simon

Ich hielt drei Stunden durch, bis ich Wanda von Marks Mission erzählte, seine Mutter zu finden. Als Rechtfertigung gegenüber mir selbst benutzte ich die fadenscheinige Ausrede, dass sie sich so toll um ihn gekümmert hatte, als er beim Aufstieg zum vorgeschobenen Basislager zusammengebrochen war. Doch um ehrlich zu sein, war das Lüften von Marks Geheimnis der perfekte Vorwand, um Zeit mit ihr zu verbringen. Vom Mithören verschiedener Unterhaltungen wusste ich, dass Wanda ein enzyklopädisches Wissen hatte, was die Geschichte des Bergs betraf. Sie würde sich erinnern, wer zwölf Jahre zuvor auf dem Everest ums Leben gekommen war. Hätte ich nicht einfach warten und Mark bitten können, mir zu erzählen, wer seine Mutter war? Sicher hätte ich das tun können, doch Wanda stellte eine zu große Verlockung dar.

Als Mark nach dem Mittagessen für ein Nickerchen verschwand, ging ich die Sache an. Wie alle anderen hatte sich auch Wanda nur kurz blicken lassen, um etwas zu essen, ehe sie in die Wärme ihres Schlafsacks zurückkehrte. Ihr Zelteingang war offen, aber ich rief sie, anstatt einfach unhöflich den Kopf hineinzustecken.

»Ja?« Sie saß mit Ohrhörern im Schneidersitz auf ihrer Isomatte, hantierte mit ihrem Klettergurt und wirkte nicht begeistert, mich zu sehen.

»Kann ich kurz mit dir reden?« Zum Glück hatte der

Wind aufgefrischt und ließ das Nylon rascheln und flattern, sodass wir nicht gedämpft sprechen mussten. Das vorgeschobene Basislager war weniger feudal als das Basislager und deutlich beengter; der Abstand zwischen unseren Zelten betrug gerade einmal dreißig Zentimeter. In klaren Nächten würden wir jedes Wort, jeden Furz und jedes Schnarchen der anderen hören. »Es ist wichtig.«

Sie entfernte ihre Ohrhörer, winkte mich herein und rutschte zur Seite. Wandas Zelt war im Gegensatz zu meinem, in dem bereits ein chaotisches Durcheinander von Bekleidung, Ausrüstung und Snacks herrschte, streng organisiert. Ich klopfte unbeholfen den Reif von meinen Stiefeln, zog sie aus und kroch hinein, wobei ich mit dem Kopf die gewölbte Decke streifte. Die Zelte waren eigentlich nur für eine Person vorgesehen, und so waren wir nur Zentimeter voneinander entfernt. Ich betete, dass ich keinen Mundgeruch hatte, und war dankbar, dass die Höhe angeblich den Geruchssinn abstumpft.

»Geht es um Mark? Alles okay mit ihm?«

»Ja. Na ja, so weit. Hör mal, du kennst dich doch ziemlich gut mit der Geschichte des Everest aus, oder?«

»Einigermaßen.«

»Ist 1995 irgendeine britische Bergsteigerin auf dem Everest ums Leben gekommen?«

»Häh? Warum willst du das denn wissen?«

»Das erzähle ich dir gleich. Bitte, Wanda.«

Sie rümpfte die Nase. Der Berg hatte ihr bereits eine gesunde Bräune geschenkt. Ich fand später heraus, dass sie jünger war, als sie aussah – in meinem Alter, um es genau zu sagen. Jahrelang der Bergluft ausgesetzt zu sein, hatte sie frühzeitig altern lassen. Allerdings machten die feinen Fältchen an ihren Augen und an ihrem Mund sie noch attraktiver, und ich war erneut erstaunt, wie stark sie sich von den Frauen unterschied, von denen ich mich normalerweise angezogen fühlte. »Na ja, da war natürlich Juliet Michaels.«

An diesen Namen konnte ich mich dunkel erinnern. »Und sie ist auf dieser Seite des Bergs ums Leben gekommen?«

»Ja. Sie sagt dir nichts? Das sollte sie aber, Simon. Wie du war sie Britin, und sie hat ebenfalls den Eiger im Alleingang bestiegen.«

Vorsicht. »Ich habe natürlich von ihr gehört, aber mein Gedächtnis ist nicht besonders gut. Was kannst du mir denn noch über sie erzählen?«

»Warum willst du das wissen?«

»Es hat was mit Mark zu tun.«

»Was denn?«

»Zuerst du.«

Sie legte abermals die Stirn in Falten. »Okay. Na ja, sie ist natürlich eine Legende und, äh … wie nennt man jemanden, der etwas als Erster macht?«

»Pionier?«

»Ja. Genau. Danke. Das polnische Wort dafür ist ganz ähnlich. Manchmal habe ich Probleme, weil Englisch meine dritte Sprache ist. Erst Polnisch, dann Französisch, dann Englisch.« Donnerwetter! Sie sprach fließend Englisch. Ich beherrschte nicht einmal eine zweite Sprache. Na ja, ich konnte auf Rumänisch fluchen (dank Gergo, einem ehemaligen Arbeitskollegen), aber das war dann auch schon alles. »Juliet hat in den Alpen in einer Saison fünf Solo-Besteigungen hintereinander gemacht, und sie war eine der ersten Frauen auf dem Gipfel des Broad Peak. Sie starb bei ihrem zweiten Gipfelversuch am Everest. Im Jahr davor hatte sie es von Nepal aus versucht.«

»Okay. Tja, ich glaube, sie ist Marks Mutter.«

Wanda sagte zuerst irgendetwas auf Polnisch, das wie ein Schimpfwort klang, und dann: »Erklär mir das.«

»Er hat mir gesagt, er wäre auf dem Berg, um seiner Mutter Respekt zu zollen, die fünfundneunzig ums Leben gekommen ist. Das muss sie sein, oder?«

»Er hat nicht denselben Nachnamen wie sie.«

»Die beiden könnten unterschiedliche Namen haben, oder er benutzt einen falschen.« Natürlich, der Name war offensichtlich falsch: Pratchett, die Scheibenwelt-Romane. Die Höhe hatte tatsächlich meine Synapsen betäubt. »Wie ist Juliet denn ums Leben gekommen? Ist sie abgestürzt oder was?«

»Das weiß niemand genau. Ich glaube, das letzte Mal, als jemand was von ihr gehört hat, befand sie sich in Camp III und hat sich für die Gipfelbesteigung vorbereitet. Sie ist verschwunden. Vielleicht ist Mark hier, um nach ihr zu suchen.«

»Ich hatte den Eindruck, er weiß, wo sie sich befindet.«

»Ich habe nicht gehört, dass ihr Leichnam gefunden wurde. Bist du sicher?«

»Nein. Ich bin mir bei gar nichts sicher.«

»Armer Mark.«

»Ja. Er hat mich gebeten, es für mich zu behalten, aber nachdem du gestern auch dabei warst, dachte ich mir, du solltest es wissen. Ich glaube, er kann im Moment so viele Freunde gebrauchen, wie er bekommen kann.«

Sie schenkte mir ein zögerliches, schiefes Lächeln. »Du bist ein guter Mensch, Simon.«

»Ich? Nein, das bin ich nicht.«

»Doch, das bist du. Tut mir leid. Ich habe ein schlechtes Gewissen, dass ich dich falsch eingeschätzt habe.«

»Was? Dachtest du etwa, ich wäre ein Mistkerl oder so?«

»Nein. Kein Mistkerl.« Ein Schulterzucken. »Ich dachte, du wärst jemand, der nur spielen möchte und den Berg nicht ernst nimmt. Jemand, der Zeit verschwendet.« *Meine Güte, kannst du es nicht wenigstens ein bisschen beschönigen?* Aber ich musste zugeben, dass sie mich völlig durchschaut hatte. »Du hast ihm gestern geholfen, und heute tust du das. Das würde nicht jeder machen. Wer weiß sonst noch über ihn Bescheid?«

»Ich bin mir ziemlich sicher, dass Tadeusz und Ireni Bescheid wissen« – das hätte Irenis Verschlossenheit in Kathmandu erklärt, was Mark anbelangte, und seine intensiven Unterredungen mit Tadeusz –, »aber sonst niemand, denke ich. Wie schon gesagt, er möchte es nicht an die große Glocke hängen.«

»Vielleicht will er nicht, dass die Sache publik wird und die Zeitungen davon erfahren. Juliet war zu ihrer Zeit sehr bekannt und sehr umstritten. Das erklärt, warum er so mitgenommen wirkt. Sollen wir ihm sagen, dass ich es weiß?«

Der eigennützige Simon meldete sich zu Wort: *Sag ihr, Nein. Dann hast du eine Ausrede, um sie mit Informationen zu füttern.* Ich brachte ihn zum Schweigen. Ich war der neue Simon, der gute Simon. »Ja. Das ist wahrscheinlich das Beste. Ich sage es ihm.«

Es entstand eine etwas unangenehme Pause, als sie mich mit einem »Wir sind jetzt hier fertig«-Blick ansah.

Ich wollte nicht gehen. *Lass dir irgendwas einfallen, was du sagen könntest.* »Was hörst du gerade?«

Sie reichte mir ihren iPod. Ich hatte Mühe, keine Miene zu verziehen, als ich durch eine bunt gemischte und zufällige Auswahl von Musical-Melodien und Spielfilm-Soundtracks scrollte: *Larry Flynt – Die nackte Wahrheit*, *Wehrlos – Die Tochter des Generals*, *Music from the Films of Alfred Hitchcock*, *The James Bond Collection*, *Harold und Maude*, *Funny Girl*, *Anatevka*, *Hairspray*, *Die Regenschirme von Cherbourg*, *Cabaret*, *The Wiz – Das zauberhafte Land*, *Eine Braut für sieben Brüder* und, am allerallerschlimmsten, *Annie.*

»Filmmusik?«

»Ja. Ich mag Spielfilm-Soundtracks und Musicals.«

»Im Ernst?«

»Ja, im Ernst. Findest du das doof?«

»Nein. Ich wollte nur …« *Dann war sie also doch nicht vollkommen.* »Das ist cool.«

Ein Achselzucken, als wollte sie sagen: *Mir ist egal, ob du das cool findest oder nicht.*

Toll gemacht, Si. Ein Schritt vorwärts, zwei Schritte zurück. »Dann sehen wir uns später.«

»Ja.«

Nachdem ich bei meinem unbeholfenen Abgang nur knapp vermieden hatte, ihr versehentlich ins Gesicht zu treten, atmete ich tief Sauerstoff ein und vergrub mich in meinem eigenen Zelt. Dann wurde ich von Gewissensbissen geplagt. Ich hatte Mark versprochen, dass er mir vertrauen konnte – ihm war anzusehen, dass er schwer litt –, und ihn aus eigennützigen Gründen enttäuscht. *Du bist ein Stück Scheiße.* Zum Glück dämmte die Anstrengung, zu atmen und warm zu bleiben – mein Körper steckte behaglich in meinem Schlafsack, während der obere Rand meiner Ohren ständig gefroren zu sein schien –, das wahre Ausmaß der Schuldgefühle ein, die ich eigentlich hätte haben sollen. Ich schluckte noch einmal zwei Ibuprofen-Tabletten, um die Kopfschmerzen zu bekämpfen, die an meinen Schläfen pochten, und döste ein.

Erst als Gyaluk uns zum Abendessen rief, wachte ich wieder auf. Bislang hatte ich keine Gelegenheit gehabt, um Mark zu sagen, dass ich Wanda sein Geheimnis verraten hatte, doch ich stellte sicher, dass ich neben ihm saß, als die anderen hereingetröpfelt kamen. Das war nicht schwer. Robbie, Howard und sogar Malcolm schienen ihm aus dem Weg zu gehen, als spürten sie Schwäche; Mark war das verwundete Tier in der Herde. Er wirkte gebrechlich und abgemagert und würdigte mich kaum eines Blickes.

»Schön zu sehen, dass du es hierhergeschafft hast, Mark«, sagte Robbie und es gelang ihm, dabei sowohl herablassend als auch unehrlich zu klingen. Er selbst sah nicht mitgenommen aus, im Gegensatz zu Howard und Malcolm, die beide apathisch wirkten und mit ihren grauen Bartstoppeln am Kinn um Jahre gealtert schienen.

»Danke«, murmelte Mark, ohne vom Tisch aufzublicken.

»Von jetzt an wird es nur noch härter.«

»War es eigentlich schon dunkel, als ihr gestern Abend

endlich im Camp angekommen seid?«, fragte ich in einem süßlichen Tonfall, der ihn verstummen ließ. Ich wusste jedoch, dass er nicht lange den Mund halten würde.

Bei dem Essen an diesem Abend handelte es sich um einen von Gyaluks besser gelungenen Versuchen, eine Art Chicken Curry, das nur ganz leicht so schmeckte, als sei es schon einmal gegessen worden, doch außer Robbie und Wanda bekam niemand mehr als ein paar Bissen hinunter.

»Man muss bei Kräften bleiben«, sagte Robbie zu niemand Bestimmtem. »Als ich den Denali zum ersten Mal bestiegen habe, hatten wir einen Typen dabei, der fast nichts gegessen hat, und er ...« Bla, bla, bla.

Ich stupste Mark an und flüsterte: »Tut mir leid, aber ich habe Wanda das von deiner Mutter erzählt. Ich schwöre, dass ich es sonst niemandem erzählen werde.« Ich rechnete damit, dass er richtig wütend auf mich sein würde, doch stattdessen nickte er nur resigniert. »Bleib nachher noch da, damit wir reden können.«

»Was ist denn das große Geheimnis?«, meldete sich Robbie zu Wort und brach dafür seine Geschichte vorzeitig ab.

»Mark hat mich gefragt, ob es stimmt, dass du einen Mikropenis hast, Robbie.«

Howard spuckte beinahe sein Getränk aus, und Wanda prustete. Malcolm reagierte überhaupt nicht; wie Mark pickte er in seinem Essen herum.

Robbie warf mir einen düsteren Blick zu. »Du bist echt ein witziges Kerlchen, Simon.«

»Na ja, du hast gefragt.«

Ireni kam herein und sagte, sie wolle unsere Sauerstoffwerte im Blut messen und unseren allgemeinen Gesundheitszustand checken, bevor wir den Aufstieg auf den Nordsattel begannen. Sie hatte einen Teil ihres Elans verloren – die Höhe forderte auch von ihr ihren Tribut.

Malcolm verschwand früh ins Bett, doch Robbie und Howard schienen noch ewig verweilen zu wollen wie ein schlechter Geruch, ehe sie sich endlich in ihre Zelte verkrümelten.

Nachdem sie verschwunden waren, drehte ich mich sofort zu Mark: »Hör mal, es tut mir echt leid, dass ich es Wanda erzählt habe.«

»Ist schon okay. Ich werde es nicht ewig geheim halten können.«

Wir drei setzten uns am Ende des Tischs zusammen. Wanda kam sofort zur Sache. »War Juliet Michaels deine Mutter, Mark?«

Er wirkte nicht überrascht, dass sie sich das zusammengereimt hatte. »Ja.«

»Sie war eine unglaubliche Frau.«

Mark nickte und senkte den Blick auf seine Hände.

»Wanda sagt, dass niemand weiß, ob sie es zum Gipfel geschafft hat oder nicht«, stellte ich fest.

»Das stimmt.« Er atmete tief ein und musste husten. »An jenem Tag hat niemand anderer einen Gipfelversuch unternommen, aber in Camp II hielten sich zwei Italiener auf, die am nächsten Tag aufsteigen wollten. Sie haben sie nicht gesehen. Sie ist nie zu ihrem Zelt zurückgekehrt.«

»Das tut mir leid, Mark.«

»Eigentlich heiße ich Marcus. Mein wirklicher Name ist Marcus Michaels.«

»Pratchett nach Terry, habe ich recht?«

Er nickte und errötete. »Tadeusz ist eingeweiht und Ireni ebenfalls, aber ich wollte nicht, dass irgendjemand anderer weiß, wer ich bin, deshalb habe ich meinen Namen geändert. Vielleicht wäre es der Presse egal, aber es würde eine gute Geschichte abgeben, oder nicht?« Sein Tonfall nahm Verbitterung an. »›Marcus Michaels auf den Spuren seiner toten Mutter.‹ Ihr dürft aber trotzdem gerne Mark zu mir sagen. So wurde ich auch in der Schule genannt.«

»Du weißt, ich werde es niemand anderem erzählen.« Er warf mir einen bedeutungsschwangeren Blick zu, was ich ihm nicht übelnahm. »Und du kannst Wanda vertrauen.«

»Bist du hier, um nach ihr zu suchen?«, fragte Wanda. »Wie kannst du dir Hoffnungen machen, sie zu finden?«

»Ich weiß, wo sie sich befindet.«

»Woher?«

»Letzten September hat eine Expedition oben auf dem Nordostkamm nach dem Leichnam von Irvine gesucht.«

»O ja, George Mallorys Partner«, warf ich ein, da ich Wanda unbedingt beweisen wollte, dass ich wenigstens *etwas* wusste. »Er ist 1925 auf dem Everest ums Leben gekommen, richtig?« Das Auffinden von Mallorys verstörend unversehrt erhalten gebliebener Leiche im Jahr neunundneunzig war der Grundstein von Thierrys »Überrede Si, den Everest zu besteigen«-Kampagne gewesen: *Die Website, auf der Fotos von Mallorys Leiche als Erstes veröffentlicht wurden, wurde so oft aufgerufen, dass sie* abgestürzt *ist, Si.*

Wanda schüttelte den Kopf. »Vierundzwanzig. Erzähl weiter, Mark.«

»Irvine fanden sie nicht, aber sie fanden meine Mutter.«

»Woher wussten sie, dass es deine Mutter ist?«

»Sie wussten es nicht, zumindest nicht sofort. Aber als sie wieder zu Hause waren, recherchierten sie, um wen es sich handeln könnte. Sie trug immer einen leuchtend pinkfarbenen Daunenanzug. Er war ihr Markenzeichen. Die ehemalige Firma meines Vaters hatte ihn hergestellt, bevor sie pleiteging.«

Und das war der Moment, in dem ich anfing zu zittern. Den anderen fiel es nicht auf. Ich hatte keine Panikattacke mehr gehabt, seit ich mich in die Vorbereitung auf diesen Trip gestürzt hatte, und dachte, sie würden der Vergangenheit angehören. *Fuck.* Ich ballte die Hände zu Fäusten und boxte mir in den Oberschenkel. Ich zitterte, hatte das Gefühl, nicht ganz anwesend zu sein – dasselbe Gefühl, das ich nach der Cwm Pot gehabt hatte, beschlich mich. Mit einem Mal war ich mir meiner Atmung überbewusst. Kalte Fingerspitzen tanzten meinen Rücken hinauf. Mein Herz pochte. *Bumm, bumm.* Ich biss mir innen auf die Wange, löste einen salzigen Blutschwall aus, und etwas Intuitives zu tun half. *Geh nicht zurück in die Höhlen. Nein. Nein. Nein.*

Marks Stimme schwebte zurück. »… und dann sagte mir mein Vater, dass sie sie gefunden hätten.«

Wanda legte Mark eine behandschuhte Hand auf den Unterarm. »O je, das muss ja schrecklich für dich gewesen sein.«

»Ja.« Er wischte sich die Nase an seinem Ärmel ab, an dem eine Spur Nasenschleim zurückblieb. »Igitt. Tut mir leid. Ich stehe neben mir.«

»Du darfst neben dir stehen, Mark.«

»Dad bat sie, es nicht an die große Glocke zu hängen. Nicht zur Presse zu gehen. Ich habe die Koordinaten, wo sie sich befindet.«

»Sah es so aus, als hätte sie es zum Gipfel geschafft gehabt?«

Die Panikattacke ließ langsam von mir ab. Ich konnte wieder sprechen. »Spielt das eine Rolle? Sie ist tot.« Das klang barscher, als ich beabsichtigt hatte.

»Es würde bedeuten, dass sie den Everest als erste Frau ohne Flaschensauerstoff bestiegen hätte«, sagte Wanda leicht defensiv. »Diese Ehre wurde Stefanie Weber zuteil. Sie bestieg den Gipfel ein Jahr später ohne zusätzlichen Sauerstoff, sechsundneunzig. Aber es stimmt, dass es nur gelten würde, wenn Juliet lebend wieder heruntergekommen wäre.«

Mich packte abermals eine feuchtkalte Hand am Nacken. *Hör auf.*

»Man weiß nicht, ob sie es zum Gipfel geschafft hat«, sagte Mark mit einem Seufzen. »Das lässt sich unmöglich sagen. Nach der Position ihres Leichnams zu schließen, ist sie höchstwahrscheinlich vom Second oder Third Step auf dem Grat abgerutscht und in das Becken darunter gefallen. Sie könnte sowohl beim Aufstieg als auch beim Abstieg abgestürzt sein. Sie haben Fotos gemacht, aber« – er schluckte – »mein Vater wollte sie mir nicht zeigen.«

»Die Zeitungen haben ihr ziemliche Probleme gemacht, als sie noch lebte, nicht wahr, Mark?«, sagte Wanda.

»Ja. Sie benutzte keinen Sauerstoff, und einige Leute fanden es egoistisch von ihr, solche unnötigen Risiken einzugehen, vor allem, weil sie … weil sie Mutter war. Sie stand unter enormem Druck.« Seine Stimme war zu ihrer flachen Monotonie zurückgekehrt. »Aus diesem Grund bin ich hier. Ich will sie finden, mich vielleicht … ich weiß nicht, von ihr verabschieden. Es ist nur …« Er zuckte mit den Schultern und ließ den Satz unvollendet stehen.

»Du hast nicht vor, den Gipfel zu besteigen?«

»Nein. Ich will nur Juliet finden.« Dass er »Juliet« und »meine Mutter« sagte, anstatt »Mum«, war eindeutig ein Mittel, um sich zu distanzieren. »Deshalb hat mich Tadeusz ins Team aufgenommen, obwohl ich keine Erfahrung oder Errungenschaften in großen Höhen habe wie du, Simon.«

Ich wand mich innerlich.

Wanda murmelte irgendetwas vor sich hin.

»Was?«

Sie ignorierte mich. »Das hätte ich mir natürlich denken können. Schließlich hat Tadeusz jahrelang auf dieser Seite für Joe Davis gearbeitet. Er muss deine Mutter gekannt haben.«

»Ja. Er war bei der Expedition von fünfundneunzig einer der Guides. Ich nehme an … Ich glaube, er hat mich ins Team aufgenommen, weil er sie kannte. Er weiß, was ich vorhabe. Es ist nicht einfach, mit ihm zu sprechen, stimmt's?« Die Untertreibung des Jahres. Ich warf Wanda einen Blick zu. Sie, Ireni und Tadeusz standen sich nahe. »Auf jeden Fall sagt Tadeusz, ich soll mit allen anderen zu Camp II aufsteigen und dann von den Exit Cracks aus queren, anstatt zum Gipfel aufzusteigen.«

Camp III. Der letzte Stopp von Thierrys Ukrainern.

Mein Magen schlingerte, und ich biss mir noch einmal innen auf die Wange.

»Gehst du alleine, Mark?«, erkundigte sich Wanda.

»Nein. Tadeusz schickt Mingma oder Dorje mit mir mit. Ich ... es ist nicht ...« Er blickte auf. »Entschuldigung«, sagte er steif, »aber ich glaube, ich muss mich übergeben.« Er stand auf und eilte aus dem Zelt.

Wanda schwieg, bis er sich außer Hörweite befand. »Er tut mir echt leid.«

»Ja. Mir auch. Er war erst zehn, als seine Mutter ums Leben kam.« Genauso alt wie ich, als mein Dad starb. »Das muss ihm ziemlich zugesetzt haben.«

»Armer Mark.«

»Ja.« Ich rutschte auf meinem Stuhl hin und her und fühlte mich nach meiner Panikattacke immer noch zittrig.

Ich möchte eines loswerden. Als Mark mir von seiner Mum erzählte, dachte ich nicht sofort: *Juhu, eine Ersatzleiche für die Website, falls aus Thierrys Ukrainern nichts wird.* So krass bin nicht einmal ich. Ich gebe zu, dass mich Marks Geschichte fasziniert hat, und ich gebe zu, dass sie mir einen tollen Vorwand lieferte, um an Wanda heranzukommen. Aber das gebe ich nicht zu.

An dem Tag, nachdem Mark uns sein Herz ausgeschüttet hatte, bot Wanda an, ihm einen Auffrischungskurs im Eisklettern zu geben, damit er seine Technik perfektionieren konnte, bevor wir uns auf den Weg zum sogenannten Steigeisenpunkt und hinauf auf den Nordsattel machten. Ich hatte eigentlich geplant gehabt, mich den beiden anzuschließen – es war mehr als neun Jahre her, dass ich das letzte Mal auf Eis geklettert war, und ich wollte jede Hilfe annehmen, die sich mir bot –, wurde aber in der Nacht erneut von einer Magenverstimmung geplagt. Ich werde nicht ins Detail gehen, wie fürchterlich es ist, in dieser Höhe krank zu werden, sondern nur sagen, dass es einen Moment gab, in dem ich tatsächlich in Erwägung zog, mich zu besudeln, anstatt die Wärme meines Schlafsacks zu verlassen. Ich glaube nicht, dass es dieses Mal an etwas lag, was ich gegessen hatte; vermutlich rebellierte mein Körper einfach gegen die Höhe. Einige von uns litten unter Übelkeit.

Ich lag selbstmitleidig in meinem Schlafsack, während sich die beiden darauf vorbereiteten aufzubrechen. Mark steckte den Kopf in mein Zelt, bevor sie sich auf den Weg machten. Er erinnerte mich noch immer an einen Fünfzehnjährigen, der unter einem heftigen Kater litt, doch er wirkte glücklicher und lebendiger als sonst, als habe es seine Last erleichtert, den wahren Grund für seinen Aufstieg zu beichten.

»Kann ich dir noch irgendwas bringen, bevor wir aufbrechen, Simon?«

»Ein neues Verdauungssystem wäre nicht schlecht.«

»Ha. Ich habe übrigens *Ein gutes Omen* fertiggelesen. Wenn du möchtest, kannst du es dir ausleihen.«

»Danke. Vielleicht später, wenn ich mich nicht mehr fühle wie der Tod.«

Gelangweilt und niedergeschlagen schlich ich mich ungefähr eine halbe Stunde, nachdem die beiden gegangen waren, in sein Zelt. Ich redete mir ein, Mark hätte nichts dagegen, wenn ich mir etwas zu lesen schnappte – schließlich hatte er es mir angeboten oder etwa nicht? –, doch in Wirklichkeit war ich nur neugierig, wie es bei ihm aussah. Wie ich vermutet hatte, war sein Zelt genauso aufgeräumt wie das von Wanda: Seine Bücher, seine Stirnlampe, seine Urin- und Wasserflaschen waren allesamt ordentlich in den Innentaschen verstaut, seine Bekleidung zusammengerollt in seinem Rucksack, als plane er, irgendwann hastig das Weite zu suchen. Als ich gerade wieder gehen wollte, sah ich die Ecke eines gebundenen Notizbuchs unter seiner Isomatte hervorlugen. Ich vergewisserte mich, dass sich kein anderes Teammitglied in der Nähe aufhielt, dann zog ich es hervor. Es steckte in einem Plastikschutzumschlag, da sein Moleskin-Einband stellenweise durchgewetzt war und die darunterliegende weiße Füllung herausschaute. Zunächst nahm ich an, dass es sich um Marks Tagebuch handelte, und ich gebe zu, ich war neugierig, ob er irgendetwas über mich geschrieben hatte. Ich nahm mir fest vor, nur einen kurzen Blick hineinzuwerfen, setzte mich auf seine Isomatte und blätterte es durch, wobei mir die wütenden Ausstreichungen und die krakelige Handschrift auffielen. Die letzten beiden Buchseiten waren herausgerissen worden, sodass nur noch ihr gezackter Rand am Rücken hing.

Ich kann nicht sagen, dass es mir kalt den Rücken runterlief, während ich es las; ich fror bereits, da ich nur für einen kurzen Abstecher auf die Toilette gekleidet war und nicht für eine ausgedehnte Verschnaufpause im Eingangsbereich eines fremden Zelts. Als ich fertig war, wischte ich den Schnee hinaus, den ich hineingetragen hatte, schnappte mir *Ein gutes Omen* als Ausrede, falls mich irgendjemand hatte hineinkriechen sehen, und schob das Tagebuch vorsichtig zurück an seinen Platz unter der Isomatte. Wieder in meinem eigenen Zelt angekommen, brauchte ich eine Weile, bis mir wieder warm wurde. Und ich brauchte eine Weile, um aufzuhören, mich in das hineinzusteigern, was ich gelesen hatte.

Was mir natürlich richtig zu schaffen machte, waren Juliets Erfahrungen mit »ihm«, dem Dritten Mann. Sie glichen denen, die ich mit dem beunruhigenden *Etwas* in den Höhlen gemacht hatte. Irgendetwas war dort unten nach Eds Tod bei mir gewesen, irgendetwas, das mich bedrängt hatte. Juliet hatte geschrieben, seine »Präsenz« sei böswillig. Wie meine. Sie hatte es vor dem Tod ihres Kletterpartners gespürt und dann wieder, als sie hier gewesen war.

Und dann waren da die Finger, die geschwärzten erfrorenen Finger. *Finger in deinem Herzen, Junge.*

Fast sofort fing ich an, sie als Gleichgesinnte zu betrachten – als jemanden, der ebenfalls eine bizarre und verstörende Erfahrung in einer extremen Umgebung gemacht hatte. Die logischste Erklärung, nämlich die, dass sie so verrückt gewesen war wie eine ganze Höhle voller Eds, wollte ich nicht akzeptieren. Es war klar, dass ihr Vorhaben, als erste Frau ohne irgendwelche Hilfe den Gipfel zu besteigen, während sie noch immer unter dem Tod ihres Kletterpartners im Vorjahr litt und aller Wahrscheinlichkeit nach auch unter Depressionen, enormen Druck für sie bedeutet hatte. Ein Trauma nach dem anderen. *Kommt dir das bekannt vor, Simon?*

Als ich die ersten Anzeichen einer Panikattacke spürte,

bekämpfte ich sie mit meiner neuen Abwehrstrategie, mir auf die Wange zu beißen (ziemlich bescheuert, da Schnitt- und Schürfwunden in dieser Höhe nicht verheilen). In meinem Kopf kreisten zu viele Fragen, als dass ich mich ihr hätte ergeben können. Mittags gelang es mir, eine kleine Tasse Nudeln zu essen, und da ich mich anschließend gestärkt fühlte, zog ich mehrere Schichten an und wagte mich nach draußen. Ich setzte mich in einen durchhängenden Stuhl und starrte mit leerem Blick auf die apokalyptische Ausbreitung des Changtse.

Wahrscheinlich hatten Joe Davis oder Tadeusz das Tagebuch zusammen mit Juliets Habseligkeiten zurückgeschickt. Ich konnte mir nicht vorstellen, wie Mark sich gefühlt haben musste, als er es zum ersten Mal gelesen hatte.

Vermutete ich bereits damals, dass Juliets Tragödie die Antworten auf das liefern konnte, was ich in der Cwm Pot erlebt hatte? Weiß der Henker. Aber was sie geschrieben hatte, kam mir sehr bekannt vor.

»Habe gehört, du warst krank, mein Sohn«, sagte Malcolm und ließ mich zusammenzucken. Er zog einen Stuhl neben mich. Ich war nicht in Stimmung für eine Dosis Bevormundung, hatte aber auch keine Lust darauf, allein zu sein. Ein Teil von mir wollte mit Thierry darüber sprechen, was ich entdeckt hatte. *Habe Hinweise auf eine tote Mutter.* Nein. Mark war nicht gerade ein Freund von mir, doch wenn ich Thierry davon erzählt hätte, wäre die ganze Sache aufgeflogen. *Juliet ist nicht nur tot, sie ist berühmt – in Thierrys Augen ein Volltreffer. Und genau aus diesem Grund bist du hier, oder etwa nicht? Du bist auf eine Goldgrube gestoßen, Mann.*

Malcolm brummte missbilligend. Er hatte mir irgendetwas erzählt, und ich hatte nicht zugehört.

»Kann ich dich mal was fragen, Malcolm?«

»Nur zu.«

»Hast du in den Bergen jemals seltsame Erfahrungen gemacht?«

»Wie zum Beispiel, mein Sohn?«

»Ich habe viel über die großen Entdecker gelesen ...« Ich legte eine Pause ein, als wollte ich stillschweigend andeuten: *Wie du einer bist.* »Und viele von ihnen behaupten, sie hätten verrückte Dinge erlebt – hätten Halluzinationen gehabt und so. Du weißt schon, wie Shackleton, der in der Antarktis einen zusätzlichen Mann gesehen hat.«

Er lachte in sich hinein. »Oh, ja, Simon. Das Dritter-Mann-Phänomen. Kommt oft vor. Und du kennst bestimmt die Geschichte über Frank Smythe.«

»Erinnere mich noch mal dran.«

»Er hat versucht, den Everest von der Südseite zu besteigen – 1933, glaube ich. Tja, er war absolut überzeugt davon, dass ihm ein imaginärer Kletterer folgt, und bot ihm sogar ein Stück von seinem Kendal Mint Cake an. Er sah auch Teekannen vor sich in der Luft tanzen. Ganz berühmte Geschichte.«

»So was wird von Hypoxie ausgelöst, stimmt's? Von Sauerstoffmangel im Gehirn.«

»Könnte die Höhe sein, mein Sohn, könnte die Kälte sein, könnte die Erschöpfung sein. Das Gehirn ist ein komisches Ding.« Er lachte in sich hinein. »Könnten winzige Schutzengel sein, was wissen wir schon?«

»Dann bedeutet es also nicht unbedingt, dass man überge… verrückt ist, oder?«

»Ich hoffe nicht! Du hast mich gefragt, ob ich jemals so was erlebt habe. Tja, das habe ich. Ist an dem Tag vor meinem Aufstieg zum Gipfel des Pumori passiert. Ich war gerade auf dem Weg zu meinem Zelt, als ich plötzlich überzeugt war, ich würde einen Gang im Supermarkt entlangspazieren und Molly hätte mich gebeten, Backofen-Pommes zu holen. Mein Sherpa, Tashi, bekam mit, dass mit mir was nicht stimmte, kontrollierte meine Sauerstoffzufuhr, und es stellte sich heraus, dass das Ventil vereist war.«

»Wie lange hat das angedauert?«

»Da oben ticken die Uhren anders, mein Sohn, aber es sind bestimmt nicht mehr als zehn Minuten vergangen, bis Tashi aufgefallen ist, dass ich ein Problem mit der Sauerstoffzufuhr habe. Man müsste lange suchen, um einen Bergsteiger zu finden, der noch nie was in der Art erlebt hat.« Er schnitt eine Grimasse und streckte seinen zehenlosen Fuß aus. »Musste auf dem Weg hier rauf eine Schlappe einstecken. Deshalb habe ich so lange gebraucht.«

»Hast du keine Angst, noch irgendwas durch Erfrierungen zu verlieren, Malcolm?« Vor meinem inneren Auge sah ich ihn in seiner Garage, wo er eine Reihe ordentlich beschrifteter Gläser auf Hochglanz polierte, von denen jedes einen anderen Körperteil enthielt. Die meisten hatten die Farbe von Kohle. Ich verscheuchte die Vorstellung.

»Wegen so was darf ich mir keine Sorgen machen, mein Sohn. Dafür ist hier oben kein Platz.«

»Warum machst du das, Malcolm? Warum tust du dir das an?«

Wieder ein leises Lachen. »Meine Frau versteht es auch nicht. Sie sagt, ich tue es, weil das Leben im Basislager einfacher ist. Man macht nichts außer essen, schlafen, bergsteigen. Während ich letztes Jahr hier war, wurde mein ältester Sohn beim Ladendiebstahl erwischt, der blöde kleine Idiot. Ich musste mich nicht drum kümmern.« Sein Gesichtsausdruck veränderte sich. »Aber das ist es nicht. Ich sehe es so: Wenn man da oben ist, in der Todeszone, hängt man an einem Faden, der an einem zieht und zieht. Und wenn man nicht versucht, ihn zu durchschneiden, zieht er einen da hoch, bis man draufgeht.« Seine Stimme klang ungeschönt. Poetisch. Eine neue Seite an dem Malcolm, den ich bisher kennengelernt hatte.

»Gipfelfieber?«

»Ja. Nenn es so, wenn du möchtest. Mir ist noch nie etwas so schwergefallen, wie letztes Jahr umzukehren.«

»Warum bist du umgekehrt?«

Er zögerte, ehe er weitersprach. »Bin an meine Grenzen gestoßen. Wusste, ich würde es nicht mehr zurückschaffen, wenn ich noch einen Schritt weitergehe. Aber du weißt ja selber, wie es ist, sich alles abzuverlangen, oder, Simon?«

»Hm?«

»Wenn du den *Eiger* geschafft hast, schaffst du das hier auch.« Er sah mich durchdringend an. »In welchem Jahr warst du gleich wieder dort?« *Scheiße. Vorsicht, Si.* Mir war bewusst, ich war dem Thema Eiger bislang zu clever ausgewichen. Genau wie Wanda kannte Malcolm hier Leute, und wenn er herumfragen würde, wäre es wahrscheinlich nicht allzu schwierig zu beweisen, dass ich Mist erzählte, was meine Besteigung anging.

Aus seinem rechten Nasenloch kroch ein Rinnsal Blut, was mich davor bewahrte, das Thema wechseln zu müssen. Ireni hatte uns gesagt, dass Blutungen aus der Nase hier oben genauso an der Tagesordnung waren wie Kopfschmerzen und Übelkeit. Malcolm wischte das Blut mit seinem behandschuhten Handrücken weg. »Ach, nicht schon wieder. Ist schon das dritte Mal heute Vormittag.« Er stand auf und klopfte mir auf die Schulter. »Dieses Mal lasse ich mich nicht vom Berg besiegen, mein Sohn.«

Juliet hatte in ihrem Tagebuch etwas ganz Ähnliches geschrieben, doch der Berg hatte sie besiegt, oder etwa nicht?

Ich erhaschte etwas Rotes, das sich durch die Zeltstadt schlängelte: Wandas Jacke. Sie grinste und winkte mir zu. Ein Stück hinter ihr stolperte Mark über den unebenen Boden. Er war völlig erledigt; seine Lippen waren von getrocknetem Speichel verkrustet. *Hoffentlich ist er zu kaputt, um zu merken, dass jemand in seinem Zelt war.*

»Wie ist es gelaufen?«

»Er hat sich sehr gut angestellt.«

Mark schenkte mir ein blasses Lächeln.

»Ich hoffe, es stört dich nicht, Mark, aber ich habe mir doch was zu lesen aus deinem Zelt geholt.« Ich achtete darauf, beiläufig zu klingen, gleichgültig, *hier gibt es nichts zu sehen*.

Ein Aufflackern von Besorgnis, dann: »Nein. Schon in Ordnung. Habe ein bisschen Kopfschmerzen. Muss mich hinlegen.« Er kroch in sein Zelt. Am liebsten hätte ich ihm hinterhergerufen, ihn umarmt. Ich versuchte vergeblich, mich in seine Lage zu versetzen. Wenn meine Mutter auf einem Berg verschwunden wäre, als ich ein Kind war, und das Einzige, was von ihrem schicksalshaften Aufstieg überliefert ist, ein durchgeknallter Bericht darüber wäre, dass sie von einem Geist verfolgt wurde, hätte ich mich auch erbärmlich gefühlt. *Aber du solltest dich in seine Lage versetzen können, oder, Si? Schließlich hast du auch einen Elternteil verloren.* Dads Tod war weniger glamourös gewesen als Juliets – seine Angewohnheit, täglich drei Schachteln Zigaretten zu rauchen, war höchstwahrscheinlich die Ursache für seinen Schlaganfall gewesen –, doch man hätte das Argument anführen können, dass der ungesunde Lebensstil meines Vaters genauso gefährlich und selbstmörderisch war wie der von Juliet. Ich schüttelte diesen Gedanken ab. Ich wollte mich nicht dorthin begeben. Ich wollte mich nicht mit Mark identifizieren. Das konnte ich mir nicht leisten.

Wanda signalisierte mir, dass ich ihr zum Rand des Camps und außer Hörweite folgen solle.

»Ich glaube, er kommt schon zurecht.« Sie klang nicht überzeugt. »Gute Steigeisentechnik, aber er muss lernen, bei der Gewichtsverlagerung zu atmen. Die Höhe macht ihm arg zu schaffen. Er muss mehr Kalorien zu sich nehmen – sonst wird ihm die Energie fehlen, glaube ich. Wie fühlst du dich?«

Gleich besser, wenn ich dich sehe. Das stimmte. Sie hatte irgendetwas an sich, das mir das Herz leichter machte, doch ich war mir ziemlich sicher, dass sie mir eine Kopfnuss verpassen würde, wenn ich das sagen würde. »Wird langsam wieder.«

Sie legte ihren Rucksack ab und setzte sich auf ihn. Ich

hockte mich neben sie und sah zu, wie sie zwei Energieriegel vernichtete.

»Hungrig?«

»Ich kann nicht nur einen essen.«

Ich beobachtete, wie sie die Verpackungen glatt strich. »Warum denn nicht?«

»Das mache ich immer so. Du hältst mich bestimmt für verrückt.«

»Nein, tue ich nicht.«

»Das habe ich schon als Kind so gemacht. Alles braucht einen Gefährten. Iss deshalb niemals nur eine Sache, sondern immer zwei, und wirf dann die Verpackungen gemeinsam weg.«

»Du isst zwei, weil einer einsam wäre?«

»Genau.«

Merkwürdig. Zwanghaft. Aber irgendwie cool. »Das ist echt niedlich.«

Sie bedachte mich mit einem »Behandle mich nicht so gönnerhaft«-Blick.

Zeit, um nachzubohren. »Hat Mark noch irgendwas über Juliet zu dir gesagt, als ihr da oben wart?«

»Nein. Du weißt ja, wie es ist, wenn man sich bewegt. Er hatte keine Energie, um zu sprechen.«

»Ich habe mich gefragt, ob sie normalerweise allein geklettert ist?«

»Sie hat natürlich ihre fünf Solos gemacht, darunter der Eiger, die Jorasses und die Große Zinne, aber sonst nicht immer. Auf dem Broad Peak war sie mit Walter Evans, ihrem Kletterpartner.«

»Wie war er denn?«

»Ich glaube, er war sehr angesehen, aber nicht so versiert wie sie. Ich habe nicht viel über ihn gelesen. Da musst du Mark fragen.«

»Du weißt eine Menge über die Geschichte des Bergsteigens, nicht wahr?«

Ein Schulterzucken. »Ich mag die Geschichten. Jeder Berg hat welche. Und außerdem wurde ich nach Wanda Rutkiewicz benannt.«

»Oh, aha.« *Wer zum Teufel ist das?*

Sie lachte, da sie mich durchschaute. »Sie war eine sehr berühmte polnische Bergsteigerin, die drei Jahre vor Juliet auf dem Kangchendzönga ums Leben gekommen ist. Weißt du etwas über die Geschichte des Bergsteigens in Polen? Es gibt viele bedeutende polnische Bergsteiger: Kukuczka, Kurtyka, Wielicki – die Liste ist sehr lang. Wanda war als erste Frau auf dem Gipfel des K2. Meine Mutter bewunderte sie sehr. Wusstest du, dass Wanda den ganzen Weg zum Karakorum, fast hundert Meilen, zu Fuß mit einem gebrochenen Bein zurückgelegt hat?«

Das relativierte den Fußmarsch hinauf zum vorgeschobenen Basislager. »Wow.«

»Ja. Stell dir vor, wie das zur damaligen Zeit gewesen sein muss, als die Ausrüstung noch nicht so gut war. Unglaublich. Und wie Juliet und Stefanie Weber war auch sie äußerst umstritten. Sie war als schwierige Frau bekannt. Alles Blödsinn. Sie tat, was sie tun musste, um Erfolg zu haben.«

»Wo wir gerade von Pionierinnen sprechen: Eri Aka war auch ziemlich unglaublich, oder?«

»Ha! Du weißt also doch einiges.« Eine Pause. »Wie

kommt es, dass du Eri Aka kennst, Wanda und Juliet aber nicht? Eri ist in der westlichen Welt doch viel unbekannter.«

Bescheuert. »Ich weiß nicht besonders viel über sie. Sie hat den Everest bestiegen, nicht wahr?«

»Ja. Und Eri hat natürlich derselben Expedition angehört wie Juliet. Hat Mark dir von ihr erzählt?«

Ich reagierte mit einem unverbindlichen Schulterzucken. »Bin mir nicht mehr sicher, wo ich von ihr gehört habe.« Wanda anlügen zu müssen sorgte dafür, dass ich mich schmutzig fühlte, doch ich konnte schlecht zugeben, dass ich mich in Marks Zelt geschlichen und heimlich das Tagebuch seiner toten Mutter gelesen hatte – nicht nachdem sie mich für einen »guten Menschen« hielt.

»Es ist so traurig, was in den Bergen alles passieren kann. So viele Männer und Frauen sind ums Leben gekommen, bevor sie ihre Ziele verwirklichen konnten. Eri wollte alle vierzehn Achttausender besteigen. Ich glaube, sie hat sechs geschafft, bevor sie auf dem Manaslu gestorben ist.«

»Scheiße.« Die Ruhe, die Eri ausgestrahlt hatte, während Juliet mehr oder weniger den Verstand verlor, hatte dafür gesorgt, dass ich sie mochte, und es kam mir beinahe so vor, als hätte Wanda mir soeben die Nachricht überbracht, dass einer meiner Freunde gestorben sei.

Wanda sah mich verwundert an. »Das wusstest du nicht?«

»Nein.« *Wechsle das Thema.* »Also diese polnische Bergsteigerin, Wanda… Wu…«

»Rutkiewicz.«

»Ja, danke. Möchtest du in ihre Fußstapfen treten?«

»Ja. Ich habe Ziele. Wenn ich hier den Gipfel erreiche, finde ich mehr Sponsoren. Wie Eri Aka habe ich vor, alle vierzehn Achttausender zu besteigen, allerdings ohne Sauerstoff.« Ein seltener Anflug von Unsicherheit. »Traust du mir das zu?«

»Ja. Wenn es jemand schafft, dann du.« Das meinte ich auch so. Es handelte sich nicht um die übliche Charmanter-Si-Schleimerei. Um ehrlich zu sein, beneidete ich sie. Sie hatte ein Ziel, einen Lebenstraum. Alles, was ich hatte, war die vage Hoffnung, dass die Website durchstarten würde, und was dann? Dann hätte ich mehr Zeit, um Nintendo zu spielen. Vielleicht fühlte ich mich aus diesem Grund so zu ihr hingezogen: Sie war ehrgeizig, engagiert, fokussiert, durch und durch aufrichtig – alles, was ich nicht war.

Als könne sie Gedanken lesen, fragte sie: »Und du? Was möchtest du mit deinem Leben machen? Filme drehen?«

»So was in der Richtung. Ein Kumpel von mir und ich haben eine Website, die wir in Gang bringen wollen.« *Vorsicht, Mann.*

»Was für eine Website denn?«

»Nichts von Bedeutung. Nur dummes Zeug. Es wird bestimmt nichts draus.«

»Womit verdienst du dann dein Geld?«

»Überwiegend mit Teilzeitjobs.« Ich bewegte mich gefährlich nahe an der Wahrheit. »Um ehrlich zu sein, Wanda, dieser Trip hat mir finanziell den Rest gegeben. Ich musste sogar mein Auto verkaufen, um ihn bezahlen zu können.«

»Dieses Jahr sind etliche Kamerateams auf dem Berg. Ich bin überrascht, dass du nicht in Erwägung ziehst, beruflich so was zu machen. Wenn du bergsteigen und mit einer Kamera umgehen kannst, bekommst du auch Arbeit. Ich habe ein paar Kontakte, die ich dir geben könnte, wenn du möchtest.«

»Tatsächlich?«

»Klar.«

Ein Aufkeimen von Hoffnung. *Du könntest eine Zukunft haben, Si. Eine coole Zukunft.* »Danke. Du bist echt klasse.«

Das war das einzige Mal, dass ich sie in Verlegenheit sah. Sie erhob sich. »Ich gehe jetzt Musikhören.«

Ich folgte ihr zurück ins Camp. Mein Kopf arbeitete auf Hochtouren.

Nach meiner Krankheit und dem emotionalen Schlag in die Magengrube, den ich beim Lesen von Juliets Tagebuch empfunden hatte, hätte ich eigentlich erledigt sein sollen, doch ich war zu aufgedreht, um in den Kokon meines Schlafsacks zurückzukehren. Deshalb spazierte ich ins Esszelt und war beinahe erfreut, Robbie am Tisch sitzen und Spiegeleier in sich hineinschaufeln zu sehen.

»Hey, Simon«, sagte er mit vollem Mund. »Habe gehört, Wanda und Mark haben heute den Sattel in Angriff genommen.« Eines musste ich Robbie zugestehen: Er konnte ein Arschloch sein, ein Riesenarschloch, aber er war nicht nachtragend. Die meisten Typen, die ich kannte, wären wegen meiner bescheuerten Kleiner-Penis-Bemerkung immer noch beleidigt gewesen.

»Ja.«

»Schön zu sehen, dass Mark seinen Mann steht.«

»Was hast du eigentlich gegen ihn, Robbie?«

»Nichts.« Er wirkte aufrichtig perplex. »Ich habe gar nichts gegen ihn.«

»Du hackst dauernd auf ihm rum.«

»Ich finde nur, er hat hier nichts zu suchen. Meiner Meinung nach hat er nicht das Zeug dazu.«

Dagegen konnte ich nichts sagen.

»Pass auf, dass er nicht der Mühlstein an deinem Hals wird, Simon. Er ist schon in Ordnung, aber lass dir von mir sagen, dass jeder auf sich selbst gestellt ist, wenn es hart auf hart kommt.«

Was für ein Idiot.

»Stehen Sie auf und gehen Sie geradeaus für mich.«

Ich spähte in den abgetrennten medizinischen Bereich im Esszelt. Dort drängten sich zwei koreanische Bergsteiger und Ireni, und sie gab dem älteren der beiden Anweisungen, vor ihr auf und ab zu gehen. Er war wackelig auf den Beinen, und sein Gesicht war trotz der Minustemperaturen schweißglänzend.

»Sagen Sie ihm, dass er Symptome von Ataxie hat«, forderte sie den Begleiter des älteren Typen auf. »Sagen Sie ihm, dass er absteigen muss.«

Sein Freund übersetzte den Rat, worauf der verschwitzte Mann etwas auf Koreanisch lallte.

»Er fragt, ob er sich ausruhen und später aufsteigen kann.«

Ireni seufzte und fuhr sich mit einer Hand durchs Haar. Sie war zwanzig Jahre jünger als Tadeusz, der etwa Mitte vierzig sein musste, doch heute wirkte sie deutlich älter. »Nein. Bleiben Sie nicht hier oben. Sagen Sie ihm, dass er sterben wird, wenn er das tut. Ist das klar?«

Die beiden Männer sprachen miteinander. Dann nickte der ältere resigniert.

»Bleiben Sie nicht hier oben«, wiederholte Ireni. »Steigen Sie ab. Steigen Sie zum Basislager ab, dort gibt es mehr Sauerstoff. Haben Sie verstanden?«

»Ja.«

Die beiden machten eine angedeutete Verneigung vor Ireni, bedankten sich bei ihr und schoben sich an mir vorbei nach draußen.

Ireni winkte mich auf den Stuhl, um meinen Blutdruck zu messen und meine Sauerstoffwerte zu checken.

»Worum ging's denn gerade?«

»Ein Bergsteiger, der unvorbereitet auf den Berg gekommen ist und nicht zugeben will, dass er krank ist. Von dieser Sorte bekommen wir jede Menge rein.«

»Hat er denn keinen Arzt in seinem Team?«

»Nicht jeder Expedition gehört ein Arzt an. Das kann zum Problem werden.«

»Und du kannst sie schlecht abweisen.«

»Kann ich schon, aber es ist zu gefährlich.« Sie versuchte zu lächeln. »Wie fühlst du dich, Simon? Bist du morgen bereit für den Sattel?«

War ich bereit? Tadeusz hatte uns fünf Stunden zugestanden, um die steile Eiswand zu erklettern, die zu Camp I hinaufführte – noch einer von seinen Tests. Ich hatte die vielfarbigen Punkte gesehen, bei denen es sich um andere Bergsteiger auf dem Weg nach dort oben handelte, und sie hatten sich im Schneckentempo bewegt. Die meisten von ihnen hatten vermutlich monatelang trainiert. Ich versuchte es ohne Vorbereitung. »Sicher.«

Tadeusz' Stimme schwebte aus dem abgetrennten Bürobereich nebenan herein. Er klang aufgeregt.

»Gibt's ein Problem?«

»Logistik. Mingma und Dorje sind auf dem Berg und helfen beim Anbringen der Fixseile. Man muss immer befürchten, dass dort oben das Wetter umschlägt. Die beiden sind für Tadeusz wie Angehörige, aber ich glaube, sie werden in ein paar Stunden zurück sein. Wie geht es Mark? Ich weiß, dass er dir von seiner Mutter erzählt hat.«

»Alles okay mit ihm.«

»Was er dir erzählt hat, ist nicht für alle bestimmt, weißt du, Simon? Hier oben wird viel getratscht.«

»Ich weiß. Wanda und ich können den Mund halten.« *Bullshit.* »Denkst du, Mark wird es schaffen?«

»Ich glaube schon, ja. Er wird mit Mingma klettern, der sehr erfahren ist, und er wird natürlich nicht zum Gipfel aufsteigen. Aber …« Sie lächelte traurig. »Tadeusz glaubt nicht, dass er den Leichnam seiner Mutter finden wird. Die Bedingungen sind anders als im September, als sie das letzte Mal gesehen wurde.« Sie hielt inne. »Falls es sich wirklich um sie handelt.«

»Tadeusz kannte sie, oder?«

Sie versteifte sich. »Hat dir Mark das erzählt, Simon?«

»Ja.«

Sie entfernte die Manschette von meinem Arm. »Gut. Du bist in guter Verfassung, Simon. Ich bin zufrieden. Du hast dich gut akklimatisiert.«

Tadeusz erschien, mit einem seltenen Lächeln auf den Lippen. »Sie kommen jetzt runter. Alles ist gut.« Ein Nicken in meine Richtung. »Geht's dir inzwischen besser, Simon?«

»Ja, danke.«

»Simon hat sich nach Juliet erkundigt«, sagte Ireni.

»Ach ja. Mark hat es dir erzählt.«

Ich konnte mich nicht beherrschen. »Wie war sie denn?« *Hast du sie für verrückt gehalten?*

Das Lächeln verschwand. »Sehr fokussiert. Eine sehr gute Bergsteigerin. Kräftig.«

»Mark hat gesagt, du hättest dir Sorgen um sie gemacht.« Er hatte nichts dergleichen gesagt. *Juliet allerdings schon.*

»Nein. Das ist nicht wahr.«

Ich konnte es nicht dabei belassen. »Oh, aha. Denkst du, sie ist in Schwierigkeiten geraten, weil sie sich geweigert hat, Sauerstoff zu benutzen?«

»Viele Bergsteiger entscheiden sich dafür.« Seine Miene verfinsterte sich. »Als Joe das letzte Mal über Funk mit ihr sprach, klang sie sehr gut. Mehr weiß ich nicht.«

»Glaubst du, dass sie den Gipfel erreicht hat?«

»Nein.«

Ich fragte mich, ob er vermutet hatte, dass sie dabei war, den Verstand zu verlieren, und sich schuldig fühlte, weil er sie hatte aufsteigen lassen. Ich wartete darauf, dass noch etwas kam. Vergeblich. Tadeusz verstand es, sich nicht in die Karten schauen zu lassen.

Eds Stimme schwebte herbei: *Erbärmlich. Schwach. Das ist*

es, was du bist, Junge. Ein wimmerndes Häufchen Elend, ein verdammter verweichlichter …

»Nicht so viel Gewicht auf die Seile, Simon«, sagte Mingma, der wie ein Ninja hinter mir auftauchte. Er war nicht einmal ansatzweise außer Atem.

»Okay«, keuchte ich und setzte die Steigklemme um, wobei mir bewusst war, dass er mich genau beobachtete. Mein Herz klopfte wie ein außer Kontrolle geratener Presslufthammer. Mein Kopf hatte sich in eine mit Eiter gefüllte Kugel verwandelt. Die Sonne, die vom Schnee reflektiert wurde, ließ mich in meinem Anzug kochen. Ich fühlte mich wie eine Ameise unter einem Vergrößerungsglas.

Ich blieb zum tausendsten Mal stehen, um Schnee von meinen verdammten bescheuerten Steigeisen zu klopfen und blickte an der steilen Eiswand zum Sattel hinauf – es hatte nicht den Anschein, als würde ich auch nur ein Stück vorankommen. Vor mir kroch eine vielfarbige Raupe. Niemand schien sich zu bewegen. Ich zog in Erwägung, den Camcorder herauszuholen und zu filmen, konnte mich aber nicht dazu aufraffen. *Wahrscheinlich würde Thierry die Aufnahmen sowieso nicht verwenden – schließlich leben diese Bergsteiger noch.*

Die einzige Möglichkeit bestand darin, breitbeinig zwei Schritte zu machen, am Seil nach oben zu rutschen und dann breitbeinig weiterzuwatscheln. Wanda schaffte es natürlich, diese unelegante Kombination aus Schlurfen und Rutschen elegant aussehen zu lassen. Ihr roter Farbklecks und Marks gelbe Form befanden sich weit vor mir, und ich hatte Robbie, Malcolm und Howard aus den

Augen verloren. *Wenn Mark es schafft, schaffst du es auch.* Ich hatte eine Weile gebraucht, um einen Rhythmus zu finden. Juliets Mantra half, und bei jedem schlurfenden Doppelschritt dachte ich: *Das ist Scheiße, das ist Scheiße, das ist Scheiße.* Unmittelbar vor mir bildete sich eine Schlange. Bergsteiger gingen reihenweise zu Boden, als die Hitze sie erwischte. Ich hakte mich aus, um einen Bogen um einen anonymen Kletterer zu machen, der sich in den Schnee übergab. *Langsam, langsam.* Falls ich ausrutschte, würde ich mich nur mit dem Eispickel bremsen können. Das Ganze hatte nichts mit der Form von Klettern zu tun, die ich gewöhnt war. Man brauchte eine andere Art von mentaler Stärke (die Art, die ich auf dem Cwm Silyn verloren hatte), um sich auf eine Schneeflocke zu stürzen, wenn man wusste, man wird es womöglich nicht schaffen. Hier war wilde Entschlossenheit gefragt. *Juliet hat es mit ihrer gesamten Ausrüstung auf dem Rücken geschafft. Das kannst du auch.*

»Heiß«, sagte ich überflüssigerweise zu Mingma.

»Ja.« Wie oft hatte er schon ermüdende Schwachköpfe diesen Hang hinaufgeführt? Es war lächerlich. Nachdem er und Dorje sich tagelang in der Todeszone abgerackert hatten, waren sie am Abend zuvor ins Camp geschlendert, als hätten sie nichts Anstrengenderes gemacht als einen gemächlichen Spaziergang. Wanda nannte sie die »Rockstars des Bergs«, und sie hatte recht. Keiner von uns hätte eine Chance gehabt, es auch nur in die Nähe des Gipfels zu schaffen, wären sie nicht gewesen. Sie erledigten die ganze Schwerstarbeit, stellten die Zelte auf, sprangen für andere ein. »Vergiss nicht, genug Wasser zu trinken, Simon.«

»Ja.«

»Ich gehe jetzt und sehe nach den anderen. Du machst deine Sache gut.« Er trat zur Seite und stürmte den Hang hinauf.

Von Mingmas ermutigenden Worten angetrieben schleppte ich mich weiter. Außerdem wollte ich vor ihm keinen schwächlichen Eindruck machen. Im Gegensatz zu Dorje, der gelassen war und unentwegt lächelte, war Mingma reserviert und wachsam und besaß eine ähnliche »Mit mir ist nicht zu spaßen«-Ausstrahlung wie Tadeusz.

Das ist Scheiße, das ist Scheiße, das ist Scheiße. Juliet war meine unsichtbare tote Cheerleaderin.

Und dann: *Hier war es, wo sie ES das erste Mal wahrgenommen hat.*

Ich rechnete beinahe damit, ein Kribbeln im Nacken zu spüren, das scheußliche Gefühl, dass mir etwas folgte, doch es gab noch etwas viel Furchteinflößenderes. Noch furchteinflößender als der wolkenkratzergroße Eisblock, der sich über dem Sattel auftürmte.

»O Gott.« Ich ließ mich ein paar Meter vom Hauptweg entfernt auf den Po sinken und blickte nach oben, wo mehrere Aluminiumleitern zusammengegurtet waren und über einer riesigen Gletscherspalte die instabilste Brücke der Welt bildeten. *Nein. Auf gar keinen Fall, Mann. Ich hab die Schnauze voll. Thierry kann mich mal.*

In Juliets Tagebuch wäre das eine Ein-Satz-Nebenbemerkung gewesen.

Scheiß auf Juliet.

Ich wusste doch, du hast nicht das Zeug dazu, Milchgesicht.

Wanda befand sich fast ganz oben auf der Leiterbrücke, Mingma knapp hinter ihr. Bei ihr sah es so einfach aus. Mingma stieg die Sprossen hinunter, ohne die Seile zu verwenden, und half Mark dabei, sich am Sicherungsseil einzuhängen.

Mark ließ sich Zeit, klammerte sich fest, und seine Beine zitterten. Unter den Sprossen der Leitern reichte die Spalte bis in die Hölle hinunter.

Tu's einfach, verdammt.

Ich stellte mich in der Schlange am unteren Ende an und war nicht in der Lage, den Blick von der dunklen Narbe im Schnee zu lösen.

»Brauchst du Hilfe, Simon?«, fragte Mingma. Ich hatte nicht einmal bemerkt, dass er sich mir genähert hatte.

»Nein, ich komme schon zurecht. Danke, Mingma.«

Es war so weit. *Komm schon, Chris Bonington, jetzt zeig mal, was du draufhast.*

Ich sah nicht nach unten. Ich konzentrierte mich auf meine Stiefel, als ich eine Sprosse nach der anderen hinaufstapfte. Es fühlte sich an, als würde ich mit Betonklötzen an den Füßen klettern. Die Leiter schwankte, und mir schoss vor Angst Gallenflüssigkeit in den Mund. *Du bist an den Sicherungsseilen eingehängt. Es ist weniger gefährlich, als es unten in den Höhlen war.*

Als ich schließlich oben ankam und wieder halbfesten Schnee unter den Füßen hatte, war ich so fix und fertig, dass ich keinerlei Triumph empfand. Ich trat zur Seite und stieg auf einen schmalen Felsvorsprung, wo Mark keuchend auf der Seite lag. *Er muss alle seine Kräfte mobilisiert haben, Si. So bezwingt man dieses Ding.* Aber Mark hatte schließlich eine Mission. Einen *echten* Grund, warum er sich auf dem Berg befand. Und der würde ihm helfen, es zu schaffen. Für mich waren Camp III und Thierrys Ukrainer noch unendlich weit entfernt.

Ich ließ mich neben ihn plumpsen und gab ihm einen leichten Faustst0ß, wobei ich mir Mühe gab, nicht darüber nachzudenken, dass wir am nächsten Tag noch einmal genau dasselbe Programm hatten. Nur dass wir beim nächsten Mal in Camp I übernachten würden.

Juliets Dritter Mann war nicht aufgetaucht, doch ich wurde das Gefühl nicht los, dass er auf den rechten Augenblick wartete. *Wer ist der Dritte der dir zur Seite geht?*

»Ich muss pinkeln«, flüsterte mir Mark ins Ohr und klang dabei wie ein Kind.

»Dann mach doch. Du hast doch eine Flasche, oder?« Ich hustete die Worte heraus, hob die Stimme, um den Sturm zu übertönen, der draußen tobte. Die hauchdünnen Nylon-Zeltwände zitterten epileptisch. Das Ganze war nicht aufregend, es war beängstigend. Dieses Mal hatten wir beim Aufstieg über den Sattel nicht mit der Sonne zu kämpfen gehabt, doch die Überquerung der Leiter des Verderbens war genauso brutal gewesen wie am Tag zuvor.

»Aber … was ist mit Wanda?«

»Wanda ist das egal.«

»Worum geht's denn?«, wollte Wanda wissen. Sie lag auf dem Rücken, nur wenige Zentimeter neben mir. Ich hätte nur die Hand auszustrecken brauchen, um sie zu berühren, doch ich konzentrierte mich ausschließlich darauf, genug Atemluft in meine Lunge zu bekommen. Meinem Fußgelenk ging es nicht allzu schlecht – wenn überhaupt pochte es weniger stark als nach dem Aufstieg zum vorgeschobenen Basislager –, doch mein Rücken fühlte sich an, als hätte sich ein Yak auf ihm gewälzt. Der Schnee unter uns, den unsere Körperwärme hatte schmelzen lassen, hatte sich zu einer klobigen Mulde verdichtet.

»Mark muss pinkeln.«

»Nur zu, Mark«, sagte Wanda. »Ich habe schon viel Schlimmeres gesehen, das verspreche ich dir.«

Eigentlich hätte ich begeistert sein sollen, mir ein Zelt mit ihr teilen zu können – die Platzverhältnisse im Camp ließen es nicht zu, dass jeder von uns ein eigenes haben konnte –, doch ich hatte ein ungutes Gefühl, was die Nacht bringen würde. Wanda und Mark hatten beide ihre Stirnlampen an, und die tanzenden Lichtstrahlen erinnerten mich zu sehr an das, was ich in den Höhlen mit Ed erlebt hatte. Verrückt. Ich befand mich siebentausend Meter über dem Meeresspiegel: Die klaustrophobische Hölle der Cwm Pot hatte hier keinen Platz.

Mein Gaumen fühlte sich scheußlich an, deshalb zog ich vorsichtig meine Wasserflasche unter meinem Schlafsack heraus und schluckte zwei Ibuprofen-Tabletten. Mir war bewusst, dass Mark und ich vermutlich nichts zu trinken gehabt hätten, wenn Wanda nicht gewesen wäre. In den oberen Camps waren wir selbst für unsere Verpflegung verantwortlich, und nachdem sie als Einzige von uns kein Wrack war, hatte sie die Regie übernommen, in einer Nylontasche Schnee für uns gesammelt, den Kocher in Betrieb genommen, Tee und Suppe gemacht und uns daran erinnert, genug zu trinken – und das alles, ohne herumzunörgeln. Weder Mark noch ich hatten etwas hinunterbekommen und stattdessen angewidert zugesehen, wie sie zwei Packungen Hühnchen-Nudeln verschlang und sogar hier oben die beiden Verpackungen gemeinsam entsorgte, damit sie nicht »einsam« waren.

»Alles erledigt«, sagte Mark.

»Danke für die Live-Berichterstattung, Mark«, versuchte ich zu sagen.

Wanda schaltete ihre Stirnlampe aus, und Mark tat dasselbe.

Hello darkness, my old friend. Ein Schwindelgefühl, ein Gefühl von Unwirklichkeit. Meine Finger kribbelten. Ich schloss die Augen und konzentrierte mich auf die Windgeräusche.

Und dann, was wenig überraschend war, wurde das Toben des Sturms zum Tosen von Wasser, und ich war zurück in den Höhlen, zurück in der Grabkammer, zurück in Eds Fängen. Ich empfand keine Furcht; mir war bewusst, dass es unvermeidlich war. Ich hatte darauf gewartet. Der Everest, Wanda, Mark, Juliet, all das war eine Geschichte, die ich mir erzählt hatte, während ich darauf wartete zu sterben. Die flüsternden Stimmen des Wassers fauchten mir ins Ohr.

»Wie fühlst du dich, Junge?«, fragte Ed und drückte mich sanft.

»Wir werden nicht sterben, oder, Ed?«

»Doch, Junge, das werden wir.«

Ich bekam keine Luft, war am Ersticken.

Dann fuhr ich aus dem Schlaf hoch und tastete meine Umgebung ab. Berührte Wandas und Marks schlafende

Umrisse. Der Sauerstoffmangel hatte mein geschwollenes Gehirn verwirrt. Das enge Band um meine Brust, das mein Unterbewusstsein mit Ed in Verbindung gebracht hatte, war nichts weiter als das. Ich tastete in meinem Schlafsack nach meiner Wasserflasche.

»Kopfschmerzen«, keuchte Mark neben mir. Ich konnte ihn jetzt deutlich hören, nachdem der Wind abgeflaut war.

Ich förderte die Wasserflasche zutage, trank und reichte sie ihm. »Hier.«

»Danke.«

Er trank, dann gab er sie mir zurück. »Meine Mum ist zu Fuß ... sie ist hier hochgeklettert mit ... mit allen ihren Sachen. Wie hat sie ...?« Er musste immer wieder unterbrechen, um zu husten. Er räusperte sich und schlug sich mit der Faust auf die Brust.

»Beruhige dich, Mark.«

»Schon okay. Wie ... wie kann Wanda hier oben so gut schlafen?«

»Keine Ahnung.«

Ich legte mich wieder zurück und schloss die Augen in der Annahme – und der Hoffnung –, dass ich nicht wieder einschlafen würde. Doch ich schlief wieder ein. Und dieses Mal lag ich in der Cwm Pot zwischen den Gebeinen der jungen Männer – nein, ich *war* die Gebeine und sah unbewegt zu, wie Ed Mark zwischen seinen Oberschenkeln an sich drückte und dessen Haut rieb. Der Blickwinkel änderte sich, und mir wurde bewusst, dass Mark tot war und dass seine Hände und Füße bröckelten und abblätterten, als bestünden sie aus Kohle, und sein Mund offen stand.

»Ich bekomme ihn nicht warm, Junge«, sagte Ed nüchtern zu mir. »Es liegt an seinen Fingern, weißt du. An den Fingern in seinem Herzen.«

Von mehreren Schichten Fleece, Gore-Tex, Daunen, Schutzbrillen und Handschuhen geschützt zwang ich mich, mein Zelt zu verlassen, das von einem halbkreisförmigen Wall aus frischem Schnee umgeben war, und kauerte mich auf meinem Klappstuhl zusammen, wobei ich das Kinn in meinem Kragen vergrub. Ich schloss die Augen. In zwei Tagen würden wir zu Camp II aufsteigen, und ich musste einen klaren Kopf bekommen. Ich hatte einen starken Schub erbärmlicher Tropfitis; mir machten inzwischen nicht mehr die körperlichen Belastungen zu schaffen, sondern eher die Bilder, an denen sich mein Gehirn immer wieder festhielt.

Nach unserer stürmischen Nacht in Camp I hatte es mir einen willkommenen Adrenalinkick beschert, angeseilt den schneebedeckten Sattel hinunterzurutschen, doch es hatte nicht den scheußlichen Nachgeschmack auslöschen können, den meine Ed-Albträume hinterlassen hatten. Mir war bewusst, dass die Träume von Sauerstoffmangel, Erschöpfung, Minustemperaturen und vom heimlichen Lesen von Juliets Tagebuch hervorgerufen wurden, doch sie vernünftig zu begründen half nicht; die Bilder verweilten wie das Echo des wässrigen Chors in der Cwm Pot.

Und dazu kam noch ein kleines Bisschen Schuldgefühl. Ich hatte mir immer noch nicht die Mühe gemacht herumzufragen, um weitere Informationen zu Thierrys Ukrainern zu bekommen – oder auch irgendwelche anderen Hinweise –, und der Camcorder befand sich nach wie vor ganz unten in meinem Rucksack. *Was zum Teufel tust du hier eigentlich, Mann?*

»Hi, Simon.«

Scheiße. Mark machte es sich neben mir gemütlich. Ich war zu fertig und besaß zu wenig Energie, um mich mit irgendjemandem zu unterhalten. Der Himmel war klar, der quälende Wind abgeflaut, doch ich hätte ebenso gut in Dunkelheit gehüllt sein können. *Das ist nur eine Stimmungsschwankung, ganz normal in dieser Höhe. Morgen wird es dir wieder gut gehen.* Juliet hatte geschrieben, das Leben in den Bergen wäre intensiver; es würde das Innerste nach außen kehren und die wahre Persönlichkeit offenbaren. Ich glaubte das durchaus. Wanda wirkte noch entschlossener und aufrichtiger als am Anfang, Howard hatte sich noch weiter in sein Schneckenhaus zurückgezogen, Mark schwankte zwischen stahlhart und hilfsbedürftig, und in den letzten zwei Tagen, seit es zunehmend hart auf hart kam, hatte Malcolm seine bevormundende Art abgelegt und war beinahe einsilbig geworden. Robbie war als Einziger schwankungsfrei: einmal ein Arschloch, immer ein Arschloch. Ich hätte mir nur gewünscht, ich hätte gewusst, wer ich war. Der Charmante Si kämpfte darum, die Kontrolle zu behalten, doch Simon Newman, Meister der Zeitverschwendung und Ausbeuter der Toten, hackte sich mit seinen geheimen defätistischen Waffen durch die Fassade. Ich wollte nicht er sein. Ich wollte der gute Simon sein, der es verdient hatte, etwas mit Wanda anzufangen.

»Hast du mich gehört, Simon?«

Ach, verpiss dich doch einfach. »Entschuldige, Mark. Sagst du's noch mal?«

»Ich habe gesagt, ich muss dir was erzählen.«

»Was denn?«

»Als du letzte Nacht wieder eingeschlafen bist, hast du die Arme um mich gelegt.«

Ich war mit einem Mal wieder voll da. »Was?«

»Hast du. Du hast sie mir um die Brust gelegt und fest zugedrückt.«

Finger in deinem Herzen. Ich zwang mich zu lächeln. »Tut mir leid, Mark. Ich stehe nicht auf dich, ehrlich. Du bist nicht mein Typ.« Ich verbarg mein Schaudern hinter schlechtem Humor. Mark grinste, und seine Augen glänzten, als würde er von innen erleuchtet werden. Er war inzwischen ein völlig anderer Mensch als der mürrische Miesepeter, dem Wanda und ich beim Aufstieg zum vorgeschobenen Basislager geholfen hatten.

»Vermisst du deine Freundin, Simon?«

»Habe keine.«

»Ich auch nicht.«

Oh, was für eine Überraschung.

Hör auf, so ein Arschloch zu sein. Dann erinnerte ich mich daran, was Ireni in Kathmandu zu mir gesagt hatte. »Wer hätte dich eigentlich zum Everest begleiten sollen, Mark?«

»Woher weißt du, dass mich jemand begleiten wollte?«

»Ireni hat es erwähnt.« Ich zuckte mit den Schultern. »Du brauchst es mir nicht zu sagen, wenn du nicht willst.« Die schwarze Wolke dämpfte meine übliche Neugier.

»Ein Typ namens Tom Baskin-Heath.«

Ich biss mir auf die Zunge, bevor ich herausplatzte: *Der piekfeine Tom? Der böse Tom?*, und preisgab, dass ich in Guerilla-Manier das Tagebuch gelesen hatte. *Vorsicht.* »Freund der Familie?«

»So was in der Art. Er hat fünfundneunzig an derselben Expedition teilgenommen wie meine Mutter. Damals hat er sich nicht besonders gut mit ihr verstanden, aber er hat nach ihrem Tod meinen Vater besucht, um uns sein Beileid auszusprechen, und ist über die Jahre hinweg in Kontakt mit mir geblieben. Er hatte ein schlechtes Gewissen wegen einiger Dinge, die auf dem Berg passiert waren.« *Ja, zum Beispiel, weil er Sachen über sie ausgeplaudert und so den Druck auf sie erhöht hat.* »Als ich ihm erzählt habe, dass ihr Leichnam gefunden wurde und dass ich überlege, hierherzukommen, hat er angeboten, mich zu begleiten. Er hat den Gipfel fünfundneunzig nicht erreicht und wollte es noch mal versuchen.«

»Und warum ist er nicht mitgekommen?«

»Er ist krank geworden. Bauchspeicheldrüsenkrebs.«

Mein erster Gedanke war: *Karma.* Doch das war nicht fair – er hatte zumindest versucht, die Dinge wieder ins Lot zu bringen. »Scheiße. Tut mir leid, Mark.«

»Das sagst du ziemlich oft zu mir.«

»Was? ›Scheiße‹?«

»Nein. ›Tut mir leid.‹«

»Tut mir leid.«

Wir grinsten uns an.

»Hast du eigentlich ein Foto von deiner Mum dabei, Mark?«

»Ja.« Er kramte in der Innentasche seiner Jacke und

holte ein verknittertes Polaroidfoto hervor. »Hier. Das ist eins von Juliet und mir vor dem Haus meiner Großeltern.«

Juliet war gedrungen und hatte Unmengen von rötlichen Haaren – ein Kontrast zu Mark, der dunkelhaarig war. Mir gefiel, wie sie aussah. Sie hatte denselben direkten »Ich lasse mir nichts gefallen«-Blick wie Wanda. Eine Zähne zeigende Miniaturversion von Mark schmiegte sich zwischen ihre Beine. Die beiden lächelten und posierten vor einem Klettergerüst, während sich hinter ihnen eine riesige Rasenfläche erstreckte.

»Sie wirkt cool.«

»Ja. Aber … kann ich dir was sagen, Simon?«

»Klar.«

»Es klingt bestimmt fürchterlich.«

Herrgott, raus mit der Sprache. »Mich kann man nicht so leicht schocken, Mark.«

Er hob das Kinn an. »Ich habe sie gehasst. Ich habe sie jahrelang gehasst. Ich habe sie dafür gehasst, dass sie gestorben ist. Erst als ich …« Er hielt inne. »Bin ich deshalb ein schlechter Mensch?«

»Nein. Natürlich nicht. Das ist doch verständlich, Mark.«

»Ist es das?«

Woher soll ich das wissen, verdammt? Hasste ich meinen Dad dafür, dass er gestorben war? Nein. Was auch immer meine Mum glaubte, ich war nicht auf die schiefe Bahn geraten, weil ich vaterlos war; ich war auf die schiefe Bahn geraten, weil ich die Gelegenheit dazu gehabt hatte. Weil ich mich gelangweilt hatte.

»Sie hat sich nicht von mir verabschiedet. Ich wusste

nicht mal, dass sie zum Everest wollte. Und dann … und dann kam zwei Monate nach ihrem Tod ein Paket für mich aus Kathmandu an. Kannst du dir das vorstellen? Da bin ich zum ersten Mal so richtig aus dem Gleichgewicht geraten.« Er schenkte mir ein reumütiges Lächeln. »Entschuldige. Ich lasse Dampf ab.«

»Nur zu.«

»Ich möchte dich nicht langweilen, Simon.«

»Tust du nicht. Denkst du … Gehst du davon aus, dass du nach diesem Trip mit der Sache abschließen kannst, so wie du es möchtest?« *Meine Güte, Simon, hör dich nur mal an, wie du einen auf einfühlsam machst.*

»Ich weiß nicht. Ihr … Ich habe gelesen, was sie über ihre letzte Expedition gesagt hat. Sie hat gesagt, sie hätte es für mich getan, um uns beiden ein besseres Leben zu ermöglichen. Jahrelang hatte ich geglaubt, dass ihr alles egal wäre; dass sie mich verlassen hätte, um zu tun, was sie wollte. Aber sie ist für mich berggestiegen.« Er sagte all das seltsam leidenschaftslos.

»Was meint denn dein Dad dazu, dass du hier bist?«

Ein Schulterzucken. »Er wollte nicht, dass ich herkomme. Er und meine Mutter hatten Probleme. Große Probleme. Er möchte nicht über sie sprechen. Er hat nie … Er hat nie wirklich schlecht über sie geredet, aber nach ihrem Tod war es für ihn, als hätte sie nie existiert.« Er schien sich innerlich zu schütteln. »Genug über mich. Es geht immer nur um mich. Wie ist denn deine Familie so?«

Ach, weißt du, toter Dad, entfremdete Mum, eine Schwester, die eine Borderline-Soziopathin ist. Das Letzte, was ich tun wollte, war, auf all das näher einzugehen. Zum Glück tauchte Wanda aus dem Esszelt auf und kam auf uns zu, sodass ich nicht antworten musste. Bei ihrem Anblick machte mein Herz seinen üblichen welpenhaften Hüpfer.

»Hallo, Jungs. Ich habe eine schlechte Nachricht und eine gute. Die gute lautet, dass Tadeusz mit unseren Fortschritten sehr zufrieden ist. Mit deinen auch, Mark.«

»Und die schlechte Nachricht?«

»Gyaluk hat uns einen Kuchen gebacken.«

Mark lachte und klopfte sich dann auf die Brust, als sich sein Lachen in einen Hustenanfall verwandelte.

Wanda nahm sich einen Stuhl und zwängte sich neben mich. »Worüber habt ihr euch denn unterhalten? Habt ihr ein bisschen Klatsch für mich?«

»Wir haben uns über unsere Familien unterhalten«, erwiderte Mark. »Wie ist deine denn so?«

»Wir stehen uns nah. Sehr nah.« Sie grinste. »Vielleicht zu nah. Genau genommen wohne ich direkt neben meinen Eltern.« Sie erzählte uns, dass ihre Familie in den Achtzigern aus Polen geflohen war, eine Zeit lang in einem Flüchtlingslager gewohnt hatte und dann nach Frankreich umgesiedelt war, wo ihre Eltern Arbeit als Guides fanden. Sie war unter Bergsteigern aufgewachsen; es lag ihr im Blut.

Dann drifteten wir in eine Diskussion über Robbies anhaltende Arschlochhaftigkeit ab. »In jedem Team gibt es immer einen von dieser Sorte«, sagte Wanda. Nach dem Kräftemessen der beiden auf dem Weg hier herauf konnte sie nicht mehr in seine Richtung schauen, ohne ihm einen düsteren Blick zuzuwerfen. »Du darfst dir nicht zu Herzen nehmen, was er sagt, Mark. Ich hoffe, er bekommt Erfrierungen an seinem winzigen Penis.«

Mark wurde rot und lachte.

Die schwarze Wolke war weitergezogen.

Erst als ich langsam um den Bergsteiger herumging, der oben auf dem Sattel zusammengesackt dalag, wurde mir bewusst, dass es sich um Malcolm handelte. Wir hatten wieder einen jener Dampfkochtopf-Tage, und ständig ließ sich jemand hinplumpsen, um sich auszuruhen. Auf dem Weg nach oben war ich an Claude und Elodie vorbeigekommen. Sie hatten auf einem der schmalen Felsbänder auf dem Rücken gelegen wie zwei Seesterne im Daunenanzug. Wir hatten uns erschöpft zugewunken und pantomimisch Espresso getrunken.

Geh einfach an ihm vorbei. Du hast nicht die Energie, um ihm zu helfen. Nach dem Sattel fühlte sich das Erreichen von Camp II wie ein grausamer kosmischer Scherz an. Es schien sich immer weiter von mir zu entfernen. Lächerlich, wenn ich mir überlegte, dass ich mir vorgestellt hatte, ich würde zu Camp III hinaufschweben, als wäre es ein Spaziergang, dabei ein paar Fotos von den Leichnamen dort oben schießen und dann wieder hinunterschweben. Aber ich konnte ihn nicht einfach liegen lassen. Ich schlug meinen Eispickel in den Boden, vergewisserte mich, dass meine Steigeisen verankert waren, und bückte mich, um ihn an der Schulter zu schütteln. Meine Position war gefährlich; ich wusste, das Gefälle des Hangs betrug nicht viel mehr als vierzig Grad, doch er fühlte sich senkrecht an. Mein Magen sackte durch, als ich einen Blick nach unten warf.

»Alles okay?« Er lag mit dem Gesicht nach oben da, noch immer am Seil eingehakt, und keuchte wie ein Rennpferd. Seine Augen waren hinter seiner Brille nicht zu sehen. Mit dem verkrusteten Sunblocker um seine Nase sah er aus, als hätte er ein riesige Menge Kokain geschnupft. »Malcolm!«

Er schüttelte den Kopf und setzte sich auf.

»Komm, ich helfe dir.«

»Nein.« Er nuschelte irgendetwas, das ich nicht verstand.

»Was?«

»… dass sie es erfahren.«

»Hm? Was erfahren?« Ich schüttelte ihn noch einmal an der Schulter. »Malcolm!«

Er tippte auf seine Brille. »Augen … schwarzer Punkt. Geht wieder weg, das tut es immer.«

»Du kannst nichts *sehen*?«

»Ich kann sehen …« – irgendetwas, irgendetwas – »… beeinträchtigt.«

»Ich gehe rauf und hole Mingma.« Er und Dorje warteten unmittelbar unterhalb von Camp II auf uns, um uns bei Bedarf Sauerstoffflaschen zu geben. Vielleicht konnte ich auch einen der anderen Sherpas auf dem Sattel bitten, sie über Funk zu rufen.

»Nein.«

»Du kannst nicht hierbleiben.« Das helle Licht täuschte natürlich; der Mangel an Bewegung stahl meine Körperwärme, und ich verlor das Gefühl in meinen Füßen. Meine Kehle war ein Eisblock.

Ich streifte meinen Rucksack ab und holte meine Thermosflasche heraus. Mit den Überhandschuhen den Deckel aufzuschrauben hatte es in sich. »Hier. Trink was.«

Er trank ein paar kleine Schlucke. »Schon besser.« Er stützte sich auf ein Knie, wobei er schwankte wie ein Betrunkener, dann stand er auf. »Ich gehe wieder runter.«

»Ich helfe dir.«

»Nein.«

»Hast du deinen Abseilachter?«

Ein benommenes Nicken. »Erzähl es niemandem. Bitte.«

»Ireni muss es erfahren.«

»Nein. Das geht schon vorbei. Bitte.« Er sah mich mit einem aufgesetzten grimmigen Grinsen an. »Mir geht's gut. Prima. Nicht der Rede wert.«

»Bist du sicher?«

»Wird bestimmt besser, wenn ich … wenn ich mich im Basislager ausruhe.«

Er hakte sich mit schmerzhafter Langsamkeit wieder in das Sicherungsseil ein – zumindest sah er dafür offenbar gut genug – und begann, sich schwankend den Hang hinunter abzuseilen.

Ich sah ihm fünf Minuten zu. Er schien einen Rhythmus zu finden. Auch wenn er mir nicht besonders sympathisch war, wollte ich nicht, dass ihm etwas Schlimmes zustieß. *Warum denn nicht? Du könntest ihn auf die Website stellen – das würde es dir ersparen, dich hinauf zu Camp III schleppen zu müssen.*

Sich wieder in Bewegung zu setzen war mörderisch; ein großer Teil von mir wollte Malcolm unbedingt nach unten folgen.

Ich holte Mark ein, der alle zwei Schritte eine Ruhepause

einlegte, und wir bahnten uns gemeinsam in Stop-and-go-Manier den Weg dorthin, wo Mingma und Dorje warteten. Wanda befand sich bereits weit oberhalb von den beiden und kletterte ohne Sauerstoff rasch höher. Ich verschnaufte kurz, dann sagte ich zu Mingma: »Problem mit Malcolm.«

»Großes Problem?«

Und da war es. Ich wusste, wenn ich Malcolm verpfiff, würde Tadeusz ihn vielleicht aus dem Gipfelteam werfen. Womöglich würde er ihn ohnehin hinauswerfen, weil er es nicht zu Camp II geschafft hatte. Deshalb ging ich einen Kompromiss ein und sagte: »Bin mir nicht sicher.«

»Ist er runtergegangen?«

»Ja.«

Mingma nickte, eilte jedoch nicht los, sondern ließ sich Zeit und vergewisserte sich, dass sich meine Sauerstoffflasche in meinem Rucksack befand und dass ich wusste, wie man den Schlauch kontrolliert, um sicherzustellen, dass er nicht geknickt war und sich der Durchfluss reduzierte. Ich nahm den ersten Atemzug von der nach Blech schmeckenden, künstlichen Luft. Tadeusz hatte diejenigen von uns, die Sauerstoff benutzen wollten, im vorgeschobenen Basislager üben lassen, doch ich hatte die Maske bislang noch nicht zusammen mit meiner Brille anprobiert. Es fühlte sich an, als wäre mein ganzer Kopf in Plastik eingewickelt. Nach etwa zehn Minuten spürte ich die Wirkung davon: Wärme durchflutete mich, und ein Funken Optimismus kehrte zurück. Mingma hielt zwei Finger hoch, womit er zwei Liter pro Minute meinte. Ich musste mir meinen Sauerstoff einteilen; wir hatten uns nur zwei

Flaschen leisten können. Ich signalisierte ihm, dass ich verstanden hatte.

Das letzte Stück. Gehen wir's an.

Dieses Mal stieg ich vor, und Mark stapfte im Takt hinter mir her.

Das ist scheiße, das ist scheiße, das ist scheiße.

Ich fand meinen Rhythmus wieder, und wir kamen so gut voran, dass wir Robbie und Howard überholten – Mark nahm irgendwoher die Energie, um triumphierend mit dem Po zu wackeln, als wir uns wieder in die Seile einhakten. Und dann machte es plötzlich klick: Ich hörte auf, mich auf das Brennen meiner Oberschenkel zu konzentrieren, auf die Krämpfe in meinem Fußgelenk, auf meine stechenden, sandgestrahlten Wangen. Ich verbannte Juliet, Mark, Thierry, Malcolm und die Ukrainer aus meinen Gedanken, sogar Wanda. Es gab nur noch mich, meinen Körper und den Berg

Ich ging völlig in der Sache auf. Als Chris und ich die Aiguille Verte bestiegen hatten, hatte ich etwas Ähnliches empfunden, allerdings nicht annähernd so intensiv.

Aus diesem Grund tut es Wanda. Aus diesem Grund hat es Juliet getan.

Ich blieb stehen, um die Aussicht in alle Richtungen zu begutachten. Ich hatte perfekte Sicht auf den Pumori und den Cho Oyu, die im Vergleich zu unserem Ziel beinahe niedlich wirkten. Ich folgte mit meinem Blick den Höckern und Scharten am Nordostgrat, der bis zur Gipfelpyramide hinaufführte. *Du kannst es schaffen. Du kannst den Everest besteigen, Si.* Eine solche Ähnlichkeit mit den gruselig verführerischen Stimmen, die ich gehört hatte, als ich der

Umklammerung der Höhlen entkommen war. *Du kannst es schaffen, Si.* Mir war bewusst, dass sich der Gipfel noch gut tausendfünfhundert Höhenmeter über mir befand, aber ich *konnte* es schaffen. Ich wusste, ich konnte. Und ich wollte es schaffen. Es war machbar.

Mir fiel ein, was Malcolm über sein Gipfelfieber gesagt hatte: *Wenn man da oben ist, hängt man an einem Faden, der an einem zieht.*

War es das, was ich spürte?

Nein. Dafür bist du nicht hier.

Dieser Traum gehörte zum Leben von jemand anderem.

Der Wind nahm zu, als Mark und ich unsere letzten Zombie-artigen Schritte machten, und spuckte Spindrift in unser Blickfeld. Der Schnee wurde hier oben weniger; der Wind hatte ihn weggefegt und blanken Fels sowie die Spuren früherer Besteigungen freigelegt: die uralten Nylonfetzen, die Juliet gesehen hatte und die sich offenbarten, nachdem sie jahrelang unter Eis begraben gewesen waren. *Vielleicht haben ein paar von den Fetzen ihr gehört.* Unser Camp war wieder weit über den anderen aufgeschlagen worden und befand sich an der denkbar schlechtesten, am meisten exponierten Stelle, doch Wanda kam heraus, um uns zu lotsen, und einmal mehr diente uns ihr roter Daunenanzug als Anflugfunkfeuer. Als wir bei unserem Zelt ankamen, riss sich Mark als Erstes seine Maske herunter und übergab sich.

Wanda und ich halfen ihm dabei, ins Zelt zu kriechen, dann ging sie Schnee für uns sammeln – keine leichte Aufgabe, da das bisschen, das vorhanden war, mit Urinflecken übersät war. Als sie zurückkam, war ich wieder zu

Atem gekommen. Ich erzählte ihr, dass Malcolm umgekehrt war.

»Ist er krank?«

Erzähl es niemandem. »Alles okay bei ihm, glaube ich. Wird Tadeusz ihn einen Gipfelversuch machen lassen, wenn er es nicht zu Camp II geschafft hat?«

»Ich weiß nicht. Hoffentlich.«

Am Abend sahen Mark und ich, beide nicht in der Lage, auch nur einen Krümel Schokolade zu essen, fasziniert zu, wie Wanda zwei Packungen Gemüsesuppe vertilgte.

Erschöpfung überkam mich, doch ich wollte noch nicht schlafen. Ich wollte nicht wieder von den von der Höhe verursachten Ed-Albträumen heimgesucht werden. *Und wir wollen nicht vergessen, Si, dass Juliet hier ihre unheimliche Begegnung mit ihrem besonderen Freund hatte.*

Während ich mir hin und wieder einen Schluck Flaschensauerstoff genehmigte, döste ich immer wieder ein, doch dieses Mal träumte ich nicht. Als ich aufwachte, war das Zelt in goldfarbenes Licht getaucht. In mehrere Schichten Bekleidung gewickelt, von Wanda und Mark eingerahmt, fühlte ich mich zum ersten Mal seit Ewigkeiten mit etwas verbunden. Wir drei hatten Bande geknüpft. Ich hatte mich selbst weiter vorangetrieben, als ich es für möglich gehalten hätte. Ich hatte es geschafft. Und ich hatte nicht die Sehnsucht verloren, die ich verspürt hatte, als ich zum Gipfel hinaufgeblickt hatte.

Wieder einmal hatte ich vergessen, warum ich mich auf dem Everest befand.

Ich sollte bald einen groben Weckruf erhalten.

Die Augen des Mannes traten hervor wie hart gekochte Eier, und an seinen Mundwinkeln sprudelte Schaum, doch was mich wirklich verfolgen würde, war das Geräusch seiner Atmung: ein leises Knurren, das klang wie das eines Rasenmähers, der nicht anspringen wollte. Er lag am Rand des Camps, an der Stelle, an der wir gleich ausscheren wollten, um den Abstieg zum Basislager zu beginnen, umgeben von Leuten, die in ihre Funkgeräte bellten.

Mark starrte auf ihn hinunter, stocksteif, und Wanda packte ihn am Arm. »Komm mit, Mark.«

Sie zerrte ihn weg zu dem Pfad. Ich zögerte.

Wie von unsichtbaren Fäden gezogen, wurden andere von dem Drama angelockt. Ein paar Mitglieder der Filmcrew des amerikanischen Teams kamen angetrabt, schwer atmend, ihre Kameras auf der Schulter balancierend. Alles schien in Zeitlupe und in einem Licht zu passieren, das künstlich hell wirkte. Ich trat zurück, als sich eine Gruppe düster dreinblickender Männer um die auf dem Boden liegende Person scharte. Dann teilte sich die Menge noch einmal, und der Mann wurde in einen roten Sack gesteckt, an den eine Fußpumpe angeschlossen war.

»Was ist das?«, fragte jemand.

»Ein Überdrucksack«, sagte eine andere Stimme. »Damit lässt sich die Höhe künstlich verringern. Er hat wahrscheinlich ein Hirnödem. Weiß jemand, zu welchem Team er gehört?«

»Ich glaube, er ist einer von den japanischen Bergsteigern.«

Film ihn. Hol deine Kamera raus, hol deine Kamera raus, deshalb bist du hier.

Es wäre so einfach gewesen. Ich legte sogar meinen Rucksack ab, um die Kamera auszupacken. Doch irgendetwas stoppte mich.

Anstatt zu filmen, entfernte ich mich und erhöhte das Tempo, um Wanda und Mark einzuholen, wobei ich abermals vergaß, dass es eine äußerst schlechte Idee ist, in großer Höhe zu laufen. Die Anstrengung ließ mich nach Luft schnappen. Die beiden waren verschwunden, und ich war alleine in einer der stürmischen Schluchten. In der Luft hing der Gestank von Yak-Kot. Mein Magen geriet ins Schlingern, aber irgendwie gelang es mir, die Bratkartoffeln, die ich zum Frühstück gegessen hatte, bei mir zu behalten.

Schwindelig von einer beginnenden Panikattacke, hielt ich an, würgte und zwang mich, etwas Wasser zu trinken. Ich blieb fünf Minuten stehen und starrte die grauen Geröllhänge um mich herum an. Hinter ihnen ragte der Gipfel empor. *Möchtest du immer noch da hinauf?*

Trotz der Kälte schweißbedeckt, ging ich mit tauben Fingern weiter. Vor mir sah ich einen Mann, der halb hinter einem Felsen verborgen war, sich mit einer Hand an die Brust fasste und mit der anderen wild winkte. *Irgendwas stimmt nicht mit ihm.* Mein Magen krampfte sich zusammen. *Was zum Teufel ist das jetzt?* Irgendetwas hing an seinem Rücken, und er versuchte, es wegzuschlagen: irgendeine Kreatur, vielgliedrig, mit Tentakeln ausgestattet. *Nicht echt, nicht echt.* Ich presste die Augen zu, sah Sternchen, öffnete sie wieder, und es dämmerte mir, dass es sich bei dem Mann in Wirklichkeit nur um einen seltsam geformten Felsen handelte, wobei das Licht, das auf ihm spielte, die Illusion von Bewegung erzeugte. Mein Puls pochte in meinen Ohren.

Ich ging weiter, doch jetzt wurde ich das Gefühl nicht mehr los, dass ich beobachtet wurde. In der Luft um mich lag eine deutliche Schwere.

Bullshit.

Vielleicht war gespürte Präsenz ansteckend.

Bullshit. Du siehst Dinge, weil du erschöpft bist: Du hast seit drei Tagen fast nichts gegessen und Tausende Kalorien verbrannt. Und mir machte zweifellos immer noch Juliets Bericht zu schaffen, der schreckliche Parallelen mit meinen Erlebnissen unten in den Höhlen hatte. Das war alles.

Wanda und Mark warteten hinter der nächsten Anhöhe auf mich. Mark zupfte an einer wunden Stelle an seinem Mundwinkel herum. Er hatte die Leichtigkeit, die er auf dem Berg gefunden hatte, wieder verloren.

»Du siehst schlecht aus, Simon«, stellte Wanda fest.

»Danke.« Das giftige Gefühl verschwand langsam wieder. *Siehst du?*

»Der Mann da oben, wird er sich wieder erholen?«

Einen Moment lang dachte ich, sie würde von der Lovecraft'schen Kreatur sprechen, die ich mir eingebildet hatte. Ich warf Mark einen Blick zu, der noch immer mit seiner wunden Stelle beschäftigt war. »Ja. Sieht so aus, als wäre alles unter Kontrolle.«

Er lächelte erleichtert. »Gut.«

Ich erfuhr später von Claude und Elodie, dass der japanische Bergsteiger – ein Kettenraucher, der bereits mehrere Schlaganfälle erlitten hatte, und so ziemlich die letzte Person war, die sich in einer solchen Höhe hätte aufhalten sollen – nach Zangmu geflogen worden war, aber nicht überlebt hatte.

Er war mein erster Toter auf dem Everest. Man kann sich denken, was ich als Nächstes sagen werde: *Er sollte nicht mein letzter sein.*

Ich brauchte einen vollen Tag, um nach dem, was ich beim Abstieg zum Basislager gesehen – und mir eingebildet – hatte, wieder ins Lot zu kommen. Die dickere Luft half dabei. Mein Körper trank sie förmlich, nachdem ich so viel Zeit in über siebentausend Metern Höhe verbracht hatte, und mein Appetit kehrte mit voller Wucht zurück.

Eins wusste ich sicher: Ich wollte nichts mehr mit Thierrys Plan zu tun haben. Das lag nicht nur daran, dass er moralisch zweifelhaft war oder dass ich es versäumt hatte, aus dem perfekten *Journey to the Dark Side*-Szenario Kapital zu schlagen. Die Verlockung des Gipfels war nach wie vor stark, und ich würde meine gesamte Energie brauchen, um mich dort hinaufzuschleppen. Die oberen Camps waren eiskalte, Übelkeit hervorrufende Höllen, trotzdem wollte ich jetzt, wo ich sicher unten angekommen war, wieder nach oben. Im Vergleich zu der Intensität, die ich dort erlebt hatte, fühlte sich jeder andere Ort – hier, zu Hause – so an, als bestünde er aus Pappkarton.

Bei der ersten einer langen Liste dummer Entscheidungen, die ich noch treffen sollte, beschloss ich, dass ich es Thierry schuldig war, ihn wissen zu lassen, dass ich von dem Plan die Nase voll hatte. Ich schrieb ihm eine E-Mail und fühlte mich sofort enorm erleichtert.

Als ich in mein Zelt zurückkehrte, lag Juliets Klettertagebuch auf meinem Schlafsack, zusammen mit einer Nachricht, die lautete: *Bitte lies das. M.*

Ich tat es nicht. Ich wollte es nicht tun. Ich wagte es nicht. Ich betrachtete das Tagebuch eine Weile, hielt es in den Händen. Blätterte es bis zu den herausgerissenen Seiten am Ende durch. Dann legte ich mich für ungefähr eine Stunde in meinen Schlafsack – etwa so lange, wie man gebraucht hätte, um es zu lesen.

Mark kam sofort aus seinem Zelt gesprungen, als ich seinen Namen rief. Die wunde Stelle an seinem Mund blutete. Ich gab ihm das Tagebuch zurück. »Warum hast du mir das zum Lesen gegeben, Mark?«

Er zuckte mit den Schultern. »Wahrscheinlich habe ich keine Lust mehr, das alleine zu machen. Ich wollte deine Meinung hören. Machen wir einen kleinen Spaziergang?«

Als wir am Rand des Camps ankamen, bereute ich, keinen Zwischenstopp eingelegt zu haben, um meine Daunenjacke zu holen. Der Wind frischte auf, und Spindrift wirbelte und tanzte und bahnte sich den Weg in Spalten, von denen ich nicht gewusst hatte, dass ich sie besaß.

»Also, was denkst du?«, fragte er, als wir uns etwa hundert Meter außerhalb des Camps und deutlich außer Hörweite befanden.

»Deine Mum war echt krass drauf, Mark.« Wenig überzeugend, doch ich wusste nicht, was ich sagen sollte. »Du solltest echt stolz auf sie sein. Sie war hart im Nehmen.« *Und womöglich völlig durchgeknallt.*

»Ich glaube nicht, dass sie verrückt war, Simon. Dass sie etwas Seltsames gesehen hat, bedeutet nicht, dass sie den Verstand verloren hat.« Ich hatte nichts dergleichen gesagt, aber es lag auf der Hand, dass er in Wirklichkeit versuchte, sich selbst zu überzeugen, nicht mich.

Behaglich in meinen Handschuhen verpackt, begannen meine Finger zu kribbeln. Ich biss mir auf die Innenseite meiner Wange, die inzwischen einem blutigen Stück Fleisch glich.

Mark ging auf und ab. »Gespürte Präsenz ist ein häufiges Phänomen, Simon. Normalerweise tritt es auf, wenn irgendeine Art von Reizentzug vorliegt, oder Monotonie, und wenn das Stressniveau sehr hoch ist.« All das klang steif, als würde er es aus dem Gedächtnis zitieren.

»Man kann durchaus behaupten, dass deine Mum unter Stress stand.«

»Ja. Sie war gewaltigem Druck ausgesetzt.« Er putzte sich die Nase. »Ich habe ein paar Artikel über sie gelesen, Simon. Die waren grausam.« Ich stampfte mit den Füßen auf, da ich das Gefühl in meinen Zehen verlor. »Und das Dritte-Mann-Phänomen steht natürlich in Verbindung mit großer Höhe und Sauerstoffmangel.« Er schien die Kälte wahrzunehmen.

»Aber spüren manche Leute das nicht auch, wenn sie sich nicht in großer Höhe befinden? Wie dieser Shackleton?« *Oder Leute, die sich mit verrückten Ex-Soldaten in Höhlensysteme begeben haben.*

»Doch. Wie ich gesagt habe, es kann eine Reaktion auf extremen Stress sein. Der Wunsch, nicht alleine zu sein. Das Ganze ist echt ziemlich interessant. Es könnte auch die Erklärung für andere Dinge sein. Verschleppung durch Außerirdische, Geistersichtungen, frühe Beweise für die Existenz von Engeln. Und die meisten religiösen Prophezeiungen wurden auf Bergen vernommen. In großer Höhe.«

»Höhenkrankheit ist die Grundlage für sämtliche Religionen?«

»Ein ebenso guter Grund wie jeder andere. Manche Menschen sind empfänglicher dafür als andere. Hey, wusstest du, dass vor Jahrhunderten Leute nicht zwischen ihrer inneren Stimme und der sogenannten Realität unterscheiden konnten und dachten, was sie hören, wären Götter, die mit ihnen sprechen?«

Bist du da, Gott? Ich bin's, Simon. Meine innere Stimme hielt nie ihre verdammte Klappe. »Aber deine Mutter hatte keine anderen Symptome von Höhenkrankheit, oder?«

»Nein. Na ja, das behauptete sie zumindest. Nach dem, was ich gelesen habe, könnte der Dritte Mann auch ein Phantom-Doppelgänger sein.«

»Ein was?«

»Eine Art Erweiterung von einem selbst. Eine Projektion. So was wie ein Bewältigungsmechanismus, damit man nicht das Gefühl hat, allein zu sein. Manche Psychologen glauben, dass man dem Doppelgänger andere Identitäten verleihen kann. Damit man in Stressphasen sieht, was man sehen möchte.« Er holte tief Luft und blies die Wangen auf. »Entschuldige. Ich habe dich vollgelabert, oder?«

Nicht nur diese Dritte-Mann-Geschichte war beunruhigend. Teile des Tagebuchs deuteten an, dass Juliet wusste, sie würde es nicht schaffen, und sich damit abgefunden hatte (in einigen durchgestrichenen Passagen klang es so, als hätte sie es sich sogar *gewünscht*), aber das wollte ich Mark gegenüber auf gar keinen Fall erwähnen. *Das würde bedeuten, sie hat sich dafür entschieden, Mark im Stich zu lassen, genau wie Dad mich im Stich gelassen hat.* Woher, zum Teufel, kam dieser scheußliche Gedanke? Ich kniff mich im Geiste. »Am Ende wurden zwei Seiten rausgerissen. War sie das?«

Er blickte auf seine Füße. »Ja. Vielleicht. Ich weiß nicht.«

Vielleicht hatte sie einen Blick hinter die Maske geworfen und auf den herausgerissenen Seiten geschrieben, was sie gesehen hatte.

»Wie bist du denn an das Tagebuch gekommen? Wurde es bei ihren Sachen gefunden?«

»Ja. Tadeusz und Joe haben es mit den Dingen geschickt, die sie in Camp II zurückgelassen hatte, bevor sie verschwand.«

»Hat Tadeusz es gelesen?«

»Nein! Das kann ich mir nicht vorstellen. Das ist nicht seine Art, oder?«

Nein. Ist es nicht. Im Gegensatz zu manch anderen Leuten, die ich nennen könnte. Er wirkte zunehmend aufgewühlt, was vielleicht daran lag, dass er so viel von sich preisgegeben hatte. Er war wie ein Stofffetzen, der bei Camp II unter dem Eis vergraben war und nach und nach auftauchte, als der Wind die Schichten abtrug, die ihn bedeckten. *Blödsinn.*

»Deine Mutter war durcheinander wegen Walter, nicht wahr?«

»Ja. Die beiden standen sich ziemlich nahe.«

»Wie war er denn?«

»Onkel Walter? Ich habe ihn nicht sehr oft zu Gesicht bekommen. Er war ein bisschen wie Malcolm, nehme ich an. Ein richtig zäher Bursche. Oh! Er hatte überhaupt keine Zähne mehr. Hat ein künstliches Gebiss getragen. Als ich klein war, hat er es immer rausgenommen und mich erschreckt.«

Klingt ja nett.

»Was sagt Tadeusz über deine Mutter?«

»Überwiegend positive Dinge.«

»Überwiegend?«

»Er hat zugegeben, dass sie ein paar gesundheitliche Probleme hatte, aber das ist normal. Hier oben zu sein, fordert schließlich seinen Tribut.«

»Hast du außer mit Tom noch mit jemand anderem gesprochen, der an der Expedition teilgenommen hat?«

»Konnte ich nicht.«

»Warum?«

»Weil sie tot sind.«

»Was, alle?«

»Die meisten.«

Er spulte die Liste herunter: Eri Aka (auf dem Manaslu von einer Lawine getötet); Pauline Zierzinger (auf dem Denali abgestürzt); der Böse Tom (Krebs); Joe Davis (Gehirnblutung nach Kopfverletzung); Dawa Sherpa (Unfall im Khumbu-Eisbruch); Lewis, der kanadische Skifahrer (Snowboardunfall).

Die einzigen Überlebenden der Expedition waren Toms Kumpan Wade, Tadeusz und Andrej Danielsen. Andrejs Bruder Sem hatte 2001 Selbstmord begangen. Und Stefanie Weber, die deutsche Bergsteigerin, die sich mit Juliet einen Wettlauf zum Gipfel geliefert hatte, war beim Eisklettern in British Columbia ums Leben gekommen.

»Verdammte Scheiße.« Nicht alle waren in den Bergen gestorben, doch es war ernüchternd, wie vielen von denen, die weiterhin bergstiegen, letzten Endes das Glück ausgegangen war. *Vielleicht haben wir nur ein begrenztes Maß an Glück.* »Hast du vor, Wanda das Tagebuch zu zeigen?«

»Nein. Sie hält meine Mutter für eine Art Heldin. Ich möchte nicht, dass sie denkt, sie wäre verrückt gewesen.«

»Ich glaube nicht, dass sie das denken würde.«

Ich dachte es auch nicht. Allerdings nur, weil das, was Juliet durchgemacht hatte, solche Ähnlichkeit mit meinen Erfahrungen unten in den Höhlen hatte. *Juliet und Simon, die Psycho-Zwillinge.*

»Wanda ist total cool, oder?«

Er versuchte zu lächeln. »Ich glaube, sie mag dich.«

Mein Herz machte einen kleinen Hüpfer. »Dich mag sie auch.«

»Aber nicht auf *diese* Weise. Danke, dass du Juliets Tagebuch gelesen hast, Simon. Und danke, dass du dir mein Gelaber angehört hast.«

»Hey, wir sind schließlich Freunde, oder etwa nicht?«

»Ja.«

Ja. »Lass uns versuchen, Tadeusz zu überreden, dass er uns ans Bier ranlässt.«

»Ich will damit sagen, dass es nicht so einfach ist, T. Du weißt nicht, wie es hier ist …«

»Ich zähle auf dich, Si. Du bist nicht dort, um Urlaub zu machen, verdammt.«

»Das weiß ich schon, T, aber ich kann auch keine Toten aus dem Ärmel schütteln. Was soll ich deiner Meinung nach tun, irgendwelche Bergsteiger den beschissenen Abhang runterstoßen? Ihre Sauerstoffflaschen manipulieren?«

»Wenn es anders nichts wird, ja.«

Ich war selber schuld, dass ich ihm die E-Mail geschrieben hatte. Er hatte mir sieben Antworten geschickt, von denen jede wütender war als die letzte, und darauf bestanden, dass ich ihn anrief, obwohl Satellitentelefongespräche aus dem Basislager horrend teuer waren. Da ich es nicht ewig hinausschieben konnte, hatte ich gewartet, bis das Esszelt leer war, dann war ich in den Funkraum geschlüpft und hatte in der Hoffnung, dass er nicht abheben würde, unsere Nummer zu Hause gewählt. Er hatte abgehoben, und obwohl es eine kleine Zeitverzögerung gab, war seine Stimme klar und deutlich zu hören. »Ich habe mir von meinen Eltern dreißigtausend Dollar geliehen, Simon. Das habe ich nicht gemacht, damit du auf einem gottverdammten Berg ein paar neue Freundschaften schließen kannst. Denkst du, ich *will* zurück in die Staaten?«

»Ja, tut mir schrecklich leid für dich Thierry, dass du deinen Scheiß-Treuhandfonds anknabbern musstest. Was, werden dich deine Eltern etwa kidnappen und zurück in die USA zerren? Wir haben sechs Monate, wir können uns was anderes einfallen lassen, um …«

»Was ist mit den Ukrainern, von denen du mir erzählt hast?«

Scheiße. »Was soll mit denen sein?«

»Du hast gesagt, sie würden sich im letzten Camp vor dem Gipfel befinden. Du kannst sie doch auf dem Weg nach oben filmen, oder? Mein Arsch steht auf dem Spiel, Simon. Du bist mir was *schuldig*.«

»Ich bin dir was schuldig? Was zum Teufel soll das heißen?«

»Ich habe die Website aufgebaut, habe die meiste Arbeit reingesteckt. Ich schreibe sämtliche Texte.«

»Willst du mich verarschen? Was ist mit der Cwm Pot? Wer hat das gemacht? Wer ist dabei fast *draufgegangen*? Nicht du und dein beschissener fetter Arsch, so viel ist sicher. Ich habe dir doch gesagt, das ist keine gute Idee, aber du hast darauf bestanden, dass ich herkomme. Du hast mich dazu gedrängt. Das hier ist kein langer Spaziergang auf einen großen Hügel, T, sondern verdammt anstrengend. Es ist schon schwierig genug, gleichzeitig zu atmen und zu gehen, geschweige denn, irgendwas anderes zu machen.«

»Dann wirfst du also das Handtuch, ist es das? Lässt mich in der Scheiße sitzen? Vielen Dank, Alter.«

»Du kannst mich mal, Thierry.«

Ich legte auf und hatte das Bedürfnis, irgendetwas zu treten. Oder irgendjemanden zu schlagen. Als ich den abgetrennten Bürobereich verließ, saß Malcolm am Tisch im Esszelt, die Hände vor sich verschränkt. Wie viel hatte er mitgehört? Seit seiner Rückkehr vom Sattel hatte ich ihn kaum zu Gesicht bekommen. »Hi, Malcolm«, sagte ich, um die Lage auszutesten. »Wie geht's dir?«

»Gut.«

»Steht schon fest, ob Tadeusz dich einen Gipfelversuch machen lässt?«

»Ja. Sieht gut aus.«

»Gut.«

»Du bist da drin eben ziemlich laut geworden. Probleme zu Hause?«

»So was in der Art.«

»Setz dich, mein Sohn. Ich glaube, wir sollten uns unterhalten.«

Scheiße. Ich bezweifelte, dass mir dieses Mal wieder Ratschläge von einem alten Hasen zur Sicherheit auf dem Berg bevorstanden.

»Du bist der Bursche, der aus der Cwm Pot geholt wurde?«

Doppelte Scheiße. »Du kennst die Cwm Pot?«

»Ja. War früher selber mal Höhlenkletterer. Wusste ich's doch, dass ich dich schon irgendwo gesehen habe.« Ich hatte geglaubt, die Pressefotos wären so verschwommen gewesen, dass man mein Gesicht nicht deutlich erkennen konnte, doch ich hatte sie nicht alle gesehen – was das betraf, hatte ich meine übliche Simon-Newman-Vermeidungstaktik angewandt. »Der Guide, mit dem du unterwegs warst, ist gestorben, nicht wahr?«

»Ja. Tja, er war ein Psycho.«

»Das ist keine Art, über Verstorbene zu sprechen.«

»Du kanntest ihn nicht.«

»Wozu bist du da runter? Es ging drum, die Jungs zu filmen, die da unten gestorben sind, nicht wahr?«

»Ja.«

»Und du hast den Eiger nicht bestiegen, oder?«

»Nein.«

Ein selbstzufriedenes Nicken. Ich zog in Erwägung, ihm zu sagen, dass diese Lüge streng genommen nicht meine war, sondern Thierrys, sah jedoch keinen Sinn darin.

»Rücksichtslosigkeit hat *weder* unter der Erde *noch* auf dem Berg etwas verloren, Simon.«

»Ach ja? Das sagt der Richtige. Was ist mit dir, Malcolm? Was war denn mit dir da oben auf dem Sattel los?«

»Nicht der Rede wert.«

»Du hast gesagt, du hättest Probleme beim Sehen. Hattest du die beim letzten Mal auch? Ist das der Grund, warum du es nicht auf den Gipfel geschafft hast?«

»Versuch jetzt nicht, die Sache umzudrehen.«

Er starrte mich mit seinen wässrig blauen Augen an. Ich starrte zurück. »Wirst du es Tadeusz erzählen?«

»Nein.«

Ich wusste, warum nicht. Er verbarg schließlich ebenfalls etwas. Er verbarg etwas, ich verbarg etwas, Mark verbarg etwas. Wir verbargen alle etwas.

Eine Stunde später kontrollierte ich meine E-Mails. Natürlich hatte ich eine von Thierry bekommen: *Tut mir leid, Alter. Ich habe dich zu dieser Sache gedrängt. Habe ein bisschen dick aufgetragen. Wahrscheinlich wollte ich nur JTTDS auf ein neues Level pushen, weißt du? Du musst jedenfalls tun, was du für richtig hältst. Sei einfach vorsichtig und pass auf dich auf.*

Mistkerl.

Er wusste, wie er mich drankriegte.

Eine Welle der Erwartung rollte durchs Camp, als Tadeusz uns ins Esszelt rief. Die meisten von uns scharten sich um den Tisch, während Mingma, Ireni und Dorje es vorzogen, sich im Hintergrund zu halten.

»Ich habe mich mit den anderen Teams getroffen«, begann Tadeusz. »Die Chinesen werden den Gipfel als Erste besteigen. Viel früher, als es vielleicht klug ist, aber das ist ihre Sache. Anschließend haben wir die Erlaubnis, es zu versuchen. Wir werden am 16. Mai zu Camp I aufsteigen, wo wir ein Wetterfenster von zwei Tagen haben sollten. Die Polen, das International Team und Mountain Conquest werden zur selben Zeit oben sein.«

Robbie hob die Hand, doch Tadeusz ignorierte ihn.

»Wir werden das still und heimlich tun. Die anderen Teams, die im vorgeschobenen Basislager warten, sollen nicht wissen, dass wir bereit sind. Wir wollen keine Verzögerungen am Second Step. Haben wir uns verstanden? Wir müssen einen Engpass verhindern. Der Grat bietet etwa sechzig Bergsteigern Platz. Mehr, und es gibt Probleme. Wollt ihr Schlange stehen, um zum Gipfel zu kommen, wie ihr im Supermarkt Schlange steht? Also möchte ich euch sagen: Wer von euch Freunde in anderen Camps hat, auch wenn es sich um unabhängige Bergsteiger handelt, bitte nennt nicht den Gipfeltermin.«

Alle sahen mich an: Mr Kontaktfreudig.

Robbie hob erneut die Hand, und dieses Mal nickte ihm Tadeusz knapp zu.

»Gehen wir alle gemeinsam? Ich steige nämlich gern in meinem eigenen Tempo auf. Ich möchte nicht auf andere warten, die womöglich langsamer sind.«

Ich verdrehte die Augen. »Du weißt, dass Mark und ich weit vor dir in Camp II angekommen sind, oder, Robbie?«

»Na ja, ich hatte ein Problem mit meinem Regler.«

»Blödsinn«, sagte Wanda.

Robbie ignorierte sie. »Ich dachte mir, Mingma könnte mich, Howard und Wanda begleiten, und Dorje könnte Malcolm und die anderen beiden führen.«

»Mingma und Mark kommen nicht mit uns mit«, sagte Tadeusz. »Mark steigt nicht mit dem Rest von uns zum Gipfel auf.« Das war natürlich keine Überraschung für Wanda und mich, doch Robbie, Malcolm und Howard verschlug es die Sprache. »Wir werden um elf Uhr abends zu unserem Gipfelversuch aufbrechen. Mark und Mingma werden sich um vier Uhr morgens auf den Weg machen.«

»Ich verstehe nicht ganz, Tadeusz«, stotterte Robbie.

Tadeusz warf Mark einen Blick zu, der mit seinem Handschuh Kreise auf der Tischplatte zeichnete. Mark nickte ihm zu. »Mark macht einen Abstecher.«

»Hm?«

»Er erweist einem Familienmitglied die letzte Ehre, das auf dem Berg gestorben ist.«

Ich konnte beinahe sehen, wie sich die Rädchen in Robbies Hirn drehten, als er versuchte abzuschätzen, inwieweit ihn das beeinträchtigen würde. Es kam kein: »Meine Güte, Mark, mein Beileid«, und auch keine Nachfrage, um wen es sich bei Marks Angehörigem handelte. Stattdessen sagte er: »Dann bekommt er Mingma also ganz für sich alleine? Bezahlt er dafür extra?«

Howard besaß immerhin den Anstand, verlegen dreinzublicken.

»Du bist widerlich«, stellte Wanda nüchtern fest.

»Ich möchte nur, dass es fair zugeht, mehr nicht. Ich habe eine Menge aufgegeben, um das noch mal zu machen.

Warum sollte Mark einen Sherpa ganz für sich alleine bekommen?« *Einen Sherpa ganz für sich alleine*, als handelte es sich bei Mingma um ein Happy Meal oder so etwas. »Du hattest uns ein deutlich höheres Sherpa-Bergsteiger-Verhältnis versprochen, Tadeusz.«

»So läuft es und nicht anders. Wenn du aussteigen willst, dann tu es bitte, Robbie.«

Robbie traten vor Entrüstung beinahe die Haarwurzeln aus der Kopfhaut hervor. »Das ist nicht … Nein! Ich komme mit.«

»Gut. Um es noch mal zu wiederholen: Wanda, Robbie, Malcolm, ich, Howard, Dorje und Simon sind in Team eins. Mingma und Mark sind in Team zwei.«

Robbie lehnte sich in seinem Stuhl zurück. Mingma mochte er verloren haben, aber es war nicht alles schlecht. Er hatte bekommen, was er sich schon die ganze Zeit wünschte: Mark, den er für das schwächste Glied in der Kette hielt, war aus dem Weg. Er konnte es sich leisten, großzügig zu sein. »Tut mir leid, wenn ich grob geklungen habe, Mark. Tut mir leid wegen deinem Angehörigen. Wo auf dem Berg ist er denn gestorben?«

»*Sie*.«

»Hm? Eine *Frau*?«

Wanda schnaubte. »Man braucht keinen Penis, um einen Berg zu besteigen, Robbie.«

Oder um auf einem zu sterben.

»Das weiß ich. Wie hieß sie denn, Mark?«

»Das geht dich nichts an.«

Klasse, Mark.

»Tja, ich wünsche dir alles Gute.«

»Danke.«

»Ja, mein Freund. Mensch. Tut mir leid, das mit deiner Verwandten.« Das kam von Howard, der wie üblich das beschlagene Schlusslicht bildete. Die Haut um seinen Mund schälte sich so stark, dass er aussah, als hätte er an Maden genascht.

»Und ich möchte euch bitten, niemand anderem zu erzählen, was Mark vorhat«, sagte Tadeusz, wobei er vor allem Robbie ansah. »Das ist eine Privatangelegenheit.«

»Klar. Du kannst dich auf mich verlassen, Tadeusz.« Robbie stand auf und klatschte in die Hände. »Lasst uns die Sache *durchziehen*.«

Malcolm suchte meinen Blick. Ich konnte seinen Gesichtsausdruck nicht lesen.

Um den kalten Krieg zwischen Mark, Wanda und Robbie zu beenden, schlug Howard am nächsten Tag vor, für einen Tapetenwechsel und ein paar Biere zu der touristischen Enklave zu wandern, die als »Zeltcamp« bekannt war – eine gut anderthalb Kilometer vom Basislager entfernte rechteckige Fläche mit provisorischen Hotels und Bars. Ich überredete ihm zuliebe Wanda und Mark. Ireni, Dorje und Tadeusz entschieden sich dafür, im Basislager zu bleiben, genauso wie Malcolm (zum Glück), doch Mingma nahm Howards Einladung an, uns zu begleiten.

Robbie fiel mit mir in Gleichschritt, als wir die Rongbuk Road entlanggingen und an dem erbärmlichen Gebäude der Mountaineering Association vorbeikamen. Wanda und Mark, die von der Aussicht, mit Robbie abhängen zu müssen, nicht begeistert waren, gingen mit Mingma voraus.

Eine Schar chinesischer Touristen lief herum, die an Einweg-Sauerstoffflaschen saugten und vor dem Basislager-Schild posierten. Der Boden war mit Dosen, alten Gebetsfahnen, Toilettenpapierfetzen und Snack-Verpackungen übersät.

Ohne Einleitung sagte Robbie: »Es ist Juliet Michaels, stimmt's?«

Scheiße. »Hm?«

»Stell dich nicht dumm, Simon. Malcolm hat gesagt, sie hatte einen Sohn, der ungefähr in Marks Alter sein müsste. Er hat seinen Namen geändert, oder?«

Wir waren so weit hinten, dass uns Mark nicht hören konnte, doch Wanda drehte sich trotzdem um und warf Robbie einen ihrer düsteren Blicke zu.

»Meine Lippen sind versiegelt, Robbie.«

»Okay, okay. Ich habe nicht vor, darüber zu bloggen. Denkst du, er schafft es? Camp III ist noch mal ein verdammt weites Stück den Berg rauf.«

»Nicht das schon wieder, Robbie.«

»Schau ihn dir doch mal an, Simon.«

»Wieso?«

»Er sieht aus wie ein gottverdammtes Skelett.«

»Wir haben alle abgenommen, Mann.«

Robbie zuckte mit den Schultern. Wie wir alle war Mark immer wie eine Mumie in mehrere Schichten Gore-Tex und Daunen gehüllt, doch es war nicht schwer zu erkennen, dass Robbie recht hatte: Bereits vorher dünn, hatte Mark deutlich mehr Gewicht verloren als alle anderen. Seine Handgelenke wirkten zerbrechlich wie die eines Kinds.

Howard schloss zu uns auf, und die Unterhaltung drehte sich nun um die beste Methode, den Griff seines Eispickels mit Klebeband zu umwickeln, damit er in den oberen Camps nicht einfror, und andere brillante Themen. Robbie erwähnte die Sache mit Marks Angehöriger nicht mehr. Er war völlig in seinen Gipfel-Countdown vertieft, deshalb schlug der Zeiger der Selbstbesessenheits-Messuhr voll aus.

Mingma winkte uns durch den mit Teppich verkleideten Eingang zu einem der größeren Zelte, das ihm zufolge von einem Freund von ihm betrieben wurde. Wir ließen uns auf einer U-förmigen Bank nieder, die gepolstert und mit buntem Stoff überzogen war. In der Mitte des Raums pulsierte ein Dungfeuer. Das Zelt stank nach Yak-Kot und saurem Buttertee, aber im Vergleich zu unserem Esszelt war es warm, gemütlich und luxuriös. Mingmas Freund, der mit seiner Elvis-Tolle und seiner zerschlissenen hochgekrempelten Jeans auf eine retromäßige Matinee-Idol-Weise gut aussehend war, brachte jedem von uns eine Flasche Lhasa-Bier.

Mingma und ich saßen letzten Endes nebeneinander, Robbie und Howard auf Mingmas Seite, Wanda und Mark auf meiner. Wie immer hatte ich das Gefühl, dass Mingma uns studierte, als wären wir ein anthropologisches Experiment, bei dem er sich nicht sicher war, ob er es amüsant finden oder als Misserfolg betrachten sollte. Wir kippten unser Bier binnen Minuten hinunter, und Elvis brachte uns eine weitere Runde.

»Wolltest du schon immer den Everest besteigen, Mingma?«

»Nein.«

»Aber du warst, wie oft, neunmal auf dem Gipfel, richtig?«

»Ja. Es ist eine gute Möglichkeit, um Geld zu verdienen. Ich brauche Geld, damit ich meine Familie und meine Söhne unterstützen kann.« Vielleicht war es das Bier, das seine Zunge lockerte, oder er hatte beschlossen, dass ich kein totales Arschloch war. Er erzählte mir, dass seine Familie ein paar Jahrzehnte zuvor, in seiner Kindheit, von Tibet nach Nepal geflohen war. Wie Ngima hatte er als Hilfskoch angefangen und sich dann hochgearbeitet. Er war der Einzige, der Vollzeit arbeitete, und seine ganze Familie war auf ihn angewiesen. *Wie Ang Tsering, der Sherpa, der Juliet nach Walters Tod das Leben gerettet hatte.*

»Hattest du jemals richtig schwierige Auftraggeber?«

»Nein.«

Das Bier stieg mir direkt in den Kopf, verlieh mir eine große Klappe. »Komm schon, sag mir die Wahrheit. Ich erzähle es nicht weiter.«

Ein Achselzucken. »Die meisten Leute sind nett. Manche wollen unbedingt auf den Berg, auch wenn sie nicht das Zeug dazu haben. Wir weisen sie ab. *Ban dai* Tadeusz ist gut darin.«

»Ist Tadeusz ein guter Boss?«

»Ja, er ist ein guter Mensch. Wir haben früher schon zusammengearbeitet, auf der anderen Seite, als er noch Guide war. Sehr fair, zahlt gutes Geld.«

»Was ist dir lieber, die Nordseite oder die Südseite?«

»Die Nordseite. Kein Khumbu-Eisbruch. Der ist sehr gefährlich, und viele Sherpas sterben dort.«

»Ihr glaubt, das Unglücke von der Göttin des Bergs ausgelöst werden, wenn sie wütend wird, richtig?«

Wieder ein beiläufiges Achselzucken. »Manche Sherpas schon. Dorje trifft Vorkehrungen. Er verstreut *channe*, das ist so etwas Ähnliches wie Reis, um Lawinen zu stoppen. Auf der Nordseite ist es nicht so schlimm.«

»Aber trotzdem gefährlich, oder? Viele sterben.«

»Ja.«

»Du brauchst mir darauf keine Antwort zu geben, Mingma, aber warum weigern sich Sherpas, tote Bergsteiger anzufassen?« *Herrgott, Simon. Das nenne ich kulturelle Einfühlsamkeit.* Ich trat auf Zehen, darüber war ich mir im Klaren, doch Mingma schien nicht beleidigt zu sein.

»Nur ein Lama darf einen Leichnam als Erster berühren. Wenn jemand nicht ins Jenseits geleitet wird, kann es sein, dass er wütend wird und seinen Zorn an Lebenden auslässt.«

»Was meinst du mit ›auslassen‹?«

»Ihnen Pech bringt.« Soweit ich wusste, hatte niemand Ed ins Jenseits geleitet. Doch wenn es stimmte, was Mingma sagte, wäre die gesamte Welt mit den Geistern wütender Toter gefüllt, oder etwa nicht? »Der Vater meiner Mutter lebt in einem sehr kleinen Dorf, und seine Türen sind sehr niedrig, damit die wütenden Geister nicht in sein Haus kommen.« Er tippte sich an die Stirn. »Sie würden sich den Kopf anstoßen.«

»Angenommen, man hat einen Leichnam berührt, wie wird man einen wütenden Geist wieder los?«

»Indem man ins Kloster geht und ein Geschenk macht. Buttertee verbrennt, den Lama bittet, eine Puja-Zeremonie abzuhalten. Aber es geht nicht darum, dem bösen Geist zu *schaden*, sondern ihn an einen besseren Ort zu schicken.«

Mingmas Freund brachte uns die dritte Runde. Sollte ich noch weiter nachbohren? *Vielleicht bekommst du keine zweite Chance.* »Ich habe gehört, letztes Jahr sind zwei Bergsteiger oben in Camp III gestorben. Zwei Ukrainer.«

»Letztes Jahr sind viele gestorben.«

Vorsicht. »Ja. Aber ich habe gehört, sie sind noch da oben.«

»Äh?«

»Ihre Leichname.«

»Manchmal werden die Sherpas, die die Fixseile anbringen, dafür bezahlt, die Toten auf der Ostseite hinunterzuwerfen. In Camp III sind keine Leichname.«

Und da war es. *Dann kann Thierry einpacken.* Ich wurde von einer Mischung aus Entsetzen und Erleichterung durchflutet. *Selbst wenn man sie filmen wollte, könnte man nicht.*

»Ich glaube, wir müssen zurück ins Camp«, sagte Mingma. »Es wird bald dunkel.«

Neben mir gähnte Wanda und streckte sich, wobei ihr Arm meinen streifte. Sie sah mich an und lächelte. »Wie sagt man, wenn es warm und angenehm ist?«

»Behaglich?«

»Ja. Ich fühle mich behaglich.« Sie war nicht die Einzige. Vom Feuer eingeschläfert, hatten sich Robbie und Howard mit geschlossenen Augen in die Kissen zurückgelehnt. *Endlich Frieden.*

»Mingma sagt, wir sollten besser zurückgehen.« Mir fiel auf, dass der Platz neben ihr frei war. »Wo ist Mark?«

»Er ist auf die Toilette gegangen.«

»Ich hole ihn.«

Ich trauerte der Wärme im Zelt sofort nach, als ich ins Freie trat und mir der Wind ins Gesicht schlug. Das Licht verfärbte sich blau, und Touristen bahnten sich mit knirschenden Schritten den Weg über die Moräne, um zu filmen, wie das goldfarbene Leuchten über dem Gipfelgrat verblasste. Ich folgte einem mit Abfällen übersäten Pfad zum Toilettenblock – einem gemauerten Gebäude, das gefährlich über einer offenen Abwassergrube thronte.

Daneben standen zwei dunkle Gestalten, Kopf an Kopf, eine davon in einer gelben Jacke. »Mark!«

Er winkte. »Komme!«

Ich drehte mich um und blickte zum Gipfel, als er auf mich zukam. *Du könntest in einer Woche da oben sein, Si. Ganz da oben.* Ukrainer hin oder her, ich würde es machen. Für die Website würden wir andere Pläne schmieden.

Mark tippte sich auf den Bauch. »Magenprobleme. Habe ich euch aufgehalten?«

»Nein. Hey, mit wem hast du dich denn da gerade unterhalten?«

»Hm?« Er drehte sich weg, um zu husten. »Wann?«

»Vor dem Toilettenblock.«

Er sah mich verwundert an. »Mit niemandem.«

Der steinige Boden schwankte unter meinen Füßen. Es hatte doch jemand neben ihm gestanden, oder nicht? Vielleicht hatte es sich nur um einen Touristen oder um einen Wanderer gehandelt, der weitergegangen war.

Du weißt es doch besser.

»Wie kommt es, dass es hier kein Denkmal für deine Mutter gibt, Mark?«

»Mein Dad war dagegen. Ich glaube, er hatte Angst, wenn es eins gäbe, würde ich es eines Tages besuchen wollen.«

»Was du jetzt machst ist ein bisschen radikaler, als nur dem Basislager einen Besuch abzustatten, oder?«

»Ja. Ich glaube, er ...« Er musste so heftig husten, dass er sich krümmte. Für meinen Geschmack war der Klang seines Hustens dem Rasenmäherknurren des erkrankten Bergsteigers viel zu ähnlich.

»Mein Gott, Mark.«

»Alles in Ordnung.«

Er hörte sich nicht an, als wäre alles in Ordnung. Er sah nicht aus, als wäre alles in Ordnung. In nicht einmal einem Tag hatte der Husten sich in seiner Lunge eingenistet. Und er würde nur noch schlimmer werden. Ireni hatte uns die grausigen Details nicht erspart. *Über achttausend Meter verwandelt sich euer Blut in Sirup, eure Muskelmasse wird weggeknabbert und macht euren Köper zu einem schlabbrigen Haut-Anzug.*

»Hat Ireni dich durchgecheckt?«

»Mir geht's gut. Ich habe ihr gesagt, dass es mir gut geht. Und so ist es.«

Ich ließ den Blick über die Steinhügel und Chörten wandern und hielt nach Namen Ausschau, bei denen es sich um die von Thierrys Ukrainern hätte handeln können. Mark hatte mich am Morgen gebeten, ihn zu der Gedenkstätte zu begleiten, doch ich war dafür nicht in Stimmung. *Dort hat sie ES zum ersten Mal gesehen.*

»Ich habe mir überlegt, dass ich nächstes Jahr vielleicht zurückkomme und einen Gipfelversuch mache.« Er lächelte, wobei sich die Haut auf seinem knochigen Schädel spannte. »Du könntest ja mitkommen. Du könntest eine Doku darüber drehen.«

»Wirklich?« *Warum nicht? Du bist doch Filmemacher, oder nicht, Eiger-Boy?* Und ich konnte es mir tatsächlich vorstellen. Während es sich bei Hollywoodfilmen meistens um Vater-und-Sohn-Geschichten handelte, war das ein spitzenmäßiger Mutter-und-Sohn-Stoff. Thierry konnte die Doku schneiden und einen Tränendrüsendrücker-Soundtrack hinzufügen, um die Zuschauer zu manipulieren. *Allerdings brauchst du nicht bis nächstes Jahr zu warten, oder? Du hast hier und jetzt eine pikante Geschichte.*

In meiner Brust baute sich Druck auf. Ich wusste, worum es sich handelte, und versuchte, es zu ignorieren.

»Wirklich. Ich kann das unmöglich bis in alle Ewigkeit totschweigen. Jemand wird rausfinden, dass ich hier war. Und das mit dem Gipfelversuch meine ich ernst. Ich könnte erreichen, was meine Mutter nie erreicht hat.« Er räusperte sich. »Ich glaube nicht, dass meinem Vater das gefallen würde. Eine Gedenktafel möchte ich auch für Juliet aufstellen. Sie hat eine verdient, findest du nicht?«

»Doch.«

»Sie war nicht verrückt, oder, Simon?«

»Nein, das war sie nicht.« Der Druck in meiner Brust nahm zu.

»Aber … aber wenn es mich nicht gäbe, wäre sie nie hier gewesen.«

»Das ist nicht wahr. Du warst doch selber da oben,

Mark. Man nimmt so was nicht auf sich, außer für sich selbst.« *Stimmte das? Keine Ahnung, aber es klang gut.* »Wenn du jemandem die Schuld geben möchtest, dann gib sie den Journalisten, die ihr das Leben schwergemacht und Lügen über sie verbreitet haben.«

»Ja. *Ja.* Du hast recht. Ich wünschte nur, ich wüsste, was genau da oben geschehen ist.«

»Das werden wir womöglich nie erfahren. So ist das bei solchen Dingen nun mal.« *Simon Newman, ein Weiser, wie er im Buche steht.* »Da sind immer noch diese Seiten.«

»Hm?«

»Die ganz hinten im Tagebuch. Vielleicht hat sie sie rausgerissen, um sie mit zum Gipfel zu nehmen, damit sie nicht das ganze Buch mitschleppen musste. Sie könnte etwas auf sie geschrieben haben, als sie in den oberen Camps war.« *Sie könnten noch bei ihrem Leichnam sein.*

Er zuckte mit den Schultern. »Möglich. Aber was ist, wenn sie wirklich gesehen hat, was sie sehen wollte?«

»Ich kann dir nicht folgen.«

»Ihr Bauchgefühl hat ihr gesagt, dass sie aus den falschen Gründen geklettert ist. Ich glaube, es wollte sie warnen. Dieses Ding – *Es* – hatte Erfrierungen. Ihr schlimmster Albtraum. Vielleicht wusste sie wie Walter …« Abermals ergriff ein trockener Husten Besitz von ihm. Er winkte mit einer behandschuhten Hand ab. »Ich weiß nicht, was ich sage. All den Stress, den sie auf sich geladen hat, obwohl es gar nicht nötig war.«

»Sie hat versucht, sich reinzuwaschen.«

»Ja, ihren Ruf wiederherzustellen.« Er spuckte das förmlich aus.

»Das hat die Zeit für sie geregelt, nicht wahr?«

»Ja, stimmt. Inzwischen wird sie bewundert. Simon … ich kann das schaffen, oder?«

Tu's nicht. Doch die Worte platzten heraus, bevor ich sie stoppen konnte. »Ich komme mit dir mit, Mark.«

Hatte ich das schon von dem Moment an geplant, als ich von Juliets Leichnam erfahren hatte? Vielleicht. Doch in diesem Augenblick fühlte es sich einfach *richtig* an. Mark war mein Freund, aber ich fühlte mich auch mit Juliet verbunden. Ich wusste, sie hätte nicht gewollt, dass Mark alleine geht.

Vielleicht war aber auch die Gelegenheit einfach zu gut, als dass ich sie auslassen konnte. Mark musste mit der Sache abschließen. Ich musste Thierry etwas präsentieren. *Du bist mir was schuldig.*

Aber was ist mit dem Gipfel?

Mark starrte mich mit halb geöffnetem Mund an. »*Was?*«

»Ich komme mit dir mit. Deiner Mum einen Besuch abstatten. Juliet einen Besuch abstatten.« *Nimm es zurück. Noch ist es nicht zu spät.*

Nein.

»Warum?«

Ja, Simon, warum? »Ich finde, du solltest das nicht allein machen.«

»Mingma begleitet mich.«

»Ja, ich weiß … es ist nur, nachdem ich Juliets Tagebuch gelesen habe, habe ich fast das Gefühl, sie zu kennen.« Das war so nahe an der Wahrheit, wie es mir möglich war.

»Das würdest du wirklich tun? Mich begleiten?«

»Ja.«

»Aber dann bekommst du vielleicht keine Gelegenheit für einen Gipfelversuch.«

»Der Gipfel läuft mir nicht davon, und wie du schon gesagt hast, wir können nächstes Jahr hierher zurückkehren.«

Er schniefte. »Ich weiß nicht, was ich sagen soll.«

»Sag Ja.«

»Ja.« Dann schlang er die Arme um mich.

In dieser Nacht war ich zurück bei Mission:Coffee und arbeitete mit Ed. Wir zermahlten fröhlich unsere Finger in der Kaffeemaschine, um sie Gästen zu servieren. Dann *zack*: Ich war zurück in unserer Wohnung und lümmelte auf der Couch, und Thierry kam auf allen vieren wie ein Hund auf mich zugeeilt, im Mund ein Exemplar von *In eisige Höhen*. In meinem Zimmer saßen Ed, mein Dad, Kenton und Mark nebeneinander auf der Matratze, kicherten und blätterten in einer pornografischen Zeitschrift. Sie hielten die mittlere Doppelseite hoch – ein Foto von Juliet. Voller Panik versuchte ich, sie zu warnen, dass sie es verstecken müssten, da Wanda im Anmarsch war, doch ich brachte die Worte nicht heraus.

Mein Unterbewusstsein hätte nicht wortgetreuer sein können, wenn es sich darum bemüht hätte.

Tadeusz blickte von mir zu Mark. Wie üblich konnte ich nicht einschätzen, was in ihm vorging.

»Ich habe mit Mingma gesprochen, Simon. Er hat nichts dagegen, wenn du ihn und Mark begleitest, aber du musst auf ihn hören. Er ist der Anführer, verstanden?«

Wir nickten beide kleinlaut wie zwei Jungen im Zimmer des Schuldirektors.

»Wenn er euch sagt, dass ihr umkehren sollt, müsst ihr das tun. Ist das klar?«

»Das ist klar.«

»Ihr brecht um vier Uhr morgens auf. Oberhalb von Camp III folgt ihr den Fixseilen, dann biegt ihr von der Hauptroute ab. Mingma weiß, wo es hingeht. Ich habe eine Route zu der ungefähren Stelle der Koordinaten aufgezeichnet. Ihr müsst dort sehr vorsichtig sein. Der Aufstieg wird durchmischt sein, mit viel Eis und Fels, aber auch losem Geröll. Ich kann keine Verantwortung für euch übernehmen, seid ihr euch darüber im Klaren?«

»Mach dir keine Sorgen, Tadeusz«, sagte ich.

»Ihr werdet euch mit Mingma anseilen. Es gibt keine Garantie, dass ihr deine Mutter finden werdet, Mark. Das muss dir bewusst sein. Du bekommst von mir eine Chance, mehr nicht.«

»Ich weiß. Und ich bin dankbar dafür.«

»Okay.«

Als wir aufstanden und gehen wollten, rief mich Tadeusz zurück. »Hast du das gesagt, weil du sein Freund bist?« Für ihn war es unbegreiflich, dass ich auf meine Chance, den Gipfel zu besteigen, verzichtete. Ich hatte noch nicht einmal Thierry von meiner Planänderung berichtet. Und ich hatte auch nicht die Absicht, es ihm zu sagen. Zumindest noch nicht.

»Das ist ein Grund. Und weil es mir das Richtige zu sein scheint.« Das stimmte teilweise.

»Du bist ein guter Bergsteiger, Simon. Außerdem sagt

Mingma, dass du kräftig bist. Vielleicht kommst du nächstes Jahr zurück und schließt dich wieder dem Team an.«

Ich schwoll vor Stolz an. »Danke, Tadeusz.«

»Ist Mark deiner Meinung nach stark genug, um das zu schaffen? Ich kann ohne Weiteres Nein sagen. Ireni ist nicht überzeugt, was seine körperliche Verfassung anbelangt, aber beim Bergsteigen geht es mehr darum« – er tippte sich an die Stirn –, »was hier los ist.«

»Ich denke schon. Er ist entschlossen.«

»Gut.«

Malcolm trieb mich nach dem Mittagessen in die Enge. Ich hatte schon darauf gewartet. Die Neuigkeiten hatten sich schnell verbreitet. Robbie war genauso ungläubig gewesen wie Tadeusz, hatte nicht fassen können, dass ich aus irgendeinem Grund auf meine Chance auf den Gipfel verzichten würde, und schon gar nicht wegen eines Schwächlings wie Mark. Howard war verständnisvoller gewesen, hatte mir die Hand geschüttelt und gesagt: »Schön für dich.« Wanda hatte ihre Distanz gewahrt.

Und jetzt stand Malcolm vor mir und war darauf erpicht, seine Meinung zum Besten zu geben. Es sollte die letzte Unterhaltung werden, die wir führten. »Ich habe gehört, was du vorhast, Simon.«

»Und?«

»Geh sicher, dass du es aus den richtigen Gründen tust.«

Ein Anflug von Verärgerung. Für wen, zum Teufel, hielt sich Malcolm, dass er glaubte, mir Ratschläge erteilen zu müssen? Malcolm, der zehenlose Malcolm, der am eigenen Leib erfahren hatte, was einem die Todeszone nehmen konnte, der von seinem Körper explizit gewarnt worden war, nicht über achttausend Meter aufzusteigen, und der entschlossen war, es trotzdem zu tun. »Was sind denn die richtigen Gründe?«

»Du weißt, wovon ich rede.«

»Ja? Tja, geh du lieber sicher, dass du deine eigenen Ratschläge befolgst.« Ich drehte mich um und entfernte mich.

»Du solltest es deiner Freundin erzählen«, rief er mir hinterher. »Das mit dem Eiger.«

»Sie ist nicht meine Freundin.«

»Du solltest ihr reinen Wein einschenken. Sie wird's rausfinden. Frauen finden immer alles raus.«

Es geht doch nichts über eine Prise altmodischen Sexismus.

»Das werde ich.«

Und ich tat es auch. Allerdings nicht sofort.

Am Abend lag ich in meinem Schlafsack da und versuchte vergeblich, mich behaglich zu fühlen und zu begreifen, worauf ich mich eingelassen hatte, als Wanda zu mir ins Zelt kam.

Sie kroch herein und legte sich neben mich. Ich wagte kaum zu atmen. Dann drehte ich mich zu ihr hin.

»Dass du Mark begleitest, ist sehr nett von dir.«

»Das würde jeder tun.«

»Ha! Denkst du etwa, Robbie würde es tun? Denkst du, Malcolm würde es tun?«

»Na ja, um fair zu sein, Robbie ist ein Spezialfall. Es kostet ihn seine gesamte überschüssige Energie, ein Wichser zu sein.«

»Weißt du, ich bin froh, dass du Mark begleitest. Ich

mache mir Sorgen um ihn. Ich glaube nicht, dass er es ohne dich schaffen würde. Es ist echt toll von dir, dass du ihm hilfst.«

»Du hast ihm auch geholfen.«

»Ja, aber du bist derjenige, der für einen Freund seinen Traum aufgibt. Ich würde das nicht tun.«

Aber auf den Gipfel dieses beschissenen Bergs zu steigen war nicht mein Traum – oder vielleicht doch. Ich wusste es nicht.

»Hör mal, wenn du diese Saison keine Gelegenheit für einen Gipfelversuch hast, komme ich nächstes Jahr noch mal mit dir her.«

»Würdest du? Mark hat genau dasselbe gesagt.« *Die drei Bergsteiger-Musketiere. Meine Güte.*

»Ja. Wir machen es gemeinsam. Und wenn es noch so schwierig wird.«

Das Zelt hätte fortgeweht werden können, Ed hätte auftauchen können, und mir wäre es egal gewesen.

Ich befreite meine Arme aus ihrem Kokon und zog Wanda näher zu mir heran. Und dann küsste ich sie.

Jetzt gab es kein Zurück mehr.

Wenn man bei seinem Tod die Erlaubnis bekäme, zu einem bestimmten Zeitpunkt zurückzukehren und ihn immer und immer wieder zu erleben, wüsste ich genau, wo ich gerne wäre: Ich würde mit Wanda eng umschlungen in ihrem Zelt liegen, ihr Bein über meinem, wir würden uns Ohrhörer teilen und uns abwechselnd Songs von unserer jeweiligen Playlist vorspielen. Nicht einmal Wandas Reize könnten mich daran hindern, mich gegen *Titanic* zu sperren, doch insgeheim gefielen mir *Les Misérables*, *The Wiz – Das zauberhafte Land*, *West Side Story* und der Soundtrack zu *Chocolat*, obwohl ich lieber gestorben wäre, als das vor Thierry zuzugeben. Und sie beklagte sich nicht, als ich sie zwang, sich meine Neunzigerjahre-Klassiker und alte Stevie-Wonder-Songs anzuhören. Doch Musik ist wie der Geruchssinn eine gemeine Sache, wenn es darum geht, Erinnerungen wachzurufen. Heute kann ich keinen dieser Songs hören, ohne von Traurigkeit und Reue überschwemmt zu werden. Manchmal dauert dieses Gefühl Tage an.

Vor unserem geplanten Aufbruch zum Sattel hatte ich jede Menge Zeit, um Mark von seinem Vorhaben abzubringen oder um Tadeusz und Ireni zu sagen, dass ich mir Sorgen um seine körperliche Verfassung machte. Doch dann wirkte er eine Weile wieder »normal«, und ich redete mir ein, dass alles gut gehen würde. Dass er das tun *musste*. Dass Ireni wusste, was sie tat, und ihn nicht mehr höher aufsteigen lassen würde, wenn sie der Meinung wäre, sein Körper würde es nicht verkraften. Dass es nicht meine Entscheidung war.

Außerdem verwendete ich meine gesamte Energie, die ich nach dem erneuten Aufstieg zum vorgeschobenen Basislager übrighatte, um mit Wanda Zeit zu verbringen – und um von ihr tagzuträumen. Ich hatte einen Plan: Nachdem die Mission Juliet beendet war, würde ich nach Hause zurückkehren, eine Tasche packen und dann sofort nach Frankreich ziehen, um bei Wanda zu sein. Sie würde mir helfen, Arbeit als Filmemacher zu finden. Vielleicht würde ich ihr Vorhaben dokumentieren, alle vierzehn

Achttausender zu besteigen, und dabei manchmal mit ihr gemeinsam klettern oder sie vom Basislager aus unterstützen. Thierry konnte unsere Website betreiben und uns dabei helfen, Sponsoren zu finden. Wir würden einen amüsanten Blog über unsere Abenteuer schreiben, vielleicht sogar ein Buch. Kinder würden wir erst viel später bekommen. Wir würden es machen wie Claude und Elodie und das Leben in vollen Zügen genießen.

Das ist kein Scherz. Ich dachte tatsächlich so.

Und wie Juliet verfasste ich eine Liste mit meinen Zielen:

- Mark helfen
- mir Thierry vom Hals schaffen
- nach Frankreich ziehen, um bei Wanda zu sein
- GLÜCKLICH SEIN
- ICH SCHAFFE DAS!

Ich sagte mir, dass Wanda niemals den wahren Grund zu erfahren brauchte, warum ich zum Everest gekommen war. Sie besaß Integrität und Moral, und nachdem ich ihren Umgang mit Robbie beobachtet hatte, wusste ich, dass es kein Zurück mehr gab, wenn man sie einmal vergrault hatte.

Irgendwie brachte ich die Energie auf, um aus dem Zelt zu kriechen, wobei ich mich vergewisserte, dass ich die ganze Zeit an dem Sicherungsseil eingehakt war. Die Zelte in Camp III – eine trostlose Ansammlung von zerfetztem altem Zelttuch und windgepeitschtem Fels – hingen unplausibel an dem steilen Hang, als wären sie mit Klettband dort befestigt worden. Ein falscher Schritt konnte einen Absturz bis ganz hinunter zum Fuß des Sattels bedeuten. Ich saugte einen tiefen Schluck Sauerstoff ein, ignorierte mein Fußgelenk, das sich genau diesen Moment ausgesucht hatte, um lautstark zu protestieren, und stopfte Schneebrocken in die Nylontasche, wobei ich genau darauf achtete, dass sie nicht von Urin oder Schlimmerem verunreinigt waren. Dann humpelte ich wieder zum Zelt und tastete nach dem Reißverschluss. Mark hatte sich sofort nach unserer Ankunft vor unserem Zelteingang übergeben, und die Pfütze Erbrochenes war inzwischen zu einer festen Scheibe gefroren. Ich kickte sie in die Nacht hinaus.

Ich brauchte sechs Versuche, um den Kocher in Betrieb zu nehmen, dann sah ich zu, wie der Schnee schmerzvoll langsam schmolz. Als ich dasaß und nach draußen blickte, ohne irgendetwas zu sehen außer der hauchdünnen Nylontür, fühlte ich mich sehr klein. Ich wäre am liebsten in meinen Schlafsack gekrochen und hätte mich versteckt. *Du darfst nicht schlafen, bevor du nicht mindestens zwei Liter getrunken hast.*

Ich schüttelte Marks Bein. Er lag auf dem Rücken, die Augen geöffnet, und atmete rasselnd durch seine Sauerstoffmaske, die er von Zeit zu Zeit absetzte, um zu husten. »Noch nicht einschlafen. Du musst was trinken.«

Wanda, unser Schutzengel und unsere Schneeschmelzmeisterin war nicht da, um uns zu helfen. Sie hatte sich bei Malcolm und Dorje einquartiert und bereitete sich mit ihnen auf ihren früheren Aufbruch vor.

Malcolm und ich waren uns während des mühsamen

Aufstiegs zu den oberen Camps aus dem Weg gegangen, doch soweit ich es beurteilen konnte, hatte er es ohne irgendwelche Probleme hierher geschafft. Vielleicht war er wie Mark in der Lage, von einer Art inneren Batterie zu zehren, die ihn nach oben zog. Robbie hatte endlich seine Großspurigkeit abgelegt, und Howard hatte sich ganz in sein Schneckenhaus zurückgezogen. Doch wir litten alle auf die eine oder andere Weise: waren abgemagert, wo wir nicht hätten abgemagert sein sollen; hatten geschwollene Gesichter, verquollene Augen und wunde Haut.

Ich überredete Mark, sich aufzusetzen und ein paar Schlucke Tee zu trinken. Ich machte mir nicht die Mühe, etwas zu essen zuzubereiten.

»Ich schaffe das, oder?«, fragte er keuchend. »Ich bin kräftig genug, oder?«

Letzte Chance. »Natürlich bist du das, Mark. Natürlich bist du das.« Und ich dachte: *Simon Newman, du verdammtes, beschissenes Arschloch.*

Ich lag in meinen Schlafsack gehüllt da, lauschte dem Knirschen von Füßen mit Steigeisen, die an unserem Zelt vorbeimarschierten, als die anderen zum Gipfel aufbrachen, und gab mir Mühe, einen Anflug von Bedauern zu unterdrücken, dass ich mich ihnen nicht anschließen würde. Ich hatte geglaubt, der Faden zum Gipfel, von dem Malcolm gesprochen hatte, wäre gerissen, doch ich hatte mich getäuscht.

Wenn Wanda mir nicht versprochen hätte, dass sie mit mir zum Everest zurückkehren würde, wäre ich ihnen vermutlich einfach gefolgt.

Ich nahm einen tiefen Atemzug Sauerstoff und schloss die Augen, wobei ich mir sicher war, dass ich nicht würde einschlafen können. Allerdings musste ich doch eingedöst sein, denn dann schrie Mingma, dass wir uns fertig machen sollen. Mark und ich bewegten uns, als befänden wir uns in einer Raumstation, behindert vom Fehlen der Schwerkraft. Seine Stiefel zu finden erforderte ein enormes Maß an Konzentration, als würde man mit einem Löffel eine Gehirnoperation durchführen. Ich besaß ein besonderes Paar Socken aus Merinowolle, das ich mir bis zum heutigen Tag aufgespart hatte, und ich brauchte Ewigkeiten, um es zutage zu fördern, da mein benebeltes Hirn nicht in der Lage war, sich daran zu erinnern, wo ich es am Abend zuvor beim Aufräumen hingesteckt hatte.

Mingma hatte uns etwas Schnee geschmolzen, und ich verstaute zwei Flaschen Wasser in meinem Daunenanzug. Meine Steigeisen anzuziehen schien Stunden zu dauern: Zwei Schnallen waren eingefroren, und das eiskalte Metall blieb am Stoff der Handschuhe kleben. Jemand hatte mir Beton in meine Gliedmaßen gefüllt.

Wortlos begaben wir uns ins Freie zu Mingma. Und, mein Gott, diese Kälte. Sie saugte sofort jegliches Leben und jegliche Wärme aus mir und versetzte mich – nur für einen Moment – zurück in die Höhlen. Mingma half uns, die Sauerstoffflaschen in unseren Rucksäcken zu befestigen, und dann machten wir uns auf den Weg.

Im Vergleich zu den anderen Bergsteigern gingen wir nicht weit. Ein Spaziergang, verglichen mit ihrem Marathon. Doch in dieser Höhe konnte selbst ein kleiner Spaziergang tödlich sein. Wir würden drei Stunden brauchen, um die Exit Cracks zu erreichen, wo wir von der normalen Route abbiegen und uns langsam den Weg dorthin bahnen würden, wo Juliet lag. Ohne Fixseile war die Gefahr, die von verborgenen Gletscherspalten ausging, unsere größte Sorge. Und wir würden zum ersten Mal in die Todeszone vordringen. *Der Ort, an dem der Körper zu sterben beginnt und der Verstand Risse bekommt.*

Meine Sicht durch Sauerstoffmaske, Kapuze und Brille eingeschränkt, ließ ich Mark vorausgehen und konzentrierte mich darauf, dem Lichtkegel meiner Stirnlampe zu folgen. Bis der Tag langsam anbrach, wurde dieser kleine Ausschnitt zu meiner Welt.

Ich dachte nicht: *Das ist scheiße, das ist scheiße, das ist scheiße.* Mir fehlte die Energie dafür. Ich wuchtete meine schweren Füße vorwärts und konzentrierte mich auf meine Atmung. Meine verlangsamten Synapsen brauchten ein paar Sekunden, um zur Kenntnis zu nehmen, dass wir bei einem felsigen Hang angekommen waren, und ich kämpfte damit, meinen Körper neu zu justieren, um mit dem veränderten Terrain zurechtzukommen. *Vorsicht.* Es fühlte sich an, als würde man über Dachziegel gehen. Ich wäre am liebsten auf allen vieren gekrabbelt.

Mingma zog seine Sauerstoffmaske beiseite und schrie uns zu: »Langsam, langsam«, wobei der Wind seine Stimme fortriss.

Und langsam, langsam war die einzige Option.

Dann blieb er stehen und hob die Hand. Er setzte seine Sauerstoffmaske ab und sagte etwas in sein Funkgerät. »… komme sofort, over.« Er drehte sich zu uns. »… Schwierigkeiten.«

»Was?« *Mein Gott*, es tat weh zu sprechen.

»Bergsteiger in Schwierigkeiten. Ich muss Sauerstoff raufbringen. Bleibt hier.«

Eine Zeitverzögerung, während mein Gehirn die Information verarbeitete, dann dachte ich: *Wanda. Bitte nicht Wanda.*

»Bleibt hier. Verstanden? Rührt euch nicht vom Fleck.«

Ich hätte Mingma am liebsten gepackt und ihn gezwungen, uns zu sagen, was zum Teufel los war, doch Mark und ich taten nichts, außer dazustehen und zuzusehen, als er bergauf ging und sich von uns entfernte. Mark hängte seine Steigklemme aus dem Seil aus und setzte sich hin. Ich folgte seinem Beispiel, wobei es nicht einfach war, eine Position zu finden, in der ich mich nicht hoffnungslos unsicher fühlte. Unter uns lagen Tibets Schwemmebenen, die jetzt in ein monochromes Licht getaucht waren; über uns ragte der Gipfel empor. Das Rückgrat des Himalaya und die Spitzen seiner Berge glänzten, als wären sie verchromt.

Wir warteten und schlugen unsere Stiefel gegeneinander, um die Durchblutung unserer Zehen aufrechtzuerhalten.

Wie lange saßen wir da, bis Mark etwas sagte? Eine Stunde vielleicht? Er tippte mir auf die Schulter und öffnete seine Maske, damit ich ihn verstehen konnte. »Wir sollten gehen.«

»Wieder runter?«

»Nein. Zu Mam.« *Mam.* Nicht Juliet oder »meine Mutter«.

»*Was?*«

»Vielleicht … Vielleicht bekomme ich keine zweite

Gelegenheit. Mingma kommt vielleicht nicht …« Ihm war die Puste ausgegangen.

»Weißt du denn, wie man hinkommt?«

»Ich glaube schon. Ist nicht weit.«

»Bist du sicher?«

»Ja. Wird schon … klappen. Habe ja … ein Funkgerät. Kommst du mit?«

Würde er gehen, wenn ich Nein sagte? Ich wusste es nicht. *Er ist nicht in der Verfassung, irgendwohin zu gehen. Er ist ein verdammtes wandelndes Skelett. Sag nein.*

Ich nickte.

Der Wind prügelte jetzt auf uns ein, und Spindrift sprenkelte meine Brille. Wir benutzten unsere Eispickel als Gehstöcke und begannen die Traverse über die Exit Cracks. Mark bewegte sich inzwischen langsamer, und ich ebenfalls. *Dein Körper stirbt hier oben, Si.* Die Steigeisen kratzten über eine merkwürdige Mischung aus Schnee, Eis und Fels. In normaler Höhe wäre es eine einfache Kletterei gewesen, hier war es wie … Es war wie eine Besteigung des Mount Everest. Die Höhe schien an mir zu zerren, und ich war froh über meine eingeschränkte Sicht. *Schau nicht nach unten.* Über uns machte Wanda womöglich gerade ihre letzten Schritte zum Gipfel. *Bitte lass es nicht sie sein.*

Hier oben tickten die Uhren anders. Was das betraf, hatte Malcolm recht gehabt. Die Zeit schien jegliche Bedeutung zu verlieren, als wir uns langsam den Weg über Geröll und Fels bahnten, wobei uns das Licht Streiche spielte und den Boden flacher wirken ließ, als er war. Meine Augen hatten damit zu kämpfen, zwischen dem niemals endenden, unwegsamen Fels und Flecken hartnäckigen

Schnees zu unterscheiden. Wir hatten einen elementaren Fehler begangen: Das Suchgebiet war zu groß. Unsere Chance, Juliet zu finden, war gleich null. Möglicherweise war sie unter einem Haufen Schnee und Eis begraben; möglicherweise waren wir bereits über sie hinweggestiegen. Im Geiste hatte ich mir vorgestellt, dass sie einfach erreichbar dalag, deutlich zu sehen und genauso friedlich und gut konserviert wie George Mallory. *Total bescheuert.*

Mark blieb stehen, beugte sich vor, zog seine Sauerstoffmaske beiseite und übergab sich. Es kam nicht viel heraus. Ich forderte ihn auf, sich hinzusetzen, holte eine Wasserflasche aus meinem Anzug und hielt sie ihm hin. Er winkte ab.

»Schlecht«, sagte er.

»Zurück?«

»Nein … weiter.«

»Weißt du, wohin?« *Woher sollte er?*

»Denke schon.«

Ich überprüfte seinen Sauerstoff. Die Flasche hatte noch einen Druck von vier Bar. Mark trank und hustete, und ich half ihm auf die Füße. Diese Anstrengung machte mich erschreckend atemlos.

Er ging ein paar Schritte, dann rutschte er aus und fiel auf die Seite. Ich versuchte, ihn zu packen, doch meine Reaktion war trotz des Adrenalinstoßes viel zu langsam. Er schlug vergeblich mit seinem Eispickel um sich, rutschte aber nicht weiter als zweieinhalb Meter.

Und dann, zwanzig Meter unter ihm, sah ich ihn: einen Farbfleck in einem Schneehaufen. Inzwischen zogen Wolken heran. Ich blinzelte, um meine Sicht zu bereinigen, und sah noch einmal hin. *Pink. Das ist pink. Es muss sich um sie handeln. Es muss.* Doch mir war nicht klar, wie sie vom Grat abgestürzt sein konnte, der sich viel weiter rechts und weit über uns befand.

Ich war mir nicht sicher, was ich empfinden sollte. »Mark. Habe sie gefunden.«

Er nickte erschöpft und kämpfte sich auf Hände und Knie.

Ich näherte mich ihr ganz langsam und legte nach zehn Metern eine Verschnaufpause ein, da ich ihr ohne Mark nicht zu nahe kommen wollte. Zum Teil von einer Schneewehe bedeckt, lag sie mit dem Gesicht nach unten da, die Beine gespreizt, ihr rechter Arm unter ihr gefangen, ihr Hinterkopf unter ihrer Kapuze verborgen. Sie war kleiner, als ich erwartet hatte, und trug noch immer ihre Stiefel, wobei eines ihrer Fußgelenke brutal nach innen verdreht war. Ein Anflug von Traurigkeit: *Hallo, Juliet.*

Dann: *Film es. Los, film es. Mach schon, mach schon, mach schon. Film es. Schnell, bevor Mark kommt.* Mechanisch, als hätte plötzlich jemand anderer die Kontrolle über mein Handeln übernommen, nahm ich meinen Rucksack ab, wobei ich darauf achtete, dass sich die Sauerstoffflasche nicht löste, und holte den Camcorder heraus. *Du musst ihn nicht verwenden.* Ich entfernte meinen klobigen Überhandschuh und ließ ihn an seinem Sicherungsband baumeln, dann drückte ich auf die Aufnahmetaste. Nichts tat sich. Ich versuchte es noch einmal. Es tat sich immer noch nichts. *Fuck.* Ich zog meine Sauerstoffmaske beiseite und hauchte die Taste an, und schließlich blinkte das rote Licht.

Als ein Schatten auf Juliet fiel, blickte ich vom Sucher auf. Neben ihr stand eine Gestalt, eine dunkle Silhouette mit deformiertem Kopf. Ich schnaubte und sackte in die Hocke, und der Aufprall raubte mir den Atem. *Nicht da, es ist nicht da. Alles Einbildung.* Ich saugte pfeifend Luft ein. Blickte wieder auf. Die Gestalt hatte sich nicht bewegt. Sie war noch immer da. Ich hätte am liebsten gesagt: *Du bist Juliets Vision, nicht meine.* Ed *ist meine*, doch stattdessen saß ich einfach nur da, fassungslos, bis eine Wolke heranzog und die Gestalt und Juliets Leichnam verschluckte.

Ich versuchte aufzustehen, schaffte es aber nicht. Irgendetwas war völlig verkehrt. *Was?* Dann kam es mir: Die Kamera baumelte an meiner rechten Hand, doch ich konnte meine Hand nicht spüren. Meine *handschuhlose* Hand.

Oh, verdammt, Simon, o nein, was hast du nur getan? Zitternd steckte ich sie wieder in den Handschuh und schlug mit ihr auf meinen Oberschenkel. *Holz, sie hat sich in Holz verwandelt.* In meinem Bauch wirbelte Panik umher. *Alles okay. Alles wird gut. Verschwinde sofort von hier.* Einhändig schob ich die Kamera zurück in den Rucksack und hievte mir diesen wieder auf die Schultern. Dabei vergaß ich zu kontrollieren, ob der Sauerstoffschlauch richtig befestigt war. Ich versuchte noch einmal, mich aufzurichten, doch meine Oberschenkel waren wie kalter Wackelpudding. Und Mark, wo war Mark? *Er war doch gerade noch direkt hinter dir.* Ich drehte den Kopf, doch die Wolke war inzwischen dichter – *wie konnte sie so schnell herangezogen sein?* –, und keine Spur von Mark.

Das widerliche panische Gefühl in meinem Bauch wurde stärker.

Nimm das Funkgerät. Hol Hilfe.

Mark hat das Funkgerät.

Mein Gehirn forderte meinen Körper auf, sich zu bewegen, zu zucken, zu furzen, irgendetwas zu tun, doch es war, als wäre die Festplatte, die das Signal sendete, gehackt worden, und nichts kam durch.

Der Himmel brach auf wie eine faulige Frucht, und dann starrte ich auf etwas, das aussah wie ein riesiger Flughafen-Wartebereich, gefüllt mit unzähligen Sitzreihen, in dem Leute hin und her eilten. *Du kannst dorthin gehen, wenn du möchtest, Si.* Es sah dort warm, geschäftig und behaglich banal aus. Ein Teil von mir wusste, dass mein Gehirn seinen Vorrat an Populärkultur geplündert hatte, um dieses Bild heraufzubeschwören – *Beetlejuice*, *Rendezvous im Jenseits* und weiß Gott, was noch. *Dort wirst du Dad wiedersehen. Dad wird kommen und dich einladen, ihm Gesellschaft zu leisten.* Doch Dad war nicht da. Alle wirkten vollkommen zufrieden. Nicht unbedingt glücklich, aber *zufrieden*. Im Hintergrund waren die undeutlichen Töne einer Lautsprecheranlage zu hören. Ich verstand nicht, was gesagt wurde. Drei Männer mit Bomberjacken und Höhlenkletterhelmen schlenderten durch mein Blickfeld.

Die jungen Männer aus der Cwm Pot.

Ich entschuldigte mich stillschweigend bei ihnen. Ich entschuldigte mich stillschweigend bei Thierrys Ukrainern.

Zu wenig und zu spät, Junge.

Ich versuchte aufzustehen, um auf sie zuzugehen, doch

irgendetwas fesselte mir von hinten die Arme. Ed. *Natürlich.* Ed. Es musste sich um Ed handeln. Ed hielt mich gepackt. *Was, zum Teufel, machst du auf dem Everest, Ed?*

Zudrücken.

Das Auge zum Flughafen-Warteraum schloss sich, und es zogen wieder Wolken heran.

Kalt. Mir war so kalt. *Zu* kalt. *Du musst deine nassen Klamotten ausziehen, Junge.* Ich versetzte mich durch Willenskraft in die flauschige, stickige Wärme von Mission:-Coffee. Und dann rissen die Wolken abermals auf, und ich sah zu meiner Rechten etwas Warmes flimmern, das durch die Weiße leuchtete. Drei Frauen, die lange bunte Röcke und Kopftücher trugen, kauerten an einem Lagerfeuer und fütterten es lachend mit Holz, das aussah wie Gebeine.

Geh zum Feuer. Wärm dich auf. Doch Ed ließ mich nicht. Eine der Frauen hob ihren Rock hoch. Ihre Beine waren nicht … sie waren nicht menschlich. Sie waren dürr und haarig wie die Beine einer Spinne.

Ed drückte mich fester, obwohl mein Rucksack seinen Griff eigentlich hätte bremsen sollen. Ich bekam keine Luft mehr. »Hör auf damit, Ed«, sagte ich oder glaubte ich zu sagen. »Ich bekomme keine Luft, Ed.« *Du bringst mich um.*

Dann kam der Schmerz, mit einem gewaltigen Brüllen. Meine rechte Hand, inzwischen wieder in ihrem Handschuh geborgen, begann zu brennen – sie taute auf, und Blut strömte in meine Finger. Ich schlug heulend um mich, und Ed lockerte seinen Griff. Dann sprang ich auf.

Beweg dich. Beweg dich oder stirb. Du kannst so hoch auf einem Berg niemanden retten, Simon. Du bist allein.

Ich schwankte, und mir wurde zum ersten Mal bewusst, dass sich ein kleines Stück vor mir eine Gletscherspalte befand. Ich war so auf Juliet fixiert gewesen, dass ich sie nicht zur Kenntnis genommen hatte.

Ich stolperte in die Richtung, in der ich Mark vermutete und aus der ich glaubte, gekommen zu sein. *Und wo steckt Mark, verdammt?*

Beweg dich einfach.

Ich ging wie ein betrunkener Matrose mit verschieden langen Beinen und konzentrierte mich dabei auf meine Füße. *Geh weiter. Bleib nicht stehen.*

Am Rand meines Blickfelds erhaschte ich etwas Gelbes. Handelte es sich um Ed in seinem gelben Kälteschutzanzug, der mir den Weg wies? *Bist du's, Ed? Ich bin's, Simon.* Ich ging trotzdem in diese Richtung weiter.

Ein weiteres Aufleuchten von Farbe, dieses Mal rot. Dann dämmerte es mir, dass es sich bei den Farben, die ich sah, um die Daunenanzüge von Bergsteigern handelte, die sich auf dem Rückweg vom Gipfel befanden. *Du kannst es schaffen. Geh bis zum Fixseil, und lass dich von ihm hinunter zu Camp III führen.* Einfach. Doch als ich bei den Exit Cracks angelangte, verließ mich meine verbliebene Kraft. Ich versprach meiner nörgelnden inneren Stimme, dass ich mich nur ein paar Minuten ausruhen würde, und ließ mich hinplumpsen.

Aus ein paar Minuten wurden vier Stunden.

Ich saß da, während sich ein erschöpfter Bergsteiger nach dem anderen auf dem Rückweg vom Gipfel um mich herumschlängelte. Oft war ich mir nicht sicher, ob sie echt waren, oder ob es sich um eine Conga-Line handelte, die aus Juliets insektengesichtigen gespenstischen Bergsteigern bestand.

Dann kommt das rechte Bein herein, und dann schütteln wir es aus.

Ein Sherpa mit Sauerstoffmaske beugte sich zu mir herunter und schrie: »Wo ist dein Sherpa? Wo ist dein Funkgerät? Wo ist dein Sherpa? Wo ist dein Funkgerät?«

Der Himmel war blau, der Whiteout – falls es überhaupt einen gegeben hatte – war vorbei. Ein vernünftiger Teil von mir hatte meine Sonnenbrille aufgesetzt und mich davor bewahrt, mir im brutalen Höhenlicht die Augen zu versengen.

Ein weiterer Sherpa blieb stehen. Ich stellte träge fest, dass er eine Kopfkamera trug. Er schlug mir auf die Schulter. »Wie heißt du?«

»Si … Simon Newman.«

»Woher kommst du?«

»England.«

»Nein, nein. Welche Expedition?«

Ich konnte mich nicht mehr erinnern. Alles, was ich herausbrachte, war: »Tadeusz.«

Er schrie irgendetwas in sein Funkgerät, das ich nicht verstand, dann klopfte er mir noch einmal auf die Schulter. »Es kommt jemand.«

Ich spürte einen dumpfen Schlag gegen den Rücken, dann weitete sich mein Rachen, der auf Stecknadelkopfgröße zusammengeschrumpft war, und ich konnte wieder atmen. Der Sherpa – ich fand nie seinen Namen heraus – hatte meinen Sauerstoffschlauch wieder befestigt, nachdem dieser sich beim Schultern meines Rucksacks gelöst hatte.

Damit hatte er mich davor bewahrt, ganz in die Hypoxie zu verfallen oder zu erfrieren.

Eine weitere Gruppe erschöpfter gebeugter Bergsteiger stapfte wie Zombies an mir vorbei. Als ich nach unten sah und ihnen mit meinem Blick folgte, stolperte einer von ihnen, seine Knie knickten ein, und er kippte auf die Seite. Sein Begleiter stieg über ihn hinweg. Die Gestalt im blauen Anzug, die das Schlusslicht der Schlange bildete, vermutlich der Guide des Teams, drängte ihn, sich wieder in Bewegung zu setzen. Sie gingen bergab und bergab, wobei sie sich so langsam bewegten wie Astronauten auf dem Mond, an der Fixseil-Rettungsleine eingehängt.

Du könntest das auch tun. Du könntest aufstehen und dich bewegen.

Ich konnte es nicht. Mir war die Kraft ausgegangen. Ich war völlig leer. Keinen Saft mehr, keine Zeit mehr. Meine Füße waren vergessene Erinnerungen, störrische Eisblöcke. Meine rechte Hand, die noch vor Minuten – Stunden? – gebrannt hatte, war jetzt taub; sie hätte ebenso gut wieder aus Holz bestehen können. Ich versuchte, sie hochzuheben und zu schütteln, doch es tat sich nichts. Der unerträgliche Kälteschmerz, den ich unten in den Höhlen gespürt hatte, war nichts im Vergleich zu dem, was ich jetzt empfand. Und dann, ohne großes Trara, eigentlich fast beiläufig, löste sich mein Bewusstsein und stieg auf, schwebte nach oben, um sich zu den unsichtbaren Geistern im Himmel zu begeben. Ich blickte hinunter auf meinen Körper, der erbärmlich neben den Fixseilen saß, die sich über schmutzigen Schnee und Fels schlängelten, und empfand eine Mischung aus Mitleid und Verachtung. Der schwebende

Simon war der echte; bei dem anderen handelte es sich nur um eine Fleischpuppe. Das Ganze war richtig entspannend, als würde man mit Federn gekitzelt werden. Ich ließ die Aussicht auf mich wirken, ohne sie zu bestaunen; ich hatte sogar das dissoziative Stadium hinter mir gelassen, das mich gerettet hatte, als ich in der Cwm Pot gefangen gewesen war. Ich fragte mich, was passieren würde, wenn Fleischpuppe Si unter mir sterben würde. Würde ich bis in alle Ewigkeit hier oben schweben? Vielleicht würde ich wie von einem Staubsauer eingesaugt und in dem nichtssagenden Wartezimmer für die Toten wieder ausgespuckt werden.

Jemand kletterte auf die Fleischpuppe zu. Ein Dummerchen mit einem roten Anzug und Herman-Munster-Boots, das bergauf ging, obwohl es eigentlich bergab gehen sollte. Der Neuankömmling ging ein Stück zur Seite, wo sich mein zusammengesackter Körper befand. Tippte ihm auf die Schulter. Hoppla. Fleischpuppe Si hatte seine Sauerstoffmaske abgelegt. Kein Gas. *Simon sans gas.* Bye-bye, Si. *Nichts als Fleisch mit zwei Sorten Gemüse.* Unsinnige Worte. Ich fragte mich, ob ich dorthin zurückhuschen könnte, wo ich Mark zuletzt gesehen hatte, ihn ausfindig machen, nach ihm sehen und ihn fragen könnte, ob er irgendetwas brauchte. *Ich gehe einkaufen, Lust auf eine Cola Light?*

Mit demselben Gefühl träger Distanziertheit fragte ich mich, wohin Ed verschwunden war. Er war nicht hier oben mit mir und kommunizierte mit den unsichtbaren Geistern. Genauso wenig befand er sich unten bei Fleischpuppe Si und hielt dessen Körper mit seinen spinnenartigen Armen umklammert.

Die Gestalt im roten Anzug schüttelte jetzt meinen Körper. Dann schlug sie ihn mit dem Griff ihres Eispickels. Einmal. Zweimal. *Halt, immer mit der Ruhe!* Das tat bestimmt weh. Und dann, *zisch*, fiel ich und stieß ein gequältes Kreischen aus, als ich wieder in mein Fleischpuppen-Ich gezwängt wurde. Ich bekam keine Luft. Es tat weh, alles tat mir *weh*.

»Simon, steh auf!« Bei Rotanzug handelte es sich um Mingma. »Wo ist Mark?«

»Weg?«

»Tot?«

»Weiß nicht.« War er tot? Als ich ihn das letzte Mal gesehen hatte, unmittelbar nachdem ich Juliet entdeckt hatte, war er in schlechter Verfassung gewesen. Einmal mehr verlangsamte sich mein Gehirn, und ich war wieder zurück vor den Höhlen und wurde nach Ed gefragt. *Du hast einen zurückgelassen, Si, wie nachlässig von dir.*

»Simon. Wenn du jetzt nicht sofort absteigst, wirst du sterben.«

Zu spät.

Mingma versuchte, mir etwas Tee einzuflößen, aber ich konnte nicht schlucken. Er wischte mir den Mund ab. »Komm. Wir gehen jetzt.«

Ich stand auf wackeligen Beinen. Meine Sicht war verschwommen, und ich konnte nur vage Formen erkennen. Ich blinzelte wie wild, bis ich langsam wieder klarer sah.

»Bereit?«

Das Gelände vor mir fiel steil ab, und ich hoffte inständig, dass das Gefühl von Ruhe, das mir in den Höhlen das Leben gerettet hatte, zurückkehren würde. Das tat es nicht, doch mein Verstand blieb unscharf und schirmte mich vor den vollen Auswirkungen dessen ab, was ich durchgemacht hatte. Mingma half mir, wo er konnte, und klinkte meinen Karabiner an jeder Abzweigung ins Sicherungsseil ein. Unbeholfen, aufgrund von Sauerstoffmangel und Erschöpfung, verhakte ich mich immer wieder mit den Zacken meiner Steigeisen im Seil. Irgendwann stolperte ich, rutschte auf einer Felsplatte aus und fiel ein Stück bergab, wobei meine erfrorene Hand gegen einen Felsblock prallte. Der stechende Schmerz durchfuhr meinen ganzen Körper. Anschließend nahm mich Mingma ans kurze Seil.

Wir gingen bergab und bergab, vorbei am windgepeitschten Camp III, wo wir vor einer Million Jahren übernachtet hatten. Bergab, bergab, bis die Luft dicker wurde.

Jedes Mal, wenn ich schlappmachte, zog Mingma von hinten am Seil wie ein brutaler Hundeausbilder. »Keine Pause, Simon. Bald wird es dunkel.« Ich pinkelte in meinen Anzug.

Das Licht wurde pinkfarben, als Mingma mich in ein Zelt oben auf dem Sattel führte. Ich verlor sofort das Bewusstsein und wachte nur kurz auf, als er versuchte, mir etwas Saft einzuflößen. Dieses Mal schaffte ich es, ihn zu schlucken, und spürte jeden einzelnen Kubikzentimeter der Flüssigkeit meine ausgetrocknete Speiseröhre hinunterlaufen. Ich wagte es nicht, meine Handschuhe auszuziehen. Ich wollte es nicht wissen. Dann verlor ich wieder das Bewusstsein.

Nach gefühlten zehn Sekunden Schlaf schüttelte Mingma mich wach. »Wir gehen jetzt runter, Simon.«

»Wo runter?«

»Zum vorgeschobenen Basislager.«

Als mein Gehirn aufwachte, gefüttert mit reicherem Sauerstoff, traf mich der Schock, Mark verloren zu haben. Mark war weg, und Ed … Nein. *Hör einfach auf.* »Gibt es irgendwas Neues von Mark?«

»Nein, Simon. Wir müssen absteigen.«

»Ist er immer noch da oben?«

»Das weiß ich nicht.«

»Warum versucht niemand, ihn zu retten?«

Mingma seufzte geduldig. »Es ist niemand da, der ihn retten könnte.«

Ich erinnerte mich, dass es einen Grund gab, warum Mingma uns an den Exit Cracks zurückgelassen hatte. Voller Panik fragte ich: »Ist mit Wanda alles okay?«

»Ja, sie ist zurück im vorgeschobenen Basislager.«

Gott sei Dank. »Hat sie es zum Gipfel geschafft?«

»Ja. Wanda, Howard und Robbie waren auf dem Gipfel.«

»Und Malcolm?«

»Malcolm geht es sehr schlecht. Er musste nach unten gebracht werden. Komm, wir gehen.«

Ich hatte meine Stiefel noch an, deshalb brauchte ich nicht mehr zu tun, als mich aus dem Schlafsack zu schälen. Selbst dazu war mehr Energie nötig, als ich hatte.

Noch immer vor Schock taumelnd, schaffte ich es irgendwie, schlurfend den restlichen Weg den Sattel hinunter zurückzulegen und sogar die Todesleiter zu bewältigen. Das Schlimmste war der verhältnismäßig einfache Fußmarsch vom Steigeisenpunkt bis zum Camp. Als mein Körper spürte, dass ich kurz vorm Ziel war, schaltete er langsam ab.

Ich wurde ins Esszelt geführt, wo Ireni wartete. Sie setzte mich auf einen Stuhl. Ich hatte sie noch nie so grimmig gesehen.

»Wir sehen uns später, Simon«, sagte Mingma.

»Danke für alles, Mingma.« Ich schuldete ihm viel mehr als nur ein Dankeschön. »Mark?«, fragte ich Ireni.

Ein Kopfschütteln als Bestätigung, dass er sich nach wie vor auf dem Berg befand. *Aber das wusstest du doch, oder? Schließlich hast du ihn dort zurückgelassen.* »Was ist passiert, Simon?«

»Ich habe ihn verloren.« *Du hast ihn im Stich gelassen. Du hast nicht einmal nach ihm gesucht. Sag einmal in deinem Leben die Wahrheit.* »Als Mingma gegangen ist, wollte er Juliet suchen.«

»Hast du versucht, ihn aufzuhalten?«

»Natürlich. Aber ich konnte ihn nicht alleine gehen lassen.« Ich hielt inne, um mir meine Geschichte zurechtzulegen. »Wir haben Juliet entdeckt, aber dann hat sich eine Wolke gesenkt, und ich habe ihn aus den Augen verloren.« Zumindest dieser Teil entsprach der Wahrheit.

»Ihn aus den Augen verloren? Ist er abgestürzt?«

»Das weiß ich nicht.«

Sie nickte.

»Wird Tadeusz jemanden hochschicken, um ihn zu retten?« *Tadeusz wird dir in deinen verdammten Arsch treten, Si. Und das hast du auch verdient.*

»Nein. Wir haben die anderen Teams dort oben gebeten, uns zu kontaktieren, wenn er es zu den Fixseilen schafft, aber Tadeusz bereitet gerade die Evakuierung von Malcolm vor.«

»Geht es Malcolm so schlecht?«

»Sehr schlecht. Er ist am Second Step mit Sehstörungen zusammengebrochen. Ich vermute, er hat erste Symptome eines Hirnödems.« *Ein Grund mehr, ein schlechtes Gewissen zu haben.* Wenn ich Ireni von Malcolms Sehproblemen erzählt hätte, wäre er nicht in Schwierigkeiten geraten, und Mingma hätte uns nicht allein gelassen. Ich hatte keinen Zweifel daran, dass Mark noch am Leben gewesen wäre, wenn Mingma bei uns geblieben wäre.

»Wird er sich wieder erholen?«

»Sobald er im Basislager ankommt, wird er nach Zhangmu geflogen. Dorje hat ihn auf dem gesamten Weg nach unten am kurzen Seil geführt. Er hat Malcolm das Leben gerettet.«

Und Mingma hatte mir das Leben gerettet. Ireni erzählte mir, dass er, nachdem er Dorje geholfen hatte, Malcolm vom Second Step hinunterzuführen, an die Stelle zurückgekehrt war, an der er uns zurückgelassen hatte. In der Annahme, dass wir seine Anweisungen ignoriert hätten, auf ihn zu warten, und zu Camp II zurückgekehrt wären, half er Dorje dabei, Malcolm sicher ins Camp zu bringen. Und als er dann, nachdem er all das getan hatte, von einem Sherpa aus einem anderen Team erfuhr, dass ich bei den Exit Cracks in Schwierigkeiten steckte, war er wieder zu mir aufgestiegen – eine unglaubliche Leistung.

Meine rechte Hand wurde in eine Schüssel mit warmem Wasser gesteckt, doch es war zu spät. Meine Finger waren bereits aufgetaut. Meine Sicht war noch immer eingeschränkt, doch ich sah gut genug, um erkennen zu können, dass sie das Schwarz verfaulter Bananen annahmen.

Gyaluk brachte mir Tee und sagte immer und immer wieder »sorry, sorry, sorry« zu mir.

»Ich muss dir deine Stiefel ausziehen«, sagte Ireni. Ihr Tonfall war jetzt sanfter.

Ich saß da wie ein Kind, als sie mir meine Stiefel von meinen geschwollenen Füßen zog. Sie waren so malträtiert und blutig wie die einer Primaballerina, hatten jedoch aus irgendeinem Grund keine Erfrierungen davongetragen.

Als Nächstes säuberte und verband sie meine tote Bananenhand. »Geh und ruh dich aus, Simon.«

»Das mit Mark tut mir leid, Ireni.«

Sie brachte ein kleines Lächeln zustande. »Es ist nicht deine Schuld. Jeder trifft seine Entscheidungen selbst. Ich fühle mich auch schlecht. Ich hätte ihn abhalten sollen. Ich habe mir Sorgen um seinen Gesundheitszustand gemacht. Tadeusz und ich hatten in Betracht gezogen, ihn ihm vorgeschobenen Basislager zu lassen, haben ihn dann aber doch gehen lassen, weil wir wussten, Mingma würde auf ihn aufpassen.«

Im Gegensatz zu dir, du Scheißkerl.

Ich ging geradewegs zu Wandas Zelt. Der Eingang war offen, und sie lag auf dem Bauch, die behandschuhten Hände um den Kopf gelegt, als wolle sie sich vor einem Schlag schützen.

»Wanda?«

Sie blickte nicht auf. Sie kam mir kleiner vor, als ich sie in Erinnerung hatte.

Ich kroch hinein und legte mich neben sie.

Sie drehte sich zu mir um. Sie hatte geweint. »Was ist passiert?«

»Ich habe ihn verloren, Wanda. Im einen Moment war er genau hinter mir, im nächsten war er verschwunden. Vielleicht hat er versucht, zu den Seilen zurückzugehen, und ist abgestürzt.«

»Ireni sagt, ihr wärt ohne Mingma gegangen, Mark und du.«

»Ja.«

»Aber Mingma hat euch doch gesagt, ihr sollt bleiben, wo ihr seid, und auf ihn warten.«

»Mark wollte gehen. Er wollte sich unbedingt von seiner Mutter verabschieden.«

»Noch besteht die Chance, dass er gefunden wird. Viele überleben in den Bergen eine Nacht im Freien.«

»Ja.«

»Habt ihr Juliet gefunden?«

»Ja.« *Und Ed habe ich auch gefunden.*

Sie breitete die Arme aus, und wir schliefen in Trauer vereint ein.

Am nächsten Tag zog schlechtes Wetter auf, und der Wind wurde zu einer brutalen Kraft, die selbst einen kurzen Abstecher ins Esszelt zu einem echten Problem werden ließ. In den oberen Camps wurden Zelte fortgerissen und den Sattel hinuntergefegt; die Bergsteiger, die in Camp II festsaßen, konnten nicht viel mehr tun als beten, dass sie die Nacht überstehen würden. Wanda und ich brauchten es nicht auszusprechen – wir wussten, was es bedeutete. Wenn Mark noch am Leben gewesen war, als ich ihn das letzte Mal gesehen hatte, wäre er es jetzt nicht mehr. Er konnte den Temperatursturz unmöglich überlebt haben.

Tadeusz überwachte die Funkgeräte, und wir alle hielten an der unwirklichen Hoffnung fest, dass eines der Teams, die sich weiter oben auf dem Berg aufhielten, ein Wunder melden würde.

Dem war nicht so.

»Tut mir leid, Simon«, sagte Mingma, während er den Blick nach unten auf meine Finger richtete, »aber die müssen ab.«

Ireni bedachte mich mit einem mitfühlenden Blick. »Vielleicht sind sie noch zu retten, Simon. Mach dir keine allzu großen Sorgen.«

»Mache ich nicht.« Das stimmte. Irgendwie hatte ich das Gefühl, dass sie nicht mehr zu mir gehörten. Sie waren stark angeschwollen, und die Fingerspitzen waren mit schwarzen Blasen überzogen (jetzt hatte ich tatsächlich Finger als Augen – oder obszön blaue Augen auf meinen Fingern). Mingma und Dorje kamen jedes Mal gerne her und sahen zu, wenn Ireni die Verbände wechselte, da sie neugierig waren zu sehen, wie sie sich entwickelten. Ich musste lernen, mich auf meine linke Hand zu verlassen, was selbst die einfachste Aufgabe – mich anzuziehen, Reis mit dem Löffel zu essen, mir den Po abzuwischen – zu einer monumentalen Mission machte.

»In Kathmandu gibt es ein gutes Krankenhaus für solche Fälle«, sagte Ireni. »Wir sind bald dort.«

»Gibt's irgendwas Neues von Malcolm?« Eigentlich war es mir egal; ich wollte nur den Fokus von mir lenken.

»Ja. Sein Zustand hat sich stabilisiert. Er wird bald nach Hause geflogen.«

»Gut.«

Die Hand wieder mumienhaft eingewickelt, verließ ich das Esszelt und machte mich auf die Suche nach Wanda. Andere Teams packten ihre Sachen, um sich auf den Nachhauseweg zu machen, und es fuhren ununterbrochen brummende Lastwagen ins Basislager und wieder hinaus. Ich konnte mich kaum noch an den Abstieg vom vorgeschobenen Basislager erinnern, außer dass ich beinahe froh um meine pochende Hand und mein stechendes Fußgelenk war, die mich daran hinderten, mich in das hineinzusteigern, was dort oben passiert war.

Wanda wartete vor ihrem Zelt auf mich. »Tadeusz hat mich gebeten, Marks Sachen zusammenzupacken, damit er sie seiner Familie schicken kann.« Tadeusz hatte kaum zwei Worte zu mir gesagt, seit wir wieder im Basislager angekommen waren. Ich glaubte nicht, dass er und Ireni mir die Schuld dafür gaben, was Mark zugestoßen war – wenn überhaupt, gaben sie sich selbst die Schuld –, aber er ging trotzdem auf Distanz.

»Ich helfe dir.«

»Bist du sicher?«

»Ja.«

Sie nickte.

Ich konnte sie es nicht alleine machen lassen – ich hätte gerne, konnte aber nicht. Als wir Marks Taschen draußen auf seine Isomatte stellten, kehrte alles, was ich dort oben kurz vor seinem Verschwinden gesehen hatte – Ed, der sterile Warteraum, die Frauen mit den Spinnenbeinen und die Gestalt, die neben Juliets Leichnam stand – langsam in meine Gedanken zurück. Meine Hände zitterten, und ich krümmte meine bandagierte Hand zu einer angedeuteten Faust. Der scharfe Schmerz half, die Bilder zu verdrängen.

»Was Mark zugestoßen ist, ist nicht deine Schuld, Simon.«

»Ja.« Und mich hätte dasselbe Schicksal ereilen können, wenn mich die Schmerzen in meiner erfrorenen Hand nicht aus meiner Benommenheit gerissen hätten. *Wenn Ed mich nicht davor bewahrt hätte, in diese Gletscherspalte zu stürzen.* Fang nicht wieder damit an.

»Hör mir zu. Du warst sein Freund. Du hast versucht, ihm zu helfen. Du hast seinetwegen auf den Gipfel verzichtet.«

Ein Aufflackern von Wut auf sie. *Der Gipfel ist nicht alles, Wanda.* »Ich hätte mich mehr bemühen müssen, ihn aufzuhalten.« *Du hättest es wenigstens* versuchen *können.* »Als er verschwunden ist, hätte ich intensiver nach ihm suchen sollen.«

»Du konntest nichts tun, Simon.«

»Woher willst du das wissen? Schließlich warst du nicht dabei.« Sie zuckte zusammen. »Entschuldige.«

»Schon gut. Lass uns weitermachen.«

Wir gingen seine Kleidung und seine Bücher schweigend durch – so passte es uns besser. Unter seinen Sachen befand sich ein Exemplar von T. S. Eliots *Das wüste Land*, in dem Juliets Name stand – irgendeine Art von Schulpreis – sowie ein iPod, den ich ihn nie hatte benutzen sehen. Der Akku war fast leer, hatte aber gerade noch genug Saft, dass ich durch die Playlists scrollen konnte. Er hatte überwiegend klassische Musik gespeichert, aber auch den ein oder anderen altbewährten Popsong: die Beatles, die Stones, Peter Gabriel. Traurig. Zwischen seinen Kleidungsstücken entdeckte Wanda einen Teddybären, auf dessen Bauch eine kleine Karte von Nepal gestickt war, und noch ein weiteres Foto von Juliet mit den Alpen im Hintergrund. Sie sah darauf jung und glücklich aus, und ihre gebräunten kräftigen Beine ragten aus blauen Klettershorts heraus.

Und dann förderte ich aus der Seitentasche des Rucksacks, den er im vorgeschobenen Basislager zurückgelassen hatte, ein gefaltetes Stück Papier zutage, das mir bekannt vorkam:

Lieber Marcus,

ich schreibe Dir diese Zeilen, während ich sicher und behaglich in Camp II in meinem Schlafsack liege. Morgen stehen der Aufstieg zu Camp III und der Gipfelversuch an. Habe einen leichten Husten, fühle mich aber kräftig. Wie üblich machen mir nur die Höhe und die Kälte Sorgen!

Wusstest du, dass du tatsächlich schon mal auf einem Achttausender warst? Kurz bevor Walter und ich zu unserem ersten Trip in den Himalaya aufbrachen, um den Cho Oyu zu besteigen (was wir seit Monaten geplant hatten), fand ich heraus, dass ich schwanger war. Im zweiten Monat. Ich erzählte es niemandem, nicht einmal deinem Vater, und reiste trotzdem ab. Ich sagte mir, dass ich sofort umkehren würde, falls ich irgendwelche negativen Auswirkungen spüren sollte, doch ich war stark in jenem Jahr, und es kam mir beinahe so vor, als würdest du mir zusätzliche Energie geben. Ich stieg auf. Ich erreichte den Gipfel. Du bliebst bei mir, deshalb wusste ich, dass du ein Kämpfer bist. Ich wusste, wir würden großartige Freunde werden.

Bei meiner Rückkehr überbrachte ich deinem Vater die Nachricht. Er war begeistert. Ich hatte ihn noch nie so glücklich gesehen. Ich versprach ihm, dass ich bis zu deiner Geburt nicht mehr bergsteigen würde.

Dieses Versprechen hielt ich. Und ich tat mehr als das. Ich blieb jahrelang bei dir zu Hause, erinnerst du dich? Doch als du sechs wurdest und dein Vater darauf bestand, dich auf ein Internat zu schicken, widersprach ich nicht. Ich hatte dir sechs Jahre meines Lebens geschenkt. Nein, das klingt, als hätte ich es bereut. Das tat ich nicht, Marcus. Ich bereute es nicht. Aber ich hatte zugesehen, wie sich andere Bergsteiger Sponsorenverträge unter den Nagel rissen, und das tat weh. Walter hatte seine Karriere ebenfalls auf Eis gelegt, und es war nicht fair ihm gegenüber. Vermutlich wurde ich depressiv. Ich wurde nicht jünger. Es tut mir leid. Als wir dich bei der Schule absetzten, weinte ich auf dem ganzen Nachhauseweg, und ich weine sonst nie. Ich werde das wiedergutmachen, das verspreche ich.

Wenn du älter bist, können wir vielleicht gemeinsam hierherkommen. Dann zeige ich dir das Basislager. Es wird dir gefallen.

Ich werde das hier Davide geben, einem der italienischen Bergsteiger, die hier in Camp II sind. Nur vorsichtshalber.

Falls mir irgendetwas zustößt, und das wird es nicht, sei stark und lass dich niemals von den Mistkerlen unterkriegen. Ich möchte, dass du weißt, ich tue das hier für dich und du bist immer bei mir.

Bis bald!

Ich habe dich lieb,

Mam

Warum hatte er mir nicht gesagt, dass er diesen Brief besaß? *Warum hätte er es sagen sollen?* Juliet klang stark, vernünftig, als hätte sie alles im Griff gehabt. Und zumindest hatte er gewusst, dass sie an ihn gedacht hatte, als sie zum Gipfel aufgebrochen war.

Ich würde fast alles tun, um ungeschehen zu machen, was ich als Nächstes tat.

Mich überkam dasselbe erdrückende Gefühl, das ich empfunden hatte, kurz bevor ich Mark angeboten hatte, ihn bei der Suche nach Juliet zu begleiten. Und dann ertappte ich mich dabei, dass ich Wanda den wahren Grund verriet, warum ich mich auf dem Everest befand – den verrückten Plan, die Toten auf dem Berg zu filmen. Warum tat ich das? Handelte es sich um eine Art Selbstgeißelung, nachdem mich jener alte selbstzerstörerische Impuls überkommen hatte? *Schnell! Mach diese Beziehung kaputt, bevor sie dich glücklich macht, Si.* Die vernichtenden Worte platzen förmlich aus mir heraus, und ich versuchte nicht, sie aufzuhalten, obwohl mir bewusst war, dass Wanda nur einen Schluss aus ihnen ziehen würde: Dass ich Mark aus egoistischen Motiven dazu angestiftet hatte, sich in Gefahr zu begeben. Dass ich Tadeusz' und Mingmas Anweisungen ignoriert hatte, damit ich Marks tote Mutter für eine anzügliche Website filmen konnte.

Wanda hörte mir schweigend und mit ausdruckslosem Gesicht zu. Dann steckte sie den Teddybären ein und verließ das Zelt. *Bye-bye, wunderbares Traumleben in Saint-Gervais-les-Bains. Lebwohl, zukünftige Filmemacher-Karriere und brillantes Sexleben.* Vielleicht hatte sie ohnehin nichts von alledem ernst gemeint. Ich sollte es niemals erfahren.

Ohne zu intensiv darüber nachzudenken, was soeben geschehen war oder was ich tat, steckte ich Juliets Tagebuch in meinen Rucksack.

Es sollte zwei Jahre dauern, bis Wanda das nächste Mal mit mir sprach.

Die lange Fahrt zurück nach Kathmandu hatte etwas von einem Trauerzug. Wanda machte sehr deutlich, dass sie unter gar keinen Umständen bereit war, auf der zwölfstündigen Fahrt neben mir zu sitzen, deshalb kauerte ich mich auf den Ecksitz in der hintersten Reihe des Kleinbusses, döste unruhig vor mich hin und ließ meine Gedanken von den Schmerzen in meiner Hand bestimmen. Hin und wieder versuchten Robbie oder Howard, mich in ein Gespräch zu verwickeln, doch ich war nicht in der Lage, mehr als ein paar Grunzlaute von mir zu geben. Ich ertrug es nicht, Musik zu hören, lehnte einfach den Kopf gegen das Fenster und atmete den säuerlichen Geruch des Buttertees des Fahrers und meiner Scham ein.

Eine Schar rufender Männer, die Protestschilder schwenkten, umflutete uns, als wir die Stadt erreichten. Wir mussten umkehren, um die blockierten Straßen zu umgehen. Ich nahm all das kaum zur Kenntnis. Ich musste noch vier Tage bis zu meinem Heimflug über mich ergehen lassen – vier Tage im selben Hotel wie die anderen. Ich hatte mich auf diesen Teil des Trips gefreut: mit Wanda Zeit in Kathmandu zu verbringen, die Stadt mit ihr zu erkunden, unsere gemeinsame Zukunft zu planen. *Aber das hast du vermasselt, nicht wahr?* Wenn Juliet der Todesengel war, dann war ich der Teufel höchstpersönlich. Ireni wurde über Nacht zu einer Eiskönigin – Wanda hatte ihr zweifellos den wahren Grund verraten, weshalb ich auf dem Everest gewesen war. Sie organisierte einen Termin in der höhenmedizinischen Klinik in Kathmandu für mich, doch davon abgesehen konnte sie mir kaum in die Augen blicken. Glücklicherweise war Tadeusz mit Mingma und Dorje in Tibet geblieben, um sich um das bürokratische Chaos zu kümmern, mit dem man sich konfrontiert sieht, wenn man auf dem Berg jemanden verliert, sodass ich seinem Zorn in diesem Moment nicht ausgesetzt war.

Anfangs mied ich den Spiegel in meinem Zimmer, nachdem ich einen Blick von meinem ausgemergelten Abbild erhascht und gedacht hatte: *Oh, hallo, Ed.* Doch ich konnte es nicht bis in alle Ewigkeit hinausschieben. Zum ersten Mal seit Jahren standen meine Rippen hervor, und die Haut an meinen Armen und an meinem Bauch fühlte sich schlabberig an, als trüge ich übergroße lange Unterwäsche. Ich brauchte eine Stunde, um mich mit der linken Hand zu rasieren, und zu duschen war nicht einfacher, da ich mich mit einer Hand einseifen musste, während die andere in einer Plastiktüte steckte, damit der Verband geschützt war.

Die Ärztin in der höhenmedizinischen Klinik in Kathmandu, eine sachliche Frau in den Fünfzigern, war etwas optimistischer als Mingma, was meine Finger anbelangte. Als ich ihr sagte, dass ich in achttausend Metern Höhe meinen Handschuh ausgezogen hatte, sah sie mich allerdings an, als wäre ihr in ihrem ganzen Leben noch nie jemand begegnet, der so dumm war wie ich. Gut. Ich hatte es verdient.

Nach meinem Beratungsgespräch war ich nicht in der Lage, mich der Einsamkeit in meinem Zimmer zu stellen, deshalb setzte ich mich in den Innenhof des Hotels, lauschte den Geräuschen des Lebens draußen auf den Straßen und pflückte Blütenblätter von den Bougainvilleas. Ich hatte mir angewöhnt zu warten, bis die anderen gegessen hatten, ehe ich mich ins Restaurant schlich und mir selbst etwas zu essen bestellte. Ich schob es hinaus, Thierry anzurufen, obwohl ich ihm die Schuld geben wollte, wie ich es damals getan hatte, nachdem ich unten in der Cwm Pot gewesen war. *Es ist alles seine Schuld. Thierry hat mich dazu* gezwungen. *Mich moralisch dazu verpflichtet. Mark wäre noch am Leben, wenn er nicht wäre.* Nicht wahr. Mark hatte darauf bestanden, dass wir die Gelegenheit nutzen, um nach Juliet zu suchen. Er war bereits vor unserem Aufbruch von Camp III in schlechter Verfassung gewesen. *Ja, aber du hättest dir mehr Mühe geben können, ihn davon abzuhalten.* Mark auf diese Weise verloren zu haben, die Dinge, die ich dort oben gesehen hatte, Wandas und Irenis Abscheu – ich musste all das wegschließen.

Ich zuckte zusammen, als eine Stimme fragte: »Kann ich dich auf ein Bier einladen?«

Es war Robbie, mit Howard im Schlepptau.

Tränen stachen in meinen Augen, und ich senkte den Blick auf den Tisch.

»Komm schon, Simon. Lass uns von hier verschwinden. Du siehst aus, als könntest du einen Tapetenwechsel gebrauchen.«

Warum nicht, verdammt? Ich schluckte, schmeckte Salz. »Klar.«

»Ich bleibe hier und lege mich ein bisschen aufs Ohr«, sagte Howard. Ich nahm das nicht persönlich. Die Besteigung hatte ihn ausgelaugt. In seinem Gesicht und an seinem Hals hing die Haut schlaff herunter, und wo sich seine Wangen befunden hatten, waren jetzt nur noch Mulden zu erkennen. Ich fragte mich, was er nun tun würde, nachdem sein Kindheitstraum in Erfüllung gegangen war. Schwierigere Berge in Angriff nehmen? Sich einen Porsche kaufen? Sich scheiden lassen und eine zwanzigjährige Stripperin heiraten? Er schenkte mir ein kleines trauriges Lächeln und nickte. Das sorgte dafür, dass ich am liebsten wieder geweint hätte.

Ich folgte Robbie durch die Straßen, meine Trübsal wie eine Abgaswolke hinter uns, und in eine Touristenfalle. Für mich war jetzt alles sepiafarben.

Er setzte mich wie einen älteren Verwandten an einen Tisch im Freien, dann holte er an der Bar zwei Flaschen San Miguel.

Ich wartete darauf, dass er etwas sagte.

»Ich wollte eigentlich den richtigen Moment abpassen … das mit Mark tut mir wirklich leid, Simon. Ich weiß, dass ihr beiden euch nahestandet.«

»Ja. Danke.«

Seinem Verhalten nach zu urteilen wusste er noch nichts von meiner zwielichtigen Hintergrundgeschichte, warum ich auf dem Everest gewesen war. Oder wenn er sie kannte, war es ihm egal.

»Dann war Juliet Michaels also tatsächlich seine Mutter, hm?«

»Ja.«

»Ich nehme an, du möchtest nicht darüber reden. Falls doch, ich habe ein offenes Ohr.« Es hatte den Anschein, als meinte er es ernst. Er trank, räusperte sich. »Ich habe irgendwie ein schlechtes Gewissen, dass ich ihm da oben das Leben so schwer gemacht habe.«

»Ja.«

»Das da oben hat mir ganz schön zugesetzt. Ist echt heftig, weißt du?« Er war jetzt in der Defensive. *Kümmere dich nicht um mich, ich bin nur ein Arschloch.*

Doch ich nickte. Ich wusste es. Juliet hatte es ebenfalls gewusst. Sie hatte in ihrem Tagebuch darüber geschrieben. Das Basislager und das Leben auf dem Berg waren wie konzentrierte Realität. Süchtig machend, denn selbst wenn man sich zu Tode langweilte, fühlte man sich lebendig. Robbie war jedoch von Anfang an ein Idiot gewesen. Vor allem Mark gegenüber hatte er sich wie ein Idiot verhalten. Und doch hatte er die ganze Zeit recht gehabt: Mark hätte nicht auf den Everest steigen sollen.

Ich zwang mich, an meinem Bier zu nippen. Es war warm und schmeckte wie Gallenflüssigkeit. »Noch mal Glückwunsch zur Gipfelbesteigung.« Wir stießen mit unseren Flaschen an.

»Denkst du, du kommst noch mal her, Simon?«

»Zum Everest?«

»Ja.«

»Nein. Auf keinen Fall.« Ich ließ keine Zweifel aufkommen. Sicher, ich hatte die Anziehungskraft gespürt, den merkwürdigen Reiz, es ganz nach oben zu schaffen, aber ich hatte auch andere Dinge gesehen, andere Dinge, die sich viel schwieriger erklären ließen, und wenn ich es versucht hätte, dann hätte ich vermutlich das mentale Äquivalent eines Absturzes vom Nordsattel erlebt.

»Tut mir leid, dass das mit Wanda und dir nichts geworden ist.«

Ein Schulterzucken. Der wirkliche Schmerz war noch Wochen entfernt. Ich hatte einen Treffer einstecken müssen, doch welche inneren Verletzungen ich davontragen würde, das sollte sich erst noch zeigen.

Wir verfielen in Schweigen. Ich starrte die anderen Gäste in der Bar benommen an: einen südasiatischen Touristen, der alleine da war, aus einer Wasserflasche trank und so tat, als würde er die Speisekarte lesen; zwei bärtige weiße Männer, die genauso mitgenommen aussahen wie wir; eine Gruppe blonder Backpackerinnen, die mit Shorts, Sandalen und nepalesischen T-Shirts bekleidet waren. Sie beäugten immer wieder meine dick verbundene Hand und mein bergverwittertes Gesicht und tuschelten dann miteinander.

Ich fischte nach etwas, das ich sagen konnte. Ich brauchte Ablenkung. »Fängst du gleich wieder an zu arbeiten, wenn du zu Hause bist?«

»Nein. Ich mache gerade ein Sabbatical. Einer der Vorteile, wenn man an einer Uni arbeitet.« Er war nicht nur ein völlig untypischer Wissenschaftler, sondern auch ein völlig untypischer Universitätsdozent. »Noch sechs Monate Freiheit. Habe meiner Verlobten versprochen, dass ich mit ihr nach Hawaii fliege. Kann ich ebenfalls gebrauchen.«

»Du bist Mediziner, richtig?«

»Neurowissenschaftler. Hauptsächlich Forschung.« Ein Anflug von der alten Überheblichkeit.

Es war einen Versuch wert: »Weißt du irgendwas über das Dritter-Mann-Phänomen? Du weißt schon, was Shackleton in der Antarktis empfunden hat.«

»Ich weiß, was man darunter versteht. Warum? Hast du auf dem Berg diese Erfahrung gemacht, Simon?«

»Nicht ich, aber jemand, den ich kenne.«

»Mark?«

»Nein, jemand anderer.«

»Wer denn? Malcolm? Hey, wusstest du, dass er ernste gesundheitliche Probleme hatte, die er Tadeusz und Ireni verschwiegen hat? Er hätte nicht mal in der Nähe des Everest sein sollen. Stell dir das mal vor. All die Vorträge, die er uns gehalten hat, über Bergsteigen aus den richtigen Gründen. Alles Bullshit.«

»Hör mal, es spielt keine Rolle, wer es war. Mich würde

interessieren, ob es vielleicht auch von etwas anderem verursacht werden kann. Keine Ahnung, von einem Hirntumor oder so?«

»Worauf willst du denn hinaus?«

»Könnte es davon verursacht werden?«

»Simon, ich denke wirklich …«

»Könnte es?«

Er zuckte zurück. *Fahr die Intensität runter.*

»Nach dem, was ich gelesen habe, ist es meistens eine Reaktion auf Höhe, Stress oder Verlust.«

»Verlust?«

»Ja. Wie der Witweneffekt. Davon schon mal gehört?«

»Nein.«

»Es gab da eine Studie … mein Gott, wann war das? In den Siebzigern, glaube ich. Und in Großbritannien, wenn ich mich recht erinnere. Eine Gruppe von Frauen und Männern, die kurz zuvor ihren Ehepartner verloren hatten, wurden interviewt, und dreißig Prozent oder so gaben an, dass die Verstorbenen – oder die Geister der Verstorbenen – zurückgekehrt wären, um ihnen einen Besuch abzustatten. Dass sie in ihrem Sessel oder an ihrem Lieblingsplatz auf der Couch gesessen hätten.« Er trank nachdenklich einen Schluck Bier. »Es gibt viele Erklärungen für das Dritter-Mann-Phänomen, Simon. Messner, Fiennes, Buhl – alle Großen haben es erlebt. Ich würde dem nicht zu viel Gewicht beimessen. Für sie war es eine positive Erfahrung. Hat ihnen durch schwierige Situationen geholfen.«

»Rein hypothetisch: Was wäre, wenn sich die Präsenz, die man spürt, böse anfühlt?«

Er hob die Hände. »Simon, ich bin kein Experte, was das anbelangt. Das ist nicht mein Fachgebiet.«

»Aber was wäre, *wenn*?« Ich beugte mich zu ihm vor. Er wich misstrauisch zurück.

»Stimmen in deinem Kopf, meinst du? Die dir Dinge befehlen? Simon …«

»Nein, keine Stimmen.« *Ach, tatsächlich? »Finger in deinem Herzen« gefällig?*

»Es könnte auf irgendeine mentale Störung hindeuten. Hör mal, ich weiß, dass du gerade eine harte Zeit durchmachst, aber so was passiert in den Bergen.« Er zog eine Visitenkarte aus seinem Portemonnaie. »Nimm die. Meine E-Mail-Adresse. Besuch mich, wenn du mal in der Gegend von San Francisco bist.« Er kippte sein Bier hinunter und stand auf. »Und geh zu einem Therapeuten, wenn du zu Hause bist. Glaub mir, du brauchst einen.«

Nachdem Robbie gegangen war, ließ ich mir Zeit dabei, mein Bier auszutrinken. Ich konnte mir kein zweites kaufen, da ich ohne mein Portemonnaie losgegangen war, obwohl ich nichts dagegen gehabt hätte, mir die Kante zu geben.

In der Hotellobby lief mir Tadeusz über den Weg, der gerade aus Tibet zurückgekehrt war. Er sagte nichts zu mir. Ich sagte nichts zu ihm. Unsere Blicke trafen sich, und in diesen zwei Sekunden erfuhr ich alles über mich, was ich wissen musste.

Ich hielt drei Stunden durch, bis ich Thierry anrief. Mir war bewusst, dass es ein Fehler war, aber ich tat es trotzdem. Robbies untypische Freundlichkeit mir gegenüber und meine Begegnung mit Tadeusz hatten einen Nerv in mir freigelegt, und ich hatte das dringende Bedürfnis, mit jemandem zu sprechen, der auf meiner Seite war. Ich musste Dampf ablassen. Und ich ließ Dampf ab, schüttete ihm mein Herz über Mark und Juliet aus, jammerte, dass es nicht meine Schuld gewesen sei und dass mich die anderen unfair behandeln würden. Ich wartete darauf, dass er sagte: »Sag mir, dass du es gefilmt hast, Alter«, doch das tat er nicht. Ich wusste, er hätte es gerne gesagt, doch er hörte, in welcher Verfassung ich mich befand. Er wartete auf den richtigen Augenblick dafür.

Danach verließ ich kaum noch mein Hotelzimmer, bis es Zeit wurde, zum Flughafen aufzubrechen. Ich verabschiedete mich von niemandem.

Dritter Teil

Simon

Thierry blickte von seinem Laptop auf. »Auf der Site geht es schon den ganzen Morgen wie verrückt zu. Der Link in der *Daily Mail* hat die Sache so richtig ins Rollen gebracht.« Er warf mir einen verschlagenen Blick zu. »Stell dir mal vor, wie viele Zugriffe es wären, wenn wir tatsächlich Filmmaterial hätten.«

Nicht das schon wieder. »Ich habe es dir doch erklärt, T. Ich habe es versucht, aber die verdammte Kamera ist eingefroren.«

»Ja, ja. Und dann hast du sie auf dem Berg fallen lassen.«

»Genau.« *Lügner.* Ich hatte die Kamera und die Speicherkarte unter meiner Matratze versteckt. Ich hätte sie wegwerfen sollen, irgendwo in einen Abfallcontainer, doch aus irgendeinem Grund hing ich an ihr.

»Ich glaube dir immer noch nicht, Si. Ich merke, wenn du mir was verheimlichst.«

Ich hielt meine verbundene Pranke hoch. »Welchen Beweis brauchst du noch? Und warum, zum Teufel, sollte ich lügen?«

»Weil du dich aus irgendeinem Grund schuldig fühlst, dass dieser Typ gestorben ist.« *Bingo.*

»Blödsinn. Außerdem musst du gerade reden, was Verschweigen anbetrifft, T. Das mit den Werbekunden hättest du mir verdammt noch mal erzählen sollen.« Während meiner Abwesenheit war die Website in neue Sphären vorgestoßen, und das beinahe über Nacht: Am einen Tag lief sie ganz gut, am nächsten erreichte sie kritische Masse und übertraf die magische Anzahl von Zugriffen, die nötig war, um Werbekunden anzulocken. Sie warf genug ab, dass wir mit Mühe und Not davon leben konnten, was ein Glücksfall war, da ich mit *Fingern als Augen* schlecht Cappuccinos servieren konnte. Die grausame Ironie an der Sache war, dass die Website wahrscheinlich auch ohne die Kontroverse um meine Verstrickung in Marks Tod durchgestartet wäre.

»Na ja, ich wollte dich nicht ablenken. Schließlich warst du genau aus dem Grund da oben – um die Website anzukurbeln, Si.«

»Und das habe ich, oder nicht?«

Dank Thierry hatte die Geschichte wie eine gewaltige, faulig riechende Bombe eingeschlagen.

Als ich ihn von Kathmandu aus anrief, wusste ich, dass er nicht würde widerstehen können, die Geschichte von Mark und Juliet auszuschlachten. Er war nicht Ray, Dan Aykroyds liebenswert nerdige Figur; er war eine fiesere Version von Peter Venkman: egoistisch und opportunistisch. Um fair zu sein, er wäre verrückt gewesen, nicht darauf hinzuweisen, dass der Simon Newman, der einen Leichnam in der Cwm Pot zurückgelassen hatte, derselbe Simon Newman war, der einen Leichnam auf dem Everest verlegt hatte. Die Leute bekamen einfach nicht genug davon. Die Geschichte hatte alles: Pathos, Hybris, ein totes Nationalheiligtum, eine tragische Mutter-und-Sohn-Wiedervereinigung und einen Bösewicht – einen opportunistischen Zeitverschwender, der sich seinen Kick beim

Filmen von Toten holte. Selbstgerechte Arschlöcher strömten in Scharen zu unserer Website, um »Stirb, du kranker Mistkerl«-Kommentare zu hinterlassen.

Thierry seufzte. »Sieh mal, lass uns versuchen, das alles hinter uns zu lassen, Si, okay? Die Aufmerksamkeit der Presse wird bald abklingen. Ich verstehe schon, dass es dich stresst mit deiner kaputten Hand und so, aber wir müssen auf dieser Welle mitschwimmen. Es läuft gut. Wir haben täglich zigtausend Zugriffe. Das ist das Einzige, was zählt.«

Die Website mochte »gut laufen«, doch bei mir tat es das nicht. Was meine geistige Gesundheit anbelangte, hatte ich alles andere als festen Boden unter den Füßen, doch ich versuchte nicht einmal, mich mit den Auswirkungen von Marks Tod, Wandas Abscheu, meinen Schuldgefühlen und meiner Scham auseinanderzusetzen. All das war weggesperrt. Vorerst.

Ich schreckte aus dem Schlaf auf, mit einem starken Gefühl von Déjà-vu und Beklemmung, und hatte Herzrasen. Ich sah auf die Uhr: drei Uhr morgens.

Im Wohnzimmer brannte Licht, und ich tappte hinüber. Thierry saß mit Kopfhörern an seinem Schreibtisch und starrte auf seinen Laptop. Und neben ihm lag der Camcorder, der eigentlich unter meiner Matratze hätte versteckt sein sollen.

Ich schlich mich von hinten an ihn heran. »Du *Mistkerl.*« Ohne daran zu denken, dass meine Finger im Grunde genommen Brei waren, schlug ich ihm mit meiner verbundenen Hand gegen den Hinterkopf. Der Schmerz schoss mir wie ein Elektroschock durch den Arm. »*Fuck.*«

Thierry duckte sich und hob die Hände. »*Scheiße*, Alter! Wofür war das denn, verdammt?«

»Wann hast du sie gefunden?«

»Als du heute Morgen deinen Arzttermin hattest.«

»Du hast meine Sachen durchwühlt?«

»Ja.«

»Du blödes *Arschloch*!«

Er schnaubte selbstgerecht. »Ich *wusste*, dass du mir was verheimlichst.«

Ich versuchte zu schlucken. Vergeblich. Ich hatte keinen Speichel. »Und? Hast du es dir angesehen?« *Hast du Juliet gesehen? Hast du es gesehen?*

»Ja. Keine Ahnung, warum du sie versteckt hast, Alter. Nichts drauf. Nur ein paar Sekunden Ton.«

»Kein Bildmaterial?«

»Nein. Du hattest recht. Die Kamera ist im Eimer. Wir sind selber schuld, weil wir keine bessere gekauft haben. Total bescheuert. Wir haben so viel Kohle für den Trip verbraten, und beim Allerwichtigsten haben wir gespart.«

»Du hast gesagt, es wäre Ton drauf.« Ich setzte die Kopfhörer auf. »Spiel ihn mir mal vor.«

»Es ist ziemlich langweilig, Si.«

»Mach schon.«

Er verdrehte die Augen, und ich musste mich beherrschen, ihn nicht noch einmal zu schlagen. »Okay, okay.«

Ich biss mir innen in die Wange, als das Fauchen von Höhenwind meine Ohren füllte. Ich fröstelte. Es war ein Knistern zu hören – die Kamera, die an meinem Daunenanzug rieb? –, dann folgten weitere zwanzig Sekunden Fauchen. Das war alles.

»Spiel es noch mal ab.«

»Meine Güte, Si. Komm wieder runter.«

»Mach schon.«

Ich lauschte abermals angespannt, doch außer dem vertrauten Jetstream des Everest war nichts zu hören. Keine *Finger in deinem Herzen*, keine Stimmen aus dem Jenseits. Nichts.

Nach mehreren einstündigen Sitzungen in einer Überdruckkammer und Röntgenuntersuchungen zur Bestimmung des Ausmaßes der Schäden an meinen Fingern erhielt ich die schlechte Nachricht an einem regnerischen Dienstagnachmittag, als ich im Sprechzimmer meines Spezialisten Dr. Grewal saß. Er teilte mir in seinem stets heiteren Tonfall mit, dass ich zwei Drittel meines kleinen Fingers sowie jeweils ein Drittel meines Ring- und Mittelfingers verlieren würde. Mein Daumen und Zeigefinger würden unversehrt bleiben und mir als Pinzette dienen können. Während ich in dem beigefarbenen Sprechzimmer mit seinen harmlosen Aquarellen und seinem fleckenunempfindlichen Mobiliar saß, konnte ich an nichts anderes als an Malcolm und seine Zehen im Einmachglas denken.

Zack, zack. Finger in deinem Glas, Junge, Finger in deinem Glas.

Ich werde nicht in die Details der Operation selbst gehen; auf der Website gibt es Fotos, falls jemand sie sehen möchte, neben dem »Fünf ekelhafte Fakten über Erfrierungen, die ihr noch nicht kanntet«-Listicle, den ich auf Thierrys Drängen geschrieben habe. Ich gebe zu, dass ich mich anfangs wegen meiner verstümmelten Hand fürchterlich schämte. Ich hasste einfache Tätigkeiten, wie im Laden an der Ecke beim Zahlen Münzen zu überreichen, doch letzten Endes scherte ich mich dann in echter Simon-Newman-Manier einen Dreck darum. Ich versuchte, bei Thierrys Scherzen mitzulachen, dass ich nicht mehr zu einem Vulkanier-Gruß in der Lage wäre – schwarzer Humor war schon immer unsere Methode gewesen, um mit dem Dreck fertigzuwerden, mit dem das Leben nach uns warf –, doch mein Humor war mir genauso abhandengekommen wie meine Finger.

Und als meine Verletzungen heilten, machte sich langsam Selbstverachtung breit. Ich ertappte mich immer wieder dabei, wie ich abdriftete und mich in »Was wäre, wenn«-Fragen verrannte. *Was wäre, wenn du dich dazu entschlossen hättest, mit Wanda den Gipfel zu besteigen, wäre Mark dann noch am Leben? Was wäre, wenn du Malcolm verpfiffen hättest, wäre Mark dann noch am Leben? Was ist, wenn du tatsächlich ein schrecklicher Mensch bist? Was ist, wenn alles, was du da oben gesehen hast, echt war? Was ist, wenn du den Verstand verloren hast und in die Klapsmühle gehörst?*

Die Öffentlichkeit verlor nach und nach das Interesse an der Geschichte, doch die Website wuchs weiter. Eine Woche nach meiner Fingeramputation schob mir Thierry einen Stapel Dokumente unter die Nase: einen Vertrag, der unsere Eigentumsanteile an *Journey to the Dark Side* festlegte, wobei sechzig Prozent an ihn gingen und vierzig an mich.

»Das Verhältnis ist sechzig zu vierzig, weil ich so viel Geld und Arbeit reingesteckt habe, Si.«

Ich wedelte mit meiner kürzlich verstümmelten Hand vor ihm herum. »Während ich nur ein Pfund Fleisch investiert habe.«

Peng. Er schnitt eine Grimasse. »Wenn du möchtest, dass wir fifty-fifty machen, brauchst du es nur zu sagen, Si.«

»Nein. Schon okay. Ich bin damit zufrieden.«

Das war ich. Es war mir ziemlich egal.

Er war derjenige, der es noch bereuen sollte.

Als uns bewusst wurde, dass wir in unserem feuchtkalten Wohnzimmer schlecht Werbebossen Honig ums Maul schmieren konnten, besorgte uns Thierry im schicken Hackney von drei stiftungsfinanzierten »Künstlern« einen Raum in einer Lagerhalle zur Untermiete. Einfallsreich und clever wie immer, heuerte er eine engagierte Anzeigenverkäuferin an, die ausschließlich auf Provisionsbasis arbeitete, sowie ein paar freiberufliche Autoren und Praktikanten, die damit zufrieden zu sein schienen, für einen Hungerlohn Inhalte abzuliefern. Thierry nahm gerne das Ruder in die Hand – es passte zu ihm, die Kontrolle zu haben –, und ich schlüpfte in die Rolle des stillen Teilhabers.

Ich war nicht mit dem Herzen dabei, und das war deutlich zu erkennen. Letzten Endes wurde mir die Aufgabe übertragen, E-Mails zu beantworten und die Kommentare zu moderieren. Nach allem, was ich durchgemacht hatte, was ich gesehen hatte, erschien es mir einfach kindisch und sinnlos. An manchen Tagen machte ich mir nicht einmal die Mühe, einen Blick in den Posteingang zu werfen. An anderen Tagen ertappte ich mich dabei, dass ich auf der Website durch die Kommentare scrollte, ohne sie wirklich zur Kenntnis zu nehmen, und sie willkürlich löschte.

Robbies Rat, einen Therapeuten zu konsultieren, befolgte ich nicht.

Irgendwann in dieser Phase – und ich kann mich wirklich nicht daran erinnern, dass ich es tat – legte ich eine Datei mit dem Namen »WARUM ICH SACHEN SAH« an und schrieb darin Folgendes:

Trauma nach den Höhlen
irgendeine Psychose
Vielleicht ist die Todeszone eine durchlässige Passage in eine andere Welt.
Nein. Blödsinn. Ich lebe nicht in einem japanischen Horrorfilm (aber Ed ist TOT, und du hast ihn da oben gesehen, sagst du als Nächstes, dass Ed ein wütender Berggeist ist?)
ich bin verrückt
Juliet ist verrückt
Wir haben beide PTBS, denn eine Präsenz zu sehen oder Flashbacks zu haben, ist nach traumatischen Erlebnissen sehr verbreitet
Wir hatten beide Kopfverletzungen, von denen wir nicht wissen, wie wir sie uns zugezogen haben
Wir hatten beide Hypoxie (aber warum dann keine anderen Symptome?????), jede Menge Gründe für das Dritter-Mann-Phänomen – es könnte Monotonie sein, die Reaktion des Gehirns auf extreme Kälte und Stress, Einsamkeit, Trauma, Verlustgefühle (der Witweneffekt, obwohl ich nicht um Ed trauerte, oder?)
Man sieht, was man sehen möchte

Irgendetwas in meinem Unterbewusstsein versuchte, mir einzureden, dass ich schlagartig zur Normalität zurückkehren würde, wenn ich eine rationale Begründung für das zutage fördern könnte, was mir auf dem Everest und unten in der Cwm Pot widerfahren war. Wie Juliet wollte ich glauben, dass es sich nur um Hypoxie handelte, doch mein Bauchgefühl kaufte mir das nicht ab.

Ich trug Juliets Tagebuch stets bei mir, las es allerdings nicht noch einmal. Ich wagte es nicht. Stattdessen beschloss ich, ihr Leben zu schütteln, um zu sehen, was herausfiel.

In einigen Anthologien über »wegbereitende Frauen« gab es begeisterte, richtigstellende Darstellungen ihrer Laufbahn als Bergsteigerin, doch die älteren versteckten Artikel waren genauso boshaft, wie Mark angedeutet hatte. Einen von ihnen, eine scheußliche Tirade mit dem Titel »Eine untaugliche Mutter?«, hatte eine Frau verfasst, die inzwischen eine prominente Fernsehköchin war. Von Walter existierten nur wenige Fotos, die einen Mann mit scharfkantigem Gesicht, stechenden blauen Augen und drahtiger Iggy-Pop-Statur zeigten. Die Bilder von Graham, Juliets untreuem Ehemann, ließen erkennen, dass er kleiner war, als ich ihn mir vorgestellt, dafür aber ganz genau so weltmännisch, wie sie ihn beschrieben hatte. Sein Blick war hart.

Von Mark gab es keine Fotos.

Ich machte verstecktes Filmmaterial von Juliet ausfindig, das sie bei einer Alpinismus-Konferenz (vermutlich die »katastrophale«, bei der sie Pauline Zierzinger kennengelernt hatte) im Diskussionsforum zeigte. Sie sprudelte vor Energie, sprach mit ganz leichtem Yorkshire-Dialekt und sah wie Wanda älter aus, als sie tatsächlich war, da ihre Haut von tiefen Linien durchzogen wurde. Ich mochte sie, obwohl es ein Schock war, sie »lebendig« zu sehen – ich konnte diese zähe, vitale Frau nicht mit der verlorenen Gestalt vereinbaren, der ich auf dem Everest begegnet war. Der idiotische Moderator fragte sie, ob sie es für moralisch vertretbar halte, »sich in Gefahr zu begeben, wenn man ein Kind hat«, und sie antwortete schnippisch, dass Bergsteiger, die Väter seien, diese Frage nur selten gestellt bekämen. *Gut gemacht, Juliet. Lass dich von den Mistkerlen nicht unterkriegen.*

Ich bestellte mir ein Exemplar von *Das wüste Land* und Erläuterungen dazu – ich war mir meiner Grenzen bewusst – und entdeckte, dass Juliet falsch aus dem Gedicht zitiert hatte. Sie hatte geschrieben: *Wer ist der Dritte der dir zur Seite geht?*, während es eigentlich – und schauriger – hieß: *Wer ist der Dritte der dir IMMER zur Seite geht?* Und drei Zeilen später: *Ist IMMER ein andrer der neben dir geht.* Meinen Erläuterungen zufolge spielte der Dritte Mann in dem Gedicht auf eine Szene in der Bibel an, in der zwei Männer dem soeben auferstandenen Jesus begegnen. Was mich betraf, war Eliots dunkle vermummte Gestalt viel zu unheimlich, um J. C. zu sein. Für mich war sie der Sensenmann, eine Hardcore-Version von Pratchetts »Tod«-Figur.

Als Nächstes trieb ich mich im Internet herum und recherchierte »gefühlte Präsenz«. Malcolm, Mark und Robbie hatten alle betont, wie verbreitet sie sei, und sie hatten recht gehabt. Es existierten tausende Berichte über das Phänomen, und es war nicht kulturspezifisch: Überlebende des Einsturzes der Twin Towers, des Holocaust, von Erdbeben in China und Japan und von Gräueltaten in Somalia gaben alle an, einen ähnlichen guten Geist gespürt zu haben, der ihnen die Kraft gegeben habe durchzuhalten. Doch die Sache war die: Das *Es*, das Juliet und ich gesehen hatten, war nicht gutartig, sondern bösartig. Und während es sich bei den gutartigen Präsenzen, die Entdecker oder Menschen in großer Gefahr gefühlt hatten, um Retter oder Schutzengel handelte, gehörte der andere Typ, der *gemeine* Typ, in die Kategorie »Zerstörer« und wurde gewöhnlich nur von Menschen erlebt, die geisteskrank waren oder glaubten, es nicht verdient zu haben, gerettet zu werden.

Dann war Juliet und dann bin ich also geisteskrank oder lebensmüde. Supertoll.

Vielleicht ist Ed dein Schutzengel. Schließlich hat er dich gerettet. Hat dich davor bewahrt, in diese Gletscherspalte zu stürzen.

Nein. Mingma hat mich gerettet. Ed hat mich dort festgehalten, hat darauf gewartet, dass ich erfriere.

Da ich mich unbedingt an einer weniger verstörenden Erklärung festhalten wollte, rief ich mir in Erinnerung, dass Mark erwähnt hatte, beim Dritten Mann würde es sich möglicherweise um einen Phantom-Doppelgänger handeln. *Manche Psychologen glauben, dass man dem Doppelgänger andere Identitäten verleihen kann. Damit man in Stressphasen sieht, was man sehen möchte.* Doch wenn das zutraf, warum, zum Teufel, hatte ich mir dann ausgerechnet Ed ausgesucht? Und Juliet sich einen abartig gruseligen Ghul? Trotzdem ging das Gefühl, mich außerhalb meines Körpers zu befinden und über mir zu schweben, das ich empfunden hatte, unmittelbar bevor Mingma zu mir gekommen war, damit Hand in Hand. Es war auf dieselbe Weise angenehm gewesen, wie jene Ruhe, die ich in den Höhlen empfunden hatte.

Im Endeffekt hatten Juliet und ich aber nicht nur »eine Präsenz gefühlt«, oder? Wir hatten unseren jeweiligen Dritten Mann gesehen, und zwar höchstpersönlich. Ed hatte mich auf dem Everest umklammert; ich konnte seinen Griff noch immer spüren. Und Juliets Geist war in ihr Zelt gekommen und hatte ihr seine erfrorenen Finger gewaltsam in den Mund gesteckt.

Zurück in deine Kiste, zu den anderen verbotenen Dingen, und der Schlüssel wird weggeworfen.

Nachdem ich meine Spontanrecherche ausgeschöpft hatte, kam mein Gehirn zu dem Entschluss: *Scheiß drauf, ich bin erledigt* und schaltete ab. Ich kroch jeden Tag später aus dem Bett und tauchte manchmal erst mittags bei der Arbeit auf. An manchen Tagen war ich nicht in der Lage, etwas zu essen. An anderen konnte ich nicht damit aufhören. Ein paar Wochen lang war ich ständig betrunken, nachdem ich dummerweise einem 4Chan-Post geglaubt hatte, in dem es hieß, sich vollaufen zu lassen wäre eine gute Methode, um Panikattacken abzuwehren (was nicht stimmte).

Als mein einziger verbliebener Freund, widerwilliger Mitbewohner und Geschäftspartner Thierry versuchte, mich zu überreden, mich zu bestechen und mir schließlich zu drohen – »reiß dich endlich am Riemen, verdammt noch mal, Si, und hol dir professionelle Hilfe« –, mit seiner Weisheit am Ende war, schaltete er via Skype meine Mutter und meine Schwester Alison ein. Die Botschaft war klar: »Such dir Hilfe oder such das Weite.« Da mir die Energie fehlte, um mich zur Wehr zu setzen, gab ich klein bei und wandte mich an eine Psychotherapeutin. Wie nicht anders zu erwarten war, diagnostizierte sie bei mir eine schwere posttraumatische Belastungsstörung und Depressionen. Ed und was ich auf dem Everest gesehen hatte, erwähnte ich allerdings nicht gegenüber Dr. O'Dowd, einer barschen, etwas egozentrischen Frau mit drahtigen Armen wie Madonna. Ich war nicht bescheuert; ich war nicht bereit, mich in die Psychiatrie einweisen zu lassen, und ich war gut darin, ihr das zu erzählen, was sie hören wollte – so war es einfacher. Ich ließ sie in meiner Vergangenheit stöbern und über meinen »Vaterkomplex« dozieren. Ich stimmte ihrer Einschätzung zu, dass Dads Tod eine Wunde hinterlassen hatte, die geeitert hatte, wodurch sämtliche Aspekte meines Lebens infiziert und meine Entscheidungen vergiftet worden waren, obwohl ich wusste, dass das Blödsinn war. Sie drängte mich zuzugeben, dass ich wütend auf ihn sei, weil er gestorben war, genau wie Mark auf Juliet wütend gewesen war, bevor er ihr Tagebuch gelesen hatte, weil sie den Everest ihm vorgezogen hatte. Ich legte ein Lippenbekenntnis zu ihren Behauptungen ab, doch ich war nicht wütend auf Dad. Wie hätte ich es sein können? Wenn es jemanden gab, der das Bedürfnis nach Selbstzerstörung verstand, dann mich. Vielleicht hatte ich dieses Element meiner Persönlichkeit von ihm geerbt. Wir versuchten es mit kognitiver Verhaltenstherapie, doch das half nichts – oder vielleicht wollte ich nicht, dass es half. Die erste Runde Pillen half auch nicht; ich wurde davon nur müde. Sie schlug andere Dosen vor und verschrieb mir schließlich aus Verzweiflung Trizyklika – Antidepressiva, die normalerweise der letzte Anlaufhafen sind. Doch wie es in dem Lied heißt: »*The Drugs Don't Work*«. Ich war bereits jenseits von Gut und Böse.

Während ich in Unterhosen, die ich schon seit einer Woche trug, in unserer Wohnung auf dem Fußboden saß, zog ich kurzzeitig in Betracht, allem ein Ende zu setzen – von einer Brücke zu springen oder mir eine Überdosis Heroin zu spritzen (was ich beides wieder verwarf, nachdem ich im Darknet »Danach-Fotos« gesehen hatte). Nein. Ich hatte nicht das Zeug dazu – zumindest noch nicht zu diesem Zeitpunkt.

Es gab nur eine Methode, wie ich es schaffen konnte, mein Leben zusammenzuhalten, und die fiel mir so leicht, dass mir unbegreiflich war, warum ich sie nicht schon früher ausprobiert hatte: Ich setzte meine Charmanter-Si-Maske auf und schraubte sie richtig fest.

Das funktionierte eine Zeit lang, zumindest an der Oberfläche, die ohnehin das Einzige ist, was andere interessiert. Doch es waren von Anfang an Risse in meiner Fassade vorhanden. Manchmal überkam mich dieselbe Distanziertheit, die ich empfunden hatte, als ich von oben beobachtet hatte, wie Mingma mir das Leben rettete: *Hier zieht sich Fleischpuppe Si auf der Toilette eines Pubs in Shoreditch eine Linie Koks rein; hier sitzt Fleischpuppe Si in einem Verkaufsmeeting und lacht über Thierrys beschissene Witze; hier versucht Fleischpuppe Si, seine Erektion aufrechtzuhalten, während er eine von den freien Mitarbeiterinnen vögelt.*

»Toll, dass du wieder da bist, Alter«, sagte Thierry mindestens einmal pro Woche, und ich feuerte irgendetwas Amüsantes zurück. *Oh, wie wir lachten.*

Doch man kann eine Maske nicht ewig tragen, ohne dass sie zu scheuern beginnt. Zwei Dinge beschleunigten meine nächste Spirale in den Abgrund. Das Erste war Thierrys Ankündigung, dass er aus unserer Wohnung ausziehen würde. Zunächst war ich erleichtert. Wir waren umeinander herummanövriert wie Eheleute, die tief in ihrem Inneren wissen, dass ihre Beziehung zum Scheitern verurteilt ist. Doch die Leere in der Wohnung machte mir zu schaffen. Sicher, er war mir auf den Keks gegangen, er war in vielerlei Hinsicht ein herzloser Penner, doch es war beruhigend gewesen, jemanden um sich zu haben, vor allem während der mörderischen frühen Morgenstunden.

Der zweite Sargnagel kam 2009, knapp zwei Jahre nach meiner Rückkehr vom Everest, als ich versehentlich einen Spam-Newsletter anklickte, den mir der Kletterladen geschickt hatte, in dem ich meine Steigeisen gekauft hatte. Allerdings gibt es keine Versehen, nicht wahr? Der Newsletter warb für eine Reihe von Vorträgen von Bergsteigern und Autoren, darunter »Spitzenbergsteigerin Wanda Florczak, die plant, alle vierzehn Achttausender zu besteigen«.

In meinem Hals bildete sich ein Kloß. Ich würde hingehen. Ich *musste* hingehen.

Du kannst es ihr erklären, wenn du sie siehst.

Was erklären?

Dass du kein Monster bist.

Dank Inaktivität und Frustessen hatte ich zugenommen,

doch ich begutachtete mich nicht allzu genau im Spiegel, bevor ich mich auf den Weg zu der Veranstaltung machte. Ich wollte nicht die Nerven verlieren.

Mit feuchten Händen und klopfendem Herzen ließ ich mich auf einem Stuhl im hinteren Bereich des Kellerraums des Ladens nieder, wo der Vortrag stattfand. Der Raum war brechend voll.

Eine Welle Applaus, und dann war sie da. Sie hatte sich kaum verändert; sie war nach wie vor schlank, ihre Haut war von etwas tieferen Falten durchzogen, und ihr Haar war ein paar Zentimeter länger, als ich es in Erinnerung hatte. Sie hatte noch immer dieses gewisse Etwas.

Sie begann mit einer Reihe von Dias, die ihre ersten drei Besteigungen dokumentierten. Sie trug gut vor, mit trockenem Humor und einer Selbstironie, die mir während unserer kurzen gemeinsamen Wochen gar nicht aufgefallen war.

»... 2007 schloss ich mich dann einer Expedition an, die von Tadeusz Bacik geleitet wurde, um den Everest von der Nordseite zu besteigen.« Sie hielt inne, schluckte, und einen Moment lang war ich mir sicher, dass sie mich ganz hinten im Raum entdeckt hatte. »In jenem Jahr gab es eine Rekordzahl von Besteigungen, nach einem schrecklichen Jahr mir vielen umstrittenen Vorfällen. Aber auch in diesem Jahr kam es zu Kontroversen, und ich befand mich beinahe mittendrin.«

Ihre Stimme verlor sich im Hintergrund, als ich die Bilder auf der Dialeinwand betrachtete. *Klick.* Eine Aufnahme von Juliet nach ihrer erfolgreichen Besteigung des Broad Peak, bekleidet mit ihrem pinkfarbenen Tally-High-

Anzug. *Klick.* Noch ein Bild von Juliet, mit Mark als Baby in den Armen. *Klick.* Ein Foto von Mark, auf dem er im Basislager vor seinem Zelt sitzt, eine Tasse Tee in der Hand, und in die Kamera grinst. Mein Tunnelblick verengte sich weiter.

»Tadeusz wurde unfairerweise für den Tod von Marcus Michaels kritisiert. Er hatte daran keine Schuld. Niemand trägt die Verantwortung für die Entscheidungen eines anderen Bergsteigers.«

Mich erwähnte sie nicht.

Dann ging sie zu ihrem jüngsten Unterfangen über: unmittelbar aufeinanderfolgende Besteigungen des Broad Peak und des Gasherbrum I. Letzten Endes hatte sie es also doch in den Karakorum geschafft und war in die Fußstapfen ihrer Namensvetterin Wanda Rutkiewicz getreten. Sie tat es, machte ihren Lebenstraum wahr. Und auf jedem Gipfelfoto hielt sie einen kleinen braunen Teddybären hoch – Marks Bären. Den Bären, den Juliet in Thamel für ihn gekauft hatte. Ich senkte den Kopf und hoffte, meine Sitznachbarn würden die Tränen nicht bemerken, die mir auf die Hände tropften.

Anschließend gab es eine Frage-Antwort-Runde. Jemand wollte wissen, wie sie mit Angst und mit der stetigen Todesgefahr umging, wenn sie sich in großer Höhe befand.

»Ich habe Angst, die ist wichtig, damit man seine Schärfe behält. Aber ich lasse nicht zu, dass sie die Oberhand über mich gewinnt. Ich höre auf meinen Körper.« Sie tippte sich auf den Bauch. »Wenn ich hier, in meinem Bauch, nicht das richtige Gefühl habe, dann gehe ich nicht. Und ich lasse mich nicht von anderen unter Druck setzen.« Als

Nächstes wurde die vorhersehbare Frage gestellt, wie sie damit zurechtkäme, bei einem derart männlich orientierten Sport in vorderster Reihe zu stehen. Sie wiederholte die Abfuhr, die sie Robbie erteilt hatte: »Man braucht keinen Penis, um einen Berg zu besteigen«, was für Lacher und vereinzelten Applaus sorgte. »Die Leute, die mich kennen, sind wunderbar, aber manchmal treffe ich Außenstehende, die glauben, dass ich mich von Sherpas auf den Berg tragen lasse oder dass ich jemanden habe, der mir Stufen haut. Ich ignoriere sie, weil sie Idioten sind. Juliet Michaels hatte dasselbe Problem. Es handelt sich um Eifersucht und Boshaftigkeit, die auf Unsicherheit beruhen.« Jemand anders fragte, weshalb sie keinen zusätzlichen Sauerstoff benutzen würde. »Aus demselben Grund, warum manche Leute mit dem Fahrrad steile Hänge hinauffahren, während andere ein Motorrad bevorzugen. Man darf nicht vergessen, erst als Messner den Gipfel des Everest ohne zusätzlichen Sauerstoff erreichte, waren die Leute überzeugt, dass es überhaupt möglich ist. Für mich ist Bergsteigen ohne Flaschensauerstoff die reinere Form, eine größere Herausforderung. Aber ich urteile nicht über Leute, die sich dafür entscheiden, auf andere Art und Weise bergzusteigen. Das ist ihre Entscheidung.«

Ich saß auf meinem Stuhl, während sich Schweiß unter meinen Achseln sammelte, und wartete, bis ihre Fans von dannen zogen. Dann stand ich auf und ging auf sie zu.

»Hi, Wanda.«

Ihr Gesicht blieb ausdruckslos. »Simon.«

»Wie geht's dir? Gratulation zu dem, was du erreicht hast.«

Ein steifes »Danke«.

»Was steht bei dir als Nächstes auf dem Programm?«

»Simon, ich möchte nicht mit dir reden.« Direkt wie üblich. Das hatte sich nicht geändert.

»Wanda, kann ich dir wenigstens erklären …«

»Was erklären? Dass du auf dem Everest warst, um Fotos von den Toten zu machen? Hast du mir das nicht schon gesagt?«

»Ja, und dafür gibt es keine Entschuldigung. Ich habe keines von den …«

»Ich will es nicht wissen.«

»Gibt's hier ein Problem?« Ein Mann war aus dem Nichts aufgetaucht. Amerikaner, groß, blond, fit. Natürlich. *Natürlich.*

»Kein Problem, Aaron. Ich bin fertig, wir können gehen.«

Aaron, Wandas Freund, Ehemann, Kletterpartner, Bekannter, was auch immer, sah genau so aus, wie ich mir damals, als ich sie kennenlernte, den Typen vorgestellt hatte, mit dem sie zusammen war. Er streckte mir die Hand hin. »Aaron Wright.« Ich googelte ihn später. Er war so etwas wie der amerikanische Andy Kirkpatrick, ein Technikpionier beim Bouldern, der das Unmögliche geschafft und den Südostgrat des Cerro Torre ohne Hilfsmittel erstiegen hatte.

»Simon Newman.«

»Oh. Du bist der Typ. Der Everest-Typ.«

»Ja.«

»Gehen wir, Aaron.«

Aaron schenkte mir ein reumütiges Grinsen, ehe er mit

meiner Karriere, meiner Zukunft und der Liebe meines Lebens verschwand.

Ich hätte am liebsten einen Wutanfall gehabt, mich auf den Boden geworfen und mit den Fäusten auf den Teppich getrommelt. *Nicht fair.* Aber es war natürlich fair. Aus Wandas Sicht hatte ich Mark benutzt. Vielleicht hatte ich das tatsächlich. In ihren Augen war ich ein Monster. Vielleicht war ich das tatsächlich.

Alles war völlig verkorkst.

Ich ging hinaus in den Juniabend, schlängelte mich durch die Menschenmengen in Covent Garden, schob mich vorbei an einer Traube Touristen, die einem Jongleur zusahen. Ich war gerade den Long Acre halb hinuntergegangen, noch immer vor Selbsthass schäumend, als ich ihn sah: Ed.

Er stand neben einem *Big Issue*-Verkäufer, die Arme seitlich herabhängend, und war mit seinem gelben Kälteschutzanzug bekleidet. Ich blinzelte, und er war verschwunden.

Ich rannte Richtung Charing Cross, sah ihn aber nirgendwo. Natürlich war er nirgendwo zu sehen. *Nur in deinem Kopf. Er ist nur in deinem Kopf.*

Als ich wieder zu Hause war, setzte ich mich auf die Couch und trank eine halbe Flasche Cutty-Sark-Whisky. Ich holte Juliets Tagebuch hervor, blätterte es bis ganz hinten durch und strich mit dem Daumen am gezackten Rand der herausgerissenen Seiten entlang.

In den folgenden Wochen saß ich auf glühenden Kohlen, da ich mir sicher war, ich würde ihn wiedersehen. Und jetzt wurde ich das Gefühl nicht los, dass mich jemand beobachtete; am Rand meines Blickfelds lauerte ununterbrochen ein Schatten. Am stärksten war das Gefühl in der schmalen Gasse neben unserem Gebäude, wo die Praktikanten die Köpfe zusammensteckten und rauchten.

Anschließend geriet alles rasch aus den Fugen.

Ich legte die Charmanter-Si-Maske ab. Ich rief nicht zurück, wenn mich jemand anrief, ich ignorierte E-Mails, ich verlor meinen Appetit auf Sex, Drogen und Alkohol, wobei ich noch ein Quäntchen Trost in kalorienreichem Junkfood fand. Thierry schlug einen Tapetenwechsel vor und kaufte mir ein Ticket nach Australien. Ich weigerte mich hinzufliegen. Die freien Mitarbeiter, Verkaufspersonal und Praktikanten, die Gleitzeit bei uns arbeiteten, schlichen auf Zehenspitzen um mich herum. Ich war der Büro-Sonderling, der Freak, dem Finger fehlten und der in Klamotten, die nicht zueinanderpassten, und nach Schweiß stinkend zur Arbeit erschien.

Irgendwann hatte Thierry genug. Er schuftete wie ein Verrückter, um die Website aufzubauen, und obwohl ich null Komma nichts tat, außer völlig am Rad zu drehen, sackte ich fast die Hälfte des Gewinns ein.

»Am besten kommst du von jetzt an gar nicht mehr rein, Si. Deinen Anteil bekommst du trotzdem.«

Es gab keinen Showdown. Es gab keinen Streit. Ich schnappte mir einfach meinen Kapuzenpulli, der über meinem Stuhl hing, und marschierte hinaus. Was Antiklimaxe anbelangt, war mein Abgang ganz weit vorne.

Ich tröpfelte dahin, kam über die Runden. Ich fing an, *World of Warcraft* zu spielen, verschlang endlose *Take A Break*-Puzzlebücher, saß tagsüber zusammengesackt vor dem Fernseher, warf Antidepressiva und Anxiolytika ein, tat alles, was meine Gedanken davon abhielt, sich dorthin zu verirren, wo sie nichts verloren hatten. Es ist unglaublich, wie viel Zeit man mit Nichtstun herumbringen kann.

Hin und wieder kontaktierte mich Thierrys Anwalt und bot mir an, mir meine Anteile abzukaufen. Ich lehnte ab. Wenigstens so schlau war ich.

Anfang 2011 bot uns ein Mischkonzern eine unerhörte Summe, um *Journey to the Dark Side* in seinem Stall unterzubringen. Thierry teilte mir die Neuigkeiten in einer gestelzten E-Mail mit. Er fragte mich nicht, ob ich verkaufen wolle. Er hielt es für selbstverständlich, dass es mir scheißegal war. Er hatte recht.

Reich zu sein brachte mich nicht wieder »in Ordnung«. Anfangs dachte ich naiverweise, das würde es, doch der Adrenalinkick, Dinge zu kaufen, teure Dinge, *unerhört* teure Dinge, war wenig mehr als eine Ablenkung, das Äquivalent dazu, mit einem Pflaster die Blutung aus einer durchtrennten Schlagader stillen zu wollen. Ich verschenkte Unmengen von Geld: an meine Mutter, an meine Schwester, an beliebige Wohltätigkeitsorganisationen – an ein Esel-Asyl, an Help the Aged, an Save the Children, an die Krebsforschung. Manchmal spendete ich im Namen der jungen Männer in der Cwm Pot, Nigel Rowley, Robert King und Guy McFaul, manchmal spendete ich im Gedenken an Adam Romanyuk und Kostyantyn Sirko, alias Thierrys Ukrainer (ich brauchte keine zehn Sekunden, um ihre Namen im Internet zu recherchieren). Ich engagierte eine Anwältin und beauftragte sie, Mingma und Dorje ausfindig zu machen und für ihre Kinder Treuhandfonds einzurichten (*siehst du, Welt, ich bin doch kein so schlechter Mensch*).

Ich kaufte mir die erste Wohnung, die ich mir ansah, ein »Manager-Apartment« in einem seelenlosen neu errichteten Block auf dem Canary Wharf. Ich erstand Berge von Designer-Klamotten, eine Mitgliedschaft in einem exklusiven Fitnessstudio (das ich natürlich nur ein einziges Mal besuchte) und technische Spielereien in Hülle und Fülle. In Wirklichkeit hatte ich jedoch nicht mehr getan, als mein schäbiges Gefängnis gegen ein schickeres einzutauschen. Mein »Job« bestand im Grunde genommen darin, auf einer Designer-Couchgarnitur zu sitzen, die zwanzigtausend Pfund gekostet hatte, *Call of Duty* zu spielen und DVDs anzuschauen. Es dauerte sechs Monate, bis ich das erste Mal einem Nachbarn begegnete; bei den meisten Wohnungen handelte es sich um Anlageimmobilien. Meistens bestellte ich mir Essen nach Hause. Manchmal verging eine ganze Woche, ohne dass ich mit einem anderen Menschen sprach. Mum und Alison meldeten sich hin und wieder, doch sie hatten es aufgegeben zu versuchen, mich dazu zu überreden, sie zu besuchen.

Das Gefühl, dass etwas am Rand meines Blickfelds lauerte, ging nie weg, es war jedoch schwächer geworden – oder ich hatte mich einfach nur daran gewöhnt. Doch mir war bewusst, dass sich etwas ändern musste. Ich musste mein Leben ankurbeln.

Den Anstoß gab letzten Endes eine E-Mail von Howard. Er war ein fanatischer Gruppen-Mailer – anstatt sein persönliches Gepäck wie jeder normale Mensch bei Facebook abzuladen, zog er es vor, alle via Gmail auf dem Laufenden zu halten. Es war offensichtlich, dass er für jedes Rundschreiben Stunden, möglicherweise sogar Tage brauchte, um es zu verfassen. Durch ihn erfuhr ich, was alle anderen, die an meiner Expedition teilgenommen hatten, gerade taten. Mingma arbeitete jetzt für ein Umweltschutzprojekt, das Bergtouren förderte, die auf die verheerenden Auswirkungen der Klimaerwärmung auf das Khumbu-Tal aufmerksam machten. Tadeusz und Ireni hatten die Ungeheuerlichkeit überwunden, einen Bergsteiger verloren zu haben, und ihre Tätigkeit am Everest zusammen mit Dorje und Gyaluk wieder aufgenommen. Ngima war auf der Karriereleiter nach oben geklettert und arbeitete jetzt als Guide. Malcolm hatte sich von dem lebensbedrohlichen Vorfall auf dem Everest wieder erholt und hatte mit Berglauf angefangen. Robbie hatte sich ebenfalls umorientiert und konzentrierte sich jetzt auf technisches Klettern und Bouldern. Mit Ausnahme von Wanda, die nach und nach die höchsten Gipfel der Welt abarbeitete, hatten sich alle anderen von der Todeszone abgewandt.

Howard hatte sich mit seiner Frau ausgesöhnt und mit dem Segeln angefangen, und seine E-Mails hatten einen Unterton naiver Freude, bei der ich kaum Zweifel hatte, dass sie echt war. Seine neueste E-Mail trug den Titel: »Meine lebensverändernden Momente« und enthielt ein Hochzeitsfoto, ein Bild von seinem neugeborenen Sohn und eine Aufnahme von ihm mit ungefähr dreißig (*Hannibal Lecter, die frühen Jahre*), ein unscharfes Foto von ihm und Robbie auf dem Gipfel des Everest und, ganz zum

Schluss, ein Gruppenfoto, das Ireni nach unserem ersten Trip zum vorgeschobenen Basislager im Basislager gemacht hatte. Ich war darauf nicht gefasst gewesen, und mich überkam eine Woge der Trauer. Wanda stand auf dem Foto lachend neben mir. Ich dachte noch immer jeden Tag an sie, obwohl mir bewusst war, dass es keine Hoffnung gab. Mein Leben war kein Hollywoodfilm, in dem die Liebe letzten Endes immer den Sieg davonträgt. Doch das Schlimmste war, Mark zu sehen. Er war größer, als ich ihn in Erinnerung hatte, die Augen hinter seiner Brille verborgen, ein unsicheres Lächeln auf den Lippen.

Ein Scham-Tentakel wand sich aus dem Schließfach in meinem Gehirn.

Es war nicht meine Schuld.

Es spielt keine Rolle, wessen Schuld es war. Er war dein Freund, oder etwa nicht?

Und dann kam es mir. Ich wusste plötzlich, was ich zu tun hatte. Ich würde ins Basislager zurückkehren und die China Tibet Mountaineering Association bearbeiten, mich eine Gedenktafel für Mark und Juliet aufstellen zu lassen. Ich konnte zwar nicht wissen, ob das mittlerweile nicht schon jemand getan hatte, machte mir aber nicht die Mühe, es herauszufinden – ich war voller Begeisterung und hatte Angst, zurückgeworfen zu werden.

In einem Fieberanfall buchte ich online eine tibetische Privattour erster Klasse. Ich würde nach Lhasa fliegen, und von dort würde ich zuerst nach Shigatse und dann zum Basislager eskortiert werden (ich war nicht scharf darauf, Nyalam und Tingri noch einmal zu erleben). Anschließend konnte ich immer noch die Grenze nach Nepal überqueren und mit Mingma eine Woche lang durch das Tal wandern – warum nicht?

Vielleicht glaubte ich, die Rückkehr an den Schauplatz meines Traumas würde zu einem Neustart meines Gehirns führen, bei dem der störende Dritte Mann am Rand meines Blickfelds gelöscht werden würde. *Nichts ist so gut, wie zu einem Abschluss zu kommen, nicht wahr, Si?*

Nach dem freien Himmel und den hügeligen graugrünen Weiten der tibetischen Schwemmebene waren die endlosen Reihen von Beton-Hochhäusern am Stadtrand ein heftiger Schock. In den meisten fehlten noch die Fenster und Türen, und die leeren schwarzen Löcher trugen zur Grimmigkeit der Gebäude bei. Der Kontrast zu der verschachtelten, vielschichtigen Architektur der Klöster, an denen wir nach der Abfahrt vom Flughafen vorbeigekommen waren, oder zu den schlichten himalayischen Gehöften, die ich gesehen hatte, als ich das letzte Mal im Land gewesen war, hätte nicht größer sein können.

Kunga las meine Gedanken und drehte sich auf dem Beifahrersitz um. »Diese Häuser sind für die Han-Chinesen. Jetzt, wo eine Zugverbindung entsteht, kommen viele.«

Ich wusste, weshalb sie hierher umgesiedelt wurden: um Tibets kulturellen Pool zu verwässern. Die Anzeichen für das, was Juliet als den »Würgegriff« der chinesischen Regierung bezeichnet hatte, waren überall zu erkennen. Auf der einstündigen Fahrt vom Flughafen hatten wir zwei militärische Kontrollpunkte passiert, und Kunga sagte mir, dass wir auf dem Weg nach Shigatse noch an etlichen weiteren vorbeikommen würden. *Hier sind Leute mit richtig krassen Problemen, Arschloch.* Ich konnte mich nicht daran erinnern, dass die Unterdrückung bei meinem letzten Besuch so offensichtlich gewesen war, doch ich war während der Anreise aus Kathmandu größtenteils nicht im Vollbesitz meiner Sinne gewesen, und das Basislager war mehr oder weniger ein eigenständiges Universum.

Der Fahrer, Phurba, fummelte am Radio herum, und das Summen der tibetischen Mantras, die er bislang gehört hatte, ging auf surreale Weise in das Stampfen und Dröhnen eines TLC-Songs über, wobei die Basslinie im Takt mit dem Puls in meinen Schläfen pochte. Lhasa befand sich gut tausend Höhenmeter unterhalb des Basislagers, doch die Höhe hatte mich sofort nach dem Verlassen des Flughafengebäudes geohrfeigt. Ich hatte bleierne Gliedmaßen und einen schweren Kopf, und mir war vom Autofahren leicht übel.

Trotzdem war nicht alles schlecht. Mit Kunga, der für die nächsten fünf Tage mein Guide sein würde, verstand ich mich auf Anhieb gut. Er war ein entspannter Typ mit nach hinten gegeltem Haar und Converse-Turnschuhen und erinnerte mich an Mingmas Retrostil-Freund im Zeltcamp. Phurba sprach kaum Englisch, hatte aber eine ähnliche Gelassenheit an sich, die sich leider nicht auf seine Fahrweise auswirkte. Er trampelte wie ein Wahnsinniger auf Brems- und Gaspedal herum, murmelte beim Überholen vor sich hin, als würde er die anderen Fahrer auf der Straße verfluchen, und beschleunigte gerne in Kurven.

»Willst du gleich zum Hotel oder erst das Jokhang-Kloster besichtigen?«, fragte mich Kunga.

»Ich hätte nichts gegen einen Kaffee.« Wahrscheinlich nicht gerade die beste Idee, falls ich unter Höhenkrankheit litt, doch Koffeinentzug würde meine Kopfschmerzen womöglich noch verschlimmern.

»Amerikanischen Kaffee?«

»Da bin ich nicht wählerisch.«

»Ich kenne was. Ist ganz neu.«

Der Verkehr nahm zu; Lhasas Taxi- und Motorradfahrer waren genauso selbstmörderisch unterwegs wie ihre Pendants in Kathmandu, schnitten sich gegenseitig und wechselten die Fahrspur, ohne den toten Winkel zu kontrollieren. Phurba fuhr jetzt mit einer Hand auf der Hupe – er hätte mir genauso gut mit einem Korkenzieher ins Hirn stechen können – und rammte alle paar Meter den Fuß aufs Bremspedal. Wie hoppelten an einer bunten Mischung von Läden im westlichen Stil vorbei, die Ramsch mit Markenzeichen verkauften, chinesischen Supermärkten und zur Straße hin offenen Metzgereien, in denen Männer auf blutigen Brocken rohen Fleischs herumklopften.

»Schau«, sagte Kunga, als wir ruckartig hinter einem Tourbus zum Stehen kamen, der an einer roten Ampel wartete, und deutete nach links oben. »Der Potala-Palast.«

»Wow.« Wie konnte er mir entgangen sein? Eine weiß-rot-goldfarbene, klotzige gestutzte Pyramide, die trotzig über der Stadt thronte und deren Seiten mit den Felswänden um sie herum verschmolzen. Auf den Gehwegen unter ihr wimmelte es von schlurfenden älteren Menschen, die alle große Strohhüte mit breiter Krempe trugen und Gebetsräder schwenkten.

»Das ist der Potang Shakor«, sagte Kunga, der wieder

seinen Gedankenlesetrick anwandte. »Die Leute gehen den ganzen Tag auf dem Gebetsweg um den Potala-Palast herum. Meine Großmutter macht das jeden Tag und bleibt nur stehen, um Tee zu trinken.«

»Jeden Tag?«

»Ja.«

»Warum?«

»Für den Dalai Lama. Außerdem ist es wie beim Kailash: Wer ihn oft genug umrundet, dem werden alle seine Sünden vergeben.«

Wie oft hätte ich herumgehen müssen, um für meine Sünden Buße zu tun? Verdammt oft, so viel war sicher. *Stell dir nur vor, das den lieben langen Tag zu tun.* Die Leute, die den Palast umrundeten, hatten wenigstens eine Aufgabe. Sie saßen nicht den ganzen Tag auf ihrem Arsch herum, ließen sich vollaufen und glotzten *Storage Wars – Die Geschäftemacher.*

Dann fuhren wir weiter. Mit einer Hand ununterbrochen auf der Hupe, als besäße diese die Macht, den Tod abzuwehren, durchschnitt Phurba eine Phalanx von Kamikaze-Motorradfahrern und setzte uns an einer Straßenecke in der Nähe eines chinesischen Supermarkts ab. Noch immer benebelt von der Höhe, folgte ich Kunga eine breite Straße entlang, die von touristischen Geschäften gesäumt war, in denen Schmuck, goldene Buddha-Figuren und Bergsportausrüstung verkauft wurden. Der Asphalt unter meinen Füßen fühlte sich an wie ein Schwamm, und ich hatte dieselben Schwierigkeiten beim Atmen, an die ich mich noch aus dem vorgeschobenen Basislager erinnern konnte. Ein Mönch mit Brille trippelte ganz vorsichtig an mir vorbei und hob dabei seine Robe an; eine winzige Frau mit verschrumpeltem Gesicht, die in einen langen Rock gehüllt war, schwenkte ein Gebetsrad. Ein saurer, fleischiger Geruch schlug mir entgegen, als wir an einer zur Straße hin offenen Metzgerei vorbeigingen. Auf der Theke türmten sich Fleischbrocken, an denen sich meistens noch verlorene Yak-Hufe befanden. Kunga führte mich eine Gasse entlang, wobei wir über zwei wohlgenährte streunende Hunde stiegen, die gerade ein Nickerchen machten, und durch eine anonyme Seitentür. Sie führte direkt in einen hellen Raum mit typischer Coffeshop-Einrichtung: Wir hätten ebenso gut eine Starbucks- oder Mission:Coffee-Filiale betreten können. *Super, Simon, du kommst in Tibet an und betrittst als Erstes die Filiale einer Kette.*

Ich überreichte Kunga einige Geldscheine, und er bestellte für uns, während ich mich in einen Stuhl fallen ließ und mich erst einmal orientierte. An einem Tisch in der Ecke saß ein Mönch mittleren Alters in seiner Robe, schlürfte einen Milchkaffee und tippte auf dem Display seines Smartphones. Ihm gegenüber saß eine attraktive, selbstzufrieden wirkende Frau, die dasselbe tat. *Vielleicht schreiben sich die beiden SMS.*

Kunga schob mir meinen Americano hin. Ich nippte daran. Nicht schlecht. »Danke.«

Er warf einen Blick auf meine fehlenden Finger. »Mein Cousin ist wie du.«

»Hm?« Einen Moment lang rechnete ich damit, dass er sagen würde: *Er hat auch nicht alle Tassen im Schrank.*

»Ihm fehlen Finger.« Plötzlich verlegen, steckte ich meine rechte Hand in die Hosentasche. »Hattest du einen Unfall?«

»Nein. Ich habe sie auf dem Everest verloren. Chomolungma.« *Chomolungma? Meine Güte, geht es noch herablassender?*

Kunga wirkte nicht besonders beeindruckt. Wie Mingma schien er mit allem spielend fertigzuwerden. »Du hast den Berg bestiegen?«

»Ich habe es versucht. Ist dein Cousin ein Bergsteiger-Sherpa?«

»Nein. Er hat seine Finger und Teile seiner Füße verloren, als er im Winter die Grenze überquert hat. Es gibt viele Leute wie ihn.«

»Die Grenze nach Nepal?«

»Ja. Er musste Tibet verlassen.«

Der feste Boden unter meinen Füßen fühlte sich noch immer breiig an, und mein Atem schien an der Oberfläche meiner Lunge zu bleiben. »Alles okay mit ihm?« *Okay? Er hat keine Füße mehr, verdammt.*

»Ja. Er lebt in Kathmandu.«

Schweißtropfen krabbelten an meiner Wange hinunter. Der simsende Mönch stand auf und nickte mir lächelnd zu, als er an meinem Tisch vorbeiglitt. Vielleicht war das meine Chance: *Es gibt da einen Toten, der mir zu schaffen macht – können Sie mir helfen?* Mingma hatte gesagt, die einzige Möglichkeit, um einen wütenden Geist loszuwerden, wäre die, eine Puja-Zeremonie abzuhalten und gute Gedanken zu haben. Es würde nicht schaden, ein paar Butterlampen anzuzünden oder was auch immer, wenn ich mit Kunga morgen das Touristenprogramm abspulte. »Dürfen Mönche Kaffee trinken?«

Kunga nahm die Frage ernst. »Natürlich. Die Mönche

hier sind diejenigen, die von den Chinesen anerkannt wurden. Alle anderen sind weg.«

»Wohin weg?«

»Ins Exil. Nach Indien oder Nepal.« Mir fiel auf, dass er leise redete. »Bitte sprich darüber nicht vor Phurba. Er ist Tibeter, aber einer seiner Söhne ist beim Militär. Ich hatte einen Touristen, einen Amerikaner, der auf Facebook etwas über die Chinesen geschrieben hat, und er wurde verhaftet und verhört.«

»Meine Güte. Ich wusste nicht, dass es so schlimm ist.«

»Ja.« Er zuckte resigniert mit den Schultern. *Was kann man schon tun?* »Gehen wir jetzt zum Hotel?«

Ich trank aus – der Koffeinkick brachte rein gar nichts, um die Kopfschmerzen zu lindern –, und Kunga und Phurba setzten mich bei meinem Hotel ab, einer Betonkiste hinter goldenen Toren voller künstlicher Blumen und düsterer geschnitzter Möbel. Ein Souvenirshop, der eine riesige Auswahl an Plastikramsch verkaufte, und eine höhenmedizinische Praxis flankierten den Rezeptionsbereich. Während ich darauf wartete, dass meine Schlüsselkarte fertiggemacht wurde, strömte eine Schar grauhaariger Europäer in Wanderstiefeln und K-Way-Khaki aus den Aufzügen. Einige von ihnen nickten mir verschwörerisch zu: *Schau uns an in dieser fremden Stadt! Sind wir nicht mutig?*

Fremder in einem fremden Land, Arschloch in einer Hotellobby. Mein benebeltes Hirn brabbelte wieder Unsinn.

Mein Zimmer roch leicht nach Zigarettenrauch, und offensichtlich hatte sich irgendwann jemand mit seinem Buttertee etwas ungeschickt angestellt. Ich versuchte vergeblich, ein bisschen zu schlafen – *ich habe dir doch gesagt, dass Kaffee keine gute Idee ist.* Der Teppichboden, ein greller Mix aus Grün und Violett, wirbelte vor meinen Augen. Die Zimmerdecke kam mir so vor, als hinge sie zu tief.

Da ich nicht zur Ruhe kam, nahm ich meinen Laptop mit in die Lobby, den einzigen Ort mit ausreichendem WLAN. An der Rezeption war niemand, doch ein Arzt der höhenmedizinischen Praxis in weißem Kittel schwirrte umher. Er bedachte mich mit einem langsamen David-Lynch-mäßigen Winken.

Gmail war in China gesperrt, doch ich umging die Blockade, um meine Mails lesen zu können, da ich unbedingt nachsehen wollte, ob Mingma irgendwelche Updates hatte, was meine bevorstehende Tour mit ihm anbetraf. Von ihm gab es keine Nachricht, aber ich hatte mehrere Mails von Fremden mit .com-Adressen bekommen, deren Betreffzeilen allesamt Variationen von »Besteht das Bedürfnis, das zu kommentieren?« enthielten, sowie eine Mail von Howard mit dem Betreff »Zu deiner Info«.

Was, zum Teufel, ist das jetzt?

Ich klickte Howards E-Mail an. Sie enthielt keinen Text, nur einen Anhang. Letzter ließ sich nur langsam herunterladen und offenbarte sich Zentimeter um Zentimeter wie die Cyber-Version einer in die Jahre gekommenen Stripperin.

Stück für Stück wurde ein schwarzer Text – eine Boulevardzeitungsüberschrift – sichtbar: *Letztendlich vereint.*

Der obere Rand eines unscharfen Fotos tauchte langsam auf: ein Fleck schmutzig weißer Schnee als Teaser, dann das vertraute Grau eines Geröllhangs.

Mach es zu.

Ein kurzes pinkfarbenes Aufleuchten.

Schau nicht hin.

Ein gelber Farbblitz.

Ich schlug den Laptop zu.

Mark war also doch nicht in eine Gletscherspalte gestolpert oder eine Steilwand hinuntergestürzt. Er hatte sich den Weg hinunter zu seiner Mutter gebahnt und lag eingerollt neben ihr. Möglicherweise war ich unmittelbar an ihm vorbeigegangen, als ich wie ein betrunkener Matrose zu den Fixseilen gewankt war.

Später fand ich heraus, dass ein opportunistischer Bergsteiger – *kommt das jemandem bekannt vor?* – mehrere Fotos von den Leichnamen gemacht und sie einer Boulevardzeitung verkauft hatte.

Ich stand auf, ging steif den Korridor zu meinem Zimmer entlang, betrat das Bad und übergab mich.

Dann zog ich die Vorhänge zu, schaltete das Licht aus, legte mich ins Bett und atmete den abgestandenen Rauch ein, bis ich aufhörte zu zittern.

Ich schloss die Augen.

Kalte Arme schlossen sich um meine Brust und drückten zu.

Ich kehrte nicht ins Basislager zurück. Ich stattete Mingma keinen Besuch ab und erlebte keine lebensbejahende Tour durch das Khumbu-Tal.

Ich verpisste mich nach Hause.

Allerdings nicht alleine.

Ed begleitete mich.

Das menschliche Gehirn kann sich an alles gewöhnen. Und ich gewöhnte mich an Ed. *Nicht die Toten suchen uns heim, sondern wir suchen sie heim.*

Okay, das ist nicht wahr. Aber ich *möchte*, dass es wahr ist.

Am dritten Tag nach meiner Rückkehr aus Lhasa tauchte Ed wieder auf. Ich saß zusammengesunken in meinem Designer-Sessel, arbeitete mich durch einen Eimer KFC und versuchte, mein Hirn mit *Escape to the Country* zu betäuben, als ich aufblickte und ihn in einer Ecke meines sterilen Wohnzimmers stehen sah, mit seinem gelben Kälteschutzanzug bekleidet. Von seinen Fingern lief schmutziges Wasser herunter.

Ich sprang nicht aus meinem Sessel auf und schrie. Ich hatte die ganze Zeit gewusst, er würde zurückkommen. Ich stellte den Chicken-Eimer behutsam auf den Couchtisch, stand auf und ging auf ihn zu, wobei ich damit rechnete, dass er wie ein Leuchtpunkt wieder verschwinden würde. Das tat er nicht. Sein Kopf war leicht gesenkt, doch ich konnte seine Augen sehen: Sie starrten geradeaus, folgten mir nicht, wenn ich mich bewegte, und waren schaurig ausdruckslos.

»Hi, Ed.«

Er erwiderte nichts und reagierte auch sonst nicht. Er stand einfach nur da.

Ich streckte eine Hand aus, um ihn zu berühren. Dabei rechnete ich damit, dass meine Finger durch ihn hindurchgleiten würden, als wäre er ein Geist, oder dass er verschwinden würde. Stattdessen stieß ich auf eine Oberfläche, die sich anfühlte wie eine dicke Scheibe kaltes, rohes Schweinefleisch. Ich zog meine Hand ruckartig weg, dann wich ich bis zur Couch zurück.

Ed blieb zwei Stunden da, ehe er von einem Augenblick auf den anderen verschwand.

Von da an tauchte er in beliebigen Momenten auf; manchmal vergingen Tage, bis er sich wieder blicken ließ, und ich verspürte jedes Mal ein wenig Hoffnung, dass er für immer verschwunden war. Er beschränkte sich bei seinen Auftritten nicht auf meine Wohnung, sondern trat überall in Erscheinung: auf der Straße, im Laden an der Ecke, in der U-Bahn. Niemand anderer konnte ihn sehen. Was das anbelangte, war ich mir sicher.

Einmal, als ich mit der Central Line fuhr und er in einem fast leeren Wagon auftauchte, sagte ich zu der Frau neben mir, einer vernünftig wirkenden Büroangestellten, die mit einem Kindle hantierte: »Mein Gott, sehen Sie sich diesen Typen mal an.«

»Welchen Typen?«

»Den komischen Kauz im gelben Schutzanzug, der an der Tür steht.« Ich deutete auf ihn.

Sie stieg an der nächsten Haltestelle aus.

Ich experimentierte, indem ich ein paar Nächte in Stripclubs und rund um die Uhr geöffneten Casinos verbrachte, da ich hoffte, die Kakophonie des pulsierenden Lebens würde ihn auflösen. Sie tat es nicht.

Sein Gesichtsausdruck war immer derselbe: leer, wie von jemandem, der gerade einen Schlaganfall erlitten hatte; so leer wie der Gesichtsausdruck meines Vaters am Ende gewesen war. Er machte mir keine Vorhaltungen und verbalisierte auch keinen inneren Monolog. Er sagte nie etwas.

Und obwohl ich ein Prickeln spürte, wenn ich mich in seiner Nähe aufhielt, als würde ich zu nahe an einem Mikrowellenofen stehen, *tat* er auch nichts.

Das Einzige, was sich von Zeit zu Zeit veränderte, war seine Bekleidung. Denn er tauchte nicht immer in seinem schmutzigen gelben Kälteschutzanzug auf. Manchmal war er nackt, die Narbe auf seiner Brust leuchtend pinkfarben, sein Penis eine graue Schnecke in seinem feuchten Schamhaar.

Später sollte ich herausfinden, dass es zwei Ausnahmen bei seiner Dastehen-und-Starren-Masche gab. Bei den seltenen Gelegenheiten, wenn ich Auto fuhr, saß Ed immer auf dem Beifahrersitz und tröpfelte unsichtbar auf die Polsterung (er saß nie auf der Rückbank und bereitete sich auf einen »Buh!«-Moment vor wie ein normaler Geist). Nach einem Monat kam er dann das erste Mal zu mir ans Bett. Und es war nicht das letzte Mal. Beinahe wöchentlich wachte ich in dem Wissen auf, dass ich nicht alleine war, und fürchtete das langsame Kriechen seiner Arme um meine Taille, sein Fleisch kalt und unnachgiebig, ganz ähnlich wie das hölzerne Gefühl, das ich in meiner Hand gespürt hatte, nachdem sie den eisigen Temperaturen des Everest ausgesetzt gewesen war. Es hatte keinen Sinn, gegen ihn anzukämpfen, wenngleich ich es anfangs versuchte; ich musste warten, bis es aufhörte, ein paar Stunden oder ein paar Sekunden oder Minuten – die Dauer war nie die gleiche – einfach daliegen, während er mich drückte und streichelte. Letzten Endes gab ich es auf, im Bett zu schlafen, und döste stattdessen tagsüber in meinem Sessel.

Warum war er zurückgekommen? Die offensichtlichste

Antwort lautete, dass sein Erscheinen davon ausgelöst worden war, dass ich die gemeinsamen Fotos von Mark und Juliet gesehen hatte und eine Nebenwirkung meiner posttraumatischen Belastungsstörung war. Aber warum Ed? Warum nicht Mark oder auch Juliet? Warum hatte ich mir Ed als meinen Dritten Mann ausgesucht? Und ich konnte nicht die »Ich leide unter hypoxischen Wahnvorstellungen«-Ausrede verwenden. Ich mochte ihn zwar beim ersten Mal in der siebten Etage meines Luxushochhauses gesehen haben, doch das konnte man nicht als große Höhe bezeichnen.

Vielleicht hast du aus Lhasa einen wütenden Geist mitgebracht. Ed war zu seinen Lebzeiten weiß Gott ein wütender Scheißkerl gewesen.

Ich ging nicht wieder zu meiner Psychotherapeutin. Es hatte keinen Sinn. Ich wusste, was sie sagen würde: *Lass dich in ein Irrenhaus – oder besser in die geschlossene Psychiatrie – einweisen, Freundchen.*

Nein. Ich konnte niemandem von Ed erzählen – nicht ohne Beweise.

Ich bestellte bei einem Online-Spezialgeschäft einen Schwung Überwachungskameras, bezahlte extra für Expressversand und verteilte sie in *Paranormal Activity*-Manier in der ganzen Wohnung. Als hätte Ed gewusst, was ich im Schilde führte, ließ er sich fast zwei Wochen lang nicht blicken, und ich fing wieder an, in meinem Bett zu schlafen. In der dritten Nacht wurde ich von der kalten Umklammerung seiner Arme geweckt. Die Aufnahmen zeigten, wie ich mich zusammenzog und meinen Körper ganz still hielt, die Augen vor Entsetzen geweitet, doch keinen Ed. Er war nie zu sehen. Ed war wie ein Vampir, der kein Spiegelbild hat.

Noch ein Beweis dafür, dass er nur in deinem Kopf existiert, du verdammter Irrer.

Aber es gab ja noch anderes Filmmaterial. Thierry hatte auf den unbearbeiteten Aufnahmen aus der Cwm Pot etwas Verstörendes gesehen. Hatte er den toten Ed gesehen – oder was auch immer es war, das mich – »Finger in deinem Herzen« – dort hinausgeführt hatte?

Seit dem Verkauf der Firma hatten wir nicht mehr miteinander gesprochen, doch ich wusste, dass er als »Creative Director« geblieben war. Ich rief die Büronummer an, wobei ich eigentlich damit rechnete, von persönlicher Assistentin zu persönlicher Assistentin weitergereicht zu werden, ich wurde jedoch sofort mit ihm verbunden.

»Simon. Toll, von dir zu hören.« Er klang überfröhlich. *Überwiedergutmachend.*

»Hey, T.« Im Hintergrund hörte ich die Geräuschkulisse von Geschäftigkeit.

»Wie geht's dir denn, Si?«

»Großartig.«

»Hör mal, du musst wissen, dass ich nicht derjenige war, der diese Fotos abgesegnet hat.«

»Hm? Welche Fotos?«

»Von deinem Freund. Wie hieß er gleich wieder? Mark. Die Fotos von ihm und seiner Mutter auf dem Everest. Damit hatte ich nichts zu tun.«

Ich hatte nicht gewusst, dass sie auf der Website zur Schau gestellt worden waren. Aber sie waren natürlich genau das, was die Leserschaft von *Journey to the Dark Side* begierig aufsaugen würde. *Eine Scheibe Tod zu euren Promi-Nippelblitzern gefällig?* Unruhig ging ich zu meinem Panoramafenster hinüber und blickte in den Innenhof hinunter, wo ein Wachmann gerade Zigarettenpause machte. »Deshalb rufe ich nicht an, Thierry. Hör mal ... ich weiß, du bist sehr beschäftigt, deshalb komme ich gleich zur Sache.« Ich schwitzte; mein Gesicht glühte. Da ich spürte, dass Ed in der Nähe war (manchmal brachte er eine Schwere in der Luft wie unmittelbar vor einem Gewitter mit), drehte ich mich um. Heute war er nackt und stand mit dem Gesicht zur Wand da, was ungewöhnlich für ihn war. Die Haare, die seinen Rücken und seine Oberschenkel bedeckten, waren feucht von schmutzigem Wasser.»

»Ich höre.«

»Hast du noch das Bildmaterial aus der Cwm Pot?«

Eine Pause. »Das ist immer noch auf der Website und auf YouTube, Si.«

»Nicht der bearbeitete Clip. Das andere. Hast du es noch?«

»Meine Güte, keine Ahnung.«

»Erinnerst du dich noch, als du es damals bearbeitet hast? Du hast gesagt, du hättest was Komisches gesehen. Etwas, das dir Angst eingejagt hat.«

»Habe ich?«

»Ich muss es sehen, Thierry.«

»Ich glaube nicht, dass ich es noch habe, Si. Außerdem ist das Format sowieso veraltet.«

»Was hast du denn darauf gesehen? Hast du Ed gesehen?«

Eine Pause. »Si ...«

»Thierry, ich muss es wissen.« *Beruhige dich, benimm dich normal.* »Tut mir leid, ich weiß, das klingt seltsam. Es hat was mit meiner Therapie zu tun.« *Gut gemacht – du hast es doch noch drauf.* »Meine Psychiaterin und ich arbeiten daran, dass ich abschließen kann.«

Sein Tonfall entspannte sich. »Alter, ich bin so froh, dass du dir Hilfe gesucht hast.«

»Ja. Das tut mir echt gut.«

»Ed ist der Typ, der mit dir unten in den Höhlen war, richtig? Klar. Er war auf dem Filmmaterial ständig zu sehen. Weißt du … ich glaube, ich habe es noch auf meinem alten Laptop. Hör mal, momentan ist es hier gerade ziemlich hektisch. Warum schaust du nicht am Wochenende mal bei mir zu Hause vorbei? Dann kann ich dir Jen und Danny vorstellen. Du weißt doch, dass ich ein Kind habe, oder?«

»Nein. Das wusste ich nicht.« Ich hatte bewusst vermieden, in den anderen Bereichen seines Lebens herumzuschnüffeln. »Gratuliere.« Und wenn er die ganze Welt neu bevölkert hätte, es wäre mir völlig egal gewesen. Mein einziger Gedanke war: Ich muss es *sofort* sehen.

Was für ein Jammer.

Als er mir seine Adresse nannte, gelang es ihm nicht, die Selbstgefälligkeit in seinem Tonfall ganz zu verbergen – er war in eine Millionärsstraße in St Albans gezogen. Dann legte er auf.

»Si!« Thierry erschien an der Haustür, ein dickliches Kind auf dem Arm. Er war einige Pfunde losgeworden, war seine Brille losgeworden, war jede Spur von Unsicherheit losgeworden. Genau genommen sah er sogar jünger aus. »Schlechte Nacht gehabt, Alter?«

Ich blickte an mir hinunter. Mein T-Shirt hatte ich linksherum an. Ich trug seit drei Tagen dasselbe. Rasiert hatte ich mich auch nicht. »Kann man so sagen.«

»Tja, jedenfalls schön, dich zu sehen.« Das Baby stopfte sich eine Hand in den Mund. »Das ist Danny.«

»Er ist niedlich.« Das war er nicht. Er sah aus wie eine Miniaturausgabe von James Gandolfini.

Ich folgte Thierry durch einen mit Spiegeln geschmückten Flur in eine ausufernde Eichenholz- und Edelstahlküche. Eine Frau kam auf mich zugewatschelt und begrüßte mich mit mehreren Luftküssen. Sie war klein und rundlich, mit schwarz gefärbtem Haar und hatte ein nicht unattraktives Mopsgesicht. Sie stank nach Parfüm.

»Das ist Jen«, sagte Thierry.

»Ich habe schon so viel von dir gehört, Simon«, sagte Jen in vornehmem, sehr englischem Tonfall. Eines musste ich Thierry lassen: Mit seiner Kohle hätte er auch die Fußballernummer abziehen und sich ein Unterwäschemodel angeln können. Jen sah aus wie ein normaler Mensch.

»Euer Haus ist wunderschön«, brachte ich mit Mühe heraus.

»Oh, vielen Dank. Wir lieben es.«

»Das kann ich mir vorstellen.«

Sie bot mir einen Kaffee an und deutete dabei auf eine Maschine von der Größe des Millennium Falcon.

Es folgte peinlicher Smalltalk. Ich erfuhr, dass sie und Thierry im nächsten Jahr heiraten wollten (mir wurde eine Einladung versprochen; ich fing sofort an, mir Ausreden zu überlegen); sie arbeitete in der IT-Branche, und die beiden hatten sich kennengelernt, als sie versucht hatte, ihm irgendein Software-Sicherheitsupgrade zu verkaufen. Es war »Liebe auf den ersten Blick« gewesen. Wie bei Tadeusz und Ireni. Wie bei Wanda und mir (beinahe).

»Komm«, sagte Thierry, nachdem die Banalitäten versiegt waren. »Ich führe dich mal rum.« Er ließ das Kind nicht los.

Eigentlich wollte ich mir nur das Filmmaterial ansehen und dann sofort das Weite suchen, doch ich folgte ihm pflichtbewusst durch ein Esszimmer, ein Wohnzimmer und eine Nasszelle im Erdgeschoss, während Danny, das James-Gandolfini-Baby mich über die Schulter seines Vaters beobachtete und dabei auf Thierrys altehrwürdigem ACDC-T-Shirt einen glänzenden geschlängelten Sabberfaden hinterließ.

»Das musst du dir ansehen, Si.« Wir stapften eine mit Teppich belegte Treppe hinunter und betraten einen riesigen Kellerraum. »Das ist mein Reich. Meine Männerhöhle.«

Der Raum enthielt sämtliche Klischees, einen Billardtisch, einen riesigen Bildschirm, Regale voller Computerspiele, rote Ledermöbel und eine unerwartete Zugabe: In einer Ecke, unsichtbares Wasser auf Thierrys hochmodernen Gaming-Stuhl triefend, befand sich Ed. Ich weiß, dass ich mir den verächtlichen Ausdruck in seinen Augen angesichts dieser Zurschaustellung von Überfluss nur einbildete, aber ich musste trotzdem innerlich grinsen. »Hammermäßig, Thierry.«

»Ja? Findest du?«

Das Baby drehte den Kopf und fixierte Ed mit seinem Blick.

Jen tauchte mit unseren Kaffees auf und schenkte mir die Art von unterstützendem Lächeln, mit dem normalerweise diejenigen bedacht werden, die vor Kurzem einen Menschen verloren haben (Thierry hatte sie zweifellos in meine Probleme mit meiner geistigen Gesundheit eingeweiht), dann glitt sie mit dem Baby hinaus. Sein Blick hing bis zur letzten Sekunde an Ed, danach fing es sofort an zu kreischen.

»Toll, dich zu sehen, Thierry, aber ich bin ein bisschen in Eile.«

»Hm? Aber du bleibst doch zum Mittagessen, oder? Ich dachte mir, wir könnten uns um der alten Zeiten willen ein paar Bierchen genehmigen.«

Ich schenkte ihm ein Lächeln, von dem ich hoffte, dass es reumütig wirkte. »Meine Therapeutin sagt, dass ich die Finger vom Alkohol lassen muss.«

»Schade. Si … können wir uns unterhalten?«

O Gott, bitte nicht. »Worüber denn?«

»Ich habe ein schlechtes Gewissen, dass es so gelaufen ist, wie es gelaufen ist.«

»Ist schon okay, Thierry.«

»Ich musste tun, was am besten fürs Geschäft war.«

»Ich weiß schon.« Mit einem Mal war ich erschöpft. Ich hatte sein perfektes Leben bewundert, was wollte er noch von mir?

»Und für dich ist dabei ja auch ordentlich was rausgesprungen, oder?«

»Ja.«

»Wo wohnst du denn jetzt?«

»Thierry, ich verstehe, worauf du hinauswillst, aber ich möchte nur die Aufnahme sehen, dann mache ich mich wieder vom Acker.«

Er zuckte zusammen. *Zack.* »Okay. Ich habe alles für dich vorbereitet.«

Ich setzte mich an einen antiquarischen Tisch, und er beugte sich über mich und tippte auf der Tastatur.

»Soll ich hierbleiben?«

»Mach, was du willst.«

Ich vergaß ihn völlig, während ich auf den Bildschirm starrte, mir die Aufnahme im Schnellvorlauf ansah und sie gelegentlich anhielt. Ich hatte Ed hin und wieder erwischt, obwohl er es mir untersagt hatte, ihn zu filmen. Mein Ed, derjenige, der noch immer bedrohlich neben dem Gaming-Stuhl stand, war größer, breiter und kahlköpfiger als derjenige auf dem Bildschirm. Auch die Höhlen wirkten kleiner, als ich sie in Erinnerung hatte; die Traverse steiler, der Rat Run enger. Ich biss fest auf die Innenseite meiner Wange, um einer potentiellen Panikattacke vorzubeugen, und spulte bis zu meinen letzten Worten vor.

Ich sah tatsächlich verängstigt aus; mein Blick wirkte unfokussiert, meine Haut zu blass. Und dann sah ich, wie sich im Hintergrund etwas bewegte, ein Kräuseln in der Dunkelheit über meinem linken Ohr. Hinter mir lauerte ein dicker, klobiger Schatten. Worum auch immer es sich dabei handelte, es handelte sich nicht um Ed. Ed war zu diesem Zeitpunkt bereits tot gewesen.

»Habe ich dich«, flüsterte ich.

»Was hast du?«, wollte Thierry wissen.

Ich spulte zurück und lehnte mich nach hinten, damit Thierry den Bildschirm sehen konnte.

»Da, schau.«

»Was denn?«

»Siehst du das?«

»Ja. Das bist du, total verängstigt.«

»Nein, hinter mir. Schau, *hinter* mir.«

Ich drückte auf Pause.

»Da ist nichts, Si.«

Er hatte recht.

Ich sah es mir noch einmal an. Und noch einmal, um ganz sicherzugehen. Der Dritte Mann war verschwunden. Denn das war es, was der Scheißkerl immer tat.

»Ich muss los.«

Von Panik ergriffen floh ich ohne ein weiteres Wort aus seiner Fledermaushöhle.

»Gehst du schon?«, rief mir Jen hinterher, als ich mir an der Haustür zu schaffen machte.

»Ja. Danke für den Kaffee. Süßes Kind.« *Und übrigens, du solltest wahrscheinlich wissen, dass du drauf und dran bist, ein totales Arschloch zu heiraten.*

Ich rannte von Thierrys makellosem Haus und perfektem Leben weg, und die wässrigen Stimmen der Cwm Pot flüsterten mir ins Ohr: *Finger in deinem Herzen, Finger in deinem Herzen, Junge.*

Ich hätte einen Exorzisten rufen oder vielleicht nach Tibet zurückkehren und einen Lama dafür bezahlen können, dass er mir dabei hilft, Eds bösen Geist fortzubeten, doch Ed war kein Geist, oder? Ich wurde nicht im konventionellen Sinn heimgesucht. Entweder bestrafte mich mein Gewissen, indem es einen hyperrealistischen »Doppelgänger« erschuf, oder ich hatte etwas aus der Todeszone mitgebracht, das ein weiteres Trauma erforderte – in meinem Fall, mit dem Foto von Juliet und Marcus konfrontiert zu werden –, um sich zu manifestieren, oder ich befand mich inmitten einer schizoiden Wahnvorstellung.

Wenn Juliet und ich einen böswilligen Dritten Mann erlebt hatten – einen Zerstörer – und geistig völlig gesund waren (*ha!*), dann musste es noch irgendjemanden geben, dem dasselbe widerfahren war. Ich durchforstete das Internet. Es gab Tausende Berichte über »böse Wesen« und natürlich über Heimsuchungen, genauso wie Blogs und Artikel über ähnliche Wahnvorstellungen, die von Menschen mit Kopfverletzungen, Epilepsie und Alzheimer berichtet wurden, aber nichts, was zu meinen speziellen Kriterien passte.

Letzten Endes war Robbie meine Rettung. Ich erfand eine halb plausible Geschichte und schrieb ihm in einer E-Mail, dass ich eine Dokumentation über Marks Suche nach seiner Mutter planen würde, um »die Dinge ins rechte Licht zu rücken«, und dass Mark derjenige gewesen sei, der auf dem Everest kurz vor seinem Tod eine bösartige Präsenz gespürt habe. Da dieser spezielle Dritte Mann in meiner Dokumentation vorkommen würde und ziemlich selten zu sein schien, bat ich Robbie, mich in die richtige Richtung zu lotsen. Ich schrieb außerdem, dass ich seinen Rat befolgt und mich in Therapie begeben hätte und dank ihm wieder voll auf dem Damm wäre. Er schien sich unheimlich zu freuen, von mir zu hören, und nachdem wir eine Weile auf Google Chat gequatscht hatten, schickte er mir ein Passwort, das mir Zugang zu einer wissenschaftlichen Website verschaffen würde, die auf archiviertes Material aus dem Fachbereich der Psychologie spezialisiert war. »In den Siebzigern ist zu diesem Thema eine Menge Tinte geflossen«, schrieb er. »Ich würde deshalb dort anfangen. Viel Glück.«

Ich brauchte nicht einmal einen Tag, um zutage zu fördern, wonach ich suchte, und zwar in einem Artikel mit dem Titel »Der Engel neben mir: Der Dritte Mann und Kriegstraumata«, der in einer von Experten begutachteten Psychologie-Zeitschrift aus den Siebzigerjahren veröffentlicht worden war. Eine der Fallstudien, in dem von einem gewissen »Doktor A. D. Meechum« nüchtern verfassten Artikel, packte mich sofort. Der Betroffene, ein Straßenbauarbeiter namens George Kendrick, hatte seinen »Ed« im Zweiten Weltkrieg aufgegabelt, nachdem sein Zerstörer getroffen worden und er mit zwanzig weiteren Überlebenden zwei Wochen lang vor der nordafrikanischen Küste im Meer getrieben war. Ein Überlebender nach dem anderen verfiel ins Delirium und verdurstete, doch George hatte einen Grund, um durchzuhalten: »Am fünften Tag bemerkte ich eine Präsenz, die neben mir saß. Nach und nach wurde mir bewusst, dass es sich um meinen älteren Bruder Philip handelte, der fünf Jahre zuvor gestorben war. Man hätte Schwierigkeiten gehabt, ein boshafteres Individuum als ihn zu finden. Er hatte meine Kindheit zur Hölle gemacht. Philip blieb die nächsten zehn Tage bei mir, bis wir gerettet wurden. Er sagte kein Wort, doch ich wusste, dass er mir Schaden zufügen wollte. Ich durfte mir nicht anmerken lassen, dass er mich beunruhigte, deshalb blieb ich gelassen und weigerte mich zu sterben wie so viele von den anderen Jungs. Ich durfte ihn nicht gewinnen lassen.« Als George nach Hause zurückkehrte, erzählte er niemandem, dass ihm sein Bruder erschienen war. »Ich hielt es nicht für erwähnenswert. Und Philip kam nicht mit mir mit. Ich dachte, ich hätte ihn auf dem Floß zurückgelassen.« George fand Arbeit als Zimmermann und heiratete. »Aber ich wusste immer, dass irgendetwas nicht stimmte.« Als er in den Sechzigerjahren in einen Verkehrsunfall verwickelt war, der zum Tod eines Motorradfahrers führte, kehrte Philip zurück. »Er saß immer in der Zimmerecke, die Beine an die Brust gezogen, genau wie er auch im Boot gesessen hatte. Ich spürte, dass er immer noch bösartig war.«

George wurde Alkoholiker, seine Frau verließ ihn, und letzten Endes ließen ihn seine Angehörigen in die Psychiatrie einweisen. Dort kam Dr. Meechum ins Spiel, der zu dem Schluss kam, dass George Symptome von Schizophrenie zeigte, und feststellte, dass er nicht auf Elektroschocktherapie und Medikamente ansprach. Dr. Meechum war längst tot, George allerdings nicht. Ein halber Tag Online-Detektivarbeit ergab, dass er, inzwischen zweiundneunzig Jahre alt, in einer »Altenpflege«-Einrichtung in Essex lebte.

»Mach dich fertig, Ed. Wir machen eine Autofahrt.«

Ich hatte mich auf ein unterfinanziertes Drecksloch gefasst gemacht, doch in Wirklichkeit handelte es sich bei Georges Unterkunft um ein unaufdringliches eingeschossiges Gebäude, das von einem halbkreisförmigen weichen Rasen umgeben war.

Ich hatte vorher angerufen und vorgegeben, ein entfernter Verwandter zu sein, und wurde an der Rezeption von einem tüchtigen Pfleger mit nigerianischem Akzent in Empfang genommen. Er führte mich in einen Aufenthaltsraum, der mit Blumenmusterstoffen ausgestattet war und Ausblick auf einen freundlichen Hofgarten bot. Eine weiße Katze schlief auf einem Kissen. Irgendwo im Hintergrund summte ein Fernseher. Es roch leicht nach Sonntagsessen und einem teuren Raumspray.

Der Pfleger deutete auf einen schrumpeligen Hobbit, der im Rollstuhl am Fenster saß. Ein Lichtstrahl voller Staubpartikel schien auf sein Haupt herab. »Das ist er. Das ist George. Schauen Sie bitte an der Rezeption vorbei, bevor Sie gehen, um sich auszutragen.«

Ich näherte mich dem Hobbit. Seine Hände, klumpig von Arthritis, hatte er im Schoß verschränkt. Seine Augen waren geöffnet und starrten geradeaus. »Hi, George. Ich bin Simon.«

Sein Blick huschte zu mir, dann wieder weg. Sein Mund bewegte sich, doch es kam kein Ton heraus.

Eine ähnlich winzige Frau mit weniger Haaren als Ed kam auf mich zugeschlurft, ein Funkeln in ihren Augen. »Er spricht nicht, mein Lieber. Hat letztes Jahr damit aufgehört. Hatte einen Schlaganfall, seitdem ist er plemplem. Sind Sie ein Verwandter?«

Ich zehrte von den abgestandenen Resten des Charmanten Si. »Nein. Ich wollte ihm ein paar Fragen stellen. Über … über sein Leben im Krieg.«

»Sind Sie Historiker? *Ich* könnte Ihnen ein paar Geschichten über den Krieg erzählen.«

Scheiße. »Nein, ich bin Medizinstudent. Ähm, Psychiatrie. Ich interessiere mich für Georges … mentale Probleme.«

»Seinen Bruder, meinen Sie?«

»Sie wissen davon?«

»O ja, mein Lieber. Vor seinem Schlaganfall hat er ständig davon gesprochen. Er ist ziemlich offen damit umgegangen. Sagte, sein Bruder würde ihn seit Jahren wie ein schlechter Geruch verfolgen. Ich habe meinen Ken nach seinem Tod auch gesehen. Saß in seinem Sessel, klar wie der helle Tag. Monatelang ist er gekommen.«

Dafür gibt es einen Begriff, dachte ich, sagte es aber nicht. *Der Witweneffekt.* »Hat George jemals erwähnt, was sein Bruder von ihm wollte?«

»Nein, mein Lieber. Seine Nichte kam ihn immer besuchen, hat gesagt, die arme alte Seele wäre seit dem Tod seiner Frau immer wieder in Anstalten gekommen, aber er ist nicht verrückt. Sieht nur Dinge. Das hat sein Leben ruiniert. Wollte nicht reisen, konnte nicht arbeiten.«

»Und es ging niemals weg?«

»Könnte immer noch da sein, soweit ich weiß, mein Lieber.«

Georges Blick war in die linke Ecke des Aufenthaltsraums abgeschweift. Die Katze schoss zur Tür hinaus. Ich machte mir nicht die Mühe hinüberzuschauen; ich wusste, was ich sehen würde.

Eine halbe Stunde später saß ich in einem Pub, ein Glas Guinness und einen Whisky vor mir. *Das könnte ich sein. Ich könnte George sein.* Sah so die Zukunft aus, auf die ich mich einstellen musste? In einem Altersheim zu sitzen und nicht zu wissen, was Ed von mir wollte? Womöglich würde er für immer bei mir bleiben. Wenn Juliet nach Hause zurückgekehrt wäre, dann würde sie jetzt vielleicht in einer Anstalt sitzen und von einem bösen Geist mit schwarzen Fingen heimgesucht werden. *Wer ist der Dritte der dir* immer *zur Seite geht?*

Irgendetwas hatte mich in den Höhlen gerettet. Irgendetwas hatte auf dem Everest versucht, mich zu töten – oder mich zu retten.

»Retter oder Zerstörer? Was ist es?« Ich hatte laut gesprochen, und der Wirt bedachte mich mit einem argwöhnischen Blick.

Vielleicht wartete Ed den richtigen Zeitpunkt ab, ehe er zuschlug. Oder er wachte über mich, sorgte für meine Sicherheit. Für immer.

Oder keines von beidem.

Ich wusste nicht, was schlimmer war.

Eine Sache habe ich bislang nicht erwähnt. Etwas, über das sich nur schwer reden – oder schreiben – lässt, denn ich bin ein Feigling und, machen wir uns nichts vor, durch und durch ein Arschloch, doch als ich vom Everest zurückkehrte, versuchte Marks Vater, mit mir in Kontakt zu treten, und das mehr als einmal. Ich steckte zu tief in meinem egoistischen Elend, um mich mit ihm zu unterhalten, und Thierry fing seine Anrufe ab. Vermutlich hatte er die Zeitungsartikel gelesen, die mich mit Schimpf und Schande belegten – man darf nicht vergessen, dass Mark in Begleitung von Simon Newman, dem Ausbeuter der Toten, gestorben war –, und beschuldigte mich ganz sicher, nicht genug unternommen zu haben, um seinen Sohn zu retten. Nach ein paar Wochen gab er auf, obwohl ich eine Zeit lang beinahe damit rechnete, dass er vor unserer Wohnungstür oder später im Büro auftauchen würde.

Er tauchte nicht auf.

Jetzt, unter Eds beinahe ununterbrochener Gegenwart leidend und von dem Bild von Georges Hölle-auf-Erden-Leben gepeinigt, musste ich ihn treffen. Es hatte nicht nur etwas mit der Verlockung von Erlösung zu tun – ich habe Ed noch nie für eine karmische Erscheinung gehalten, die mich in Ruhe lassen würde, sobald ich die Dinge »in Ordnung« gebracht hätte. Nein, ich wollte unbedingt wissen, ob Juliet in der Vergangenheit eine psychische Erkrankung gehabt hatte oder nicht. Und es bestand eine winzige Chance, dass womöglich Marks Vater die letzten Seiten aus ihrem Tagebuch gerissen hatte, als er es zurückbekommen hatte. Das war allerdings reine Spekulation. Genauso gut war es möglich, dass Juliet die Seiten zusammengeknüllt und sich die Nase damit geputzt hatte; vielleicht hatte sie nicht einmal etwas darauf geschrieben. Zu meiner Rechtfertigung muss ich allerdings sagen, ich konnte mir nicht vorstellen, dass zwischen unseren Erfahrungen keine Verbindung bestand, wie zart diese auch immer sein mochte. Die Antwort – *Retter oder Zerstörer* – befand sich möglicherweise auf einem dieser Papierfetzen. *Ich werde hinter die Maske schauen.*

Ich brauchte nur ein paar Sekunden, um Graham Michaels' Adresse und Telefonnummer herauszufinden. Ich brauchte zwei Tage, um den Mut aufzubringen, ihn anzurufen. Ich kam mir vor wie ein nervöser Teenager, der versucht, das nötige Selbstvertrauen aufzubauen, um ein Mädchen nach einem Date zu fragen; bestimmt dreißigmal wählte ich die Nummer und legte wieder auf. Es war der Anblick von Ed, der einen seiner unangekündigten Besuche machte, als ich gerade im Supermarkt war und eine Ladung Fertiggerichte kaufte, der mich schließlich dazu anspornte, es zu tun. Ich humpelte zu einer freien Stelle neben einem Verkaufstisch mit Blumen und tippte die Nummer ein. Nach dem dritten Freizeichen meldete sich eine Stimme aus geschliffenem Glas: »Ja? Mit wem spreche ich?«

Ich sagte ihm, wer ich war. Es folgten mehrere Sekunden Stille, dann: »Was wollen Sie?«

»Ich würde gerne bei Ihnen vorbeikommen.«

»Wann?«

»Wann immer es bei Ihnen passt, Sir. Mir ist bewusst, wie schwierig das für Sie ist.« Ed lauerte noch immer bei der Lasagne. Kunden schoben unbewusst ihre Einkaufswagen um ihn herum.

»Nächsten Mittwoch, halb elf.« Er legte auf.

Die nächsten fünf Tage zogen sich dahin. Ich schlief kaum, und meine Versuche, die Zeit totzuschlagen, vor allem, indem ich mich zudröhnte und Spider Solitaire spielte, trugen nichts dazu bei, meine Nervosität zu lindern, dass ich Marks Vater persönlich kennenlernen würde.

Als es endlich Mittwoch war, nahm ich mir einen Mietwagen mit Navigationssystem und fuhr los. Ed hatte sich schon ein paar Tage nicht mehr blicken lassen, und er tauchte auch nicht auf dem Beifahrersitz auf, obwohl es eigentlich nicht seine Art war, einen Ausflug zu verpassen.

Juliet hatte Grahams Elternhaus als verrottenden Steinhaufen bezeichnet, und damit hatte sie nicht unrecht gehabt. Es stand wie ein trotziger alter Ausgestoßener am Rand eines neuen Wohngebiets – eine jener hastig errichteten Nullachtfünfzehn-Siedlungen – umgeben von einem Halbmond »eleganter Landhäuser« aus orangefarbenen Ziegelsteinen.

Da ich zehn Minuten zu früh war, parkte ich vor dem Tor der Zufahrt, aß zwei KitKat-Riegel und faltete die beiden Verpackungen sorgfältig, damit ich sie gemeinsam wegwerfen konnte. Auf diese Weise würden sie sich nicht einsam fühlen.

Schluss! Polizeistunde!

Verwildertes Gras und tote Blätter erstickten die Zufahrt, die zu einem Vorplatz vor einem abweisenden, l-förmigen Steingebäude führte. Moos von der Farbe abgestorbener Haut nahm seine gemauerte Fassade in Beschlag, seine Bleiglasfenster schrien förmlich nach einem gespenstischen Gesicht hinter der Scheibe, und der umgebende Rasen war schütter. Ganz hinten in der Ecke standen ein verfallendes Gartenhaus und eine rostige Schaukel. Ich bekam eine Gänsehaut – ich hatte beides schon einmal gesehen, im Hintergrund auf dem Foto, das Mark mir vor einem Jahrtausend im vorgeschobenen Basislager gezeigt hatte.

Das Zuschlagen meiner Autotür klang zu laut und ließ mich zusammenzucken. Es war still hier, zu still, als wäre das Haus von einem unsichtbaren Kraftfeld umgeben, das sämtliche Geräusche des Lebens auf dem Anwesen und der nahe gelegenen Schnellstraße verschluckte. Ich wollte gerade zur Haustür gehen – ein hölzernes Monstrum, das mit schwarzem Schmiedeeisen bespickt war –, als eine kleinere Seitentür aufging und ein stämmiger grauhaariger Mann in einer ausgeleierten braunen Strickjacke, die Hose in grüne Stiefel gesteckt, herausgeeilt kam. »Hier entlang, bitte.«

»Mr Michaels?«

»Ja. Hier entlang.«

Er war deutlich kleiner, älter und dicker, als ich erwartet hatte. Er winkte mich ungeduldig durch eine düstere Stiefelkammer, in der es nach nassem Hund roch, und in eine riesige Küche, die von einem Tisch mit schmutzigem Wachstuch dominiert wurde. Ein Sessel, über dem ein ausgefranstes Hemd hing, thronte neben einem gusseisernen Küchenofen. Ein alter Fernseher, in dem oben eine Antenne steckte, stand wackelig auf einem rostigen Mikrowellenherd. Ein älterer Hund, die Quelle des Geruchs, furzte und sah mich aus seinem Korb mit einem rot umrandeten Auge desinteressiert an. Es war das einsamste Zimmer, in dem ich mich jemals aufgehalten hatte. Mein eigenes mitgerechnet.

Er deutete auf den Tisch. »Setzen Sie sich.«

»Danke. Und danke, dass Sie mich empfangen.«

»Tee, Kaffee?«

»Kaffee wäre toll, danke.«

Grahams Hände waren schmutzig, die Finger geschwollen und knollig wie Presswürste. Er hantierte mit einem billigen Plastik-Wasserkocher und einer Dose löslichem No-Name-Kaffee.

»Beeindruckendes Haus«, sagte ich.

»Bekomme es nicht warm. Die Bauunternehmer wollen es haben.«

Er stellte eine verkrustete Zuckerschale vor mich hin,

wobei seine Hände leicht zitterten – aufgrund von Parkinson oder Trauer oder Wut oder Nervosität. Dann setzte er sich mir gegenüber. Ich versuchte vergeblich, eine Spur von Mark an ihm zu entdecken oder ihn mit dem weltmännischen Jeremy-Irons-Verschnitt auf den Internetfotos in Verbindung zu bringen.

»Was wollen Sie?«

»Ich bin … Ich wollte Ihnen mein Beileid aussprechen, für Marcus.«

»Etwas spät dafür, oder?«

»Ja. Tut mir leid, dass ich nicht früher mit Ihnen reden wollte. Ich hatte einige Probleme.«

Er winkte verächtlich ab und nippte an seinem Kaffee. »Ist er schnell oder langsam gestorben?«

»Er … Das weiß ich nicht. Ich war nicht bei ihm … Sie wissen schon, am Schluss.«

»Aber Sie haben doch bestimmt eine Vermutung, ein Gefühl?«

»Sir, ich glaube nicht, dass Sie wirklich hören möchten …«

»Sagen Sie mir nicht, was ich hören möchte, Sie *Scheißkerl*.« Er rammte die Faust auf den Tisch und verteilte meinen Kaffee auf dem Wachstuch. »Er war mein Sohn.« Der alte Hund kämpfte sich auf die Beine und humpelte zu seinem Herrchen.

Und dann erzählte ich es ihm. Nicht die Wahrheit, aber eine Version der Wahrheit. Meine bereinigte Version. Dass es eine gemeinsame Entscheidung gewesen sei, an der Moräne entlangzugehen, nachdem Mingma uns zurückgelassen hatte, da wir Angst hatten, keine zweite Gelegenheit zu bekommen, um Juliet zu suchen. Ich sagte ihm, Marcus sei im einen Moment da gewesen und im nächsten Moment nicht mehr.

Er hörte mir schweigend zu. »Danke.«

»Sie müssen wissen, dass meine Beweggründe, ihn zu begleiten, nicht so …« – was? *Sprich weiter* – »… nicht so eigennützig waren, wie Sie vielleicht gehört haben. Er war mein Freund. Ich mochte ihn sehr.«

»Soll das heißen, Sie haben seine letzten Momente nicht gefilmt? Deshalb waren Sie doch dort, oder etwa nicht?«

»Nein. Nein, habe ich nicht.« Ich hätte gerne gesagt: *Ich bin kein Monster*, doch das wäre eine Lüge gewesen.

Der Hund jaulte und drehte den Kopf zur Zimmerecke. *Oh, hallo, Ed.* »Ich habe ihr Tagebuch gelesen. Juliets Tagebuch.«

Er zuckte zusammen. »*Was?*«

»Den Bericht über ihre letzten Tage auf dem Everest.«

»Woher haben Sie es denn bekommen?« Er war blass geworden.

»Marcus hatte es. Wussten Sie das nicht?«

»Nein. Ich … Moment.«

Er stand auf und schlurfte zu einer Tür in der Ecke des Raums. Als er durch sie verschwand, erhaschte ich einen Blick von der Dunkelheit dahinter und bildete mir ein, einen Schwall kalter, abgestandener Luft riechen zu können. Das Haus glich einem Mausoleum.

Ich durchforstete mein Gedächtnis, um wiederzufinden, was Marcus über das Tagebuch gesagt hatte. Ich war mir sicher, dass er nicht erwähnt hatte, sein Vater wüsste nichts davon, dass er es hatte.

Seine Mutter verloren zu haben, hatte Marcus verängstigt und seinen Lebensverlauf beeinflusst. Die Therapeutin, zu der ich vor einer Billion Jahren gegangen war, wollte mit Freud'schem Eifer in meinem Verlust eines Elternteils herumbohren, doch ich hatte einfach heruntergerattert, was sie hören wollte. Hätte es einen Unterschied gemacht, wenn ich ihr erlaubt hätte, in diesem speziellen Loch herumzustochern? Vielleicht. Vielleicht auch nicht. Ich versuchte, mir Dads Gesicht vorzustellen, doch stattdessen tauchte immer wieder das von Ed auf.

Ich war – *bin* – der feuchte Traum jedes Hobbypsychiaters.

Graham kam zurück und wischte sich die Hände an seiner Hose ab, als hätte er irgendetwas Unappetitliches angefasst. »Es ist weg.«

»Hören Sie, Mr Michaels, es tut mir wirklich leid. Ich hätte es nicht erwähnen sollen.«

»Ich wollte es schon vor vielen Jahren vernichten. Hätte es gleich ins Feuer werfen sollen, als es mir damals zugeschickt wurde. Dann hat Marcus es also gefunden, oder?«

»Ja.«

»Das hätte ich mir denken können. Ein Jahr bevor Juliets Leichnam entdeckt wurde, fing er an, mich über Ang Tserings Familie auszufragen – Sie wissen schon, der Mann, der Juliet nach Walters Tod das Leben gerettet hat. Ich nahm an, dass Marcus mit Joe in Kontakt getreten war oder dass es ihm ein Journalist gesagt hatte. In regelmäßigen Abständen riefen welche bei uns zu Hause an. Wir haben uns gestritten, Marcus und ich, bevor er abgereist ist. Haben einige unverzeihliche Dinge zueinander gesagt.

Als er mir eröffnete, was er vorhatte, dass er auf diesen verdammten Berg steigen wollte, habe ich die Beherrschung verloren, das gebe ich zu. Irgendetwas brannte in ihm. Ich hätte draufkommen sollen, was es war.« Ein durchdringender Blick. »Wo ist es jetzt?«

»Ich habe es. Ich hätte es ihnen schicken sollen, aber …«

»Ich will es nicht zurückhaben. Aber Sie müssen mir versprechen, dass Sie den Inhalt niemals weitergeben. Das würde nur ihren Ruf zerstören.«

»Versprochen.«

»Ich nehme an, wenn Sie es veröffentlichen wollten, hätten Sie es bereits getan.« Er seufzte und schloss die Augen. »Was mich betrifft, hatte sie übrigens recht. Ich war nicht gerade treu. Ich nahm ihr ihren Erfolg übel. Aber nur, weil der sie uns weggenommen hat, Marcus und mir.«

»Sie brauchen sich vor mir nicht zu rechtfertigen, Sir.«

»Ich weiß.«

Er stand auf und kramte zwei verstaubte Kristallgläser und eine halbvolle Flasche Glenfiddich hervor. »Möchten Sie einen?«

»Bitte.«

»Das ist das Einzige, bei dem ich mich weigere zu sparen. Es gibt keine Entschuldigung dafür, billigen Whisky zu trinken.«

Er reichte mir ein Glas. »Hat Marcus Ihnen irgendwas über Walter erzählt?«

Ich blinzelte. »Nein. Eigentlich nicht.«

»Ich nahm es Walter übel, dass er Juliet zurück in dieses Leben gezerrt hat. Ich mochte ihn nicht, das gebe ich gerne zu. Ein komplizierter Typ, aber das sah man ihm auf den ersten Blick nicht an. Kam rüber wie das Salz der Erde. Juliet weigerte sich zu glauben, dass er gestört war. Walter ertrug es nicht, wenn ein schlechtes Wort über ihn gesagt wurde. Er war fürchterlich jähzornig und nachtragend.«

»In dem Tagebuch klingt es, als wäre er ein Heiliger gewesen.« Nein, das stimmte nicht, oder? Sie hatte ihn kritisiert, auch wenn sie diese Zeilen in ihrem Tagebuch bei einem Akt der Selbstzensur durchgestrichen hatte. Ich war mir allerdings immer noch nicht sicher, ob ich bereit war, Graham beim Wort zu nehmen. Sie hatte sich unter anderem auch gerade deshalb auf dem Everest befunden, um sich aus seinen Klauen zu befreien.

»Für Juliet war er das. Er war für sie eine Art Vaterfigur. Sie lernte ihn kennen, als sie sechzehn war, kurz bevor ihr Vater starb. Er war einer von den älteren Bergsteigern, die dort kletterten, wo sie und ihre Freunde anfingen. Er erkannte ihr Potenzial. Setzte ihr hohe Ziele. Ich konnte nie genau festmachen, was die beiden zueinander hinzog. Er wirkte eher wie jemand, der sich dahintreiben lässt. Wie jemand, der sich im Leben nicht festlegen will.«

Ein Ed. Nur dass Ed zu seinen Lebzeiten wirklich böse war. Retter oder Zerstörer?

»Halten Sie es für möglich, dass Walters Tod bei ihr mentale Probleme ausgelöst hat?«

»Ja. Ja, natürlich. Als sie nach seinem Tod aus Nepal zurückkam, war sie ein Schatten der Person, die sie früher gewesen war. Sie war am Boden zerstört. Und die ganze schlechte Presse, die sie anschließend bekam, machte die Sache nicht besser. Schrecklich. Bei Interviews stand sie sich oft selbst im Weg. Bergsteigen war das Einzige, was für sie zählte. Im Umgang mit anderen Menschen war sie nicht besonders gut. Kam mehr als einmal unhöflich rüber.« Er setzte sich aufrechter hin. »Dass unsere Ehe kaputtging, machte alles noch schlimmer. Dessen bin ich mir schon bewusst. Und ich weiß, worauf Sie hinauswollen. Dieser Dritte-Mann-Blödsinn und so. Das sah ihr überhaupt nicht ähnlich. Sie war kein spiritueller Mensch. Sie war davor nie … instabil gewesen.« Er hielt inne. »Ich habe ihr fünfundneunzig gesagt, dass sie nicht gehen soll. Sie hatte nicht trainiert. War nicht fit genug. Aber sie war wild entschlossen, als sie erfuhr, dass sie einen Platz bei einer Expedition bekommen konnte. Sie flüchtete sich immer ins Bergsteigen. In dieser Hinsicht war sie wie Walter. Zeigte keine Emotionen, brauchte sie in den Bergen.«

»In dem Tagebuch fehlen ganz hinten zwei Seiten.«

»Ja, sie hat Marcus aus einem der oberen Camps einen Brief geschrieben.«

»Den habe ich gesehen.«

»Er hat ihn Ihnen gezeigt?«

»Nein. Ich … habe ihn gefunden. Später.«

»Ich habe ihn ihm erst gegeben, als er einundzwanzig wurde. Habe ihn ihm als Kind vorenthalten, weil ich ihn nicht beunruhigen wollte. Ich mache mir deswegen Vorwürfe. Wenn ich ihm den Brief früher schon gegeben hätte, wäre er vielleicht nicht gegangen. Als ihr Leichnam entdeckt wurde, hat das irgendwas in ihm ausgelöst.«

»Haben Sie zufällig die andere Seite rausgerissen, als Joe Ihnen das Tagebuch geschickt hat?«

»Ich? Warum hätte ich das tun sollen?«

Wie sollte ich es formulieren? »Ich weiß nicht. Einiges

von dem, was sie über Sie geschrieben hat, war … nicht gerade schmeichelhaft.«

Er leerte sein Glas. »Eigentlich sollte man ihn in kleinen Schlucken trinken, aber es gibt für alles eine Zeit und einen Ort.« Ich warf Ed einen Blick zu, der halb verborgen in seiner dunklen Ecke stand. Aus seinem Mund strömte schmutziges Wasser. Der Hund winselte noch einmal. »*Still*, Philip.« Graham sah ihn finster an. »Also, nein. Ich habe das Buch nicht verunstaltet. Wenn ich Angst gehabt hätte, dass jemand ›unschmeichelhafte‹ Dinge über mich liest, hätte ich das ganze Buch vernichtet. Außerdem bräuchte derjenige nur einen Blick auf einige der Artikel werfen, die damals in den Boulevardzeitungen veröffentlicht wurden. Juliet muss sie herausgerissen haben, bevor sie ihren Gipfelversuch unternommen hat, genauso wie die Seite, die sie für den Brief benutzt hat. Da oben zählt jedes Gramm Gewicht, wie Sie sicher wissen. Es wäre nicht außergewöhnlich gewesen, wenn sie das getan hätte, um in den oberen Camps Notizen machen zu können.«

»Dann könnte die Seite also immer noch bei ihrem Leichnam sein.«

»Was, in aller Welt, glauben Sie, steht darauf geschrieben? Und warum interessiert es Sie so sehr?«

»Als ich dort oben war … habe ich eine ähnliche Erfahrung gemacht. Ich habe etwas gespürt.«

»Nicht ungewöhnlich, glaube ich, unter diesen Umständen.«

»Ja.« Nur war das, was ich erlebt hatte, irgendwie schlimmer. Doch ich konnte nichts mehr hinzufügen, ohne völlig übergeschnappt zu klingen. »Es ist nur … Mich würde interessieren, ob sie noch mehr über ihre Erfahrung geschrieben hat.« *Ob sie letzten Endes hinter die Maske geschaut und aufgeschrieben hat, was sie dort fand.*

»Nicht sehr wahrscheinlich, oder?« Er schweifte in Gedanken irgendwohin ab, dann schüttelte er sich. »Ich habe gehört, dass das chinesische Militär auf seiner Seite des Bergs aufräumt. Leichname entfernt, die sich dort oben befinden.«

Ein Ruck in meiner Brust. »Wer hat Ihnen das erzählt?«

»Der Mann, der Ihre Expedition geleitet hat.«

»Tadeusz?«

»Heißt er so? Ja.«

Sie sollten seinen Namen kennen. Er hat sowohl die Expedition Ihrer Frau geleitet als auch die Ihres Sohns. »Hält er Kontakt zu Ihnen?«

»Ab und zu, ja.«

»Geben Sie ihm die Schuld für das, was passiert ist? Dafür, dass er Marcus hat klettern lassen?«

»Nein.« Log er? Schwer zu sagen. Unsere Blicke trafen sich. »Marcus' Tod hat mich natürlich schwer erschüttert. Aber es tröstet mich, wenn ich mir vorstelle, dass die beiden da oben zusammen sind. Wenigstens sind sie nicht allein.«

Und wenn es stimmte, dass die chinesischen Behörden auf dem Berg aufräumten, war es womöglich nur eine Frage der Zeit, bis Juliet und Marcus in einer Gletscherspalte verschwanden.

Ed war weg. Der Hund gestattete es sich, seinen Kopf wieder in seinen Korb fallen zu lassen, nachdem er nicht mehr wachsam zu sein brauchte.

Grahams Kinn begann wieder zu zittern. »Dieser Berg hat mir so viel genommen.« Er schenkte uns beiden noch einmal nach. »Vielleicht werden wir nie erfahren, was passiert ist. Zumindest haben sie Frieden gefunden.«

Wir tranken den Whisky beide in einem Zug aus. Und wir dachten beide dasselbe: Marcus und Juliet mochten zur Ruhe gekommen sein, wir jedoch todsicher nicht.

Es wurde Zeit, etwas dagegen zu unternehmen, und zwar ein für alle Mal.

Der Weg sah genauso aus wie beim letzten Mal, als ich hier gewesen war. Dieselben überhängenden Zweige, die fingerartige Schatten auf den Schlamm warfen, dieselbe trostlose Stimmung. Ich parkte den Mietwagen genau dort, wo ich vor sieben Jahren Thierrys Ford Focus geparkt hatte, dann blieb ich noch ein paar Minuten sitzen und trank kleine Schlucke, die mich würgen ließen, aus der 375-Milliliter-Flasche Brandy, die ich mir unterwegs bei Aldi in Newport gekauft hatte.

In meinem Rucksack befanden sich ein Bolzenschneider, ein Bacon-Sandwich, Ersatzbatterien und ein Flachmann – *der* Flachmann, Eds Flachmann – mit Johnny Walker Black, den ich trinken wollte, wenn *(falls)* ich es in die Grabkammer-Höhle schaffte. Ich trug einen hochmodernen roten Kälteschutzanzug und einen Fleece-Unterzieher, die ich beide online gekauft hatte, Knieschützer und dieselben alten Gummistiefel, die ich schon beim ersten Mal angehabt hatte. Ich nahm noch einen Schluck, spürte das Brennen des billigen Fusels, dann hielt ich Ed die Flasche vor die Nase. »Möchtest du?« Er saß zusammengesunken auf dem Beifahrersitz, die Hände prüde im Schoß gefaltet, die Fingernägel schwarz vor Dreck. »Nein? Hat dir das Leben nach dem Tod die Sprache verschlagen?«

Würde mein Plan funktionieren? »Wer weiß das schon«, murmelte ich vor mich hin und trank noch einen Schluck. Ein Rinnsal lief mir am Kinn hinunter und brannte auf der spröden Haut um meinen Mund. Eine Zeile aus einem Coldplay-Song kam mir in den Sinn. *»We're going back to the start«*, sang ich Ed vor.

Wahrscheinlich würde alles schrecklich schiefgehen, sobald ich versuchen würde, mit meiner verstümmelten Hand die Sprossen der Leiter zu greifen. Die rationale Seite meines Gehirns flehte mich weinerlich an, sofort umzukehren, doch ich konnte nicht. Ich musste es wissen. *Retter oder Zerstörer?* Entweder das, oder ich würde enden wie George, als Hülle eines Menschen und für immer im Rollstuhl sitzend, für immer meinen unheimlichen imaginären Freund anstarrend. Und in die Cwm Pot zurückzukehren, um Antworten zu finden, war besser als meine einzige andere Option. »Was meinst du, Ed? *Should I stay or should I go?«*

Ich streckte die Hand aus, um ihn zu berühren, zog sie aber im letzten Moment zurück. Die kalte, ungesunde Haptik seines Fleischs wäre anschließend noch stundenlang bei mir geblieben, und ich wollte nicht von dieser Erinnerung verfolgt werden, wenn ich mich auf meine semi-suizidale Mission begab.

Schluss! Polizeistunde!

Ich zwang mich, den behaglichen koreanischen Kokon des Mietwagens zu verlassen und holte den Rest meiner hastig zusammengekauften Ausrüstung – Seil, Helm und Stirnlampe – aus dem Kofferraum. Dieses Mal keine Helmkamera – dieser Ausflug ging nur Ed und mich etwas an. Ich griff in meine Tasche, um mich zu vergewissern, dass ich die Karte dabeihatte. Da ich ohne einen Guide auskommen musste, hatte ich auf der Website eines Höhlenkletterclubs einen Plan des Systems ausfindig gemacht. Dieser war kaum mehr als eine von Hand angefertigte Skizze, deren rustikale Striche die Hindernisse einfacher und harmloser erscheinen ließen als sie – wie ich aus eigener Erfahrung wusste – in Wirklichkeit waren. Wer auch immer ihn gezeichnet hatte, hatte der »Rat Run«-Beschriftung ein fürchterlich unangemessenes Ausrufezeichen hinzugefügt. *Hey, warum nicht einen Tag damit verbringen, den Rat Run zu erkunden! Ein Spaß für die ganze Familie.*

Der Himmel war beinahe obszön klar, die Luft kühl, aber nicht unangenehm kalt. Nachdem ich über den Zaunübertritt gesprungen war und das erste Feld überquerte, steigerte ich mein Tempo, und meine Angst davor, die Leiter hinuntersteigen zu müssen, verflog langsam. Vielleicht lag es an der betäubenden Wirkung des Brandys, vielleicht war es mir aber inzwischen tatsächlich scheißegal, ob ich lebte oder starb. Ich sah nach, ob Ed irgendwo lauerte. Fehlanzeige. Er würde sich aber schon noch blicken lassen, da war ich mir sicher. Er würde auftauchen, wenn es zählte.

Die rissigen »Kein Zutritt«-Schilder, an die ich mich von meinem letzten Fußmarsch erinnerte, waren durch neue, aggressiver formulierte ersetzt worden. Ich legte neben einem Stacheldrahtzaun eine Verschnaufpause ein und trank noch einen Schluck von dem Fusel. Als ich zwischen den Drähten hindurchkroch, blieb ich mit meinem Anzug und meinem Rucksack an den Zacken des Zauns hängen, da der Brandy meine Koordination und mein Gleichgewicht beeinträchtigte. *Keine große Sache.* Ich bahnte mir schnaufend den Weg über die nächsten Koppeln, auf denen sich Schafe scharten und vor mir auseinanderstieben. In der Ferne sah ich den Beginn des felsigen Pfads, der hinunter in die übelriechenden Eingeweide der Cwm Pot führte.

Das Tor war mit einer dicken Kette und zwei Vorhängeschlössern gesichert. Dieses Mal war kein Schild daran befestigt. Ich spähte in den Himmel. Es sah nicht nach Regen aus, aber was wusste ich schon? Die Prüfung würde kommen, diesmal allerdings – und da war ich mir ziemlich sicher – nicht durch die Hand *(Finger)* des flüsternden Wassers.

Ich hob das Gesicht zu den schwachen Strahlen der Sonne und schloss die Augen.

So, Alter, ziehst du die Sache jetzt durch oder nicht?

W.W.J.T.? Was würde Juliet tun? Ich wusste, was sie tun würde. Sie würde sich der Herausforderung stellen. Sie würde nicht rumschwächeln; sie würde ihren Arsch in Bewegung setzen.

Noch einen für unterwegs?

Nein. Angetrunkener Mut war schön und gut, aber die Flasche war fast leer, und ich war deutlich mehr als nur angetrunken. Ich warf sie weg und hörte, dass sie auf einem Felsen aufschlug. *Hey, hey, sei doch kein Umwelt-*

verschmutzer. Ich hatte ja noch den hochwertigen Alkohol in Eds Flachmann, um mich bei Bedarf wieder aufzufüllen.

Beim ersten Versuch rutschte ich mit dem Bolzenschneider ab, da ich ihn mit meiner verletzten Hand nicht richtig festhalten konnte, und prellte mir das Handgelenk. Ich versuchte es noch einmal. Erst als die Kette endlich mit einem resignierten *Ping* nachgab und ich in den Schlund des Eingangstunnels starrte, kamen die Zweifel wieder auf. Glaubte ich allen Ernstes, dass dieser Ausflug mir die Antwort lieferte? Dass ich in Schwierigkeiten geraten und er mich retten würde? *Super-Ed, Weltklasse-Psycho und Kinderschänder, eilt zu Hilfe.* Vielleicht würde er aber auch versuchen, mich dort unten in die Falle zu locken, während über mir Gewitterwolken heranzogen und sich die Höhlen mit schlammigem, blutrotem Wasser füllten.

Wie auch immer man es betrachtete, dass ich mich auf diese Todeswunschmission begab, festigte meinen Status als Geisteskranker. Und was hatte ich mit meinem Ausflug zur Befragung von Graham Michaels erreicht? Rein gar nichts. Dort hatte es auch keine Antworten gegeben. Juliet war entweder genauso verrückt gewesen, wie ich es war, oder wir hatten uns beide mit einem Geist infiziert wie mit einer ansteckenden Grippe. *Mit dem Dritter-Mann-Virus.*

Hör auf zu jammern und geh die Sache an.

Dann wurde mir bewusst, dass ich vergessen hatte, mir irgendwelche Handschuhe zu kaufen. *Pech gehabt, Junge.*

Ich legte mich auf den Bauch und ließ die Beine mit der leichtsinnigen Unbekümmertheit der Betrunkenen und Dummen über den Rand hängen. Dankbar, dass der

Alkohol das magenunfreundliche, schwindelerregende Gefühl abstumpfte, das ich beim ersten Mal gehabt hatte, kletterte ich nach unten, wobei ich mich abwechselnd mit meiner unversehrten Hand und dem schwächeren Pinzettengriff der verstümmelten an den Sprossen festhielt.

Runter, runter.

Dunkel, es ist zu dunkel. Warum ist es so dunkel?

Schalte deine Stirnlampe ein, Arschloch.

Runter, runter, runter. Der Rucksack und das Seil zerrten an meinen Schultern. Während ich abstieg, ging ich in Gedanken die Hindernisse durch, die ich würde meistern müssen, um zur Grabkammer zu gelangen: die Felsverblockung, die enge Öffnung mit ihrer rutschigen Kette, der Abstieg an der senkrechten Wand in den Abgrund und dann der Rat Run (!). Wenn ich sie alle überwand, jedes einzelne von ihnen bezwang wie ein altmodischer Held auf seiner Suche, wäre meine Belohnung dann Ed, der in der Höhle auf mich wartete? Zumindest sein Leichnam würde sich dort befinden. Das musste er. Wer konnte schon das alte Sprichwort vergessen: *Man kann eine Leiche nicht rausschaffen, wenn sie so weit unter der Erde liegt, Junge.* Ich nicht, ganz bestimmt nicht. Vielleicht würde mich Ed ja endlich in Ruhe lassen, sobald er mit seiner sterblichen Hülle vereint war. Das wäre ein schöner Abschluss der Geschichte. Ein Horrorfilm-Happyend.

Ich steigerte mein Tempo, nahm jeweils zwei, dann drei Sprossen auf einmal, da mich der Alkohol übermütig machte. Als ich mit einem Fuß ins Leere trat, klinkte ich das Seil an einer Sprosse ein. Falls ich es mit der Angst zu tun bekam (oder wieder nüchtern wurde) und beschloss, nicht das Risiko einzugehen, meinen aufgedunsenen Körper durch den Rat Run zu zwängen, konnte ich auf diesem Weg zurückkehren.

Siehst du, Ed, mir kann man nichts vormachen.

Siehst du, Si, du möchtest eigentlich gar nicht sterben.

Am Fuß des Tunnels zwängte ich mich durch die Öffnung und vergaß dabei idiotischerweise, es langsam anzugehen, sodass ich auch dieses Mal krachend auf dem Steißbein landete, wobei sich der Bolzenschneider in meinem Rucksack unten in meinen Rücken bohrte. Ich rappelte mich auf und machte mit getrübtem Blick eine Bestandsaufahme, da ich beinahe damit rechnete, dass Ed auf mich wartete: *Warum hast du denn so lange gebraucht, Junge? Ich wusste, du würdest zurückkommen.* Vor Urzeiten war ich von dieser Sektion beeindruckt gewesen, hatte sie für riesig und kirchenartig gehalten, doch jetzt kam sie mir kleiner vor, ihre gerippten Wände wirkten niedriger, und sie erinnerte mich an das knochige Innere von Monstro, dem Wal in *Pinocchio.* »Eines Tages wirst du ein richtiger Junge, Si«, sagte ich laut, kicherte und rülpste und schmeckte Brandy. Vermutlich handelte es sich um eine optische Täuschung aufgrund des Lichts. Ohne den zusätzlichen Schein von Eds Stirnlampe, hatte die Kammer etwas Klaustrophobisches an sich. Die Spezialstirnlampe, die ich mir gekauft hatte, hatte eine Stange Geld gekostet, war jedoch nicht so hell, wie ich Eds Lampe in Erinnerung hatte.

Ich stand eine Weile da, lauschte dem Geräusch tropfenden Wassers, das disharmonisch klang wie ein betrunkener Pianist, und ließ den Lichtstrahl durch den Raum tanzen.

Plitsch-platsch, der Soundtrack zu deiner ganz eigenen Filmbiografie. Ein befremdlicher Farbklecks zog meinen Blick auf sich. Jemand hatte in fluoreszierendem Grün einen Pfeil auf einen gewölbten Felsen gesprüht. Ich war mir fast sicher, dass er den Weg zu dem Tunnel wies, den Ed und ich beim ersten Mal genommen hatten.

Hatten die Retter, die mich aus dem Sickerschacht gezogen hatten, einen fluoreszierenden Brotkrumenpfad hinterlassen? Oder hatte das ursprüngliche Cwm-Pot-Filmmaterial womöglich andere sensationslüsterne Höhlengänger angelockt, die scharf darauf waren, selbst ein wenig Todestourismus zu betreiben?

Mich überrollte eine Welle tiefer Einsamkeit. Diesmal wusste niemand, wo ich mich befand. Es würde kein Rettungstrupp kommen. Kein Thierry würde mitten in der Nacht aus London herbeieilen, um mir zu helfen. Keine barschen trockenhumorigen Burschen würden ihr Leben riskieren, um mich zu retten. *Nur ich, und wenn ich Glück habe, mein freundlicher Geist von nebenan.*

Mein innerer kleiner Junge quengelte: *Keine Lust. Mag nach Hause.*

Schlappschwanz, sagte die Ed-Stimme.

Ich holte die Karte hervor. Soweit ich es beurteilen konnte, schien der Pfeil mit der Skizze der Eingeweide der Cwm Pot übereinzustimmen. Es fiel mir schwer, das mit absoluter Sicherheit zu sagen, da mir der Alkohol jetzt richtig zusetzte und ich beinahe das Stadium erreicht hatte, in dem mir ein guter Barkeeper den Hahn zugedreht hätte

Follow the yellow brick arrow. Es gab mehr als einen Pfeil – alle sechs bis sieben Meter wies einer den Weg. Sie waren beruhigende, leuchtende Cheerleader, die mich anspornten. Vielleicht trug ihre Anwesenheit – die Illusion von Sicherheit, die sie vermittelten – dazu bei, dass ich immer noch kein »normales« Level von Angst verspürte. Hin und wieder bückte ich mich und berührte den Boden, um ihn auf Feuchtigkeit zu prüfen, als wäre ich ein Bear-Grylls-Verschnitt, der in der Lage war zu spüren, ob sich das Wetter oben geändert hatte.

Und da war es, Hindernis Nummer eins. Auf der Karte war es wenig einfallsreich beschriftet: »die Felsverblockung« (sie hatte offenbar kein Ausrufezeichen verdient), und das Durcheinander von Felsbrocken war genauso unwirklich und Indiana-Jones-mäßig, wie ich es in Erinnerung hatte. Als ich mich beim letzten Mal hindurchgezwängt hatte, war ich Ed dicht gefolgt, doch dieses Mal war ich nicht in Form, mit schlaffen Muskeln, mit einem Bauch wie eine Bowlingkugel, mit Händen, die sich aufgrund der Kälte bereits verkrampften, und mein Rucksack behinderte mich. Ich konnte ihn allerdings nicht einfach über Bord werfen; er enthielt den Bolzenschneider, den ich brauchen würde, um das Vorhängeschloss am anderen Ende zu knacken. Als ich unelegant durch eine Spalte nach der anderen kletterte, geleitet von fluoreszierenden Farbpunkten, rann mir Schweiß in die Augen, und mein Helm wurde zu einem Mikrowellenofen auf meinem Kopf. Es half, dass ich so laut und so ungraziös sein konnte, wie ich wollte. Ich keuchte und schnaubte und fluchte, als ich meinen Körper durch Engstellen schraubte, durch die er eigentlich nicht hätte passen dürfen, während ich den Rucksack vor mir her schubste.

Bevor ich den nächsten Abschnitt in Angriff nahm, legte ich eine Pause ein, um Eds Flachmann für ein unkluges Alkohol-Nachtanken hervorzukramen. Um die Einsamkeit zu bekämpfen, leistete ich mir selbst Gesellschaft, führte Selbstgespräche und sang, was auch immer mir gerade in den Sinn kam. »You'll Never Walk Alone«, dessen Text ich zum Teil erfand, weil er mir nicht mehr einfiel, »Tiptoe Through the Tulips« und »Smack my Bitch Up«, bei dem ich tief in meinem Rachen Percussion-Geräusche machte.

Immer noch kein Ed. Tja, bislang hatte ich mich kaum in Gefahr begeben. Das würde noch kommen.

Ich folgte meinen Pfeil-Freunden, summte »Let Your Conscience Be Your Guide« und legte keine Verschnaufpause mehr ein, bis ich bei Hindernis Nummer zwei angelangte – der engen Öffnung, durch die ich mit den Füßen voraus würde schwingen müssen, während ich mich an der Kette festhielt. Der witzige Kartograf hatte sie »der Schlitz« genannt. Ich zögerte nicht. Ich durfte dem kleinen weinerlichen Jungen keine Gelegenheit geben, mir die Sache auszureden. Dank Alkohol klappten das anspruchsvolle Hochklettern an der Wand, der Sprung zur Kette und das unbeholfene Strampeln, um mich mit den Zehen in die Spalte einzufädeln, reibungslos – *zu* reibungslos. Jedes Manöver hatte etwas seltsam Traumartiges an sich, ein entfernter Cousin des Gefühls das ich gehabt hatte, unmittelbar bevor Mingma mich nach Marks Tod rettete. Ein kurzes Aufflackern von Panik, als mir bewusst wurde, dass in dem beengten Raum nicht genug Platz für den Rucksack und mein Hinterteil war, was eine Reihe ungelenker Bewegungen erforderte, aber bitte schön, fertig. Abhaken. Und als Nächstes?

Ich war nur noch Sekunden vom Abgrund entfernt – der steilen Felswand, die mir beim ersten Mal eine Heidenangst eingejagt hatte.

Ich spähte über die Kante. *»Komm schon, Chris Bonington, jetzt lass mal sehen, was du draufhast.«* Die Erinnerung an Eds Worte, als ich das erste Mal hier gestanden hatte, war so intensiv, dass ich mich umdrehte, um nachzusehen, ob er hinter mir war.

»Ed?«

Ich starrte nach unten in die Dunkelheit und hoffte beinahe, dass er dort mit wasserüberströmtem Gesicht lauern würde.

Kein Ed.

Meine Retter oder Mr Fluoreszent hatten ein Seil an einer Ausgleichsverankerung befestigt, die fest in einer Spalte eingebettet zu sein schien. Ich zog daran, um mich zu vergewissern. Ich hakte mich nicht darin ein, sondern benutzte es als Führung, als ich die Wand hinunterkletterte. *Lass dich immer von deinem Gewissen leiten.*

Und dann war ich unten. Pillepalle, kinderleicht. Es hätte nicht so einfach sein sollen. *Warum nicht, Eiger-Boy? Erinnere dich, Si, du warst auf dem Everest, dem höchsten Berg der Weeeeelt.* Bullshit. Das hatte nichts zu bedeuten. Als ich mich beim ersten Mal zum vorgeschobenen Basislager hinaufgeschleppt hatte, hatte ich auf meine höllische Erfahrung in der Cwm Pot zurückgegriffen, um mich selbst davon zu überzeugen, dass ich es schaffen konnte. Doch jetzt, da ich mich wieder in der feuchten Tiefe befand, durfte ich nicht zulassen, dass sich der Berg und seine Geister Zutritt verschafften. Sie hatten hier nichts zu suchen.

Hier geht es nur um Ed und mich.

Drei Hindernisse geschafft. Noch eines.

Als ich genau an der Stelle stand, wo Ed mich angegriffen hatte, nahm ich seinen Flachmann heraus und schüttelte ihn – ein Talisman, um ihn zu ködern. Ich genehmigte mir einen Schluck. »Ed? Schau mal, was ich hier habe.«

Komm schon, du Mistkerl.

Schwindel überkam mich, und meine Sicht trübte sich ein. Der letzte Schluck war einer zu viel gewesen. *Idiot. Werd wieder nüchtern.* Ich biss in das Bacon-Sandwich, und ein Brocken Brot und Schwarte blieb in meiner Speiseröhre stecken. Ich würgte es hinunter. Es schwächte das traumverlorene, schmierige Gefühl von Trunkenheit nicht ab, sondern steigerte nur die Übelkeit. Ich zog in Erwägung, mir den Finger in den Hals zu stecken, doch dafür war es schon zu spät. Der Alkohol befand sich bereits in meinem Blut.

Leg dich ein bisschen hin.

Nein. Ich würde hier unten nicht einschlafen. Nein. Nicht nach dem letzten Mal. Ich wusste, was passieren würde, wenn ich es tat. Ich konnte es mir klar und deutlich in 3-D vorstellen. Während ich schlief, würden die Batterien in meiner Stirnlampe den Geist aufgeben, sodass ich in völliger Finsternis aufwachen würde, orientierungslos, verängstigt, und während ich versuchen würde, die alten Batterien gegen neue zu tauschen, würde ich sie fallen lassen, und sie würden in einen Riss im Höhlenboden kullern. Blind müsste ich nach ihnen herumtasten, dann würde ich stolpern und in eine Spalte stürzen. Vor Schreck würde ich kreischen. Ich konnte beinahe das Krachen hören, mit dem mein Oberschenkelknochen brechen würde, konnte beinahe den qualvollen Ruck spüren, mit dem die Sehnen reißen würden. Ich schmeckte die Panik und die Verzweiflung, hörte meine Schreie. Vernahm die Stille, die darauf antwortete.

Hör auf damit, verdammt.

Setz dich in Bewegung.

Der Rat Run, das ist es, woran du denken solltest, Junge.

Was als Nächstes kam, hatte ich ganz vergessen – die erste Begegnung mit den wässrigen Adern der Cwm Pot –, wenngleich das laute Flüstern des Bachs schon seit mindestens einer halben Stunde zum Hintergrund gehörte. Den Pfeilen folgend ging ich auf Zehenspitzen über das Geröll zum Wasser.

Kontrollier den Wasserpegel, Junge.

Das Wasser schwappte kaum bis über meine Knöchel. Sein Pegel war deutlich niedriger als beim letzten Mal. Ich beugte mich mit dem Oberkörper vor, als wolle ich ihm lauschen – wobei ich fast das Gleichgewicht verlor –, dann stieg ich hinein. Dieses Mal war das Wasser nicht tief genug, um in meine Stiefel überzukochen, und irgendjemand, vielleicht das fluoreszierende Phantom, hatte über Vertiefungen mehrere Kunststoffrohre gekreuzt, was das Vorankommen viel einfacher machte, selbst für einen sinnlos Betrunkenen. Weiß Gott, wie sie die Rohre hier heruntergeschafft hatten. Nachdem ich die Traverse über den Bach mit der Behutsamkeit eines Greises mit Glasknochensyndrom hinter mich gebracht hatte, ließ ich den Lichtstrahl zu den geologischen Wundern hinaufwandern, die von der Decke tropften. Etliche von ihnen waren abgebrochen.

Plitsch, platsch. Ich hielt inne und lauschte angestrengt, ob ich in dem Hintergrundgeplätscher irgendwelche Anzeichen für den wässrigen Chor ausmachen konnte. Die Stimmen waren nicht zu hören. *Ist das ein gutes oder ein schlechtes Zeichen?*

Und dann sah ich sie, die Öffnung, die zum Rat Run führte. Der gerunzelte Fels, der sie umgab, verlieh ihr das Aussehen eines verdrießlichen Anus, wenngleich ich mich nicht erinnern konnte, diesen Eindruck beim letzten Mal gehabt zu haben. Das Bild wurde noch dadurch verstärkt, dass der Phantom-Sprayer die Öffnung mit vier nach innen gerichteten Pfeilen versehen hatte.

Du schaffst es. Beim letzten Mal hast du es auch geschafft.

Aber jetzt bin ich fetter. Und betrunkener.

Nicht wahr. Ich wurde bereits nüchtern, und mein bevorstehender Kater begann, an meinem Nacken mit dem Schlagbohrer zu arbeiten.

Kehr um. Du brauchst das nicht zu tun.

Bei meiner Suche nach einer Karte hatte ich in einem Anfall von Masochismus Höhlenunfälle gegoogelt und den Bericht eines Typen gelesen, der sich in einer Felsspalte eingeklemmt hatte. Er musste mit Butter und Öl eingeschmiert werden, damit er wieder befreit werden konnte. Mein geschwollener Bauch würde mich festklemmen. Wie ein Korken in einer Flasche. Wie eine Faust in einem Arsch. Wie lange würde es dauern, auf diese Weise zu sterben? Ein Typ musste sich selber den Arm abschneiden, um zu überleben, nachdem sich dieser zwischen Felsen verklemmt hatte. Aber man kann sich nicht durch sei eigenes Fett hacken, oder?

Und du hast kein Messer mitgenommen.

»Ach, Blödsinn.«

Bereit für den Rat Run, Junge?

»Ich wurde bereit geboren, Ed.« Es laut zu sagen machte es allerdings auch nicht wahr.

Als Erstes kam die verführerische Einfachheit der Krabbelstrecke. Dann die zehenmordende Hölle der Kriechpassage, die dieses Mal noch zermürbender war, weil ich den verdammten Rucksack vor mir herschieben musste und mich nicht mit den Fingerspitzen vorwärts ziehen konnte – von Letzteren besaß ich nicht mehr genug, als dass diese Technik effektiv gewesen wäre. Ohne Handschuhe grub sich das Geröll in mein Fleisch, und ich schmeckte den Boden unter mir, als sich der bittere Staub auf meinen Zähnen festsetzte. In meinem Kopf ertönte Juliets Mantra: *Das ist scheiße, das ist scheiße, das ist scheiße.*

Kratzen, kratzen, schieben, drücken. *Wie eine Raupe.* Ich leerte meinen Kopf. Versuchte, mir nicht vorzustellen, wie Ed mich mit einer Hand am Fußgelenk packte, mich hier unten festhielt, mich festhielt, bis …

Um die Kurve, vorbei an dem Punkt, an dem es kein Zurück mehr gibt.

Das Licht machte auf brutale Weise deutlich, wie eng die nächste Sektion war. Die Decke und der Boden schienen zusammenzuwachsen.

Gallenflüssigkeit flutete meinen Mund. Ich spuckte sie aus.

»Bäh, igitt.«

Dann, unmittelbar im Anschluss daran, die Stelle, an der ich beim letzten Mal steckengeblieben war. Ich schob den Rucksack vor mir durch. Dieses Mal achtete ich darauf, beide Arme gleichzeitig durchzustecken. *Schultern durch, erledigt. Du schaffst es. Gut. Mit den Fingerspitzen scharren, mit den Zehen schieben.*

Du schaffst es!

Ich hielt inne, um einzuatmen.

Großer Fehler.

Ich steckte fest. Ich steckte fest, weil sich mein Fassthorax und mein Bauch verkeilt hatten.

Du steckst nicht fest. Entspann dich.

Ich ließ mich erschlaffen. Versuchte abermals, mich vorwärtszuschieben und zu ziehen, wobei Steine wie Rasierklingen in die empfindlichen Stummel meiner rechten Hand schnitten.

Ich steckte fest.

Dann überkam mich Panik, heiß und frisch, und meine betrunkenen Verteidigungsmechanismen waren wehrlos gegen sie. Ich ruderte mit den Armen und warf den Kopf vor und zurück, wobei der Helm gegen den Fels krachte. Ich schrie. Ich atmete tief ein und schrie mir die Lunge wund. »Ed! *Ed!*«

Unzählige Kubikmeter Fels über mir drückten herab. Das Band um meine Brust straffte seinen Anakonda-Griff.

Du wolltest es so, Si.

Du steckst fest, dein schlimmster Albtraum.

Ich betete, dass die wässrigen Stimmen kommen und mir sagen würden, was ich tun soll.

»Ed! Thierry! Mum! *Irgendjemand!*«

Meine Eingeweide entkrampften sich. *Wag es* bloß *nicht!*

Wie lange würde es dauern, bis jemand kam? Déjà-vu. Genau denselben Gedanken hatte ich gehabt, als ich das erste Mal in der Grabkammer-Höhle war. *Niemand wird kommen. Du bist auf dich allein gestellt, Junge.* Nein. Es wird jemand kommen. Jemand wird den Mietwagen finden. Vielleicht wird der Farmer, dem der Grund gehört, nach zwei oder drei Tagen bemerken, dass er schon zu lange dort steht.

Drei Stunden ohne frische Luft, drei Tage ohne Wasser, drei Wochen ohne Essen.

Und angenommen, sie finden dich – wie sollen sie dich rausschaffen?

Sie werden mich mit Butter und Öl einschmieren. Sie werden mich mit einem Seil rausziehen, sie werden den Fels um mich herum wegklopfen, sie werden …

Aber was ist, wenn es regnet, Si? Was ist, wenn die Höhlen geflutet werden? Was ist, wenn du hier liegst, gefangen, und der Wasserpegel steigt, ganz langsam? Zuerst wirst du es hören, das Plätschern, das Sprudeln. Vielleicht wirst du dann sogar dankbar sein. Vielleicht wirst du dann darum flehen zu sterben.

Nein. Ed wird kommen.

Diese Jungs sind hier unten gestorben. Genau an dieser Stelle. Ich wette, du kannst dich nicht mehr an ihre Namen erinnern. Ich wette, du hast sie bereits vergessen.

»Ich kenne ihre Namen.«

Bullshit.

Ich watete durch den Aufruhr in meinem Kopf.

Nigel Rowley, Robert King und Guy McFaul.

Nigel Rowley, Robert King und Guy McFaul.

»Nigel Rowley, Robert King und Guy McFaul!«

Ich ließ mich wieder erschlaffen, und dann schob ich mit den Zehen an. Wie beim letzte Mal kam ich einen Zentimeter voran.

»Ha! Nigel Rowley, Robert King und Guy McFaul!«

Noch ein Zentimeter. Das Steinband kroch über meinen Bauch, drückte grausam gegen ihn, doch dann war ich durch.

Ich blieb mit dem Gesicht nach unten im Dreck liegen und atmete keuchend, dann krabbelte ich zum Ende der Röhre.

Ich hatte nicht mehr die Energie, um vor Erleichterung zu schluchzen. Dann sprang ich ins Wasser – jetzt schwappte es über den Rand meiner Gummistiefel, doch ich war froh darüber, da die kalte Umarmung des Wassers den Schmerz in meinen Zehen linderte. Meine Beine zitterten. Ich würgte. Nichts kam hoch. Meine Fingernägel waren schartig und eingerissen. In die Stummel waren schwarze Steindiamanten eingebettet.

Das Schlimmste ist vorbei.

Ich ließ den Lichtstrahl über die Wände wandern, die in den Tunnel führten, in dem ich 2006 beinahe ertrunken wäre. Anstelle des Strudels, der mich beim letzten Mal mitgerissen hatte, plätscherte der Bach gutmütig in die Schwärze des Tunnels, so harmlos wie der Beginn eines Fahrgeschäfts im Freizeitpark.

Die Pfeile zeigten in die Richtung, in der sich, wie ich wusste, die Grabkammer-Höhle befand.

Wenn Ed irgendwo ist, dann dort.

Ich hielt mich, so gut es ging, an der Wand fest, als ich durch den Bach watete, um nicht auf dem glitschigen Fels auszurutschen Ich wurde zurückgedrängt, versuchte es noch einmal. Dieses Mal gelang es mir, mit der linken Hand einen Felsvorsprung zu fassen zu bekommen. Ich zuckte zusammen, als meine verstümmelte Hand ihr Bestes tat, um zu helfen, und dabei die aufgerissene Haut an meinen Stummelfingern erneut von Fels durchbohrt wurde. Meine ungenutzte Schulter- und Oberarmmuskulatur machte sich auch wieder auf schmerzlichste Weise bemerkbar, und ich wand meine Brust und meinen Oberkörper auf den Felsvorsprung und kroch auf den allzu vertrauten Eingangstunnel zu.

Aber … irgendetwas stimmte nicht.

Nein.

Das kann nicht sein.

Doch.

Er war blockiert.

Der Tunnel war mit Felsen verschlossen, über die Beton gegossen worden war. Der Phantom-Sprayer hatte darauf einen Frowny gesprüht. Ich stemmte mich dagegen. Sie bewegten sich keinen Millimeter. Ich würde etliche Stangen Sprengstoff brauchen, um mir Zugang zu verschaffen.

Nein, nein, nein. So darf es nicht enden.

Ich würde also doch keinen Blick auf Eds aufgedunsenen Leichnam werfen können. Oder mit meinen alten Übernachtungskollegen Nigel Rowley, Robert King und Guy McFaul wiedervereint werden.

Ich ließ mich mit den Füßen voraus wieder hinunter ins Wasser gleiten, wobei die Wucht des Aufpralls meinen Kiefer zuschnappen ließ.

Ich hatte all das für nichts und wieder nichts auf mich genommen. Eine atemberaubende Antiklimax.

Und jetzt?

Sieh zu, dass du hier rauskommst.

Als ich den ehemaligen Todestunnel hinunterwatete, pochten die Stummel meiner fehlenden Finger mit dem Puls in meinem Kopf im Takt. Ich starrte an die geriffelte Decke. Beim letzten Mal hatte ich mich mit meinen *Fingern als Augen* an ihr entlanggezogen. Ich hatte den Tod akzeptiert und eine kühle Ruhe empfunden, die mir das Leben rettete, eine Ruhe, die nicht über mich gekommen war, als ich sie auf dem Everest am dringendsten gebraucht hätte.

Das Wasser strömte abermals über den Rand meiner Stiefel und vermischte sich mit den blutgewärmten Pfützen, die meine Füße umspülten. Es reichte mir fast bis zu den Knien. Moment … stieg es etwa an? Ich konnte mir nicht sicher sein, ob der Boden unmerklich abfiel und ob das für den höheren Wasserpegel verantwortlich war. Ich blieb stehen. War das Sprudeln und Grollen lauter geworden? Paranoia nagte an mir: Stieg das Wasser an?

Das kann im Handumdrehen passieren.

Ich erhöhte mein Tempo. Watete in einem langsamen Trott und mit steigender Herzfrequenz durch die Strömung, zu verängstigt, um mich umzublicken und womöglich eine Wasserwand im B-Movie-Stil auf mich zurasen zu sehen. Dann blieb ich mit dem linken Stiefel in einer Vertiefung unter Wasser hängen, stürzte und landete auf der Seite. Der Rand des Helms grub sich in mein Ohr, und ich erwischte einen Mund voll Wasser, das meinen Zähnen einen Kälteschock versetzte.

Das wird dich ausnüchtern, Junge.

Mit Beinen so zerbrechlich wie Glas stand ich auf. Zum Glück war am Kragen meines Kälteschutzanzugs kein Wasser eingedrungen. Ich blickte an mir herunter. Der Bach plätscherte jetzt wieder gegen den Rand meiner Stiefel. Sein Pegel war also doch nicht angestiegen.

Dumpfbacke.

Ich ging weiter. Hier unten gab es keine Pfeile – sie waren mit dem erbärmlichen Frowny ausgestorben. Der Tunnel schien kein Ende zu nehmen. Hatte ich es tatsächlich geschafft, mir den Weg nur mit meinen Fingern als Augen so weit zu bahnen?

Platsch, platsch.

Die Decke wurde höher, und vor mir teilte sich der Tunnel. *Nein, das ist nicht richtig.* Ich holte die Karte hervor, doch sie fiel in meinen Händen auseinander. In den Rucksack war Wasser eingedrungen. *Fuck.*

Ich blickte mich um, suchte nach der koffergroßen Öffnung, an die ich mich vom letzten Mal erinnerte. Um sie zu erreichen, war ich eine felsige Schräge hinaufgeklettert. Daran erinnerte ich mich noch ganz deutlich.

Verfolge deine Schritte zurück.

Ich schwenkte gewissenhaft den Lichtstrahl. Ich war an einem Felsvorsprung vorbeigekommen, aber nicht an einer

Öffnung. Dann an noch einem. Zu meiner Linken fing das Licht einen weiteren ein, über dem sich eine kleine Öffnung befand – aber war das diejenige, die zu der Route nach draußen führte? Ich war mir nicht sicher. Sie kam mir zu klein vor.

Mein Magen protestierte. Es wurde immer schwieriger zu schlucken.

Versuch es noch mal.

Da meine Oberschenkel gegen die Anstrengung protestierten, gegen die Strömung zu waten, ging ich auf demselben Weg zurück. Nichts kam mir bekannt vor.

Okay, denke logisch. Was jetzt?

Du befindest dich hier an einer Kreuzung, Freundchen.

War das der Test, auf den ich gewartet hatte?

Ich konnte eine der mir nicht vertrauten Routen nehmen und hoffen, dass Ed – oder die flüsternden Stimmen – kommen und mich retten würde, bevor mir der Saft ausging. Ich hatte eine Handvoll Ersatzbatterien, doch die würden nicht ewig halten. Oder ich konnte auf demselben Weg zurückgehen, auf dem ich gekommen war. Das wäre die sichere Option.

Wäre es das wirklich? Möchtest du wirklich noch einmal durch den Rat Run? Und dann rückwärts durch den »Schlitz«?

Sophies Entscheidung, Alter: die Freuden des Rat Run oder es riskieren, im Dunkeln in der Cwm Pot umherzuwandern.

Ich fröstelte. Die Kälte setzte mir zum ersten Mal zu. *Es wird Zeit, dass du deine feuchten Klamotten ausziehst, Junge.*

»Was soll ich tun?«, fragte ich laut.

Tja, das hängt davon ab, wie wichtig es dir ist, die Antwort zu erfahren. Ed hatte schon eine Million Gelegenheiten, dich hier unten zu erledigen. Möchtest du ihm die Gelegenheit geben, dich zu retten?

Nein.

Dann setz dich in Bewegung, Arschloch.

Ich gewährte mir keine Zeit, um einen Rückzieher zu machen, als ich bei der Öffnung des Rat Run angelangte. Stattdessen kanalisierte ich meinen inneren Mingma und wurde ruhig, stoisch und offen für alles, was mir das Leben entgegenzuschleudern gedachte. Und dieses Mal hatte ich mein Magisches-Denken-Mantra: *Nigel Rowley, Robert King und Guy McFaul.* Dieses Mantra laut skandierend, ging ich die Sache an und tauchte in die schweißtreibenden Innereien ein. Blieb ich wieder stecken? Ja. Aber ich ließ mir Zeit und gestattete mir nicht, in Panik zu geraten. Den Bolzenschneider hatte ich weggeworfen, und alles, was ich noch im Rucksack bei mir hatte, waren die Batterien und der Flachmann.

Dieses Mal machte ich mir keine Sorgen, dass der Wasserpegel steigen und den Kanal fluten könnte.

Genauso wenig verspürte ich irgendeine Siegesfreude, als ich am anderen Ende angelangte. Meine Erschöpfung und Enttäuschung wogen zu schwer. Als ich am Fuß des Abgrunds ankam, zog ich meine Füße nach wie ein Kleinkind. Ich machte mir nicht die Mühe, nach Ed zu rufen. Alles tat mir weh, mein dehydriertes Gehirn hatte einen Koller, und ich hätte meine Seele für eine Dose Red Bull verkauft.

Als ich hochkletterte und das Seil dabei wie ein Amateur verwendete, fingen meine Beine an zu zittern – »den Elvis machen«, hatte Kenton dazu immer gesagt. Ich tastete nach Halt für meine Zehen, fand jedoch keinen. Meine kaputten Finger konnten mich nicht tragen; meine Bizepse waren hinüber. Und dann, mit beiläufiger Unvermeidbarkeit, stürzte ich ab. Ich hatte keine Zeit, um zu denken: »Das wird wehtun.« Mein Leben lief nicht vor meinem inneren Auge im Schnelldurchlauf ab. Ich landete auf dem Rücken, *peng*, was mir den Atem raubte, und der Aufprall riss mir mit einem scheußlichen Krachen den Helm vom Kopf, wobei das Licht sofort ausging.

Bekomme keine Luft.

Tot.

Bin ich tot?

»Ah.«

Dieses Geräusch. Habe ich dieses Geräusch gemacht?

»Ah.«

Keine Bewegung. Rückgrat gebrochen. Ich glaube, mein Rückgrat ist gebrochen.

Ed!

Es gibt keinen Ed.

So kann es nicht enden.

Ich weiß nicht, wie lange ich dort liegen blieb, überzeugt, dass ich tot war oder im Sterben lag. Ich hatte vergessen, wie rein die Dunkelheit dort unten sein konnte. Ich blinzelte schnell, sah Sterne aufblitzen, aber sonst nichts.

Ed könnte in diesem Moment hier unten sein, und du würdest es nicht einmal merken. Er könnte sich an dich heranschleichen, sich womöglich mit ruckenden gestelzten Be-

wegungen nähern wie ein Schulmädchen in einem japanischen Horrorfilm.

Machte mir diese Vorstellung Angst? Ja. Obwohl ich mir genau das wünschte, oder etwa nicht? Ich wünschte mir, dass Ed sich blicken ließ. Und wo waren die Stimmen, die mich beim ersten Mal gerettet hatten?

Die kommen dieses Mal nicht, Freundchen. Du wirst im Dunkeln sterben, wie du es schon beim ersten Mal hättest tun sollen.

Nein.

Ich tastete mit meiner lädierten Hand nach dem Helm und der Stirnlampe, spürte sie jedoch nirgends. Wenn die Lampe kaputt war, dann war es das. Dann würde ich im Dunkeln sterben, ohne Frage. Langsam, vorsichtig setzte ich mich auf und musste mich prompt übergeben. Ich presste die Finger gegen meine Wirbelsäule und meine Hüften und rechnete beinahe damit, gezackte Bruchstücke von Knochen zu spüren. Dann kämpfte ich mich auf alle viere und übergab mich noch einmal, wobei ich das saure Brandy-Gift und die Reste eines halb verdauten Bacon-Sandwichs schmeckte.

Aber ich konnte mich bewegen. Das war immerhin etwas.

Ich schwenkte die Arme zögerlich durch meine unmittelbare Umgebung. Die reine Schwärze war desorientierend und Übelkeit erregend. Ich rechnete fast damit, kalte Haut zu spüren, die schleifpapierartigen Stoppeln in Eds Gesicht vielleicht.

Der Schmerz in meinem Rücken tobte noch immer, doch es fiel mir inzwischen leichter zu atmen. Ich fuhr mir übers Haar, tastete nach einem feinen Riss. Meine Fingerspitzen fühlten Feuchtigkeit, und ich führte sie zum Mund. Sie schmeckten salzig – Blut oder Schweiß?

Spielt es eine Rolle?

Ich verscheuchte das Bild, das ich auf dem Weg hierdurch vor Augen gehabt hatte. Ich würde nicht in eine Felsspalte fallen. Ich konnte es schaffen. Mich überkam nicht jene seltsame lebensrettende Ruhe, und ich schwebte auch nicht über mir und blickte auf mich hinunter, aber ich bewegte mich methodisch auf allen vieren vor und zurück und suchte dabei mit gespreizten Fingern den felsigen Boden ab.

Meine Finger berührten Plastik. Der Helm.

Ich hielt den Atem an.

Ich spürte den rauen Gurt der Stirnlampe.

Wenn das Glas zersplittert war, dann war es das.

Mach schon.

Ich drückte auf den Schalter. Eine Sekunde schreckliches Nichts, und dann: *Es werde Licht!*

Hurra!

Ich rappelte mich auf.

Du weißt, was das bedeutet, oder?

Ja. Ich hatte es geschafft. Ich hatte dem Dämon direkt ins Gesicht geschaut. Ich hatte meine eigene Version von Schocktherapie gemacht, hatte Ed herausgefordert und die Oberhand behalten. Er war nicht aufgetaucht. Die Stimmen waren nicht aufgetaucht. Er existierte nur in meiner Fantasie, dessen konnte ich mir jetzt sicher sein. Er hatte nicht versucht, mir Schaden zuzufügen; mein Sturz war nur eine Folge meiner Erschöpfung. Ich war mein eigener

Retter gewesen und mein eigener Zerstörer. Ich hatte ihn verbannt, indem ich mir selbst bewiesen hatte, dass ich nicht alle Tassen im Schrank hatte. Er war kein wütender Geist; er war nichts weiter als mein Hirngespinst.

Die freudige Erregung darüber erstickte den Schmerz der Blutergüsse, die in den kommenden Tagen meine Wirbelsäule überziehen würden wie Rorschach-Kleckse. Nicht einmal das Hochklettern am Seil und der Rückweg durch die schmale Spalte konnten mich erschüttern. Ich machte mich unbekümmert ans Werk, schlängelte mich auf dem Bauch liegend mit den Füßen voraus durch, griff blind nach der Kette und schwang mich hinüber. Zurück durch die Felsverblockung, wobei ich unachtsam war und mit den Ellbogen gegen die nach Schwefel stinkenden Kalkstein-Knollen stieß, und sogar der Sprung und das Greifen des Seils und an ihm hochzuklettern gelangen mir mühelos. Jede Sprosse fühlte sich – und das wird vermutlich zum Kotzen klingen – lebensbejahend an.

I Fought the Law and I Won.

Ich tanzte förmlich zurück durch die Kammer und hinaus ins Tageslicht. Die Spätnachmittagssonne begrüßte mich wie einen Siegeshelden. Wie lange war ich dort unten gewesen? *Das ist mir scheißegal!* Ich sank neben dem Bach auf die Knie und trank, spülte den Geschmack von Galle weg, genoss das Stechen des eiskalten Wassers auf meinen aufgerissenen Händen. Ich spritzte es mir ins Gesicht, immer und immer wieder.

Es wurde Zeit, die nächsten Lebensabschnitte anzugehen. Was würde ich tun? Die Welt lag mir zu Füßen. Ich konnte eine Wohltätigkeitsorganisation gründen, das

Simon-Newman-Heim für verarmte walisische Höhlengänger, zum Beispiel. Konnte mir eine Freundin suchen, vielleicht sogar mein eigenes Gandolfini-Baby in die Welt setzen. Konnte Medizin studieren und für *Ärzte ohne Grenzen* arbeiten oder wie auch immer sie sich nannten. Konnte mich ehrenamtlich in einem Hundeasyl nützlich machen. Konnte irgendetwas tun, was der Welt half, anstatt sie zu einem düstereren Ort zu machen.

Das Brummen eines Traktors in der Ferne, die Nervosität der Schafe, das Stechen der Brennnesseln, die am Bach um Platz rangelten – all das war einfach unfassbar schön.

»Zum Wohl, Ed«, sagte ich, hob den Flachmann hoch und trank einen kleinen Schluck. *Einen Katerschnaps, warum nicht?* Ich würgte, aber er blieb unten.

Vorwärts!

Zu spät wurde mir bewusst, dass das Motorengeräusch, das ich zuvor gehört hatte, jetzt meine Ohren füllte. Als ich mich umdrehte, sah ich eine Gestalt auf einem Quad-Bike auf mich zurasen – einen kahlköpfigen Typen mit Anorak und Stiefeln, der eine Schrotflinte um die Schulter hängen hatte. Ich hatte keine Möglichkeit, mich zu verstecken, und außerdem war er ohnehin binnen Sekunden bei mir und kam nur ein kleines Stück entfernt schlitternd zum Stehen. »Können Sie nicht lesen?«, fuhr er mich in starkem walisischem Dialekt an. »Das hier ist Privatgrund. Zutritt verboten.«

»Tut mir leid«, lallte ich. »Ich wollte nur ein bisschen spazieren gehen. Muss mich verlaufen haben.«

»Gehen Sie immer in solchen Klamotten spazieren?« Er beäugte meine Gummistiefel, meinen Höhlenkletterhelm, den ich noch auf dem Kopf balancierte, die Schnittwunden an meiner verstümmelten Hand, den Schutzanzug, der durchnässt und mit Cwm-Pot-Dreck beschmiert war.

»Werden Sie die Polizei rufen?« Es war mir egal, ob er es tat oder nicht, und das war offenbar an meinem Gesicht abzulesen. Ich war unbesiegbar. Ich war der Cwm Pot entkommen, hatte Ed bezwungen und, ja, vor Urzeiten hatte ich den verdammten Mount Everest bestiegen. Sein Blick schweifte zu den fehlenden Stücken meiner rechten Hand ab. *Stücke. Genau. Als das sollte ich sie betrachten. Nicht als Finger. Nicht als Hände.* Ich wedelte mit den blutigen Stummeln in seine Richtung und grinste. *Legen Sie sich nicht mit mir an, oder ich quetsche Sie mit meinem Pinzettengriff zu Tode, Freundchen.* Ich wollte nicht lachen, es passierte einfach. Laute, prustende Lacher explodierten aus meinem Mund. Ihre Wucht war nicht förderlich für meine pochende Wirbelsäule, doch ich konnte nicht aufhören, bis ich mich krümmte und nach Luft schnappte.

Der Farmer – falls er einer war – starrte mich nur argwöhnisch an, bis ich fertig war. »Tut mir leid«, sagte ich und wischte mir die Tränen von den Wangen. »Tut mir leid. Ich bin nicht verrückt, ehrlich. Es ist nur so … die Cwm Pot und ich, wir haben eine Vergangenheit.«

»Ach ja?«

»Ja. Ein Freund von mir ist da unten gestorben.«

»Tatsächlich?« Er sah mich noch immer misstrauisch an. Ich konnte es ihm nicht verdenken.

»Ich habe ihm meine Aufwartung gemacht.«

»Und das ist so zum Lachen, was?«

»Nein. Ich bin wahrscheinlich nur …« *Was? Betrunken,*

unzurechnungsfähig oder beides. Nein. Weder noch. Ich bin glücklich. Ich bin fertig.

Ich kramte in meinem Rucksack nach dem Flachmann und trank einen Schluck. Er war fast leer, aber ich wischte trotzdem die Öffnung ab und hielt ihn ihm hin. Er zögerte, dann nahm er ihn und trank. »Dann machen Sie sich jetzt also aus dem Staub?«

»Ja. Rufen Sie die Polizei?«, fragte ich noch einmal.

»Hat doch keinen Sinn, oder? Die Höhlen werden sowieso versiegelt. Werden ein für alle Mal verbarrikadiert. Auf irgendeiner Website steht anscheinend was, das die Leute anlockt wie Scheiße die Fliegen. Die Höhlenkletterclubs protestieren seit Monaten gegen die Schließung, aber wir haben die Schnauze voll. Der Hauptausgang ist bereits zugemacht worden.«

Selbst wenn ich durch das Labyrinth von Tunneln zu dem Sickerschacht gelangt wäre, hätte ich es nicht ins Freie geschafft. »Danke«, sagte ich. »Ich weiß das zu schätzen.« In meinen Ohren klang ich normal, nüchtern.

»Sie wollen aber nicht Auto fahren, oder? Wenn doch, machen Sie besser erst mal ein Nickerchen.«

Ich grinste ihn breit an, hielt beide Daumen nach oben, drehte mich um und ging zurück zum Wagen, noch immer in geradezu lächerlicher, absurder Hochstimmung.

Ja. Alles war gut. Alles würde gut werden.

Mich dort hinunterzubegeben, dort hinunter, wo alles begonnen hatte, war genau das Richtige gewesen. Ich hatte unwissentlich meine eigene Version von Konfrontationstherapie gemacht.

Geheilt.

Ich hatte mein Leben aufs Spiel gesetzt, und er war nicht erschienen.

Ein quälender Zweifel. *Aber, Si, bist du dir sicher, dass dein Leben da unten tatsächlich in Gefahr war?*

Was soll das heißen?

Wenn du nie wirklich in Gefahr warst, warum hätte Ed dann als dein Retter auftauchen sollen? Denk dran, du hast die einfache Option gewählt. Du bist auf demselben Weg zurückgegangen, auf dem du gekommen bist.

Ich bin abgestürzt. Wie soll das die einfache Option sein?

Hat Ed dich geschubst?

Nein. Und er hat mich nicht geschubst, weil er nicht existiert, Dumpfbacke. Er ist tot. Ich habe mich selber aus der misslichen Lage befreit. Keine flüsternden Stimmen, kein Dritter Mann, nichts von all diesem Schwachsinn. Ed ist – *war* – nur in meinem Kopf. Ein kurzer Leuchtimpuls, eine körperliche Manifestierung meiner posttraumatischen Belastungsstörung.

Bist du dir da sicher, Alter? Was ist, wenn du dich bewusst hast fallen lassen?

Warum hätte ich das tun sollen? SEI STILL, SEI STILL, SEI STILL.

Ich näherte mich dem Wagen wie ein Vogel, der sich einem Tiger nähert. Wenn Ed im Auto saß und auf mich wartete, dann wäre es das gewesen. Dann wäre das ganze Cwm-Pot-Unterfangen eine riesige Zeitverschwendung gewesen.

Kein Ed.

Die Erleichterung war groß, doch sie spülte den Rest des

Adrenalins und der Euphorie fort, die mich aus den Höhlen geholt hatten. Ich war nicht annähernd in der Lage zu fahren, deshalb lehnte ich mich zurück, wobei der Sitz in meinen wunden Rücken und meine schmerzenden Muskeln drückte, und schloss die Augen.

Binnen Sekunden schlief ich ein.

Als ich aufwachte, war es dunkel, und feiner Regen fiel auf die Windschutzscheibe. Jeder Zentimeter meines Körpers hatte sich verkrampft. Mein Hinterkopf brüllte vor Höllenqualen. Mein Mund war voll mit übel schmeckendem Klebstoff. Ich brauchte Wasser.

In meinem Blickwinkel bewegte sich ein Schatten.

Nein.

Nein.

Ich brauchte nicht hinzusehen.

»Was willst du von mir, Ed? *Warum bist du hier?*« Ich hätte ihn am liebsten geschlagen, doch die wunde Haut, wo sich früher meine Finger befunden hatten, hätte es nicht verkraftet. Ich hatte Schmerzen satt.

»Aber ich bin abgestürzt, Ed. Ich bin abgestürzt.« Ich klagte, flehte, jammerte, war wieder ein kleiner Junge.

Dann fiel ich gegen das Lenkrad, atmete den Geruch von falschem Leder und dem Handschweiß anderer Leute ein und weinte. Ed saß einfach nur neben mir, und aus seinem Mund ergoss sich schlammbraunes Wasser.

Ich weinte für Juliet, für Mark, für Marks fürchterlichen Vater, für George, doch vor allem weinte ich für mich.

Denn ich wusste, was ich als Nächstes tun musste. Es *blieb* nur noch eines zu tun.

Das ist es. *Mehr hat sie nicht geschrieben.*

Tadeusz wird mich nicht mehr in sein Team aufnehmen, aber es gibt andere, die mich aufnehmen werden. Ich habe das Geld, und dieses Mal habe ich auch die Motivation. Und ich muss es bald tun. Graham hatte recht: Die Chinesen beseitigen die Toten auf dem Everest, und es ist vermutlich nur eine Frage der Zeit, bis Juliet und Mark in eine Gletscherspalte geworfen werden. Vielleicht geht es mir doch um Wiedergutmachung oder darum, endlich abschließen zu können. Vielleicht hat Juliet die Antwort. Vielleicht messe ich den herausgerissenen Seiten viel zu viel Bedeutung bei.

Eines weiß ich sicher – die Frage lautet nicht: Wer ist der Dritte, der dir immer zur Seite geht? Sie lautet: Was, zum Teufel, *will* er?

JOURNEY TO THE DARK SIDE

(02.07.2018)

Die fünf irrsten tatsächlich gefundenen Filmclips aller Zeiten! (Bei Nummer fünf werdet ihr euch in die Hosen machen!)

1. Der seltsame Fall des Simon Newman

Diesen habt ihr alle schon gesehen, aber wir zeigen ihn euch noch einmal, weil er uns an unser kaltes, dunkles JTTDS-Herz gewachsen ist.

Er beginnt folgendermaßen …

Simon Newman, der früher für ebendiese Website gearbeitet hat, brach 2007 zum Everest auf, wo er einen Typen namens Marcus Michaels kennenlernte, den Sohn von Juliet Michaels, einer Wahnsinns-Bergsteigerin, die – und jetzt kommt's – 1995 auf dem Everest ums Leben kam. Als die beiden gemeinsam nach Juliets Leichnam suchten, verschwand Marcus, und Simon ging auch beinahe hops. Er sprang dem Tod von der Schippe, verlor aber ein paar Finger (siehe den Link zu »Fünf ekelhafte Fakten über Erfrierungen, die ihr noch nicht kanntet!«).

Und jetzt wird es wirklich richtig abgefahren.

Simon kehrte 2013 aus verkorksten persönlichen Gründen (im

Prinzip war der Typ völlig durchgeknallt) zum Everest zurück und machte sich mit den anderen aus seinem Expeditionsteam auf den Weg zum Gipfel. Er kam nie wieder herunter. Ein Jahr später wurde sein Leichnam neben denen von Juliet und Marcus gefunden, und seine Kamera mit ein paar Sekunden Filmmaterial wurde seinem nächsten Angehörigen Thierry Andre (auch bekannt als unser heiß geliebter Schöpfer T Cakes) zugeschickt. Dieser Clip, der inzwischen über achtundzwanzig Millionen Mal angeklickt wurde, zeigt Simon, wie er in seinen GoPro-Bildschirm glotzt und sich mehr oder weniger in die Hosen macht.

Der Wind ist so laut, dass man keinen Ton versteht, aber ein Lippenleser vermutet, dass er sagt: »Mein Name ist Simon Newman. Er ist nicht gekommen. Er ist nicht gekommen. Er ist nicht gekommen. Er ist nicht gekommen …« [an dieser Stelle hält er inne und lächelt] »Oh …«

2. Die Katzenmörder-Kindermädchen-Kamera

Juliet

in Camp III breche in einer Stunde auf der Kugelschreiber friert immer wieder ein Joe hat sich mit dem Wetter getäuscht es ist schlecht aber er ist hier und er hat seine Maske abgenommen und es ist Walter es ist Walter ES IST WALTER und ich weiß er wird bei mir bleiben nicht mehr allein. Häte von Anfang an wissen sollen dass er es war aber warum die Angst hat er mich angetrieben mich getestet? seine Finger seine Finger

Spilet keine Rolle

alles wird gut. Er wird für meine Sicherheit sorgen er wird dieses Mal vorsteigen und ich weiß ich werde zu Marcus zurückkehren

ICH SCHAFFE DAS

Glossar

Abseilachter: Vorrichtung aus Metall von der Form einer Acht, die normalerweise zum Abseilen verwendet wird, manchmal aber auch zur Sicherung dient.

Ataxie: der Verlust der Kontrolle über Körperbewegung und Gleichgewicht. Unter Umständen Symptom eines Höhenhirnödems.

Biwak: ein temporäres Camp, für das speziell für diesen Zweck angefertigte »Biwaksäcke« verwendet werden.

Chörten: Denkmal für einen angesehenen Buddhisten, meist für einen Lama.

Didi: nepalesische Bezeichnung für »Schwester«. Wird auch als Ausdruck von Zuneigung und Respekt verwendet.

Fixpunkt (Sicherungspunkt): zuverlässiger Befestigungspunkt zur Sicherung beim Bergsteigen oder Klettern.

Gletscherspalte: ein tiefer offener Riss in Eisfeldern oder Gletschern (manchmal unter Schnee verborgen und deshalb extrem gefährlich).

Höhenhirnödem (HACE): Flüssigkeitseinlagerung oder -ansammlung im Gehirn, verursacht durch Sauerstoffmangel in großen Höhen. Lebensbedrohlich.

Höhenlungenödem (HAPE): Flüssigkeitseinlagerung oder -ansammlung in der Lunge, verursacht durch Sauerstoffmangel in großen Höhen. Lebensbedrohlich.

Hypoxie: Sauerstoffmangel.

Kälteschutzanzug: meist aus PVC und Neopren bestehender Schutzanzug, der beim Höhlenklettern in feuchten und schlammigen Bedingungen getragen wird.

Karabiner: ovaler Metallring mit unter Federspannung stehendem Verschluss zur Anbringung an einem Sicherungspunkt. Dient außerdem der Verbindung von zwei Seilen.

Moräne: Geländeformation aus dem von einem Gletscher transportierten und abgelagerten Material (Schutt und Geröll).

Reif: körniger Niederschlag, der sich durch schnelles Gefrieren von Wasserdampf bildet.

Sattel: der niedrigste Punkt zwischen zwei Berggipfeln.

Séracs: Türme aus Gletschereis, die sich an den Abbruchkanten von Gletschern bilden. Mitunter haushoch und einsturzgefährdet.

Seven Summits: die jeweils höchsten Berge jedes Kontinents. Sie alle zu besteigen, ist eine beliebte bergsteigerische Herausforderung.

Spindrift: loser feinkörniger Schnee, der durch Wind oder die Schwerkraft an steilen Hängen aufgewirbelt wird.

Steigeisen: Metallplatten mit Zacken, die an Stiefeln befestigt werden, um besseren Halt auf Eis und Schnee zu haben.

Steigklemme (Jümar): Vorrichtung, die an einem Fixseil eingehängt wird, sich an diesem unter Zug verklemmt und bei Entlastung wieder löst. Dient als Hilfsmittel beim Aufstieg.

Traverse (Quergang): horizontales oder diagonales Fortbewegen an einer Felswand oder einem Hang, anstatt den geraden Weg nach oben zu nehmen.

Überdrucksack: aufblasbare Hülle, die einer Person Platz bietet und die Bedingungen in geringerer Höhe simuliert, um die Symptome von akuter Höhenkrankheit sowie von Hirn- oder Lungenödemen zu lindern.

Berge-Glossar

Aconcagua (6961 Meter): Berg in Argentinien, der zu den Anden gehört; höchster Gipfel außerhalb von Asien.

Annapurna (8091 Meter): Berg im Himalaya (Nepal) mit einer, gemessen an der Zahl der Besteigungsversuche, erschreckend hohen Anzahl tödlicher Unfälle (einer von drei Bergsteigern kommt dabei ums Leben).

Ben Nevis (1346 Meter): ehemaliger Vulkan und die höchste Erhebung der Britischen Inseln.

Broad Peak (8051 Meter): zwölfthöchster Berg der Welt und Teil des Karakorums in Pakistan.

Cerro Torre (3128 Meter): an der Grenze zwischen Argentinien und Chile gelegener Berg, der früher als der am schwierigsten zu besteigende der Welt galt.

Changtse (7543 Meter): über den Nordsattel mit dem Mount Everest verbunden.

Cho Oyu (8188 Meter): sechsthöchster Berg der Welt und Teil des Himalaya (an der Grenze zwischen Tibet und Nepal); gilt als einfachster Achttausender.

Cwm Silyn (734 Meter): bei Kletterern beliebter Berg in Wales.

Dhaulagiri (8167 Meter): siebthöchster Berg der Welt und Teil des Himalaya.

Denali/Mount McKinley (6190 Meter): in Alaska gelegener Berg und höchster Gipfel Nordamerikas.

Eiger (3970 Meter): in der Schweiz gelegener Berg und Teil der Berner Alpen. Die Eiger-Nordwand ist als Schauplatz zahlreicher tragischer Tode berüchtigt, die ihr den Spitznamen »Mordwand« eingebracht haben.

Gasherbrum I (8080 Meter): elfthöchster Berg der Welt, der die Grenze zwischen Pakistan und China überspannt und Teil der Gasherbrum-Gruppe ist.

K2 (8611 Meter): zweithöchster Berg der Welt und höchste Erhebung des Karakorums. Der oft als »wilder Berg« bezeichnete K2 befindet sich auf der Grenze zwischen Pakistan und China und gilt als der zweitschwierigste Achttausender.

Kangchendzönga (8586 Meter): dritthöchster Berg der Welt und Teil des Himalaya (Nepal und Indien).

Kilimandscharo (5895 Meter): Der in Tansania gelegene Berg ist die höchste Erhebung Afrikas.

Manaslu (8163 Meter): achthöchster Berg der Welt und Teil des Himalaya (Nepal).

Mount Cook/Aoraki (3724 Meter): höchster und gefährlichster Gipfel in Neuseeland.

Mount Rainier (4392 Meter): der im US-Bundesstaat Washington gelegene Berg ist der höchste Gipfel der Kaskadenkette.

Nanga Parbat (8126 Meter): neunthöchster Berg der Welt, in Pakistan gelegen. Als äußerst schwieriger und gefährlicher Gipfel wird er auch »Killer Mountain« genannt.

Pumori (7161 Meter): ein Teil des Himalaya (Nepal und Tibet) und liebevoll »Everests Tochter« genannt.

Snowdon (1085 Meter): der höchste Gipfel in Wales.

Vinson-Massiv/Mount Vinson (4892 Meter): ein Gebirgszug am Fuß der Antarktischen Halbinsel und die höchste Erhebung der Antarktis.

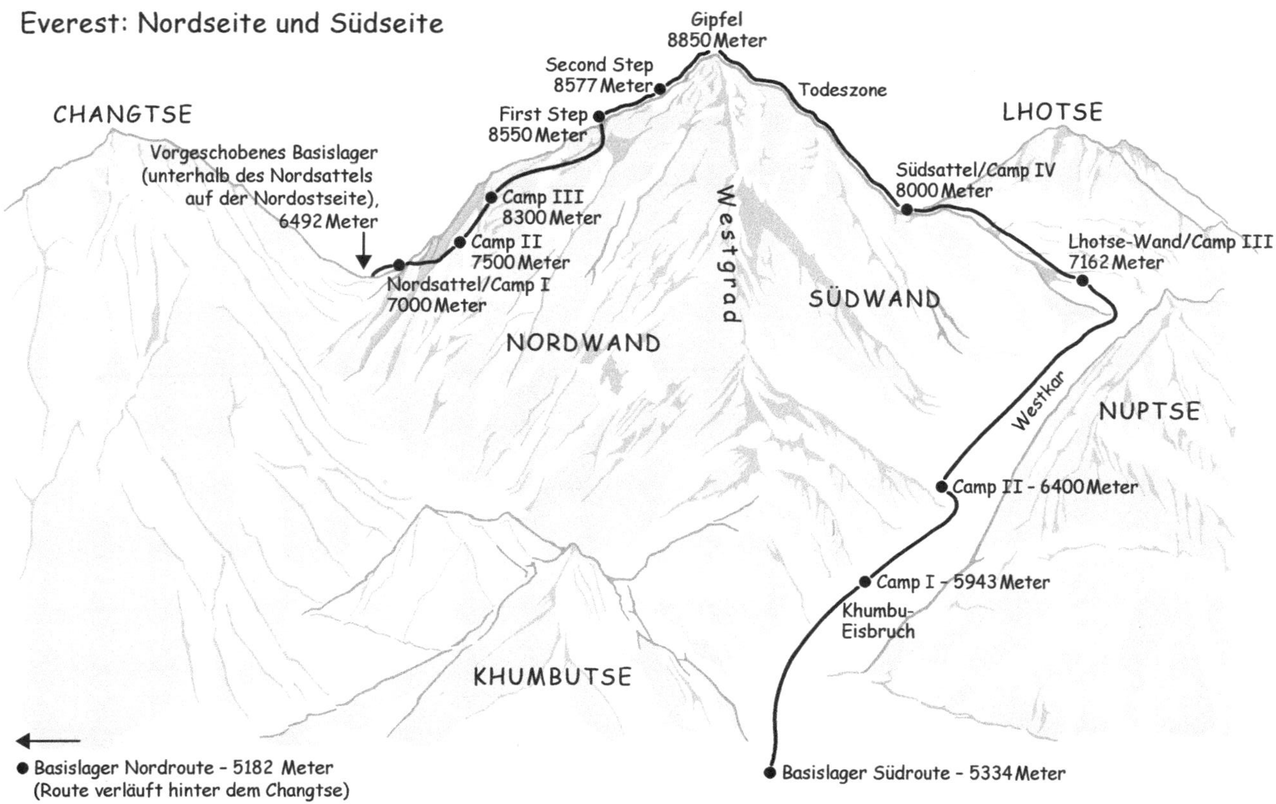
Everest: Nordseite und Südseite
Gipfel
8850 Meter
Second Step
8577 Meter
Todeszone
CHANGTSE
First Step
8550 Meter
LHOTSE
Vorgeschobenes Basislager
(unterhalb des Nordsattels
auf der Nordostseite),
6492 Meter
Südsattel/Camp IV
8000 Meter
Camp III
8300 Meter
Camp II
7500 Meter
Lhotse-Wand/Camp III
7162 Meter
Nordsattel/Camp I
7000 Meter
Westgrad
SÜDWAND
NORDWAND
Westkar
NUPTSE
Camp II - 6400 Meter
Camp I - 5943 Meter
Khumbu-
Eisbruch
KHUMBUTSE
Basislager Nordroute - 5182 Meter
(Route verläuft hinter dem Changtse)
Basislager Südroute - 5334 Meter

Dank

Bei der Recherche für dieses Buch kam ich zu dem Schluss, dass ich mich unter die Erde begeben musste. Das bedeutete, ich musste jemanden finden, der bereit war, eine Couch-Potato mit Klaustrophobie in ein großes Loch hinunterzuführen. Als ich YouTube nach Clips durchkämmte, die Angst einflößende Höhlenexpeditionen dokumentieren, tauchte ein Name immer wieder auf: Keith Edwards vom Dudley Caving Club (Keith ist nicht nur ein hochqualifizierter Höhlenkletterer, sondern auch der Spielberg der Höhlenkletterszene). Keith und seine Höhlenklettergefährten Brendan und Mark willigten mutig ein, meinen Ehemann Charlie und mich durch die Cwm-Dwr-Höhlen in Südwales zu führen, und taten das mit Geschick, trockenem Humor und unerschütterlicher Geduld (irgendwo auf YouTube gibt es einen Clip, in dem zu sehen ist, wie ich weinend an einem Felsvorsprung hänge, falls Ihnen nach Lachen zumute ist). Man hätte Schwierigkeiten, nettere Leute zu finden, und ich kann ihnen für ihre Großzügigkeit gar nicht genug danken.

Ebenso unschätzbar wichtig waren die Höhenbergsteiger, die mir einen Blick in ihre Welt gewährt und einen wertvollen Einblick in die Kommerzialisierung des Everest gegeben haben, allen voran Thomas Vermaak (der den Everest in unfassbar jungen Jahren zweimal bestiegen hat) und Gyaluk Sherpa von Asian Trekking (der den Berg unglaubliche sechs Mal bestiegen hat).

Sämtliche Fehler sind meine.

Vielen Dank auch an Phurba und Kunga, die uns sehr kurzfristig durch Tibet und zum Everest-Basislager begleiteten, endlose ermüdende Fragen beantworteten und sich insgesamt als klasse Typen erwiesen. Zu Dank verpflichtet bin ich auch Karina Szczurek (weil sie mir gestattete, ihre Integrität zu stehlen), Tadeusz Bradecki (weil er mir gestattete, seinen Namen zu stehlen), Simon Walters (weil er mir gestattete, einen Teil seiner Persönlichkeit zu stehlen), Savannah Lotz (weil sie mir einmal mehr den Arsch gerettet hat), Helen Moffett (weil sie mich auffing, wenn ich von der Seite fiel), Paige Nick (weil sie mich aus Handlungslöchern zog), Alan Kelly, Alan und Carol Walters, Lauren Beukes, Nishma Khadgi, Rob »Flexible« Sandy, Kate Sinclair und wie immer Charlie Martins, der am eigenen Leib erfahren hat, dass man sich manchmal schmutzig machen muss, wenn man mit einer Autorin verheiratet ist.

Mein Agent Oli Munson und meine fantastische Lektorin Anne Perry erwiesen sich wie immer als Übermenschen – danke euch beiden. Vielen Dank auch an Joshua Kendall für seine hervorragenden redaktionellen Erkenntnisse und an Veronique Norton, Hélène Ferey, Jennifer Custer, Fleur Clarke, Ben Summers, Vickie Dillon, Oliver Johnson und all die anderen großartigen Mitarbeiter von A.M. Heath, Hodder & Stoughton und Little, Brown.

Bibliografie

Nachdem ich Anfang der Neunzigerjahre Joe Simpsons unvergleichliches *Sturz ins Leere* gelesen hatte, wurde ich süchtig nach Bergsteigerliteratur. Nach dieser Einstiegsdroge konnte ich nicht genug bekommen, und im Folgenden sind die Bücher und Blogs aufgelistet, die sich als unschätzbar wertvolle Informationsquellen erwiesen haben (die meisten liest man am besten neben einem Kaminfeuer sitzend, während draußen ein Unwetter tobt):

Andrew, Jamie, *Life and Limb*, Portrait, 2005.

Anker, Conrad und Roberts, David, *Verschollen am Mount Everest: Dem Geheimnis von George Mallory auf der Spur*, Heyne, 1999.

Arnette, Alan, alanarnette.com

Blum, Arlene, *Annapurna: Die erste Frauenexpedition auf einen der höchsten Gipfel der Erde*, Orac Pietsch, 1982.

Blum, Arlene, *Breaking Trail: A Climbing Life*, Scribner, 2005.

Bonatti, Walter, *Die Berge meines Lebens*, Malik, 2011.

Boukreev, Anatoli und DeWalt, G. Weston, *Der Gipfel: Tragödie am Mount Everest*, Heyne, 2008.

Breashears, David, *Bis zum Äußersten: Der Mount Everest und andere Herausforderungen*, Heyne, 2001.

Bowley, Graham, *Kein Weg zurück: Leben und Sterben am K2*, Malik, 2012.
Burgess, Adrian und Alan, *The Burgess Book of Lies*, The Mountaineers, 1998.

Cave, Andy, *Ins Licht: Aus den Kohlegruben Englands auf die Gipfel der Welt*, Malik, 2007.
Coburn, Broughton, *Everest: Gipfel ohne Gnade*, Steiger, 1998.
Coffey, Maria, *Extrem: Glück und Gefahr des Bergsteigens,* Malik, 2005.
Curran, Jim, *K2, Triumph and Tragedy*, Hodder & Stoughton, 1987.

Da Silva, Rachel, *Leading Out: Mountaineering Stories of Adventurous Women*, Seal Press, 1998.
Davis, Wade, *Into the Silence: The Great War, Mallory and the Conquest of Everest,* Bodley Head, 2011.
Dickinson, Matt, *Drama am Mount Everest: Eine Expedition kämpft gegen den Tod*, Droemer Knaur, 1999.
Diemberger, Kurt, *K2: Traum und Schicksal*, Malik, 2013.
Douglas, Ed und Rose, David, *Die Gipfelstürmerin: Triumph und Tragödie der Alison Hargreaves*, Ullstein, 2000.
Douglas, Ed, *Chomolungma Sings the Blues: Travels Round Everest*, Constable and Robinson, 2001.

Eichar, Donnie, *Dead Mountain: The Untold True Story of the Dyatlov Pass Incident,* Chronicle Books, 2013.
Eyre, Jim und Frankland, John, *Race Against Time,* Lyon Books, 1988.

Falvey, Pat und Sherpa Gyalje, Pemba, *The Summit: How Triumph Turned to Tragedy on K2's Deadliest Days*, Beyond Endurance Publishing, 2014.

Gammelgaard, Lene, *Die letzte Herausforderung: Wie ich die Tragödie am Mount Everest überlebte*, Econ und List Taschenbuch, 1999.
Geiger, John, *Überleben in Extremsituationen: Das Phänomen des Dritten Manns*, Malik, 2011.

Hall, Lincoln, *Totgesagt: Mein Überlebenskampf am Everest*, Malik, 2011.
Hall, Lincoln mit Fear, Sue, *Fear No Boundary: One Woman's Amazing Journey*, Hachette Australia, 2005.
Hargreaves, Alison, *A Hard Day's Summer*, Coronet, 1995.
Harrer, Heinrich, *Die weiße Spinne: Das große Buch vom Eiger*, Ullstein, 2001.
Heil, Nick, *Dark Summit: Tödliche Herausforderung am Mount Everest*, Knaur, 2009.
Hemmleb, Jochen und Johnson, Larry A. und Simonson, Eric R., *Die Geister des Mount Everest: Die Suche nach Mallory und Irvine*, Hoffmann und Campe, 1999.
Hemmleb, Jochen, *Tatort Mount Everest: Der Fall Mallory; Neue Fakten und Hintergründe*, Terra magica, 2009.
Herzog, Maurice, *Annapurna: Erster Achttausender*, Ullstein, 1953.
Holzel, Tom und Salkeld, Audrey, *In der Todeszone: Das Geheimnis um George Mallory und die Erstbesteigung des Mount Everest*, Goldmann, 1999.
Horrell, Mark, *Denali Nights: A Commercial Expedition to*

Climb Mt McKinley's West Buttress, Mountain Footsteps Press, 2014.
Horrell, Mark, *In the Footsteps of Mallory: A Journey to the North Col of Everest*, Mark Horrell, 2013.
Horrell, Mark, *The Ascent of Manaslu: Climbing the World's Eighth Highest Mountain*, Mountain Footsteps Press, 2013.
Horrell, Mark, *The Chomolungma Diaries*, Mark Horrell, 2012.
Horrell, Mark, *Thieves, Liars and Mountaineers: On the 8000 Metre Peak Circus in Pakistan's Karakoram Mountains*, Mountain Footsteps Press, 2012.
Hoyland, Graham, *Last Hours on Everest: The Gripping Story of Mallory & Irvine's Fatal Ascent*, Collins, 2013.

James, Tori, *Peak Performance: The First Welsh Woman to Climb Everest*, Accent Press, 2013.
Jordan, Jennifer, *Savage Summit: The Life and Death of the First Women of K2*, Harper Collins e-books, 2005.

Kirkpatrick, Andy, *Kalte Kriege: Der schmale Grat zwischen Risiko und Realität*, AS-Verlag, 2012.
Kirkpatrick, Andy, *Psychovertikal: Wenn Klettern zum Leben wird*, Malik, 2015.
Kodas, Michael, *Der Gipfel des Verbrechens: Die Everest-Mafia und ihre dreckigen Geschäfte*, Malik, 2010.
Krakauer, Jon, *In eisige Höhen: Das Drama am Mount Everest*, Malik, 2000.

Lovelock, James, *Life and Death Under-Ground*, G. Bell and Sons LTD, 1963.

Macfarlane, Robert, *Berge im Kopf: Die Geschichte einer Faszination*, AS-Verlag, 2005.
Mazel, David, *Mountaineering Women: Stories by Early Climbers*, Texas A&M University Press, 1994.
McDonald, Bernadette, *Klettern für Freiheit*, AS-Verlag, 2013.

Noble, Chris, *Women Who Dare: North America's Most Inspiring Women Climbers,* Falcon Guides, 2013.

O'Dowd, Cathy und Woodall, Ian, *Everest: Free to Decide*, Zebra Press, 1997.
O'Dowd, Cathy, *Aus Liebe zum Berg: Die erste Frau auf der Nord- und Südroute des Mount Everest*, Frederking & Thaler, 2001.

Perrin, Jim, *The Villain: The Life of Don Whillans*, Hutchinson London, 2005.

Ralston, Aron, *127 Hours – Im Canyon: Fünf Tage und Nächte bis zur schwierigsten Entscheidung meines Lebens,* Ullstein, 2011.
Ratcliffe, Graham, *A Day to Die For*, Mainstream Publishing, 2013.
Reinisch, Gertrude, *Wanda Rutkiewicz: Karawane der Träume*, Rother, 1997.
Rowell, Galen, *In the Throne Room of the Mountain Gods*, Sierra Club Books, 1986.

Schultheis, Rob, *Bone Games: Extreme Sports, Shamanism, Zen, and the Search for Transcendence*, Breakaway Books, 1996.

Simpson, Joe, *Im Banne des Giganten: Der lange Weg zum Eiger*, Malik, 2003.

Simpson, Joe, *Der Klang des freien Falls*, Malik, 2011.

Simpson, Joe, *Sturz ins Leere: Ein Überlebenskampf in den Anden*, Piper, 1994.

Tasker, Joe, *Eishölle am Everest: Durch Winterstürme zum Gipfel der Welt*, Sierra, 2001.

Tenzing Norgay, Jamlin und Coburn, Broughton, *Auf den Spuren meines Vaters: Die Sherpas und der Everest*, Diana, 2001

Trueman, Mike, *The Storms: Adventure and Tragedy on Everest*, Baton Wicks, 2015.

Tullis, Julie, *Clouds From Both Sides*, Grafton, 1987.

Venables, Stephen, *Everest: Alone at the Summit*, Adrenaline Classics, 2000.

Venables, Stephen, *A Slender Thread: Escaping Disaster in the Himalaya*, Hutchinson, 2000.

Vernon, Ken, *Everest '96*, Ken Vernon, 2015.

Viesturs, Ed und Roberts, David, *K2: Life and Death on the World's Most Dangerous Mountain*, Broadway Books, 2009.

Viesturs, Ed und Roberts, David, *No Shortcuts To the Top: Climbing the World's 14 Highest Peaks*, Broadway Books, 2006.

Weathers, Beck, *Für tot erklärt: Meine Rückkehr vom Mount Everest*, Deutscher Taschenbuch Verlag, 2000.
Willis, Clint, *The Boys of Everest: Chris Bonington and the Tragedy of Climbing's Greatest Generation*, Portico, 2006.

Yates, Simon, *Against the Wall*, Vintage, 1998.
Yates, Simon, *The Wild Within: Climbing the World's Most Remote Mountains*, Vertebrate Publishing, 2012.

Zuckerman, Peter und Padoan, Amanda, *Buried in the Sky: The Extraordinary Story of the Sherpa Climbers on K2's Deadliest Day*, W.W. Norton & Company, 2013.

Autorin

Sarah Lotz ist Drehbuch- und Romanautorin und lebt mit ihrer Familie und diversen Tieren in Kapstadt, Südafrika. Weitere Informationen zur Autorin unter: www.sarahlotz.com

Sarah Lotz im Goldmann Verlag:
Die Drei. Thriller
Tag Vier. Thriller

(alle auch als E-Book erhältlich)

GOLDMANN
Lesen erleben